LIBERTA - ME

Universo dos Livros Editora Ltda.
Avenida Ordem e Progresso, 157 – 8º andar – Conj. 803
CEP 01141-030 – Barra Funda – São Paulo/SP
Telefone/Fax: (11) 3392-3336
www.universodoslivros.com.br
e-mail: editor@universodoslivros.com.br
Siga-nos no Twitter: @univdoslivros

TAHEREH MAFI

LIBERTA-ME

São Paulo
2025

Unravel me
© 2013 by Tahereh Mafi
All rights reserved.

© 2020 by Universo dos Livros
Todos os direitos reservados e protegidos pela Lei 9.610 de 19/02/1998.
Nenhuma parte deste livro, sem autorização prévia por escrito da editora, poderá ser reproduzida ou transmitida sejam quais forem os meios empregados: eletrônicos, mecânicos, fotográficos, gravação ou quaisquer outros.

Diretor editorial: **Luis Matos**
Gerente editorial: **Marcia Batista**
Assistentes editoriais: **Letícia Nakamura e Raquel F. Abranches**
Tradução: **Mauricio Tamboni**
Preparação: **Aline Graça**
Revisão: **Luisa Tieppo**
Capa: **Colin Anderson**
Foto de capa: **Sharee Davenport**
Arte: **Valdinei Gomes**
Projeto gráfico: **Aline Maria**
Diagramação: **Cristiano Martins**

Dados Internacionais de Catalogação na Publicação (CIP)
Angélica Ilacqua CRB-8/7057

M161d

    Mafi, Tahereh

    Liberta-me / Tahereh Mafi ; tradução de Mauricio Tamboni. – São Paulo : Universo dos Livros, 2020.

    448 p. (Estilhaça-me ; 2)

    ISBN 978-85-503-0337-6

    Título original: *Unravel me*

    1. Literatura juvenil norte-americana 2, Distopia - Ficção

    I. Título II. Tamboni, Mauricio

20-2515   CDD 813.6

À minha mãe. A melhor pessoa que já conheci.

Um

O mundo pode estar ensolarado hoje.

A enorme circunferência amarela talvez esteja se derramando pelas nuvens, fluida e dourada, manchando o mais azul dos céus, iluminado por esperanças apáticas e falsas promessas de boas lembranças, famílias verdadeiras, fartos cafés da manhã, panquecas empilhadas banhadas em calda sobre uma travessa em um mundo que não existe mais. Ou talvez não esteja assim.

Talvez hoje esteja escuro e molhado, com um vento chiando tão agudo a ponto de queimar a pele dos dedos de homens adultos. Talvez esteja nevando, quem sabe chovendo, não sei, pode ser que esteja congelante e haja granizo e um furacão se desmoronando em tornado e a terra se abrindo para criar espaço para os nossos erros.

Não tenho a menor ideia.

Não tenho mais uma janela. Não tenho uma vista. Meu sangue está um milhão de graus abaixo de zero e estou enterrada 15 metros abaixo do chão, em uma sala de treinamento que nos últimos tempos se transformou em minha segunda casa. Todos os dias olho para essas 4 paredes e lembro a mim mesma que *não sou uma prisioneira não sou uma prisioneira não sou uma prisioneira,* mas há momentos em que velhos medos atravessam minha pele e parece que não consigo me livrar da claustrofobia que agarra a minha garganta.

Fiz tantas promessas quando cheguei aqui.

Agora, agora não sei de mais nada. Agora estou preocupada. Agora minha mente é uma traidora porque meus pensamentos se arrastam todas as manhãs para fora da cama com olhos à espreita e mãos suadas. Risadas nervosas permanecem em meu peito, ganham força, ameaçam explodir o meu peito, e a pressão é sufocante e sufocante e *sufocante*.

Por aqui, a vida não é o que eu esperava.

Meu novo mundo é gravado em bronze, selado em prata, afogado no cheiro de pedra e aço. O ar é gelado; os tapetes são laranjas; as luzes e interruptores bipam e piscam, eletrônicos e elétricos, em cores neon. Aqui é agitado, cheio de corpos, corredores abarrotados de sussurros e gritos, pés batendo e passos pensativos. Se prestar bastante atenção, consigo ouvir o som dos cérebros refletindo, testas beliscando, dedos batendo em queixos, lábios e cenhos franzidos. Ideias são transportadas em bolsos, pensamentos estouram na ponta de cada língua; olhos vivem estreitados em concentração e eu planejo cuidadosamente o que devo querer saber.

Mas nada funciona e todas as partes do meu ser estão despedaçadas.

Devo dominar minha Energia, disse Castle. Nossos dons são formas diferentes de Energia. A matéria nunca é criada ou destruída, ele me falou, e, conforme nosso mundo mudava, nossa Energia mudava com ele. Nossas habilidades são extraídas do universo, de outra matéria, de outras Energias. Não somos anomalias. Somos as inevitabilidades das manipulações perversas de nossa Terra. Nossa Energia veio de algum lugar, ele explicou. E esse algum lugar fica no caos à nossa volta.

Faz sentido. Lembro de como era o mundo quando o deixei.

Lembro dos céus furiosos e das sequências do pôr do sol colapsando abaixo da lua. Lembro da terra rachada e dos arbustos espinhosos e do que antes era verde e agora mais se aproxima do marrom. Penso na água que não podemos beber, nos pássaros que não voam e no fato de a civilização humana ter sido reduzida a nada além de uma série de complexos espalhados pelo que sobrou de nossa terra assolada.

Este planeta é um osso quebrado que não cicatrizou direito, uma centena de fragmentos de cristal colados depois de arrebentarem. Fomos estilhaçados e reconstruídos, instruídos a fazer um esforço diário para fingir que ainda funcionamos como deveríamos funcionar. Mas é mentira; toda pessoa, todo lugar, todas as coisas e ideias não passam de uma mentira.

Eu não funciono direito.

Não sou nada além da consequência da catástrofe.

2 semanas desmoronaram na beira da estrada, abandonadas, quase esquecidas. 2 semanas eu estou aqui e 2 semanas que passei a dormir em uma cama de ovos, sempre me perguntando quando alguma coisa vai quebrar, quando serei a primeira a estilhaçar, me perguntando quando tudo vai implodir. Em 2 semanas eu deveria me sentir mais feliz, mais saudável, dormir melhor, mais profundamente neste espaço seguro. Em vez disso, me pergunto o que vai acontecer ~~quando~~ se eu não fizer a coisa certa, se não encontrar uma forma de treinar do jeito adequado, se eu ferir alguém ~~de propósito~~ por acidente.

Estamos nos preparando para uma guerra sangrenta.

É para isso que venho treinando. Temos tentado nos preparar para destruir Warner e seus homens. Para vencer uma batalha de cada vez. Para mostrar aos cidadãos de nosso mundo que ainda existe esperança — que não precisam ceder às demandas do Restabelecimento e se tornarem escravos de um regime que não quer nada além de explorá-los em troca de poder. E concordei em lutar. Em ser uma guerreira. Em usar meu poder, mesmo contra o que diz a minha sensatez. Mas pensar em encostar a mão em alguém faz ressurgir um mundo de memórias, sentimentos, um fluxo de poder que só experimento quando entro em contato com uma pele que não seja imune à minha. É um golpe de invencibilidade, um tipo atormentado de euforia; uma onda de intensidade tomando todos os poros do meu corpo. Não sei o que isso vai fazer comigo. Não sei se posso confiar que não vou sentir prazer com a dor de alguém.

Só sei que as últimas palavras de Warner estão presas em meu peito e não consigo me livrar do frio ou da verdade que se acumula no fundo da garganta.

Adam nem imagina que Warner pode tocar em mim.

Ninguém imagina.

Warner deveria estar morto. Warner deveria estar morto porque era para eu ter atirado nele, mas ninguém imaginou que eu precisaria aprender a atirar antes, então agora imagino que ele esteja atrás de mim.

A fim de lutar.

Por mim.

Dois

Uma batida cortante e a porta se abre.

– Ah, senhorita Ferrars. Não sei o que espera conquistar ficando aí, sentada em um canto.

O sorriso tranquilo de Castle invade o cômodo antes de ele próprio entrar.

Respiro forçosamente e me esforço para olhar seu rosto, mas não consigo. Então sussurro um pedido de desculpas e ouço o som infeliz da minha voz se espalhando por esse espaço enorme. Sinto meus dedos trêmulos se fechando nos tapetes espessos e acolchoados espalhados pelo chão e penso que realmente não conquistei nada desde que cheguei aqui. É humilhante, extremamente humilhante desapontar uma das únicas pessoas que foi gentil comigo.

Castle permanece em pé, à minha frente, esperando que eu finalmente erga o rosto.

– Não precisa se desculpar – diz. Seus olhos afiados, castanhos, límpidos, amigáveis quase fazem esquecer que ele é o líder do Ponto Ômega. O líder de todo esse movimento do submundo dedicado a enfrentar o Restabelecimento. Sua voz é calma demais, gentil demais, e isso quase deixa as coisas ainda piores. ~~Às vezes, desejo que ele simplesmente grite comigo.~~ Castle prossegue: – Mas precisa aprender a dominar sua Energia, senhorita Ferrars.

Um silêncio.

Um passo.

Ele apoia a mão na pilha de tijolos que eu deveria ter destruído. Finge não notar o contorno vermelho em meus olhos ou os tubos de metal que joguei pelo cômodo. Toma o cuidado de evitar qualquer olhar para as manchas de sangue nas placas de madeira deixadas de lado; suas perguntas não me questionam sobre por que meus punhos estão tão cerrados ou se voltei a me ferir. Ele inclina a cabeça na minha direção, mas está olhando para um ponto atrás de mim e, quando fala, sua voz sai cuidadosa:

– Sei que é difícil para você, mas precisa aprender. Tem que aprender. Sua vida vai depender disso.

Faço que sim, encosto-me na parede, sinto o frio e a dor do tijolo se enterrando em minha espinha. Levo os joelhos ao peito e noto meus pés pressionando os tapetes de proteção no chão. Sinto-me tão prestes a chorar que tenho medo de gritar.

– Só não sei como fazer isso – enfim admito. – Não conheço nada disso. Nem sei o que eu deveria estar fazendo aqui. – Olho para o teto e pisco pisco pisco. Meus olhos parecem brilhar, úmidos. – Não sei como fazer as coisas acontecerem.

– Então precisa pensar em uma maneira – ele responde inabalado. Pega um cano de metal deixado de lado. Avalia o peso em sua mão. – Precisa encontrar ligações entre os eventos que aconteceram. Quando você quebrou o concreto na câmara de tortura de Warner e quando arrebentou, com um soco, a porta de aço para salvar a vida do senhor Kent, o que aconteceu? Por que nessas duas situações a senhorita foi capaz de reagir de modo tão extraordinário? – Ele se senta a alguns passos de mim. Empurra o cano na minha direção. – Preciso que analise suas habilidades, senhorita Ferrars. Tem de se concentrar.

Concentração.

É apenas uma palavra, mas é o bastante. É o necessário para me deixar enjoada. Todos precisam que eu me concentre. Primeiro Warner precisou que eu me concentrasse, agora Castle precisa que eu me concentre.

Nunca fui capaz disso.

O suspiro demorado e entristecido de Castle me traz de volta ao momento. Ele se levanta. Passa a mão pelo único blazer azul-marinho que parece ter e consigo ver o símbolo do Ômega prateado, bordado nas costas. Uma mão distraída toca a ponta de seu rabo de cavalo; sempre prende seus *dreads* com um nó na base da nuca.

– Você está resistindo – diz, mas expressa-se com cuidado. – Talvez devesse trabalhar com outra pessoa, para variar um pouco. Quem sabe um colega possa ajudá-la a encontrar um caminho, a descobrir a ligação entre esses dois eventos.

Meus ombros se enrijecem. Estou surpresa.

– Pensei que tivesse me dito para trabalhar sozinha.

Ele foca o olhar na parede atrás de mim. Coça um ponto abaixo da orelha. Enfia a outra mão em um bolso.

– Para dizer a verdade, eu não queria que trabalhasse sozinha – afirma. – Mas ninguém se voluntariou para essa tarefa.

Não sei por que prendo o ar, por que me pego tão surpresa. Não deveria estar surpresa. Nem todo mundo é Adam.

Nem todo mundo está seguro como ele. Ninguém, além de Adam, me tocou e sentiu prazer com isso. ~~Ninguém, exceto Warner.~~ Contudo, apesar das boas intenções de Adam, ele não pode treinar comigo. Está ocupado com outras coisas.

Coisas que ninguém quer me contar.

Ainda assim, Castle continua me encarando com olhos esperançosos, olhos generosos, olhos que não têm a menor ideia de que essas últimas palavras que ele me ofereceu só fazem tudo ficar muito pior. Pior porque, por mais que eu conheça a verdade, ouvi-la ainda dói. Dói lembrar que, embora eu possa viver em uma bolha calorosa com Adam, o resto do mundo continua me enxergando como uma ameaça. Um monstro. Uma abominação.

~~Warner estava certo. Não importa aonde eu vá, parece que não consigo escapar dessa realidade.~~

– O que mudou? – pergunto a ele. – Quem está disposto a me treinar agora? – Fico em silêncio. – Você?

Castle sorri.

É o tipo de sorriso que faz um calor humilhante se espalhar por meu pescoço e golpear meu orgulho bem no meio de uma vértebra. Tenho que resistir à vontade de sair correndo por aquela porta.

~~Por favor por favor por favor não sinta pena de mim, é o que tenho vontade de falar.~~

– Eu gostaria de ter tempo – Castle me responde. – Mas Kenji enfim está livre. Conseguimos reorganizar a agenda dele, e ele falou que ficaria feliz em trabalhar com você. – Um momento de hesitação. – Quero dizer, se você aceitar.

Kenji.

Minha vontade é de rir. Kenji seria o único disposto a correr o risco de treinar comigo. Eu o feri uma vez. Por acidente. Porém, nós dois não temos passado muito tempo juntos desde que ele nos trouxe ao Ponto Ômega. Foi como se ele estivesse simplesmente realizando uma tarefa, trabalhando em uma missão que, uma vez concluída, permitisse-lhe voltar à sua vida normal. Parece que Kenji é importante aqui. Ele tem um milhão de coisas a fazer. Coisas a supervisionar. As pessoas parecem gostar dele, até mesmo respeitá-lo.

O que me faz questionar se conheceram o mesmo Kenji desagradável e boca-suja que conheci.

– Claro – digo a Castle, tentando adotar um semblante alegre pela primeira vez desde que ele chegou. – Me parece ótimo.

Ele se levanta. Seus olhos estão claros, ansiosos, facilmente agradáveis.

– Perfeito. Pedirei a ele para encontrá-la amanhã durante o café da manhã. Vocês podem comer juntos e depois seguir para o treino.

– Ah, mas costumo...

– Eu sei – Castle me interrompe. Seu sorriso agora forma uma linha fina, a testa franzida em preocupação. – Você gosta de fazer suas refeições com o senhor Kent. Sei disso. Mas quase não tem passado tempo com os outros, senhorita Ferrars, e, se pretende continuar aqui, precisa começar a confiar em nós. O pessoal do Ponto Ômega gosta do Kenji. Ele pode ajudá-la. Se começarem a vê-los juntos, as pessoas vão se sentir menos intimidadas com a sua presença. Isso pode ajudá-la a se adaptar.

Um calor se espalha como óleo por meu rosto. Estremeço, sinto meus dedos se agitarem, tento encontrar um lugar para olhar, tento fingir que não sinto a dor presa em meu peito. Tenho que engolir saliva 3 vezes antes de conseguir responder:

– Eles estão... eles têm medo de mim – admito, sussurrando, voz falhando. – Não quero... Não queria incomodar ninguém, não queria atrapalhar a vida de ninguém.

Castle suspira alto e demoradamente. Olha para baixo e para cima, coça um ponto do queixo.

— Eles só estão com medo — enfim explica. — Porque não a conhecem. Se você se esforçasse um pouquinho mais, se fizesse o menor esforço que fosse para conhecer alguém... — Ele fica em silêncio, franze a testa. — Senhorita Ferrars, está aqui há duas semanas e mal conversa com suas colegas de quarto.

— Mas não é que... Acho que elas são ótimas...

— E, mesmo assim, as ignora? Não passa tempo com elas? Por quê?

~~Porque nunca tive amigas antes. Porque tenho medo de fazer alguma coisa errada ou dizer alguma coisa errada e elas acabarem me odiando, como aconteceu com todas as outras garotas que conheci na vida. E gosto muito delas, o que faria sua inevitável rejeição penosa demais para suportar.~~

Não digo nada.

Castle meneia a cabeça.

— Você se saiu tão bem no dia em que chegou. Pareceu quase *amigável* com Brendan. Não sei o que aconteceu. Pensei que fosse se dar bem aqui.

Brendan. O garoto magro, com cabelos loiro-platinados e correntes elétricas percorrendo suas veias. Lembro dele. Ele foi legal comigo.

— Gosto do Brendan — respondo perplexa. — Ele ficou chateado comigo?

— *Chateado?* — Castle nega com a cabeça, ri alto. Não responde a minha pergunta. — Eu não entendo, senhorita Ferrars. Tentei ser paciente com você, tentei lhe dar tempo, mas confesso que estou bastante confuso. Você era tão diferente quando chegou... Mostrou-se animada por estar aqui! Mas, em menos de uma semana, se recolheu completamente. Sequer olha para as pessoas quando anda pelos corredores. O que aconteceu com as conversas? Com as amizades?

Verdade.

Precisei de 1 dia para me ajustar. 1 dia para olhar em volta. 1 dia para me animar com a vida diferente e 1 dia para todos descobrirem quem eu sou e o que fiz.

Castle não diz nada sobre as mães que me veem andando pelos corredores e puxam seus filhos para fora do meu caminho. Não comenta sobre os olhares tortos e as palavras desagradáveis que recebi desde que cheguei. Não fala nada sobre as crianças que foram avisadas para se manterem longe, muito longe, e o grupo de idosos que me observa atentamente demais. Só consigo imaginar o que ouviram, de onde tiraram suas conclusões.

Juliette.

Uma garota com um toque letal, que absorve a força e a energia de seres-humanos de sangue quente até se tornarem carcaças sem energia e sem vida agonizando no chão. Uma garota que passou a maior parte da vida em hospitais e centros de detenção juvenis, uma garota que foi deixada de lado por seus próprios pais, rotulada de louca e sentenciada ao isolamento em um hospício onde até mesmo os ratos tinham medo de viver.

Uma garota.

Tão sedenta por poder que matou uma criança. Torturou uma criança. Fez um homem adulto cair, sem ar, de joelhos. Sequer tem a decência de se matar.

Nada disso é mentira.

Então, com as bochechas coradas e palavras não pronunciadas em meus lábios e olhos, que se recusam a revelar seus segredos, analiso Castle.

Ele suspira.

Quase diz alguma coisa. Tenta falar, mas seus olhos inspecionam meu rosto e ele muda de ideia. Apenas assente rapidamente para mim, respira fundo, bate no relógio em seu pulso e diz:

— Três horas para as luzes se apagarem.

E começa a ir embora.

Para na porta.

— Senhorita Ferrars — de repente diz, voz suave, sem olhar para trás. — Você escolheu ficar com a gente, lutar com a gente, tornar-se parte do Ponto Ômega. — Hesita por um instante. — Vamos precisar da sua ajuda. E receio que nosso tempo esteja acabando.

Vejo-o ir embora.

Ouço seus passos partindo enquanto ecoam com suas últimas palavras e inclino a cabeça para trás, encosto-a na parede. Fecho os olhos na direção do teto. Ouço sua voz, solene e ritmada, ecoando em meus ouvidos.

Receio que nosso tempo esteja acabando, ele falou.

Como se o tempo fosse o tipo de coisa que acaba, como se fosse medido em tigelas que nos são entregues no nascimento e que, se comermos muito ou rápido demais ou pouco antes de pular na água, aí nosso tempo seria perdido, desperdiçado, gasto.

Porém, o tempo está além de nossa compreensão limitada. É infinito, existe fora de nós; não pode acabar, nem ser controlado, não há um jeito de prendê-lo. O tempo passa mesmo quando nós não passamos.

Temos muito tempo, é o que Castle deveria ter dito. Temos todo o tempo do mundo, é o que deveria ter-me dito. Mas não disse pois sua intenção era dizer que *tique-taque* nosso tempo *tique-taque* está mudando. Está se dirigindo para um rumo completamente novo, batendo de cara em outra coisa e

LIBERTA-ME

tique-taque
tique-taque
tique-taque
tique-taque
tique-taque
está chegando

a hora da guerra.

Três

Daqui, eu poderia tocá-lo.

Seus olhos, azuis intensos. Os cabelos, castanho-escuros. A camisa, justa em todos os lugares certos; e os lábios, os lábios se repuxam para acender o fogo do meu coração e nem tenho tempo de piscar e expirar antes de estar em seus braços.

Adam.

– Oi – ele sussurra contra o meu pescoço.

Escondo um tremor enquanto o sangue cora minhas bochechas e, por um instante, só por um instante, solto meus ossos e permito que ele me segure em pé.

– Oi – sorrio, sentindo seu cheiro.

Luxuriante, é o que seu cheiro é.

Raramente nos vemos. Adam está ficando no quarto de Kenji com seu irmão mais novo, James, e divido quarto com as gêmeas. É provável que tenhamos menos de 20 minutos antes de as meninas voltarem para este quarto, e pretendo aproveitar ao máximo cada segundo.

Meus olhos se fecham.

Os braços dele passam em volta da minha cintura, puxando-me para perto, e o prazer é tão enorme que mal consigo evitar que meu corpo trema. É como se minha pele e meus ossos tivessem passado tanto tempo precisando tão desesperadamente de contato, afeição, interação e eu não soubesse como agir. Sou uma criança faminta, tentando encher a barriga, devorando meus sentidos na decadência desses momentos como se eu fosse acordar de manhã e perceber que ainda estou limpando cinzas para minha madrasta.

Então os lábios de Adam encostam em minha cabeça e minhas preocupações colocam um vestido bonito e fingem ser outra coisa por um momento.

– Como você está? – pergunto, e é muito constrangedor porque minhas palavras já são instáveis, muito embora ele mal tenha tido tempo de me abraçar, mas eu não consigo me soltar.

A risada faz seu corpo balançar, suave, delicioso e compreensivo. Porém, ele não responde a minha pergunta, e sei que não vai responder.

Tentamos tantas vezes escapar para ficar juntos, mas logo fomos pegos e repreendidos por nossa negligência. Não temos permissão para sair de nossos quartos depois que as luzes são apagadas. Quando nosso período de graça – uma leniência concedida por causa de nossa chegada muito abrupta – termina, Adam e eu devemos seguir as regras como todos os demais. E são muitas as regras a seguir.

As medidas de segurança – câmeras por todos os cantos, em todas as quinas, em todos os corredores – existem para nos preparar no caso de um ataque. Guardas fazem patrulha à noite, procurando qualquer barulho, atividade ou sinal suspeito. Castle e sua equipe mantêm-se vigilantes na proteção do Ponto Ômega, e não estão dispostos a aceitar sequer o menor dos riscos; se invasores se aproximam demais deste esconderijo, alguém precisa fazer o impossível para mantê-los distantes.

Castle alega que foi justamente essa vigilância que evitou, por tanto tempo, que fossem descobertos. E, para ser completamente franca, entendo seu raciocínio de ser tão estrito com relação a isso. Porém, essas mesmas medidas estritas me mantêm separada de Adam. Nós nunca nos vemos, exceto durante as refeições, quando estamos cercados por outras pessoas, e qualquer tempo livre que me resta é passado em uma sala de treino, onde devo "domar minha Energia".

Adam se sente tão infeliz quanto eu com essa situação.

Toco sua bochecha.

Ele suspira. Vira-se para mim. Seus olhos me dizem muito, dizem tanto que desvio o olhar pois sinto intensamente. Minha pele é hipersensível, finalmente finalmente finalmente acordada e pulsando com vivacidade, zumbindo com sensações tão intensas que é quase obsceno.

Não consigo nem disfarçar.

Ele sabe o que provoca em mim, o que acontece comigo quando seus dedos roçam a minha pele, quando seus lábios se aproximam demais do meu rosto, quando o calor de seu corpo junto ao meu força meus olhos a se fecharem, meus membros a tremerem e meus joelhos a cederem com a pressão. Também percebo o que ele sente ao saber que exerce esse efeito sobre mim. Às vezes ele me tortura, sorrindo enquanto demora tempo demais para acabar com o espaço entre nós, libertando-se no som do meu coração batendo no peito, nas respirações cortadas que tanto luto para controlar, no fato de eu engolir cem vezes pouco antes de ele se movimentar para me beijar. Sequer consigo olhá-lo sem reviver cada momento que passamos juntos, cada memória de seus lábios, de seu toque, de seu cheiro, de sua pele. É demais para mim, demais, tanto, tão novo, tantas sensações extraordinárias que jamais conheci, jamais senti, sequer tive acesso antes.

~~Às vezes, sinto medo de que isso vá me matar.~~

Liberto-me de seus braços; tenho calor e frio e me sinto instável, espero conseguir me controlar, espero que ele esqueça o quão facilmente me afeta, e sei que preciso de um momento para me controlar. Dou um passo para trás; cubro o rosto com as mãos e tento pensar em algo a dizer, mas tudo está tremendo e eu o pego olhando para mim, parecendo capaz de me inspirar completamente de uma só vez.

Não, é a palavra que acho que o ouço sussurrar.

Tudo o que sinto em seguida são seus braços, o tom desesperado de sua voz quando ele pronuncia o meu nome. Estou me libertando em seu abraço, me desfazendo e desmoronando. Não me esforço para controlar os tremores em meus ossos, e ele é tão quente, sua pele é tão quente e nem sei mais onde estou.

Sua mão direita desliza por minhas costas e puxa o zíper da minha roupa, abrindo-o até a metade, e não ligo. Tenho 17 anos para compensar e quero sentir tudo. Não tenho interesse em esperar e arriscar os "quem-sabes" e os "e-ses" e os enormes arrependimentos. Quero sentir tudo porque e se eu acordar e descobrir que esse fenômeno passou, que a data de validade enfim chegou, que minha chance veio e foi e jamais voltará. Que essas mãos nunca mais sentirão o calor dele.

Não posso.

Não vou.

Sequer percebo que o apertei demais até sentir cada contorno de seu corpo debaixo do algodão fino de suas roupas. Minhas mãos deslizam por baixo de sua camisa e ouço sua respiração forçosa, sinto os fortes tendões de seu corpo enrijecerem e ergo o rosto para encontrar seus olhos bem apertados, os traços em uma expressão que parece algum tipo de dor e de repente suas mãos estão em meus cabelos, desesperadas, seus lábios tão próximos. Ele se aproxima, a gravidade sai do caminho e meus pés saem do chão – estou flutuando, estou voando, sou ancorada por nada além desse furacão em meus pulmões, e esse coração batendo uma palpitação uma palpitação uma palpitação rápido demais.

Nossos lábios

se tocam

e sei que vou arrebentar. Ele está me beijando como se tivesse me perdido e me encontrado e eu estivesse deslizando para longe – ele nunca mais vai me soltar. Quero gritar, às vezes. Quero entrar em colapso, às vezes. Quero morrer ciente de que eu soube como foi viver com esse beijo, esse coração, essa leve leve explosão que me faz sentir como se eu tivesse tomado um gole do sol, como se eu tivesse engolido 8, 9, 10 nuvens.

Isto.

Isto me faz arder por completo.

Adam me afasta, a respiração pesada, as mãos deslizando pelo material leve da minha roupa. Está tão quente, sua pele é tão quente e acho que já falei isso, mas não consigo lembrar e estou tão distraída que quando ele fala eu não entendo nada.

Mas ele falou alguma coisa.

Palavras profundas e roucas chegam a meus ouvidos, mas só distingo uma elocução ininteligível, consoantes, vogais e sílabas partidas, tudo misturado. Os batimentos cardíacos dele ecoam no peito e misturam-se aos meus. Seus dedos transmitem mensagens secretas ao meu corpo. Suas mãos deslizam pelo tecido macio e acetinado de minha roupa, descendo na parte interna das minhas coxas, passando atrás dos joelhos e subindo, subindo, subindo. Pergunto a mim mesma se é possível desmaiar e ainda estar consciente ao mesmo tempo e tenho certeza de que essa é a sensação de hiper, hiperventilar, quando ele nos puxa para trás. Ele bate as costas na parede. Segura meu quadril com firmeza. Puxa-me com força contra seu corpo.

Eu arfo.

Seus lábios estão no meu pescoço. Seus cílios fazem cócegas na pele sob meu queixo e ele pronuncia alguma coisa, alguma coisa que soa como meu nome. E me beija, subindo e descendo pela clavícula, beija o arco do meu ombro, e seus lábios, seus lábios e suas mãos e seus lábios buscam as curvas e declives do meu corpo e seu peito sobe e desce quando ele pragueja e para e diz *Como é bom tocar em você*

e meu coração voa para a lua, sem me levar com ele.

Adoro quando ele me diz isso. Adoro quando diz que gosta de tocar em mim porque as palavras vão contra tudo o que ouvi na vida. Queria guardar suas palavras em meu bolso e tocá-las de vez em quando para lembrar a mim mesma que elas existem.

– Juliette.

Mal consigo respirar.

Mal consigo erguer o rosto, olhar para ele e ver qualquer coisa que não seja a perfeição absoluta deste momento, mas nada disso sequer importa, afinal, ele está sorrindo. Está sorrindo como se alguém tivesse pregado as estrelas em seus lábios, e ele olha para mim, olha para mim como se eu fosse *tudo*, e sinto vontade de chorar.

– Feche os olhos – sussurra.

E confio nele.

Então os fecho.

Fecho os olhos e ele beija um, depois o outro. Depois meu queixo, meu nariz, minha testa. Minhas bochechas. As têmporas.

Cada

centímetro

do meu pescoço

e

me puxa para perto tão rápido que chega a bater a cabeça na parede. Algumas palavras obscenas lhe escapam antes que ele consiga contê-las. Fico congelada, assustada, de repente com medo.

– O que aconteceu? – sussurro, mas não sei por que estou sussurrando. – Você está bem?

Adam esforça-se para não fechar a cara, mas respira com dificuldade, olha em volta e gagueja:

– De-desculpa. – Leva a mão à parte de trás da cabeça. – É que... quero dizer, eu pensei que... – Desvia o olhar. Raspa a garganta. – Eu... Eu acho... Eu pensei ter ouvido alguma coisa. Pensei que alguém estivesse prestes a entrar.

É claro.

Adam não tem autorização para estar aqui.

No Ponto Ômega, homens e mulheres ficam em alas diferentes. Castle alega que isso é para garantir que as garotas se sintam seguras e à vontade em seus quartos – especialmente porque temos banheiros comuns –, então, de certa forma, não tenho problemas com essa regra. É bom não precisar tomar banho com homens idosos. Contudo, isso torna difícil nós dois conseguirmos passar tempo juntos – e, durante o tempo que conseguimos quebrar a regra, temos medo de sermos descobertos.

Adam encosta o corpo na parede e se encolhe. Estendo a mão para tocar em sua cabeça.

Ele estremece.

Eu congelo.

– Está tudo bem com você...?

– Está – responde, suspirando. – Eu só... Quero dizer... – Meneia a cabeça. – Não sei. – Baixa a voz. O olhar. – Não sei o que há de errado comigo.

— Ei! — Esfrego as pontas dos dedos em sua barriga. O algodão de sua camisa ainda está aquecido pelo calor do corpo e tenho de resistir à necessidade de enterrar meu rosto ali. — Está tudo bem — garanto. — Você só estava sendo cuidadoso.

Ele oferece um sorriso, mas é um sorriso estranho, meio triste.

— Não estou falando da minha cabeça.

Encaro-o.

Ele abre a boca. Fecha-a. Abre-a outra vez.

— É que... quero dizer, isto aqui...

E aponta para nós dois.

Não conclui o raciocínio. Recusa-se a olhar para mim.

— Não entendi.

— Estou ficando louco — diz, mas sussurra como se sequer estivesse falando em voz alta.

Observo-o. Observo-o, pisco e tropeço em palavras que não consigo ver, não consigo encontrar e não consigo falar.

Ele está negando com a cabeça.

Leva a mão para trás da cabeça, com força, parece constrangido e me esforço para entender o motivo disso. Adam não fica constrangido. Adam nunca fica constrangido.

Sua voz sai pesada quando ele finalmente diz:

— Eu esperei muito tempo para ficar com você. Passei tanto tempo querendo isso... querendo *você*, e agora, depois de tudo...

— Adam, o que você está...?

— Não consigo *dormir*. Não consigo dormir e só penso em você o tempo... o tempo todo... e não consigo... — Adam fica em silêncio, aperta a palma da mão na testa. Fecha os olhos. Vira-se para a parede, de modo que eu não possa ver o seu rosto. — Você precisa saber... Você tem que saber... — As palavras parecem sangrar, parecem deixá-lo acabado. — Que eu nunca quis nada como a quero. Nada.

Porque isto... isto aqui... Quero dizer, porra, eu quero *você*, Juliette, eu quero... eu quero...

Suas palavras falham quando ele se vira para mim, olhos acesos demais, emoções se espalhando por seu rosto. O olhar desliza pelos traços do meu corpo, tempo o bastante para acender um fósforo e encostá-lo à gasolina fluindo em minhas veias.

Sou incendiada.

Quero dizer alguma coisa, alguma coisa certa, positiva e reconfortante. Quero dizer que entendo, que quero a mesma coisa, que também o desejo, mas o momento parece tão carregado, real, urgente e me convenço de que estou sonhando. É como se só me sobrassem as últimas letras e elas são Qs e Zs e acabo de lembrar que alguém inventou um dicionário quando ele enfim afasta o olhar de mim.

Adam engole em seco, abaixa o olhar. Vira outra vez o rosto. Uma de suas mãos fica presa nos cabelos enquanto a outra forma um punho fechado contra a parede.

– Você não tem ideia – diz, com a voz irregular. – Não tem ideia do que faz comigo. Do que me faz sentir. Quando você me toca... – Passa uma mão trêmula pelo rosto. Quase ri, mas sua respiração é pesada e instável; não me encara. Dá um passo para trás, prageja baixinho. Bate o punho na testa. – Caramba! O que eu estou falando? Merda. *Merda.* Desculpa... Esqueça... Esqueça tudo o que eu disse... Tenho que ir...

Tento impedi-lo, tento encontrar minha voz, tento dizer que está tudo bem, que não tem problema, mas agora estou nervosa, tão nervosa, tão confusa, porque nada disso faz o menor sentido. Não entendo o que está acontecendo ou por que ele parece tão incerto sobre mim e nós e eles e mim e ele e mim e todos esses pronomes juntos. Não estou rejeitando-o. Jamais o rejeitei. Meus sentimentos por ele sempre foram muito claros... Ele não tem motivo para sentir qualquer insegurança com relação a mim e não sei por que agora me olha como se alguma coisa estivesse errada...

— Eu sinto muito — diz. — Eu... Eu não devia ter dito nada. Só estou... Sou... Que droga! Eu não devia ter vindo aqui. Preciso ir... Tenho que ir...

— O quê? Adam, o que aconteceu? Do que você está falando?

— Foi uma péssima ideia — diz. — Sou tão idiota... Eu não devia nem estar aqui...

— Você não é idiota... Está tudo bem... Está tudo bem...

Ele deixa escapar uma risada alta, vazia. O eco de um sorriso desconfortável permanece em seu rosto quando ele para e observa algum ponto atrás de mim. Depois de um bom tempo em silêncio, ele enfim se pronuncia:

— Bem... — Tenta parecer animado. — Não é o que Castle pensa.

— O quê? — arfo, pega desprevenida.

Sei que não estamos mais falando da nossa relação.

— Pois é.

De repente, suas mãos estão enfiadas nos bolsos.

— Não.

Adam assente. Dá de ombros. Encara-me e desvia o olhar.

— Não sei. Acho que sim.

— Mas o teste... é... Quero dizer... — Não consigo parar de menear a cabeça. — Ele descobriu alguma coisa?

Adam se recusa a olhar para mim.

— Ai, meu Deus! — exclamo, e sussurro como se, caso eu sussurrasse, alguma coisa ficaria mais fácil. — Então é verdade? Castle está certo?

Minha voz vai ficando mais alta e meus músculos começam a se apertar. Não sei por que pareço sentir medo, essa coisa se arrastando pelas minhas costas. Eu não devia sentir medo de Adam ter um dom como eu tenho; devia ter imaginado que não seria tão fácil, que não podia ser tão simples. Essa sempre foi a teoria de Castle – a de que Adam pode me tocar porque tem algum tipo de Energia que permite isso. Castle nunca pensou que a imunidade de Adam à minha habilidade fosse apenas uma coincidência feliz. Pensou se tratar de algo maior, mais científico, mais específico do que isso. ~~Eu sempre quis pensar que simplesmente tive sorte.~~

E Adam quis saber. Para dizer a verdade, ficou animado com a possibilidade de descobrir.

Porém, quando começou a fazer os exames com Castle, deixou de querer falar sobre o assunto. Nunca me informou nada além das notícias mais superficiais. A animação da experiência desapareceu rápido demais para ele.

Tem alguma coisa errada.

Tem alguma coisa *errada*.

~~É claro que tem.~~

– Não chegamos a nada conclusivo – afirma, mas percebo que está escondendo algo. – Tenho que passar por mais algumas análises. Castle disse que precisa… examinar mais algumas coisas.

Não deixo de notar o jeito mecânico como ele me passa essa informação. Alguma coisa não está certa e não consigo acreditar que não notei os sinais até agora. Eu não quis notar, enfim percebo. Não quis admitir a mim mesma que Adam está com uma aparência de exaustão, cansaço, mais abatido do que antes. A ansiedade encontrou uma morada em seus ombros.

– Adam…

– Não se preocupe comigo. – Suas palavras não soam ásperas, mas há uma urgência permeando seu tom, e sou incapaz de ignorá-la. E ele me puxa em seus braços antes que eu tenha a chance de dizer qualquer coisa. Seus dedos fecham o zíper da minha roupa, deixando-me vestida. – Eu estou bem. De verdade, só queria saber se você também está. Se se sente bem aqui, então eu também me sinto. Está tudo bem. – Sua respiração falha. – Certo? Vai ficar tudo bem.

O sorriso trêmulo em seu rosto faz meu coração esquecer que tem de trabalhar.

– Tudo bem. – Levo um momento para encontrar minha voz. – Está bem, claro, mas...

A porta se abre e Sonya e Sara já estão entrando no quarto quando congelam, mantendo o olhar em nossos corpos unidos.

– Ai! – Sara exclama.

– Hum. – Sonya baixa o olhar.

Adam xinga baixinho.

– Podemos voltar mais tarde... – dizem as gêmeas em uníssono.

Elas já estão saindo quando eu as impeço. Não vou expulsá-las de seu próprio quarto.

Peço-lhes que não saiam.

Elas me perguntam se tenho certeza.

Fito o rosto de Adam e sei que vou me arrepender de ter perdido qualquer momento junto a ele, mas, ao mesmo tempo, sei que não posso tirar vantagem das minhas colegas de quarto. Aqui é o espaço pessoal delas, e já está quase na hora de apagarem as luzes. Sara e Sonya não podem ficar vagando pelos corredores.

Adam não está mais me olhando, mas tampouco me solta. Inclino o corpo para a frente e deixo um leve beijo em seu coração. Enfim me encara. E me oferece um sorriso leve, dolorido.

– Eu te amo – digo baixinho, de modo que só ele consiga me ouvir.

Ele deixa escapar uma respiração curta e irregular. E sussurra:

– Você não tem ideia.

E se afasta. Dá meia-volta. Passa pela porta.
Meu coração bate na garganta.
As meninas me encaram. Preocupadas.
Sonya está prestes a falar, mas então

um movimento
um clique
um tremeluzir

e as luzes se apagam.

Quatro

Os sonhos voltaram.

Eles me deixaram por algum tempo, logo depois que fui aprisionada com Warner na base. Pensei ter perdido o pássaro, o pássaro branco, o pássaro com faixas douradas como uma coroa no topo da cabeça. Ele costumava me encontrar em sonhos, voando intenso e tranquilo, navegando pelo mundo como se soubesse de tudo, como se tivesse segredos dos quais jamais suspeitássemos, como se estivesse me levando a algum lugar seguro. Era um raio de esperança na escuridão pungente do hospício, até eu conhecer seu irmão gêmeo, tatuado no peito de Adam.

Foi como se o pássaro tivesse voado dos meus sonhos para pousar sobre o coração de Adam. Pensei ser um sinal, uma mensagem me comunicando que eu enfim estava segura. Que eu havia voado e finalmente encontrado a paz, um santuário.

Não esperava voltar a ver o pássaro.

Mas agora ele voltou, e exatamente com o mesmo aspecto. É o mesmo pássaro branco, no mesmo céu azul, com a mesma coroa dourada. Só que, desta vez, está congelado. Bate as asas sem sair do lugar, como se estivesse preso em uma gaiola invisível, como se fosse fadado a repetir o mesmo movimento para sempre. O pássaro *parece* estar voando: encontra-se no ar, batendo as asas. Parece livre para voar pelos céus. Todavia, está preso.

Incapaz de alçar voo.

Incapaz de pousar.

Tive esse mesmo sonho todas as noites da última semana, e todas as 7 manhãs acordei trêmula, tremendo com o ar terroso e gelado, esforçando-me para controlar o grito em meu peito.

Esforçando-me para entender o que isso significa.

Arrasto-me para fora da cama e visto o mesmo macacão que uso todos os dias; a única peça de roupa que tenho agora. É de um tom de roxo intenso, tão escuro que chega a parecer preto. Tem um leve brilho, como se cintilasse na luz. É uma peça que vai do pescoço ao punho e aos tornozelos e bem justa, mas não é apertada.

Usando essa roupa, consigo me movimentar como uma ginasta.

Tenho botas de couro que vão até o tornozelo, se moldam à forma do meu pé e permitem que eu caminhe silenciosamente. Também tenho luvas de couro que sobem até o cotovelo, as quais evitam que eu toque em algo que não deva tocar. Sonya e Sara me emprestaram um de seus elásticos de cabelo e, pela primeira vez em anos, consigo manter os fios longe do rosto. Prendo-os em um rabo de cavalo alto e aprendi a fechar o zíper sem a ajuda de ninguém. Este macacão me faz sentir extraordinária. Ele me faz sentir invencível.

Foi um presente de Castle.

Ele mandou fazer sob medida para mim antes de eu chegar ao Ponto Ômega. Pensou que eu poderia enfim ter uma roupa que me protegesse de mim mesma e dos outros, ao mesmo tempo em que me oferecesse a opção de *ferir* outras pessoas. Se eu quisesse. Ou precisasse. A peça é feita com um tipo de material que, em teoria, mantém meu corpo fresco no calor e aquecido no frio. Até agora, funcionou perfeitamente.

~~Até agora até agora até agora.~~

Sigo sozinha o caminho para tomar café da manhã.

Quando acordo, Sonya e Sara já saíram, como sempre. Seu trabalho na ala médica é infinito – elas não só são capazes de curar os feridos, mas também passam seus dias tentando criar antídotos e unguentos. Na única vez que realmente conversamos, Sonya me explicou que algumas Energias podem se esgotar se nos desgastarmos demais, que podemos exaurir nossos corpos o suficiente a ponto de ele entrar em colapso. Elas disseram que querem criar remédios para serem usados em caso de ferimentos múltiplos, para serem capazes de curar tudo de uma só vez. Afinal, elas são só em 2. E a guerra parece iminente.

Cabeças giram para me observar quando entro no refeitório.

Sou um espetáculo, uma anomalia, mesmo em meio a anomalias. A essa altura, depois de todos esses anos, já devia estar acostumada. Devia ser mais forte, adaptada, indiferente às opiniões dos outros.

~~Eu devia ser muitas coisas.~~

Fecho os olhos, mantenho as mãos nas laterais do corpo e finjo ser incapaz de manter contato visual com nada além de um ponto específico, aquela marquinha na parede a 20 metros de onde estou.

Finjo ser apenas um número.

Nada de emoções no rosto. Lábios perfeitamente enrijecidos. Costas retas, mãos abertas. Sou um robô, um fantasma passando pela multidão.

6 passos à frente. 15 mesas para passar. 42 43 44 segundos e sigo contando.

~~Estou apavorada~~
~~Estou apavorada~~
~~Estou apavorada~~
Sou forte.

As refeições são servidas apenas 3 vezes durante o dia: café da manhã das 7h às 8h, almoço das 12h às 13h e jantar das 17h às 19h. O jantar tem uma hora a mais porque é ao final do dia; é como nossa recompensa por ter trabalhado duro. Todavia, as refeições não são eventos refinados e luxuosos – a experiência é muito diferente de jantar com Warner. Aqui, esperamos em uma longa fila, pegamos nossas tigelas já cheias e seguimos à área onde comemos – que não é nada além de uma série de mesas retangulares arranjadas em linhas paralelas pelo salão. Nada é supérfluo, então nada é desperdiçado.

Avisto Adam esperando na fila e vou em sua direção.

68 69 70 segundos e contando.

– Oi, gracinha.

Alguma coisa mole me atinge nas costas. Cai no chão. Viro-me enquanto meu rosto flexiona seus 43 músculos para franzir antes mesmo de eu vê-lo.

Kenji.

E seu sorriso enorme e tranquilo. Olhos da cor de ônix. Cabelos ainda mais escuros, extremamente lisos e caindo por sobre os olhos. Seu maxilar e seus lábios se repuxam e as linhas impressionantes de suas maçãs do rosto formam um sorriso que se esforça para não aparecer. Olha para mim como se eu estivesse andando por aí com papel higiênico nos cabelos e só consigo me perguntar por que não passei mais tempo com ele desde que chegamos aqui. Estritamente falando, ele salvou a minha vida. E também a de Adam. E a de James.

Kenji se abaixa para pegar o que parece ser uma bola de meias. Sente o peso na mão como se quisesse jogá-la em mim outra vez.

– Aonde está indo? – pergunta. – Pensei que devesse me encontrar aqui, não? Castle falou que...

– Por que você trouxe um par de meias ao refeitório? – interrompo-o. – As pessoas estão tentando comer aqui.

Ele congela por uma fração de segundo antes de virar os olhos. Vem ao meu lado. Puxa meu rabo de cavalo.

– Eu estava atrasado para *encontrá-la*, vossa alteza. Não tive tempo de vestir as meias.

Aponta para as meias em sua mão e as botas em seus pés.

– Como você é nojento!

– Sabe, você tem um jeito bem esquisito de me dizer que está a fim de mim.

Nego com a cabeça, tento engolir minha risada. Kenji é um paradoxo ambulante, uma mistura de Senhor Super Sério com Menino de 12 Anos Entrando na Puberdade. Mas eu de fato tinha esquecido como é mais fácil respirar quando ele está por perto; parece natural rir em sua presença. Então, continuo andando e tomo o cuidado de não dizer nada, mas um sorriso ainda tenta se formar em meus lábios enquanto pego a bandeja e me encaminho para o centro do refeitório.

Kenji está logo atrás de mim.

– Então quer dizer que vamos trabalhar juntos hoje?

– Exato.

– E aí... Aí você sai andando na minha frente? Sequer me dá um oi? – Empurra as meias contra o peito. – Fiquei triste. Guardei uma mesa para a gente e tudo...

Encaro-o. Continuo andando.

Ele me alcança.

– Estou falando sério. Tem ideia de como é constrangedor acenar para alguém e ver essa pessoa ignorar a gente? Aí você fica olhando em volta feito um trouxa, tentando parecer todo "não, sério, eu juro, eu conheço aquela menina" e ninguém acredita em...

– Você só pode estar de brincadeira. – Paro no meio do refeitório. Dou meia-volta. Meu rosto está sério, deixando clara a minha indignação. – Você falou comigo talvez *uma* vez nas duas semanas que passamos aqui. Eu quase nem percebo mais a sua presença.

– Está bem, espere aí – diz, agora bloqueando o meu caminho. – Nós dois *sabemos* que é impossível você não ter notado isto *aqui* tudo! – Aponta para si mesmo. – Então, se estiver tentando fazer joguinhos comigo, vou avisando desde já que não vai funcionar.

– O quê?! – Franzo a testa. – Do que você está falan...?

– Você não pode se fazer de difícil, garota. – Arqueia uma sobrancelha. – Eu nem posso *tocar* em você. O que já leva toda essa história de se fazer de difícil a um outro nível, se é que você me entende.

– Santo Deus! – arfo, olhos fechados, negando com a cabeça. – Você é *louco*.

Ele cai de joelhos.

– Louco por você, meu grande, grande amor!

– *Kenji!* – Não consigo erguer o rosto porque tenho medo de olhar em volta, mas sinto-me desesperada por vê-lo parar de falar. Por colocar um quilômetro inteiro de distância entre nós. Sei que está brincando, mas talvez eu seja a única a saber.

– O que foi? – pergunta, a voz ecoando por todo o salão. – O meu amor a deixa constrangida?

– Por favor... *Por favor*, levante-se, e baixe a *voz*...

– Lógico que não!

– Por que não? – Agora estou implorando.

– Porque, se eu baixar a voz, não vou conseguir me ouvir falando. E essa é a minha parte favorita.

Não consigo nem olhar para ele.

– Não me renegue, Juliette. Sou um homem solitário.

– Qual é o seu *problema*?

— Você está partindo o meu coração. — Sua voz sai ainda mais alta agora, os braços fazendo movimentos tristes, sofridos, que quase me impressionam quando me afasto em pânico.

Mas aí percebo que todos o estão assistindo.

E se divertindo.

Consigo esboçar um sorriso desajeitado enquanto observo o salão, e fico surpresa ao descobrir que ninguém está olhando para mim agora. Os homens sorriem, claramente acostumados com as excentricidades de Kenji, e as mulheres todas o observam com uma mistura de adoração e algo mais.

Adam também o encara. Está parado com a bandeja nas mãos, a cabeça inclinada e os olhos confusos. Abre um sorriso sem graça quando nossos olhares se cruzam.

Vou em sua direção.

— Ei, espere aí, garota. — Kenji pula para segurar meu braço enquanto me distancio. — Você sabe que eu só estava brincando com... — Ele me acompanha até onde Adam me espera. Bate a palma da mão na testa. — É claro! Como eu poderia esquecer. Você está apaixonada pelo meu colega de quarto.

Viro-me para encará-lo.

— Ouça, fico grata por você me ajudar a treinar hoje... de verdade. Obrigada por isso. Mas não pode sair por aí proclamando seu amor falso por mim... Especialmente na frente de Adam. E você precisa me deixar atravessar o salão antes que o café da manhã se encerre, está bem? Quase nunca consigo encontrá-lo.

Kenji assente muito lentamente, parece um pouco solene.

— Você está certa. Sinto muito. Eu entendo.

— Obrigada.

— Adam está com ciúme do nosso amor.

— Apenas vá pegar a sua comida.

Empurro-o com força, tentando conter uma risada exasperada.

Kenji é um dos poucos aqui – com a exceção de Adam, obviamente – que não sente medo de me tocar. Para dizer a verdade, ninguém precisa temer quando estou usando a minha roupa especial, mas costumo tirar as luvas para comer, e minha reputação sempre chega 1 metro antes de mim. As pessoas se mantêm distantes. E, muito embora eu acidentalmente tenha atacado Kenji uma vez, ele não tem medo. Acho que é necessária uma quantidade astronômica de alguma coisa muito horrível para conseguir derrubá-lo.

Admiro essa sua característica.

Adam não fala muito quando nos encontramos. Não precisa dizer mais do que um oi porque seus lábios se puxam para um lado e já consigo vê-lo com o corpo um pouco mais ereto, um pouco mais nervoso, um pouco mais tenso. Eu não conheço tantas coisas assim neste mundo, mas sei ler o livro escrito em seus olhos.

O jeito como ele me encara.

Seus olhos agora estão pesados de um jeito que me preocupa, mas seu semblante continua extremamente doce, tão centrado e carregado de sentimentos que mal consigo me manter longe de seu abraço quando está por perto. Pego-me olhando-o fazer as coisas mais simples do mundo – mudar o apoio de uma perna para a outra, pegar a bandeja de comida, assentir para desejar bom-dia a alguém – só para acompanhar os movimentos de seu corpo. Meus momentos com ele são tão raros que meu peito sempre fica apertado demais, meu coração contraído demais. Ele me faz querer ser insensata o tempo inteiro.

E nunca solta a minha mão.

Nunca sinto vontade de deixar de olhá-lo.

– Você está bem? – pergunto, ainda me sentindo um pouco apreensiva pela noite anterior.

Ele assente. Tenta me fazer sorrir, mas parece sentir dor.

— Sim, eu... é... — Raspa a garganta. Respira fundo. Desvia o olhar. — Sim, desculpa por ontem à noite. Eu meio que... dei uma surtada.

— Mas por quê?

Ele está olhando por sobre o meu ombro com o cenho franzido.

— Adam...?

— Sim?

— Por que você surtou?

Seus olhos encontram os meus. Arregalados. Redondos.

— O quê? Nada.

— Não estou entenden...

— Por que vocês dois estão conversando tanto, hein?

Dou meia-volta. Kenji está parado atrás de mim, com tanta comida empilhada na bandeja que fico surpresa por ninguém ter falado nada. Ele deve ter convencido os cozinheiros a lhe dar algumas porções a mais.

— E então? — Kenji continua encarnado, sem piscar, esperando a nossa resposta.

Finalmente inclina a cabeça para trás, em um movimento que diz "me acompanhe", antes de sair andando.

Adam expira e parece tão distraído que acho melhor deixar o assunto "ontem à noite" de lado. Em breve. Em breve conversaremos. Tenho certeza de que não é nada. Certeza de que não é nada, mesmo.

Em breve conversaremos e tudo ficará bem.

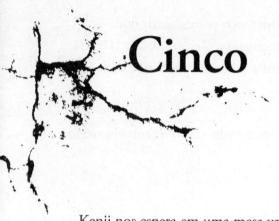

Cinco

Kenji nos espera em uma mesa vazia.

James costumava fazer as refeições com a gente, mas agora se tornou amigo de algumas crianças no Ponto Ômega e prefere passar seu tempo com elas. De todos nós, parece o mais feliz de estar aqui – e fico feliz por ele estar feliz, mas devo admitir que sinto sua falta. Contudo, tenho medo de dizer isso; às vezes, não sei se quero saber por que ele não fica muito com Adam quando estou por perto. ~~Acho que prefiro não saber se as outras crianças conseguiram convencê-lo de que sou perigosa. Quer dizer, eu *sou* perigosa, mas só...~~

Adam se senta em um banco e me ajeito ao seu lado. Kenji se senta à nossa frente. Adam e eu escondemos nossas mãos dadas debaixo da mesa e me permito desfrutar do pequeno luxo de sua proximidade. Ainda estou de luvas, mas o simples fato de permanecer tão perto assim é o bastante; sinto flores brotando em meu estômago, pétalas suaves fazendo cócegas em cada centímetro do meu sistema nervoso. É indescritível o efeito que sua presença exerce sobre mim, as coisas que ele me faz sentir, os pensamentos que me faz ter. É como se me tivessem concedido três desejos: tocar, saborear, sentir. É o mais estranho dos fenômenos. Uma impossibilidade louca e feliz envolta em papel de seda, enfeitada com um laço, guardada em meu coração.

~~Sempre parece ser um privilégio que não mereço.~~

Adam se ajeita e sua perna se encosta na minha.

Ergo o rosto e o pego sorrindo para mim, um sorrisinho secreto e discreto que diz tantas coisas, o tipo de coisa que ninguém deveria dizer à mesa do café da manhã. Forço-me a respirar e escondo um sorriso. Viro-me para me concentrar na comida. Espero não ter enrubescido.

Adam se aproxima do meu ouvido. Sinto os leves sussurros de sua respiração pouco antes de ele começar a falar.

— Vocês dois são nojentos. Sabem disso, não sabem?

Espantada, ergo o olhar e encontro Kenji congelado no meio de um movimento, sua colher a caminho da boca, a cabeça voltada para nós. Ele gesticula com a colher bem na nossa cara.

— Que diabos é isso? Estão brincando de trocar carícias por debaixo da mesa ou alguma merda do tipo?

Adam se afasta de mim, só um ou dois centímetros, e expira profundamente, irritado.

— Quer saber? Se não está gostando, fique à vontade para ir embora. — Assente para a mesa à nossa volta. — Ninguém pediu para você se sentar aqui.

Isso é Adam fazendo um esforço concertado para ser gentil com Kenji. Os dois foram amigos na base, mas, por algum motivo, Kenji sabe exatamente como provocar Adam da pior maneira possível. Por um momento, quase esqueço que são colegas de quarto.

Pergunto-me como deve ser para eles viver juntos.

— Você está falando bobagem e sabe disso — Kenji provoca. — Eu expliquei hoje de manhã que tinha de me sentar com vocês. Castle quer que eu ajude vocês dois a se *ajustarem*. — Bufa. Assente na minha direção. – Olha, não tenho a menor ideia do que você enxerga nesse cara, mas devia tentar viver com ele. O cara é tão temperamental.

– Eu não sou *temperamental*...

– Até parece, cara. – Kenji baixa seus talheres. – Você é *temperamental*. Fica o tempo todo "cale a boca, Kenji", "vá dormir, Kenji", "ninguém quer vê-lo nu, Kenji". Mas, de fato, sei que há milhares de pessoas por aí que adorariam me ver nu...

– Por quanto tempo você tem que ficar sentado aqui? – Adam pergunta antes de virar o rosto e usar a mão livre para esfregar os olhos.

Kenji se endireita no lugar. Pega a colher e começa a fingir que está esfaqueando o ar.

– Você deveria se sentir um cara de sorte por eu estar sentado à sua mesa. E fazendo você parecer legal por associação.

Sinto Adam ficando tenso ao meu lado e decido intervir:

– Ei, será que podemos conversar sobre algum outro assunto?

Kenji bufa. Vira os olhos. Enfia mais uma colherada de café da manhã na boca.

Estou preocupada.

Agora que presto atenção mais de perto, posso notar o cansaço nos olhos de Adam, o peso em seu cenho, a tensão em seus ombros. Não consigo não me perguntar pelo que ele estaria passando neste mundo subterrâneo. O que ele não está me contando. Puxo levemente a mão de Adam e ele se vira para mim.

– Tem certeza de que está bem? – sussurro.

Sinto como se estivesse lhe fazendo a mesma pergunta várias e várias e várias vezes.

Seus olhos logo se suavizam. Parecem cansados, mas também mais bem-humorados. Debaixo da mesa, sua mão solta a minha só para descansar em meu colo, só para deslizar em minha coxa, e quase perco o controle do meu vocabulário antes de ele beijar com delicadeza meus cabelos, seus lábios pairando tempo suficiente para destruir a minha concentração. Engulo em seco, seco demais, quase derrubo o garfo no chão. Preciso de um momento para lembrar que ele ainda não respondeu a minha pergunta. Só quando já virou o rosto e está encarando a comida, Adam enfim assente e diz:

– Eu estou bem.

Mas eu não consigo respirar e suas mãos continuam deslizando em minha coxa.

– Senhorita Ferrars? Senhor Kent?

Endireito-me tão subitamente que bato os nós dos dedos debaixo da mesa ao ouvir a voz de Castle. Tem alguma coisa em sua presença que me faz sentir como se ele fosse meu professor, como se eu tivesse sido pega me comportando mal durante a aula. Adam, por outro lado, não parece nada espantado pela aproximação de Castle.

Agarro os dedos de Adam enquanto ergo a cabeça.

Castle está parado perto da nossa mesa; Kenji, saindo para levar seu prato à cozinha. Dá um tapinha nas costas de Castle, como se os dois fossem bons amigos, e Castle lhe retribui com um sorriso caloroso.

– Eu já volto – Kenji grita por sobre o ombro, virando-se para erguer o polegar de forma excessivamente entusiasmada na nossa direção. – Tentem não ficar nus na frente de todo mundo, pode ser? Tem crianças aqui.

Eu estremeço e olho para Adam, mas ele parece estranhamente concentrado em sua comida. Não disse uma palavra sequer desde a chegada de Castle.

Decido responder por nós dois. Grudo um sorriso enorme no rosto.

— Bom dia.

Castle assente, segura a lapela do terno; sua postura é forte e equilibrada. Ele sorri para mim.

— Eu só vim para dizer um oi e dar uma olhada se está tudo bem. Fico feliz de ver que você está expandindo seu círculo de amizades, senhorita Ferrars.

— Ah, muito obrigada. Mas não posso aceitar os créditos por essa ideia – aponto. – Foi você quem disse para ficar com Kenji.

O sorriso de Castle se torna um pouquinho apertado demais.

— Sim, bem... fico feliz de ver que aceitou o meu conselho.

Faço que sim e olho para a minha comida. Distraída, esfrego a mão na testa. Adam sequer parece respirar. Estou prestes a dizer alguma coisa quando Castle me interrompe:

— Então, senhor Kent, a senhorita Ferrars contou que ela vai treinar com Kenji hoje? Espero que isso a ajude a progredir.

Adam não responde. Então Castle prossegue:

— Na verdade, pensei que pudesse ser interessante para ela também trabalhar com você. Contanto que eu esteja lá para supervisionar.

Os olhos de Adam agora recobram a atenção. Alarmados.

— Do que você está falando?

— Bem... – Castle hesita por um instante. Observo seu olhar deslizando entre nós dois. – Pensei ser interessante realizar alguns testes com vocês dois. Juntos.

Adam se levanta tão rápido que quase bate o joelho na mesa.

— De jeito nenhum.

— Senhor Kent... – Castle começa a responder.

— Sem chance, nem ferrando...

— A escolha é dela...

— Não quero discutir esse assunto aqui...

Eu me coloco em pé. Adam parece prestes a atear fogo em alguma coisa. Seus punhos estão cerrados ao lado do corpo; os olhos, estreitados e tensos; a testa, repuxada; todo o corpo tremendo de energia e ansiedade.

– O que está acontecendo? – exijo saber.

Castle nega com a cabeça. Não está falando comigo ao dizer:

– Só quero ver o que acontece quando ela toca em você. Só isso.

– Você é *louco*...

– Isso é por *ela* – Castle continua, sua voz cuidadosa, extremamente calma. – Não tem nada a ver com o seu progresso...

– Que progresso? – interrompo.

– Só estou tentando ajudá-la a encontrar uma forma de afetar organismos não vivos – Castle explica. – Animais e humanos, esses já deciframos... Sabemos que um toque é o bastante. As plantas aparentemente não são afetadas pelas habilidades dela. Mas e todo o resto? É diferente. Ela ainda não sabe como lidar com essa parte, e quero ajudá-la. É isso que estamos fazendo. Ajudando a senhorita Ferrars.

Adam se aproxima de mim.

– Se você está ajudando Juliette a destruir coisas que não têm vida, por que precisaria de mim?

Por um instante, Castle parece realmente derrotado.

– Para dizer a verdade, não sei – é sua resposta. – A natureza única da relação de vocês... é muito fascinante. Especialmente com tudo o que descobrimos até agora, é...

– O que vocês descobriram? – interrompo outra vez. Castle continua falando:

– ... totalmente possível que tudo esteja ligado de uma maneira que ainda não entendemos.

Adam não parece convencido. Seus lábios formam uma linha tensa. Parece não ter a menor vontade de responder.

Castle se vira para mim. Tenta parecer animado.

– O que acha? Ficou interessada?

– Interessada? – Olho em sua direção. – Eu nem sei do que você está falando. E quero saber por que ninguém responde as minhas perguntas. O que vocês descobriram sobre Adam? Qual é o problema? Tem alguma coisa errada? – Deslizo o olhar de um para o outro. Adam respira com muita dificuldade e tenta não transparecer nada; suas mãos ficam abrindo e fechando. – Será que alguém pode, por favor, me explicar o que está acontecendo?

Castle fecha uma carranca.

Está me analisando, confuso, as sobrancelhas repuxadas como se eu falasse uma língua que ele não ouve há anos.

– Senhor Kent – diz, ainda olhando para mim. – Devo deduzir que até agora não dividiu nossas descobertas com a senhorita Ferrars?

– Quais descobertas? – pergunto, agora com o coração tão acelerado que já começa a doer.

– Senhor Kent...

– Isso não é da sua conta – Adam esbraveja.

– Ela precisa *saber*...

– Mas nós ainda não sabemos de nada!

– Sabemos o bastante.

– Bobagem. Ainda não terminamos...

– A única coisa que falta é testar vocês dois juntos...

Adam dá um passo e para, à frente de Castle, agarrando a bandeja do café da manhã com força.

– Talvez – diz muito, muito cuidadosamente. – Talvez em outro momento.

Ele dá meia-volta para ir embora.

Seguro seu braço.

Ele para. Solta a bandeja, vira na minha direção. Tem menos de um centímetro entre nós e quase esqueço que estamos em um salão lotado. Sua respiração é quente e rasa e o calor de seu corpo derrete meu sangue só para fazer esse sangue subir para as bochechas.

O pânico dá cambalhotas em meus ossos.

— Está tudo bem – diz, mas mal consigo ouvi-lo por sobre o barulho de nossos corações colidindo. – Vai ficar tudo bem, eu prometo.

— Mas...

— Eu prometo – repete, segurando a minha mão. – Eu juro. Vou consertar isso...

— Consertar isso? – Acho que estou sonhando. Acho que estou morrendo. – Consertar o quê? – Tem alguma coisa quebrando no meu cérebro e alguma coisa acontecendo sem a minha permissão. Estou perdida, tão perdida, estou tão, tão, tão confusa e me afogando em confusão. – Adam, não estou entendendo...

— Sério, mesmo? – Kenji está se aproximando outra vez do nosso grupo. – Vocês vão fazer isso aqui? Diante de todo mundo? Porque essas mesas nem de longe são tão confortáveis quanto parecem.

Adam se afasta e empurra o braço de Kenji ao sair.

— *Não faça isso.*

É tudo o que ouço Adam dizer antes de ele desaparecer.

Seis

Kenji deixa escapar um assobio.

Castle está chamando Adam, pede para ele esperar, para conversar, para debater a situação de uma maneira mais racional. Em momento algum Adam olha para trás.

– Não falei que ele era temperamental? – Kenji sussurra.

– Ele não é temperamental – ouço minha voz retrucando, mas as palavras parecem distantes, desconexas dos meus lábios.

Sinto-me entorpecida, como se meus braços tivessem sido esvaziados.

Onde foi que deixei minha voz? Não consigo encontrar a minha voz não consigo encontrar minha...

– Enfim! Você e eu, hein? – Kenji esfrega as mãos. – Pronta para ser detonada?

– Kenji.

– Eu?

– Quero que me leve aonde eles tenham ido.

Kenji me observa como se eu tivesse acabado de pedir para ele chutar o próprio rosto.

– Ah, sim... O que acha de um caloroso *não, porra* como resposta a esse pedido? Funciona para você? Porque, para mim, funciona.

— Preciso saber o que está acontecendo. — Viro-me para ele, desesperada, sentindo-me uma idiota. — Você sabe, não sabe? Sabe qual é o problema...

— É claro que sei. — Franze a testa, cruza os braços. Olha nos meus olhos. — Eu *moro* com esse idiota e praticamente cuido deste lugar todo. Eu sei de tudo.

— Então por que não me conta? Kenji, *por favor*...

— Sim, bem... Vou passar sem essa, mas sabe o que vou fazer? Vou tirar você do inferno deste refeitório, onde todo mundo está *ouvindo tudo o que você diz.* — Essa última parte ele pronuncia com uma voz extremamente alta, olhando em volta da sala, negando com a cabeça. — Voltem a tomar seu café da manhã, pessoal. Não tem nada para vocês verem aqui.

É só então que me dou conta de que nos tornamos um espetáculo. Todos os olhos no salão piscam na minha direção. Tento abrir um sorriso discreto e acenar antes de permitir que Kenji me tire deste lugar.

— Não precisa acenar para as pessoas, princesa. Não estamos em uma cerimônia de coroação.

Ele me puxa na direção de um dos muitos corredores longos e pouco iluminados.

— Me diga o que está acontecendo. — Tenho que piscar várias vezes antes de meus olhos se ajustarem à iluminação. — Isso não é justo. Todo mundo sabe o que está acontecendo, menos eu.

Ele faz que não se importa, encosta um ombro na parede.

— Não sou eu quem devo contar. Quer dizer, gosto de zoar o cara, mas não sou nenhum cuzão. Ele me pediu para não falar nada, então vou ficar bem quieto.

— Mas, mas... Ele está bem? Pode pelo menos me dizer se ele está bem?

Kenji esfrega a mão nos olhos; irritado, suspira. Lança um olhar sério na minha direção e diz:

— Está bem, você já viu um acidente de trem? — Não espera a minha resposta para prosseguir: — Eu vi um quando era criança. Era um daqueles trens enormes e loucos, carregando um bilhão de carros, totalmente descarrilhado, meio explodindo. A porra toda pegava fogo e todo mundo gritava, tipo, querendo saber que diabos tinha acontecido, e você *sabe* que as pessoas estão mortas ou prestes a morrer e não quer assistir, mas não consegue desviar o olhar, entende? — Ele assente. Morde a parte interna da bochecha. — É mais ou menos isso. Seu garoto é um terrível acidente de trem.

Não consigo sentir minhas pernas.

— Quer dizer, sei lá — Kenji prossegue. — Quer a minha opinião pessoal? Acho que ele está exagerando. Coisas piores já aconteceram, certo? Tipo, não estamos sufocados de coisas loucas com as quais temos de lidar? Mas não, o senhor Adam Kent parece não saber disso. Aliás, tenho certeza de que aquele cara está louco. Acho que ele nem dorme mais. E quer saber? — Aproxima-se de mim antes de prosseguir: — Acho que ele está começando a deixar James um pouco assustado e, para ser franco, isso já começa a me irritar porque aquele menino é legal demais para ter que lidar com os dramas de Adam...

Mas não estou mais ouvindo.

Estou visualizando o pior dos cenários, os piores resultados possíveis. Coisas horríveis e aterrorizantes que sempre terminam com Adam morrendo de alguma maneira muito trágica. Ele deve estar doente ou passando por alguma aflição terrível ou alguma outra coisa que seja incapaz de controlar ou ah, Deus, *não!*

— Você precisa me contar.

Não reconheço minha própria voz. Kenji me observa. Está em choque, de olhos arregalados, com um medo sincero estampado em seus traços e só então percebo que o prendi contra a parede. Meus 10 dedos estão curvados em sua camisa, meus punhos agarrando o tecido e nem consigo imaginar qual deva ser a minha aparência para ele agora.

E o mais assustador é que não estou nem aí.

— Você vai me contar *alguma coisa,* Kenji. Tem que contar. Eu preciso saber.

— Você... — Passa a língua pelos lábios, olha em volta, dá uma risadinha nervosa. — Quer me soltar, talvez?

— Você vai me ajudar?

Ele coça a orelha. Treme um pouquinho.

— Não?

Bato seu corpo com mais força na parede, reconhecendo o avanço de algum tipo selvagem de adrenalina queimando em minhas veias. É estranho, mas parece que eu poderia rasgar o chão usando apenas as mãos.

Parece ser fácil. Super fácil.

— Certo... Está bem... Cacete. — Kenji mantém os braços erguidos, sua respiração sai um pouco acelerada. — Tipo... o que acha de me soltar e depois eu... Eu a levar aos laboratórios de pesquisa?

— Laboratórios de pesquisa.

— Exato. É onde fazem os testes. É onde fazemos todos os nossos testes.

— Você promete me levar se eu o soltar?

— Se eu não prometer, você vai arrebentar o meu cérebro contra a parede?

— Provavelmente — minto.

— Então, sim, vou levar você. *Cacete.*

Solto-o e cambaleio para trás. Faço um esforço para me recompor. Estou um pouco constrangida agora que o larguei. Parte de mim acha que exagerei na reação.

— Desculpa pelo que acabou de acontecer — peço. — Mas obrigada. Agradeço a sua ajuda.

Tento erguer o queixo com alguma dignidade.

Kenji bufa. Olha para mim como se não tivesse ideia de quem eu sou, como se não soubesse se deveria rir ou aplaudir ou sair correndo desesperadamente na direção oposta. Esfrega a mão na nuca, mantendo os olhos focados em meu rosto. Não para de encarar.

— O que foi? — pergunto.

— Quanto você pesa?

— Nossa! É assim que você conversa com todas as garotas que conhece? Porque explica muita coisa.

— Eu tenho oitenta quilos — diz. — De músculos.

Encaro-o.

— Quer um prêmio por isso?

— Bem, bem, bem... — Inclina a cabeça, deixando só o mais leve sinal de um sorriso brotar em seu rosto. — Veja só quem é a engraçadinha agora.

— Acho que você está copiando de mim as suas gracinhas, então — retruco.

Mas ele não está mais sorrindo.

— Olha, não estou tentando me gabar ao apontar isso, mas eu poderia lançá-la do outro lado da sala usando só o meu mindinho. Você pesa, tipo, menos do que nada. Eu tenho quase o dobro da sua massa muscular. — Faz uma pausa. — Então, como foi que você conseguiu me prender contra a parede?

— O quê? — Franzo o cenho. — Do que está falando?

— Estou falando de *você* – aponta para mim –, *me* prender – aponta para si –, contra a *parede*.

E aponta para a parede.

— Você está dizendo que *realmente* não conseguia se movimentar? – Pisco os olhos. – Pensei que só estivesse com medo de tocar em mim.

— Não – Kenji responde. – É sério, eu não conseguia me movimentar. Mal conseguia respirar.

Meus olhos estão arregalados, arregalados demais.

— Você está zoando.

— Já fez isso outras vezes?

— Não. – Nego também com a cabeça. – Quero dizer, acho que não...

Arfo enquanto a memória de Warner e sua câmara de tortura invadem a minha mente; tenho que fechar os olhos para evitar o fluxo de imagens. Qualquer lembrança desse evento, por menor que seja, é o bastante para me deixar com uma náusea insuportável. Já sinto o suor frio em minha pele. Warner estava me testando, tentando me colocar em uma posição na qual eu seria forçada a usar minha força contra uma criança. Fiquei tão aterrorizada, tão enfurecida que arrebentei a barreira de concreto para ter acesso a Warner, que esperava do outro lado. Depois também prendi *Warner* contra a parede. Só que não percebi que ele ficou com medo da minha força. Pensei que tivesse medo de se mexer porque eu estava perto demais e podia tocar nele.

Acho que estava errada.

— Pois é – Kenji diz, assentindo para algo que deve estar enxergando em meu rosto. – Bem, foi isso que pensei. Terei que lembrar desse detalhezinho suculento quando enfim dermos início à nossa sessão de treino. – Lança um olhar pesado para mim. – Seja lá quando isso acontecer.

Estou assentindo, mas sem prestar muita atenção.

– Claro. Tudo bem. Mas, primeiro, é hora de me levar às salas de pesquisa.

Kenji suspira. Acena, faz uma reverência.

– Primeiro as damas, princesa.

Sete

Estamos passando por uma série de corredores que nunca vi antes.

Por todos os corredores de sempre, alas e dormitórios, passando pela sala de treinamento que eu normalmente ocupo e, pela primeira vez desde que cheguei aqui, estou mesmo prestando atenção aos meus arredores. De repente, meus sentidos parecem mais aguçados, mais claros; todo o meu ser parece vibrar com uma energia renovada.

Estou elétrica.

Todo esse esconderijo foi criado nas profundezas do chão – não é nada além de túneis cavernosos e passagens interconectadas, tudo alimentado com suprimentos e eletricidade roubados de unidades secretas de armazenamento que pertencem ao Restabelecimento. Este lugar é inestimável. Castle certa vez nos contou que levou pelo menos uma década para projetá-lo e mais uma década para executar o projeto. Quando terminou, também já havia recrutado todos os outros membros deste mundo subterrâneo. Entendo por que ele é tão implacável quando o assunto é a segurança do lugar, por que se empenha em não deixar que nada aconteça. Acho que eu agiria da mesma maneira.

Kenji para.

Chegamos ao que parece ser um beco sem saída – o que poderia ser o fim do Ponto Ômega.

Ele puxa um cartão-chave que mantinha escondido. Suas mãos tateiam em busca de um painel enterrado na pedra e o abre. Faz alguma coisa que não consigo ver. Passa o cartão. Mexe em um interruptor.

Toda a parede ganha vida.

Seus pedaços se desfazem, mexendo-se até revelarem um buraco grande o bastante para nossos corpos passarem. Kenji acena para que eu o siga e vou me arrastando pela entrada. Olho para trás e observo a parede se fechar.

Agora estou do outro lado.

É como uma caverna. Enorme, ampla, separada em 3 seções longitudinais. A sessão do meio é a mais estreita e serve como uma espécie de passarela; salas quadradas envidraçadas, com portas estreitas também de vidro, compõem os lados direito e esquerdo. Cada parede transparente funciona como uma limitação dos cômodos – tudo é transparente. Existe uma aura elétrica tomando conta de todo o espaço; cada cubo é iluminado por luzes brancas e máquinas piscando; a energia pulsa pela vasta dimensão deste lugar.

Existem pelo menos 20 salas aqui.

10 de cada lado, todas completamente visíveis. Reconheço uma série de rostos que estavam no refeitório, alguns presos a máquinas, com agulhas enfiadas no corpo, monitores bipando com informações que sou incapaz de decifrar. As portas deslizam e se abrem e se fecham e se abrem e fecham e abrem e fecham; palavras, sussurros, passos, mãos gesticulando e pensamentos não concluídos se reúnem no ar.

Aqui.

Aqui é onde tudo acontece.

Castle me contou há 2 semanas – no dia depois que cheguei – que ele tinha uma boa ideia de por que somos como somos. Comentou que eles vinham fazendo pesquisas há anos.

Pesquisas.

Vejo pessoas correndo, arfando no que parecem ser esteiras incomumente rápidas. Vejo uma mulher carregando uma pistola em uma sala repleta de armas e vejo um homem segurando alguma coisa que emite uma chama azul. Vejo uma pessoa parada em uma câmara cheia de água e há cordas amontoadas presas ao teto e todo tipo de líquido, composto químico, engenhocas cujos nomes desconheço. Meu cérebro não para de gritar. Meus pulmões continuam se incendiando e é demais é demais é demais demais.

Máquinas demais, luzes demais, pessoas demais em salas demais, tomando notas, conversando entre si, olhando para os relógios a cada poucos segundos. Vou cambaleando para a frente, olhando atentamente demais e sem atenção suficiente e enfim ouço. Tento muito não ouvir, mas quase não fica contido atrás dessas espessas paredes de vidro e lá está outra vez.

O som gutural e latente da agonia humana.

Atinge-me bem na cara. Soca o meu estômago. A percepção salta em minhas costas e explode na minha pele. Esfrega as unhas em meu pescoço e me afogo na impossibilidade.

Adam.

Eu o vejo. Já está aqui, em uma das salas de vidro. Sem camisa. Preso a uma maca, braços e pernas amarrados, fios de uma máquina próxima em contato com suas têmporas, sua testa, logo abaixo da clavícula. Seus olhos estão bem fechados, os punhos também, o maxilar apertado, o rosto tenso com o esforço para não gritar.

Não entendo o que estão fazendo com ele.

Não sei o que está acontecendo, não entendo *por que* está acontecendo ou por que ele precisa de uma máquina ou por que ela continua piscando e bipando. Parece que não consigo me mexer ou respirar e estou tentando lembrar minha voz, minhas mãos, minha cabeça e meus pés e então ele

estremece.

Convulsiona na maca, tenta resistir à dor até seus punhos baterem no colchão e eu ouvi-lo chorar em agonia e por um momento o mundo para, tudo perde velocidade, os sons saem estrangulados, as cores parecem maculadas e o chão parece ceder e eu penso nossa!, acho que vou mesmo morrer. Vou cair morta aqui ou

vou matar a pessoa responsável por isso.

Uma coisa ou a outra.

Então avisto Castle. Castle, parado no canto do quarto de Adam, observando em silêncio enquanto esse garoto de dezoito anos estremece de agonia. E Castle não faz nada. Nada além de assistir, nada além de tomar notas em seu caderninho e repuxar os lábios enquanto inclina a cabeça para o lado. Para olhar o monitor na máquina bipando.

E o pensamento é tão simples quando passa por minha cabeça. Tão calmo. Tão tranquilo.

Tão, *tão* tranquilo.

Eu vou matá-lo.

– Juliette... *não*...

Kenji me agarra pela cintura, seus braços mais parecem cordas de aço me envolvendo e acho que estou gritando, acho que estou dizendo coisas que nunca antes me ouvi dizer e Kenji está mandando eu me acalmar e falando:

– Era *exatamente* por isso que eu não queria trazê-la aqui... você não entende... não é o que parece.

E concluo que provavelmente deva matar Kenji também. Só porque é um idiota.

— ME SOLTE...

— Pare de me *chutar*...

— Eu vou *matar* ele...

— Você devia mesmo parar de falar isso em voz alta, está bem? Não está ajudando a melhorar sua imagem com essa atitude...

— ME SOLTA, KENJI, EU JURO POR DEUS...

— Senhorita Ferrars!

Castle está parado no final da passarela, a alguns metros da sala de vidro de Adam. A porta permanece aberta. Adam não está mais se debatendo, mas tampouco parece consciente.

Raiva, raiva violenta.

É tudo o que sinto agora. O mundo parece tão preto e branco daqui, tão fácil de demolir e conquistar. Essa raiva é diferente de tudo o que já senti. É uma fúria tão violenta, tão potente que chega a acalmar, como um sentimento que finalmente encontrou seu lugar, um sentimento que enfim se sente à vontade ao se ajeitar em meus ossos.

Eu me tornei um molde para metal líquido; um calor abrasador se distribui por meu corpo e o excesso cobre minhas mãos, dando a meus punhos uma força de tirar o fôlego, uma energia tão intensa que acredito ser capaz de me soterrar. E me deixa vertiginosa.

Eu poderia fazer qualquer coisa.

Qualquer coisa.

Os braços de Kenji se afastam de mim. Não preciso olhá-lo para saber que está cambaleando para trás. Com medo. Confuso. Provavelmente perturbado.

Não estou nem aí.

— Então é aqui que você fica – digo a Castle e me surpreendo com o tom fluido e frio da minha voz. – É isso que você fica fazendo.

Ele se aproxima e parece se arrepender. Parece assustado, surpreso ao se deparar com o que vê em meu rosto. Tenta falar, mas eu o interrompo.

— O que você fez com ele? – exijo saber. – O que está *fazendo* com ele...?

— Senhorita Ferrars, por favor...

— Ele não é um *experimento* seu! – explodo e a compostura desaparece, o ritmo estável da minha voz também, e de repente me pego outra vez tão alterada que não consigo evitar o tremor em minhas mãos. – Você acha que pode usá-lo para a sua *pesquisa*...

— Senhorita Ferrars, por favor, precisa se acalmar.

— Não venha me dizer para me acalmar!

Não consigo nem imaginar o que devem ter feito com ele aqui, os testes, a possibilidade de tratarem Adam como algum tipo de espécime.

Eles o estão *torturando*.

— Eu não esperaria uma reação tão adversa vinda de você ao ver esta sala – Castle fala. Está tentando manter uma conversa racional. Razoável. Tentando até ser simpático. O que me faz pensar em como deve estar o meu semblante agora. E me perguntar se ele estaria com medo de mim. – Pensei que entendesse a importância das pesquisas que conduzimos no Ponto Ômega. Sem elas, como poderíamos alimentar qualquer esperança de conhecer nossas origens?

— Você está causando dor nele... Está *matando* Adam! O que fez...

— Nada de que ele não tenha consentido em participar. – A voz de Castle sai tensa e seus lábios estão tensos e posso perceber que sua paciência está se esgotando. – Senhorita Ferrars, se estiver insinuando que eu o usei para algum experimento pessoal, recomendo que analise a situação mais de perto. – Ele pronuncia as últimas sílabas com uma ênfase excessiva, com um pouco de fogo excessivo, e percebo que nunca o vi furioso. Então prossegue: – Sei que está enfrentando problemas aqui. Sei que não está acostumada a se ver como parte de um grupo e me esforcei para entender o que você enfrentou antes... Tentei ajudá-la a se adaptar. Mas você precisa olhar à sua volta. – Ele aponta para as paredes de vidro e as pessoas atrás delas. – Somos todos iguais. Estamos trabalhando na mesma equipe! Eu não fiz Adam passar por nenhum procedimento que eu próprio não tenha passado. Estamos simplesmente realizando testes para ver qual é a habilidade sobrenatural dele. Não temos como saber ao certo do que ele é capaz se não fizermos esses testes. – Sua voz baixa uma ou duas oitavas: – E não podemos nos dar ao luxo de esperar vários anos, até ele acidentalmente descobrir alguma coisa que pode ser útil agora para a nossa causa.

E é estranho.

Porque é uma coisa verdadeira, essa raiva.

Sinto-a envolvendo meus dedos como se eu pudesse jogá-la bem na cara dele. Sinto-a se curvando em volta da minha espinha, plantando-se em meu estômago e criando galhos em minhas pernas, braços, pescoço. E me afogando. Afogando porque precisa ser libertada, precisa de alívio. Precisa agora.

– Você – digo a ele, tendo dificuldade até mesmo para cuspir as palavras. – Você pensa que é muito melhor do que o Restabelecimento, mas só está *nos usando*... fazendo experimentos com a gente para avançar com a sua causa...

– SENHORITA FERRARS! – Castle berra.

Seus olhos brilham forte, forte demais, e percebo que todos neste túnel estão nos assistindo. Seus punhos estão cerrados na lateral do corpo e o maxilar inconfundivelmente apertado e sinto a mão de Kenji em minhas costas antes de perceber que a terra está vibrando sob os meus pés. As paredes de vidro começam a tremer e Castle está parado no meio de tudo, rígido, tomado por raiva e indignação ferozes e lembro que ele tem um nível avançado de psicocinese.

Lembro que é capaz de movimentar as coisas usando o poder da mente.

Ele mexe a mão direita, palma para fora, e o painel de vidro a poucos passos começa a tremer, balançar, prestes a estilhaçar, e aí me dou conta de que sequer estou respirando.

— Você não quer me deixar irritado. — Sua voz é calma demais perto do aspecto de seus olhos. — Se tem algum problema com meus métodos, convido-a a declarar suas contrariedades de maneira racional. Porém, não tolerarei você falando comigo dessa maneira. Minhas preocupações com o futuro do nosso mundo podem ser maiores do que talvez você imagine, mas não deve me culpar pela sua ignorância!

Ele baixa a mão direita e o vidro volta ao normal.

— Minha *ignorância?* — Estou outra vez respirando com dificuldade. — Você pensa que só porque não entendo os motivos que o levam a fazer alguém se submeter a... a *isto*... — Aponto para a sala. — Você acha que por isso sou *ignorante*...?

— Ei, Juliette, está tudo bem... — Kenji começa a dizer.

— Leve-a para fora daqui — Castle instrui. — Leve-a de volta à sala de treinamento. — Lança um olhar carregado de insatisfação para Kenji. — E você e eu... vamos discutir isso mais tarde. O que você tinha na cabeça quando decidiu trazê-la aqui? Juliette não está pronta para ver isso... Ela mal consegue lidar *consigo mesma* por ora...

Castle está certo.

LIBERTA-ME

Não sei lidar com isso. Não consigo ouvir nada além do som das máquinas bipando, gritando em minha cabeça. Não consigo enxergar nada além do corpo amolecido de Adam em um colchão fino. Não consigo parar de imaginar o que ele deve estar enfrentando, o que teve de aguentar só para entender o que ele talvez seja e então percebo que é tudo culpa minha.

Por culpa minha ele está aqui, por culpa minha está em perigo, por culpa minha Warner quer matá-lo e Castle quer usá-lo em testes e se não fosse por mim ele ainda estaria vivendo com James em uma casa que não teria sido destruída. Estaria vivendo com segurança e conforto, livre do caos que eu trouxe à sua vida.

Eu o fiz vir para cá. Se Adam jamais tivesse me tocado, nada disso estaria acontecendo. Ele estaria com saúde e forte e não sofreria, não precisaria se esconder, nem ficar preso quinze metros abaixo do chão. Não teria de passar seus dias amarrado a uma maca.

~~É culpa minha é culpa minha é culpa minha é culpa minha~~ é tudo culpa minha

Eu estalo.

Como se eu estivesse cheia de gravetos e só precisasse flexionar meus músculos para todo o meu corpo se quebrar. Toda a culpa, a raiva, a frustração, a agressão contidas dentro de mim encontraram um escape e agora não podem ser controladas. Sinto uma energia atravessar meu corpo com um vigor que jamais senti antes e não consigo pensar, mas tenho que fazer *alguma coisa* tenho que tocar em *alguma coisa* e estou curvando os dedos e dobrando os joelhos e empurrando o braço para trás e

socando

socando

socando

o

chão.

Uma fissura se abre no chão abaixo dos meus dedos e as reverberações se espalham por meu ser, ricocheteando em meus ossos até minha cabeça girar e meu coração se transformar em um pêndulo espancando a caixa torácica. Meu olhar perde o foco e embaça. Tenho que piscar cem vezes para enxergar e ver uma fenda se abrindo sob meus pés, uma linha fina se arrastando pelo chão. Tudo à minha volta de repente se desequilibra. A pedra geme sob nosso peso. As paredes de vidro estão sacudindo e as máquinas saindo de seus lugares e a água respinga de seu recipiente e as pessoas...

As pessoas.

As pessoas ficam congeladas, aterrorizadas e horrorizadas e o medo em seus semblantes me rasga.

Caio para trás, levando o punho direito ao peito e tentando lembrar a mim mesma que não sou nenhum monstro. Não tenho que ser um monstro, não quero ferir as pessoas, não quero ferir as pessoas *não quero ferir as pessoas*.

E não está funcionando.

Porque tudo é uma mentira.

Porque esta sou eu tentando ajudar.

Olho em volta.

Para o chão.

Para o que fiz.

E entendo, pela primeira vez, que tenho o poder de destruir tudo.

Oito

Castle está lânguido.

Seu maxilar, torto. Os braços, soltos na lateral do corpo; os olhos arregalados de preocupação, admiração e um toque de intimidação. Embora ele movimente os lábios, parece incapaz de deixar escapar qualquer ruído.

Sinto que agora é um bom momento para saltar de um penhasco.

Kenji toca em meu braço e me viro para encará-lo, mas logo percebo que estou petrificada. Estou sempre esperando que ele e Adam e Castle percebam que ter bondade comigo é um erro, que tudo vai acabar mal, que não valho a pena, que não sou nada além de uma ferramenta, uma arma, uma assassina no armário.

Porém, ele segura meu punho direito muito docemente. Toma o cuidado de não tocar em minha pele enquanto tira a agora surrada luva de couro e inspira dolorosamente ao ver os nós dos meus dedos. A pele está cortada e há sangue em todos os lugares e não consigo mexê-los.

Percebo que sinto *agonia*.

Pisco e estrelas explodem. Uma nova tortura assola meus membros com tamanha fúria que não consigo mais falar.

Então arfo

e
o
mundo

d e s a p a r e c e

Nove

Minha boca tem o gosto da morte.

Consigo abrir os olhos e logo sinto a ira do inferno rasgando meu braço direito. Minha mão foi enfaixada com tantas camadas de gaze a ponto de imobilizar meus cinco dedos e me sinto grata por isso. Estou tão exausta que não tenho energia para chorar.

Pisco.

Tento analisar o que há à minha volta, mas meu pescoço está rígido demais.

Dedos tocam meu ombro e sinto vontade de expirar. Pisco outra vez. E mais uma vez. O rosto de uma garota entra e sai de foco. Viro a cabeça para ver melhor e pisco pisco pisco algumas vezes mais.

– Como está se sentindo? – ela sussurra.

– Estou bem – respondo para a mancha, mas acho que estou mentindo. – Quem é você?

– Sou eu – ela responde com uma voz muito leve. Mesmo sem conseguir vê-la claramente, ouço a bondade em sua voz. – Sonya.

É claro.

Sara também deve estar aqui. Aqui, na ala médica.

– O que aconteceu? – indago. – Quanto tempo passei apagada?

Ela não responde, o que me faz pensar se não está me ouvindo.

– Sonya? – Tento encará-la. – Quanto tempo passei dormindo?
– Você esteve muito doente. Seu corpo precisou de tempo...
– Quanto tempo? – Minha voz sai sussurrada.
– Três dias.

Eu me sento e sei que vou vomitar.
Por sorte, Sonya consegue antecipar a minha necessidade. Um balde aparece bem na hora de eu me livrar do pouco que tenho no estômago e ainda continuar com ânsia. Não uso a minha roupa, mas uma espécie de avental do hospital e alguém está passando um pano úmido e quente em meu rosto.
Sonya e Sara pairam sobre mim, segurando os panos quentes, limpando meus membros amolecidos, fazendo barulhinhos para me acalmar e me dizendo que vou ficar bem, que só preciso descansar, que enfim estou acordada tempo suficiente para comer alguma coisa, que não preciso me preocupar porque não tem nada com que se preocupar e elas vão cuidar de mim.
Mas então olho mais de perto.
Percebo suas mãos, tão cuidadosamente cobertas por luvas de látex. Percebo o acesso entrando na veia do meu braço; percebo o modo urgente, mas cauteloso, como se aproximam de mim e então percebo qual é o problema.

Elas não podem me tocar.

Dez

Elas nunca tiveram de lidar com um problema como eu antes.

Ferimentos são sempre tratados por pessoas com poder de cura. Elas são capazes de corrigir ossos quebrados e tratar de ferimentos a balas e reavivar pulmões em colapso e cicatrizar os piores tipos de cortes – sei disso porque Adam teve de ser transportado em uma maca ao Ponto Ômega quando chegamos. Havia sofrido nas mãos de Warner e de seus homens depois de escaparmos da base militar, e pensei que seu corpo teria sequelas para sempre. Porém, ele está perfeito. Novíssimo em folha. Foi necessário um dia para fazê-lo se recuperar; parecia mágica.

Mas não existem remédios mágicos para mim.

Nem milagres.

Sonya e Sara explicam que eu devo ter sofrido algum tipo enorme de choque. Dizem que meu corpo se excedeu com suas próprias habilidades e que é um milagre eu até mesmo ter saído viva. Também pensam que meu corpo ficou apagado tempo suficiente para reparar a maioria dos danos psicológicos, embora eu não saiba dizer se isso é mesmo verdade. Parece-me que despendi muito esforço para resolver esse tipo de coisa. ~~Já faz muito tempo que tenho problemas psicológicos.~~ Mas pelo menos a dor física diminuiu. Agora ela não passa de um pulsar contínuo que sou capaz de ignorar por períodos breves de tempo.

Lembro-me de uma coisa. E digo a elas:

— Antes, nas câmaras de tortura de Warner, e depois com Adam e a porta de aço... Eu nunca... Isso nunca aconteceu... Eu nunca me feri...

— Castle nos contou — Sonya revela. — Mas quebrar uma porta ou uma parede é muito diferente de tentar rachar o chão em dois. — Tenta sorrir. — Temos certeza de que o que aconteceu dessa vez nem se compara ao que você fez antes. Agora foi muito mais forte... Todos sentimos quando aconteceu. Na verdade, pensamos que explosivos haviam disparado. Os túneis quase desmoronaram.

— Não — respondo, sentindo meu estômago petrificar.

— Está tudo bem — Sara tenta me acalmar. — Você parou antes de destruir tudo.

Não consigo recuperar o fôlego.

— Você não tinha como prever que... — Sonya começa a dizer.

— Eu quase matei... Eu quase matei todos vocês.

Sonya nega com a cabeça.

— Você guarda uma quantidade impressionante de poder. Não é culpa sua. Você não sabia do que era capaz.

— Eu podia ter matado vocês. Podia ter matado Adam... Eu... — Minha cabeça gira. — Ele está aqui? Adam está aqui?

As meninas me encaram. Olham uma para a outra.

Ouço uma garganta raspar e me viro na direção do barulho.

Kenji sai de um canto. Acena rapidamente, oferece um sorriso desajeitado, que não alcança seus olhos.

— Desculpa — diz. — Mas tivemos que mantê-lo fora daqui.

— Por quê? — indago, mas tenho medo de descobrir a resposta.

Kenji afasta os cabelos que caem sobre seus olhos. Reflete sobre a minha pergunta.

– Bem, por onde começar? – Usa os dedos para contar. – Depois de descobrir o que aconteceu, ele tentou me matar, ficou extremamente agressivo com Castle, recusou-se a deixar a ala médica até mesmo para comer ou dormir e depois...

– Por favor – contenho-o. Fecho os olhos com bastante força. – Pare. Pare, eu não consigo...

– Foi você que perguntou.

– Onde ele está? – Abro os olhos. – Ele está bem?

Kenji esfrega a mão no pescoço. Desvia o olhar.

– Ele vai ficar bem.

– Posso vê-lo?

Ele suspira. Vira-se para as meninas e pede:

– Ei, será que podemos ficar a sós por um segundo?

E as duas de repente se apressam para sair.

– É claro – diz Sara.

– Sem problemas – concorda Sonya.

– Daremos um pouco de privacidade a vocês – as duas dizem ao mesmo tempo.

E se vão.

Kenji segura uma das cadeiras encostada na parede e a traz para perto da minha cama. Senta-se. Apoia um tornozelo sobre o joelho e relaxa o outro. Une os dedos das mãos atrás da cabeça. Olha para mim.

Ajeito-me no colchão, de modo que consiga enxergá-lo melhor.

– O que foi?

– Você e Kent precisam conversar.

– Ah. – Engulo em seco. – Sim. Eu sei.

– Sabe?

— É claro.

— Que bom.

Ele assente. Vira o rosto. Bate o pé rápido no chão.

— O que foi? — pergunto depois de um momento. — O que está escondendo de mim?

Kenji para de bater o pé, mas não olha para mim. Cobre a boca com a mão esquerda. Baixa a mão.

— O que você fez lá foi uma insanidade absurda.

Imediatamente me sinto humilhada.

— Me perdoe, Kenji. Eu sinto muito, mesmo... Não pensei que... Não sabia que...

Ele se vira para observar meu rosto e seu olhar me deixa paralisada. Está tentando ler minhas reações. Tentando me entender. Tentando, percebo, decidir se pode ou não pode confiar em mim. Se os rumores sobre o monstro que há em mim são ou não são verdadeiros.

— Eu nunca tinha feito aquilo — ouço-me sussurrar. — Eu juro que... que não queria que acontecesse.

— Tem certeza?

— O quê?

— É uma pergunta, Juliette. Uma pergunta sincera. — Nunca o vi tão sério. — Eu a trouxe para cá porque Castle a queria aqui. Porque achou que podíamos ajudá-la... Pensou que poderíamos oferecer um lugar seguro para você viver. Para afastá-la dos cuzões que tentavam tirar vantagem de você. Mas aí você chegou aqui e parece não fazer parte de nada. Não conversa com as pessoas. Não progride no seu treino. Você basicamente não faz nada.

— Desculpa, eu realmente...

— E eu acredito em Castle quando ele diz que se preocupa com você. Ele comenta comigo que você não está se adaptando, que está tendo dificuldades para se integrar. As pessoas ouviram coisas ruins a seu respeito e não estão se mostrando tão receptivas quanto deveriam. E eu deveria dar na minha própria cara por isso, mas fico com pena de você. Aí falei para ele que ia ajudar. Rearranjei toda a porra da minha agenda só para ajudar você a enfrentar seus problemas. Porque acho que você é uma garota legal, só um pouco mal compreendida. Porque Castle é o cara mais decente que já conheci e eu quero ajudá-lo.

Meu coração bate tão forte que fico surpresa por ele não sangrar.

– Aí fico me perguntando – Kenji prossegue. Baixa o pé que descansava sobre o joelho. Inclina-se para a frente. Apoia os cotovelos nas coxas. – Fico pensando se é possível que tudo isso não passe de *coincidência*. Quero dizer, será que foi mesmo uma *coincidência* louca eu ter ido trabalhar com você? Eu? Uma das pouquíssimas pessoas aqui que têm acesso àquela sala? Será que foi coincidência você ter conseguido me ameaçar até me convencer a levá-la aos laboratórios de pesquisa? E você acidentalmente, coincidentemente, inconscientemente socar o chão com tanta força e fazer esse lugar tremer tanto que todos pensamos que as paredes estivessem prestes a desabar? – Ele me encara duramente. – Foi coincidência o fato de que, se você continuasse só por mais alguns segundos, este lugar todo acabaria implodido?

Meus olhos estão arregalados, horrorizados.

Ele ajeita o corpo no encosto da cadeira. Olha para baixo. Pressiona 2 dedos nos lábios.

– Você realmente quer estar aqui? – questiona. – Ou só está tentando nos destruir de dentro para fora?

– O quê? – Arquejo. – Não...

– Porque ou você sabe *exatamente* o que está fazendo e é muito mais esperta do que finge ser... ou então não tem a menor *noção* do que está fazendo e é muito azarada. Ainda não sei a qual conclusão chegar.

– Kenji, eu juro que nunca... Eu nu-nunca... – Tenho de gaguejar para segurar as lágrimas que ameaçam me soterrar. É debilitante, essa sensação, essa coisa de não saber o que fazer para provar sua própria inocência. É a minha vida inteira repassando outra e outra e outra vez, comigo tentando convencer as pessoas de que não sou perigosa, de que nunca tive a intenção de ferir ninguém, de que eu não queria que as coisas terminassem assim. Que não sou uma pessoa ruim.

~~Mas parece que nunca funciona.~~

– Desculpa. – Engasgo com minhas lágrimas, agora caindo rápidas demais.

Estou com tanto nojo de mim mesma. Tentei muito ser diferente, ser melhor, ser boa, mas só consegui arruinar tudo e perder tudo outra vez e nem sei como dizer a Kenji que ele está errado.

~~Porque talvez esteja certo.~~

Eu sabia que estava furiosa. Sabia que queria ferir Castle e não me controlei. Naquele momento, fiz o que fiz. No momento da raiva, realmente quis acabar com tudo. Não sei o que teria feito se Kenji não estivesse lá para me conter. Não sei. Não tenho ideia. Nem sequer entendo do que sou capaz.

~~*Quantas vezes?*, ouço uma voz sussurrar em minha cabeça. *Quantas vezes você vai pedir desculpas por ser quem é?*~~

Ouço Kenji sussurrar. Mexer-se na cadeira. Não me atrevo a erguer o olhar.

– Eu tinha que perguntar, Juliette – Kenji não parece estar à vontade. – Sinto muito por você chorar, mas não me arrependo de ter perguntado. Pensar constantemente em nossa segurança é o meu trabalho, e isso significa que tenho que olhar de todos os ângulos possíveis. Até agora, ninguém sabe do que você é capaz. Nem mesmo você. Mas fica tentando agir como se aquilo de que é capaz não fosse grande coisa, e isso não está ajudando em nada. Você precisa parar de fingir que não é perigosa.

Rapidamente ergo o olhar.

– Mas eu não sou... não... eu não quero fazer mal a ninguém.

– Isso não importa – ele responde, levantando-se. – Boas intenções são ótimas, mas elas não mudam os fatos. Você é perigosa. Porra, você é *assustadoramente* perigosa. Mais perigosa do que eu e todos os outros aqui. Então, não me peça para agir como se essa simples informação não fosse uma ameaça para nós. Se pretende ficar aqui, precisa aprender a controlar o que faz... Precisa aprender a se controlar. Tem que lidar com quem é e descobrir como viver assim. Exatamente como todos nós fazemos.

3 batidas à porta.

Kenji continua me encarando. Esperando.

– Está bem – sussurro.

– E você e Kent precisam resolver o drama de vocês o mais rápido possível – acrescenta enquanto Sonya e Sara entram outra vez no quarto. – Não tenho tempo, energia, nem interesse em lidar com os seus problemas. Gosto de me divertir ao seu lado às vezes porque, encaremos os fatos... – Dá de ombros. – O mundo lá fora está indo para o inferno e acredito que, se vou tomar um tiro e morrer antes de completar vinte e cinco anos, quero pelo menos lembrar o que é rir. Mas isso não me transforma em seu palhaço ou sua babá. No fim das contas, estou pouco me fodendo para se você e Kent vão continuar juntos. Temos um milhão de coisas para cuidar aqui e nenhuma delas está ligada à sua vida amorosa. – Hesita por um instante. – Fui claro?

Faço que sim, sem confiar em mim mesma para falar.

— Então, você está a fim? — ele pergunta.

Faço que sim outra vez.

— Quero ouvir você falar. Se estiver a fim, está totalmente a fim. Pare de sentir pena de si mesma. Pare de passar o dia inteiro sentada na sala de treinamento, choramingando porque não consegue quebrar um tubo de metal.

— Como você soube...?

— Está dentro?

— Estou dentro — respondo. — Estou dentro. Prometo.

Kenji respira fundo. Passa a mão nos cabelos.

— Ótimo. Então me encontre na saída do refeitório amanhã cedo, às seis horas.

— Mas e a minha mão...?

Ele acena para dizer que não liga para as minhas palavras.

— Que sua mão, que nada. Você vai ficar bem. Nem quebrou nada. Deu uma zoada nas articulações dos dedos e seu cérebro ficou meio louco e basicamente você passou três dias dormindo. Nem chamo isso de ferimento. Chamo de malditas férias. — Para e reflete sobre alguma coisa. — Você tem alguma ideia de quanto tempo já se passou desde as minhas últimas *férias*...?

— Mas não vamos treinar? — interrompo-o. — Não posso fazer nada com a mão enfaixada, posso?

— Confie em mim. — Inclina a cabeça para o lado. — Você vai ficar bem. Dessa vez... vai ser um pouquinho diferente. — Eu o encaro. Espero. — Você pode considerar amanhã o dia das suas boas-vindas oficiais ao Ponto Ômega.

— Mas...

— Amanhã, às seis da manhã.

LIBERTA-ME

Chego a abrir a boca para fazer outra pergunta, mas ele pressiona um dedo contra meus lábios, oferece-me uma saudação com 2 dedos, e vai andando na direção da porta enquanto Sonya e Sara se aproximam da cama.

Vejo-o se despedindo das duas, dando meia-volta e saindo do quarto.

6h.

 Onze

Vislumbro o relógio na parede e percebo que ainda são 2 da tarde.
O que significa que 6 da manhã está a 16 horas.
O que significa que tenho muitas horas a esperar.
O que significa que preciso me vestir.
Porque preciso sair daqui.
E preciso muito conversar com Adam.

– Juliette?
Salto para longe dos meus pensamentos e volto ao momento presente para me deparar com Sonya e Sara me observando.
– Podemos fazer algo por você? – elas perguntam. – Está se sentindo bem para sair da cama?
No entanto, encaro uma, e depois a outra, e depois olho para a primeira novamente e, em vez de responder as suas perguntas, sinto uma vergonha debilitante se arrastando por minha alma e não consigo ser nada além de uma outra versão de mim: uma menininha assustada que quer continuar se dobrando ao meio até não poder mais ser encontrada.
E digo várias vezes:
– Desculpa, mil desculpas, desculpas por tudo, por tudo isso, por todo o incômodo, por todos os problemas, de verdade, desculpas, mil desculpas…

Ouço minha voz repetindo essas expressões várias e várias vezes e não consigo me conter.

É como se algum botão em meu cérebro estivesse quebrado, como se eu tivesse desenvolvido uma doença que me força a me desculpar por tudo, por existir, por querer mais do que já recebi, e não consigo parar.

É isso que faço.

Estou sempre me desculpando. Para sempre me desculpando. Pelo que sou e pelo que nunca quis ser e por este corpo no qual nasci, este DNA que nunca pedi, esta pessoa que não posso deixar de ser. 17 anos passados tentando ser diferente. Todo dia. Tentando ser outra pessoa para outra pessoa.

E isso nunca pareceu ter importância.

Mas aí percebo que elas estão falando comigo.

– Não tem do que se desculpar...

– Por favor, está tudo bem...

As duas tentam conversar comigo, mas Sara está mais perto.

Atrevo-me a fitar seus olhos e me surpreendo com como são dóceis. Gentis, verdes e repuxados por causa do sorriso. Ela se senta ao lado direito da cama. Dá tapinhas em meu braço exposto, sem medo, a mão coberta pela luva de látex. Não treme. Sonya permanece ao lado dela, olhando-me como se sentisse preocupação, como se estivesse triste por mim, e não tenho muito tempo para pensar nisso porque estou distraída. Sinto o cheiro de jasmim preenchendo o quarto, como senti na primeira vez que estive aqui. Logo que chegamos ao Ponto Ômega. Quando Adam estava ferido. Morrendo.

Ele estava morrendo e elas salvaram sua vida. Essas 2 meninas à minha frente. Elas salvaram a vida dele e estou vivendo com elas há 2 semanas e bem neste momento me dou conta de como ando sendo egoísta.

Então decido apostar em uma palavra diferente:

– Obrigada – sussurro.

Sinto-me enrubescendo e fico impressionada com minha incapacidade de ser tão livre com as palavras e os sentimentos. Com minha incapacidade de conversar sobre amenidades, de pronunciar palavras vazias para preencher momentos desconfortáveis. Não tenho um armário cheio de "hums" e reticências prontas para serem inseridas no começo e no final das minhas frases. Não sei ser um verbo, um advérbio, qualquer tipo de modo. Sou um substantivo, só um substantivo.

Tão completamente cheia de pessoas lugares coisas e ideias que não sei como me desafogar dos meus próprios pensamentos. Começar uma conversa.

Quero confiar, mas só de pensar em confiar já sinto medo até os ossos.

E então me lembro da minha promessa a Castle e da minha promessa a Kenji e das minhas preocupações com Adam e acho que talvez devesse arriscar. Talvez eu devesse tentar encontrar 1 novo amigo ou 2. E penso em quão maravilhoso seria ter uma amiga. Uma garota, exatamente como eu.

Nunca na vida tive uma amiga.

Então, quando Sonya e Sara sorriem e me dizem que se sentem "felizes por ter ajudado" e que estão aqui "sempre que eu precisar" e que estão sempre por perto se eu "precisar de alguém para conversar", digo a elas que adoraria ter essa oportunidade.

Digo muito obrigada.

Digo que adoraria ter uma amiga com quem conversar.

Talvez em algum momento.

Doze

– Vamos colocar outra vez a sua roupa – Sara me diz.

Aqui em baixo, o ar é fresco e frio e frequentemente úmido, os ventos do inverno mantêm-se implacáveis ao chicotearem o mundo lá em cima, tentando torná-lo submisso. Mesmo usando a minha roupa especial, sinto um friozinho, em especial no início da manhã, em especial agora. Sonya e Sara estão me ajudando a tirar o avental hospitalar e a colocar meu uniforme normal e me pego tremendo. Somente quando elas fecham o zíper é que o tecido começa a reagir à temperatura do meu corpo, mas continuo muito fraca por ter passado tanto tempo na cama, e tenho de me esforçar para permanecer em pé.

– De verdade, não preciso da cadeira de rodas – repito a Sara pela terceira vez. – Obrigada... de verdade... eu, eu fico agradecida – gaguejo. – Mas preciso fazer o sangue fluir em minhas pernas. Tenho de ser forte e ficar em pé.

Tenho de ser forte, ponto final.

Castle e Adam estão me esperando em meu quarto.

Sonya me contou que, enquanto eu conversava com Kenji, ela e Sara foram avisar a Castle que eu estava acordada. Pronto. Agora eles estão lá. À minha espera. No quarto que divido com Sonya e Sara. E sinto tanto medo do que está prestes a acontecer que chego a me preocupar que talvez eu convenientemente esqueça o caminho para o meu quarto. Porque tenho certeza de que, seja lá o que estou prestes a ouvir, não será nada bom.

– Você não pode ir andando sozinha para o quarto – Sara afirma. – Mal consegue ficar em pé sozinha.

– Eu estou bem – insisto. Tento sorrir. – Sério, acho que consigo, contanto que eu fique perto da parede. Tenho certeza de que vou voltar ao normal assim que começar a me movimentar.

Sonya e Sara olham uma para a outra antes de examinar meu rosto.

– Como está a sua mão? – perguntam em uníssono.

– Está melhor – respondo, dessa vez com mais sinceridade. – Já me sinto muito melhor. Verdade, mesmo. Muitíssimo obrigada.

Os cortes estão praticamente curados e agora consigo realmente mexer os dedos. Inspeciono o novo curativo que elas fizeram nas articulações, mais fino do que os anteriores. As meninas me explicam que a maior parte dos danos foi interna; parece que provoquei um trauma em todos os meus ossos invisíveis responsáveis por ~~minha maldição~~ meu "dom".

– Está bem. Então vamos – Sara chama, balançando a cabeça. – Vamos acompanhá-la, andando, até o quarto.

– Não... por favor... está tudo bem. – Tento protestar, mas elas já estão segurando meu braço e me pego fragilizada demais para resistir. – Não precisa...

– Não seja teimosa – dizem em coro.

– Não quero causar nenhum incômodo...

– Não seja teimosa – ecoam outra vez.

– Não, sério... Não estou. – Mas elas já estão me guiando para fora da sala e pelo corredor e estou coxeando entre as duas. – Estou bem, garanto. De verdade.

Sonya e Sara entreolham-se seriamente antes de sorrirem para mim, ainda gentilmente, mas o silêncio entre nós ao atravessarmos os corredores é desconfortável mesmo assim. Avisto outras pessoas passando e baixo a cabeça. Não quero fazer contato visual com ninguém. Nem consigo imaginar o que essas pessoas devem ter ouvido sobre os problemas que causei. Sei que consegui confirmar todos os piores medos que elas tinham de mim.

– Eles só têm medo de você porque não a conhecem – Sara fala baixinho.

– É verdade – Sonya confirma. – Nós mal a conhecemos e já a achamos incrível.

Estou enrubescendo intensamente, perguntando-me por que esse constrangimento sempre parece água gelada em minhas veias. É como se tudo dentro de mim estivesse congelando, embora minha pele queime quente tão quente.

~~Eu *odeio* isso.~~

~~Eu *odeio* essa sensação.~~

Sonya e Sara param abruptamente.

– Chegamos – anunciam ao mesmo tempo.

Ergo o rosto e percebo que estamos em frente à porta do nosso quarto. Tento me soltar de seus braços, mas elas me contêm. Insistem em me acompanhar até terem certeza de que entrei e estou bem.

Então, fico com elas.

E bato à porta, porque não sei muito bem o que fazer.

Uma vez.

Duas vezes.

Estou esperando só alguns segundos, só alguns momentos para o destino atender quando me dou conta do total impacto da presença de Sonya e Sara ao meu lado. Elas me oferecem um sorriso que deveria ser encorajador, estimulante, fortalecedor. Elas tentam me emprestar sua força porque sabem que estou prestes a me deparar com alguma coisa que não vai me deixar feliz.

E esse pensamento me faz feliz.

Mesmo que só por um breve instante.

Porque penso, nossa!, ter amigos deve ser assim.

— Senhorita Ferrars.

Castle abre a porta apenas o suficiente para eu ver seu rosto. Assente para mim. Olha para minha mão ferida. Olha outra vez para o meu rosto.

— Muito bom — ele diz, mas mais para si mesmo. — Bom, muito bom. Fico feliz de ver que esteja melhor.

— Sim — consigo dizer. — Eu... o-obrigada, eu...

— Meninas — ele diz a Sonya e a Sara. Oferece-lhes um sorriso enorme e sincero. — Obrigado por tudo o que fizeram. A partir de agora, podem deixar comigo.

Elas assentem. Apertam meu braço antes de soltá-lo e cambaleio só por um segundo até conseguir me equilibrar.

— Eu estou bem — digo às duas quando elas tentam me segurar. — Vou ficar bem.

Elas assentem outra vez. Acenam discretamente e se afastam.

— Entre — Castle me convida.

Então eu o acompanho.

Treze

1 beliche em uma parede.

1 cama de solteiro na outra.

Isso é tudo o que compõe este quarto.

Isso e Adam, sentado em minha cama de solteiro, cotovelos apoiados nos joelhos, rosto nas mãos. Castle fecha a porta e Adam se assusta. Dá um salto.

– Juliette – diz, mas não olha em meu rosto; está me observando por inteira.

Seus olhos varrem meu corpo como se quisessem ter certeza de que continuo intacta, braços e pernas e tudo o que há no meio. É só quando ele se concentra em meu rosto que encontra o meu olhar; piso no mar azul de seus olhos, afundo-me imediatamente e me afogo. Sinto como se alguém tivesse dado um soco em meus pulmões e arrancado todo o meu oxigênio.

– Por favor, sente-se, senhorita Ferrars.

Castle aponta para o colchão inferior do beliche, onde Sonya dorme, bem à frente da minha cama, onde Adam está sentado.

Vou lentamente até lá, tentando não entregar a vertigem, a náusea que estou sentindo. Meu peito sobe e desce rápido demais.

Solto as mãos no colo.

Sinto a presença de Adam neste quarto como se realmente fosse um peso amassando meu peito, mas decido apenas observar cuidadosamente a faixa em minha mão – o tecido esticado nos nós dos dedos da mão direita para mantê-la reta – porque sou covarde demais para erguer o rosto agora. Eu só quero me aproximar dele, sentir seu abraço, senti-lo me transportando de volta aos poucos momentos de euforia que conheci na vida, mas tem alguma coisa me mastigando por dentro, raspando meu interior, dizendo para mim que algo está errado, que é melhor eu ficar exatamente onde estou.

Castle permanece parado no espaço entre as camas, entre Adam e mim. Encara a parede, mãos unidas atrás do corpo. Sua voz sai baixa quando ele diz:

– Estou muito, muito decepcionado com o seu comportamento, senhorita Ferrars.

Uma vergonha quente e terrível se arrasta por meu pescoço e força minha cabeça outra vez para baixo.

– Desculpa – sussurro.

Castle respira fundo. Expira muito lentamente.

– Tenho que ser franco e admitir que ainda não estou pronto para discutir o que aconteceu – prossegue. – Ainda me sinto chateado demais para conseguir falar calmamente sobre esse assunto. As suas ações foram infantis. Egoístas. *Impensadas*! Os danos que você causou... Os anos de trabalho que dedicamos a criar e planejar aquele espaço, não consigo nem pensar em como explicar.

Ele se recompõe, engole em seco. E continua falando em um ritmo constante:

– Esse é um assunto para outro momento. Talvez para uma conversa entre nós dois. Porém, hoje estou aqui porque o senhor Kent me pediu para estar aqui.

Levanto o olhar. Observo Castle. Observo Adam.

Adam parece querer fugir.

Concluo que não posso esperar mais.

— Você descobriu alguma coisa sobre ele — arrisco, e não é uma pergunta, mas uma declaração.

É tão óbvio. Não há outro motivo para Adam trazer Castle para conversar comigo.

Algo terrível já aconteceu. Alguma coisa terrível é iminente.

Posso sentir.

Adam agora me encara, não pisca, as mãos cerradas no colo. Parece nervoso, com medo. Não sei o que fazer senão encará-lo. Não sei como lhe oferecer conforto. Sequer sei sorrir agora. Sinto-me presa na história de outra pessoa. No infelizes-para-sempre de outra pessoa.

Castle assente, uma vez, lentamente.

E diz:

— Sim. Sim, nós descobrimos a natureza intrigante da habilidade do senhor Kent. — Vai para perto da parede e se escora ali, permitindo-me observar Adam com mais clareza. — Acreditamos que agora entendemos por que ele pode tocar em você, senhorita Ferrars.

Adam se vira, pressiona um punho na boca. Sua mão parece tremer, mas ainda assim ele aparenta estar melhor do que eu. Porque meu interior está gritando, minha cabeça está em chamas e o pânico se arrasta pela garganta, sufocando-me a caminho da morte. Uma vez recebidas, más notícias não aceitam ser devolvidas.

— E o que é? — pergunto, fixando o olhar no chão e contando pedras e sons e rachaduras e vazio.

1

2, 3, 4

1

2, 3, 4

1

2, 3, 4

– Ele... consegue desativar as coisas – Castle me explica.

5, 6, 7, 8 milhões de vezes eu pisco, confusa. Todos os meus números se desfazem no chão, adições e subtrações e multiplicações e divisões.

– O quê? – pergunto.

A notícia está errada. Essa notícia não parece tão horrível.

– Para dizer a verdade, a descoberta foi bastante acidental – Castle explica. – Não estávamos alcançando muito sucesso com os testes que vínhamos realizando. Mas aí, certo dia, eu estava no meio de um exercício do treino e o senhor Kent tentava chamar a minha atenção e tocou em meu ombro.

Eu espero.

– E... de repente – Castle prossegue, respirando fundo. – Eu não consegui mais usar meu dom. Era como se... Como se um fio tivesse sido cortado dentro do meu corpo. Eu senti no mesmo instante. Ele queria a minha atenção e inadvertidamente me desligou em uma tentativa de redirecionar o meu foco. Foi diferente de tudo o que já vi. – Balança a cabeça. – Agora estamos trabalhando com o senhor Adam para verificar se ele é capaz de controlar essa habilidade de acordo com seu próprio desejo. – Animado, Castle acrescenta: – E queremos ver se ele é capaz de *projetar*. Entenda, o senhor Kent não precisa entrar em contato com a pele... Eu estava usando terno quando ele tocou em meu ombro. Então, isso significa que já está projetando, mesmo que seja só um pouquinho. E acredito que, com treino, ele será capaz de estender esse dom a uma superfície maior.

Não tenho ideia do que Castle quer dizer com isso.

Tento encontrar os olhos de Adam; quero que ele me diga essas coisas pessoalmente, mas ele se recusa a erguer o rosto. Recusa-se a falar, e não entendo o que está acontecendo. Isso não parece ser uma notícia ruim. Aliás, parece boa demais, o que não pode ser verdade. Viro-me para Castle e busco alguma confirmação:

– Então Adam pode pegar o poder… ou o *dom*, seja lá como chamem, de alguém e cessar? Desligar?

– Parece que é isso, sim.

– Já testou isso em outra pessoa?

Castle parece ofendido.

– É claro que já. Testamos em todos os membros do Ponto Ômega que têm dons.

Mas alguma coisa não faz sentido.

– E quando ele chegou? – pergunto. – E estava ferido? E as meninas conseguiram curá-lo? Por que ele não anulou as habilidades delas?

– Ah. – Castle assente. Raspa a garganta. – Sim, muito sagaz, senhorita Ferrars. – Ele atravessa o quarto. – É aí que a explicação fica um pouco… ardilosa. Depois de muito estudar, conseguimos concluir que a habilidade dele é uma espécie de… mecanismo de *defesa*. Um mecanismo que ele ainda não sabe controlar. É algo que vem funcionando a vida toda no piloto automático, embora só funcione para desabilitar outras habilidades sobrenaturais. Se acontecer alguma situação de risco, se o senhor Kent se sentir em perigo, ou se deparar com alguma situação que o deixe em estado de alerta, caso se sinta ameaçado ou sob risco de se ferir, sua habilidade automaticamente entra em ação.

Castle hesita e olha para mim. Realmente olha para mim. Enfim prossegue:

– Quando vocês se conheceram, por exemplo, o senhor Kent trabalhava como soldado, em alerta, sempre ciente dos riscos de seus arredores. Ele estava em estado constante de *electricum*, o termo que usamos para definir quando nossa Energia está "ligada", por assim dizer, porque sempre estava em estado de perigo. – Castle enfia as mãos nos bolsos do terno. – Uma série de testes mostrou que sua temperatura corporal aumenta quando ele se encontra em estado de *electricum,* fica alguns graus acima do normal. A temperatura corporal elevada indica que ele está usando mais energia do que o comum para sustentar esse estado. E, em resumo, esse uso constante o tem deixado exausto. Está enfraquecendo suas defesas, seu sistema imunológico, seu autocontrole.

Sua temperatura corporal elevada.

É por isso que a pele de Adam sempre fica tão quente quando estamos juntos. Por isso que o tempo que ele passou comigo sempre foi intenso. Sua habilidade estava funcionando para anular a minha. Sua energia trabalhava para *cessar* a minha.

Eu estava o *deixando exausto. Enfraquecendo suas defesas.*

Ah.

Deus.

Castle prossegue com sua explicação:

– Seu relacionamento físico com o senhor Kent, na verdade, não é da minha conta. Porém, levando em consideração a natureza física única dos seus dons, por motivos científicos, essa relação acabou se tornando interessante para mim. Mas saiba, senhorita Ferrars, que, embora essas novas descobertas sem dúvida me deixem fascinado, elas não me causam nenhuma alegria. A senhorita deixou claro que tem suas reservas quanto ao meu caráter, mas espero que acredite que eu jamais ficaria feliz com os seus problemas.

Meus problemas.

Meus problemas, esses demônios sem qualquer consideração, demoraram a surgir nesta conversa.

— Por favor — sussurro. — Por favor, diga logo para mim qual é o problema. Tem algum problema, não tem? Algo errado. — Olho para Adam, mas ele continua distante, observando a parede, analisando tudo, menos o meu rosto, e sinto meu corpo ficando em pé, tentando atrair sua atenção. — Adam? Você sabe? Você sabe do que ele está falando? Por favor...

— Senhorita Ferrars — Castle apressa-se em me chamar. — Peço que se sente. Sei que deve ser difícil, mas precisa me deixar terminar. Eu pedi ao senhor Kent para não falar nada até eu terminar de explicar tudo. Alguém precisa apresentar essas informações de uma maneira clara e racional, e receio que ele não esteja apto para fazer isso.

Solto o corpo outra vez na cama.

Castle deixa escapar uma respiração.

— Você levantou um ponto excelente ainda há pouco, sobre por que o senhor Kent foi incapaz de interagir com Sonya e Sara assim que chegou. Mas foi diferente. Ele estava fraco. Sabia que precisava de ajuda. Seu corpo não podia e não recusaria aquele tipo de atenção médica. Ele estava vulnerável e, por isso, incapaz de se defender, mesmo que quisesse. Suas últimas reservas de energia estavam esgotadas quando ele chegou. Sentiu-se seguro e estava em busca de ajuda; seu corpo encontrava-se fora de perigo iminente e, portanto, ele não sentia medo, não estava preparado para uma estratégia de defesa.

Castle ergue o olhar e me fita nos olhos:

— O senhor Kent começou a enfrentar problemas parecidos ao estar perto de você.

— O quê? — arfo.

— Receio que ele ainda não saiba controlar suas habilidades. É algo que esperamos conseguir resolver, mas que levará muito tempo... que deve requerer muita energia e muito foco...

– O que quer dizer com isso? – indago, as palavras respingadas de pânico. – Com essa coisa de que ele *já começou* a ter um problema parecido perto de mim?

Castle respira por um instante.

– Parece... Parece que ele fica mais fraco quando está com você. Quanto mais tempo passa em sua companhia, menos ameaçado ele se sente. E quanto mais... íntimos vocês se tornam... – explica, parecendo claramente desconfortável – ...menos controle ele exerce sobre o próprio corpo. – Faz uma pausa. – Ele se abre demais, fica vulnerável demais ao seu lado. E até agora, nos momentos em que perdeu suas defesas, já sentiu a distinta dor associada ao seu toque.

Pronto.

Ali está a minha cabeça, rolando no chão, aberta, meu cérebro voando em todas as direções e não consigo não consigo não consigo estou sentada aqui impressionada, entorpecida, ligeiramente vertiginosa.

Horrorizada.

Adam *não é* imune a mim.

Adam tem que gastar suas energias para se defender de mim e eu o estou esgotando. Eu o estou deixando doente e enfraquecendo seu corpo e se ele tiver outra queda... Se ele esquecer... Se em algum momento cometer um erro ou perder o foco ou se tornar ciente demais do fato de que está usando seu *dom* para controlar o que eu posso fazer...

Eu posso feri-lo.

Eu posso *matá-lo*.

Quatorze

Castle está me observando.

Esperando alguma reação de minha parte.

Até agora, fui incapaz de cuspir o giz em minha boca por tempo suficiente para expressar uma frase sequer.

– Senhorita Ferrars – diz, agora se apressando para falar. – Estamos trabalhando com o senhor Kent para ajudá-lo a controlar suas habilidades. Ele vai treinar, assim como você, para aprender a exercitar esse elemento particular de sua personalidade. Vai levar algum tempo para ter certeza de que está seguro ao seu lado, mas vai dar tudo certo, eu garanto...

– Não. – Já estou me levantando. – Não, não, não, não. – E cambaleando para os lados. – NÃO.

Olho para meus pés e mãos e essas paredes e sinto vontade de gritar. Sinto vontade de correr. Vontade de cair de joelhos. Vontade de amaldiçoar o mundo que me amaldiçoou, que me torturou, que me tirou a única coisa boa que já conheci e vou cambaleando em direção à porta, em busca de uma válvula de escape para fugir deste pesadelo que é a minha vida e

– Juliette... por favor...

O som da voz de Adam faz meu coração parar. Forço-me a dar meia-volta. A encará-lo.

Contudo, assim que ele encontra meu olhar, minha boca se fecha. Seu braço está estendido na minha direção, tentando me conter a 3 metros de distância e sinto vontade de rir e chorar ao mesmo tempo com o quão hilariante tudo isso é.

Ele se recusa a me tocar.

Eu me recuso a deixá-lo me tocar.

Nunca mais.

– Senhorita Ferrars – Castle me chama com delicadeza. – Sei que é difícil enfrentar a realidade agora, mas, como eu disse, não se trata de algo permanente. Com um período de treinamento...

– Quando você me toca... – pergunto a Adam, minha voz falhando. – Para você, é um esforço? Você fica exausto? É desgastante ter que lutar constantemente contra mim e contra o que eu sou?

Adam tenta responder. Tenta dizer alguma coisa, mas não fala nada, e as palavras não verbalizadas são muito piores.

Viro-me na direção de Castle para cuspir:

– Foi isso que você disse, não foi? – Agora minha voz escapa ainda mais trêmula, perto demais das lágrimas. – Que Adam está usando a Energia dele para neutralizar a minha e que, se em algum momento ele vacilar... se for levado de-demais pelo momento ou se t-tornar vulnerável demais... que eu poderia feri-lo... que eu *já* o fe-feri...

– Senhorita Ferrars, por favor...

– Responda à pergunta!

– Bem, sim – ele confirma. – Pelo menos é o que sabemos por enquanto...

– Ah, Deus, eu não... Eu não consigo...

Tropeço a caminho da porta, minhas pernas ainda fracas, a cabeça ainda girando, os olhos embaçados e o mundo sendo despido de todas as cores quando sinto braços conhecidos envolvendo minha cintura, puxando-me para trás.

— Juliette — ele diz com muita urgência. — Por favor, precisamos conversar sobre esse assunto...

— Me solte. — Minha voz é pouco mais do que um sussurro. — Adam, por favor... eu não consigo...

— Castle — Adam me interrompe. — Será que você pode nos dar um tempo sozinhos?

— Ah. — Ele se espanta. — É claro que sim — responde um segundo tarde demais. — Claro, sim, sim, é claro. — Aproxima-se da porta. Hesita. — Eu vou... Bem, certo. Sim. Vocês sabem onde me encontrar quando terminarem.

Assente para nós dois, oferece um sorriso ligeiramente tenso e sai da sala. A porta fecha assim que ele passa por ela.

Um silêncio invade o espaço entre nós.

— Adam, por favor — enfim digo, me odiando por ter que pedir isso. — Me solte.

— Não.

Sinto sua respiração em minha nuca e ficar aqui, tão perto dele, está me matando. Está me matando saber que tenho de reerguer as paredes que tão descuidadamente demoli assim que ele entrou em minha vida.

— Vamos conversar sobre o que está acontecendo — ele pede. — Não vá a lugar nenhum. Por favor. Só converse comigo.

Crio raízes onde estou.

— Por favor — ele insiste, dessa vez com mais cuidado, e minha determinação sai correndo pela porta, sem me levar com ela.

Acompanho-o de volta às camas. Ele se senta em um lado do quarto. Eu, do outro.

Adam me encara. Seus olhos estão muito cansados, muito desgastados. Parece não estar comendo o suficiente, parece não dormir há semanas. Hesita, desliza a língua pelos lábios antes de apertá-los antes de dizer:

– Desculpa. Sinto muito por não ter contado. Em momento algum tive a intenção de chateá-la.

E eu quero rir e rir e rir até as lágrimas me dissolverem.

– Eu entendo o motivo de você não ter me contado – sussurro. – Faz todo o sentido. Você queria evitar tudo isso.

Aponto com uma mão sem força para o quarto.

– Você não está nervosa?

Seus olhos são terrivelmente esperançosos. Adam parece querer passar por cima de mim, e tenho de erguer a mão para impedi-lo.

O sorriso em meu rosto está me matando.

– Como eu poderia ficar com raiva de você? Estava se torturando lá embaixo só para entender o que vinha acontecendo com você. Está se torturando agora mesmo só para tentar encontrar um jeito de consertar a situação.

Adam parece aliviado.

Aliviado, confuso e com medo de ser feliz, tudo ao mesmo tempo.

– Mas tem algo errado – ele diz. – Você está chorando. Por que está chorando se não está chateada?

Nesse momento, começo a rir. Deixo escapar uma risada alta. Rio e soluço e quero morrer tão desesperadamente.

– Porque fui uma idiota ao pensar que as coisas podiam ser diferentes – respondo. – Porque pensei que você fosse um sinal de sorte. Porque pensei que minha vida poderia ser melhor do que de fato era, que *eu* podia ser melhor do que era. – Tento falar outra vez, mas levo a mão à boca como se não conseguisse acreditar no que estou prestes a dizer. Forço-me a engolir a pedra em minha garganta. Baixo a mão. – Adam… – Minha voz sai dolorida, sangrando. – Não vai dar certo.

– O quê? – Ele está congelado, olhos arregalados demais, peito subindo e descendo rápido demais. – Do que você está falando?

– Você não pode tocar em mim – esclareço. – Você não pode tocar em mim e eu já o feri...

– Não... Juliette...

Adam já está em pé, já atravessou o quarto, já se prostra de joelhos ao meu lado e tenta segurar minhas mãos, mas tenho de afastá-las porque minhas luvas foram arruinadas, arruinadas no laboratório de pesquisa, e agora meus dedos estão expostos.

São perigosos.

Ele observa as mãos expostas que escondi atrás do corpo como se eu tivesse lhe dado um tapa na cara.

– O que você está fazendo? – questiona, mas sem me olhar. Ainda observando apenas as minhas mãos. Quase sem conseguir respirar.

– Não posso fazer isso com você. – Meneio intensamente a cabeça. – Não quero ser o motivo que o levará a se ferir ou se enfraquecer e não quero você constantemente se preocupe com a possibilidade de eu acidentalmente *matá-lo*...

– Não, Juliette, ouça o que tenho a dizer. – Agora soa desesperado, olha em meu rosto. – Também fiquei preocupado, entende? Também fiquei preocupado. De verdade. Pensei... pensei que talvez... Sei lá, pensei que talvez isso fosse ruim ou que talvez fôssemos incapazes de fazer dar certo, mas conversei com Castle. Conversei com ele e expliquei tudo. Ele me falou que só preciso aprender a controlar, que vou aprender a ligar e desligar...

– Exceto quando está comigo? Exceto quando estamos juntos...

– Não... o quê? Não, *especialmente* quando estamos juntos!

– Tocar em mim, estar comigo, tudo isso tem um preço físico para você! Você fica com *febre* quando estamos juntos, Adam, já se deu conta disso? Você pode adoecer só por tentar combater meu...

— Você não está me ouvindo... por favor... Falei que vou aprender a controlar tudo isso...

— Quando? — indago e posso realmente sentir meus ossos quebrando, 1 a 1.

— Como assim? O que você quer dizer com isso? Vou começar a aprender... Estou aprendendo *agora*...

— E como está sendo? Fácil?

Sua boca se fecha, mas ele segue olhando para mim, enfrentando algum tipo de emoção, lutando para manter sua compostura.

— O que está tentando dizer? — enfim pergunta. — Você está...
— Arfa incessantemente. — Está... quero dizer, eu... Você não quer fazer dar certo?

— Adam...

— O que você está tentando me dizer, Juliette? — Agora ele está em pé, com uma mão trêmula nos cabelos. — Você não... não quer ficar comigo?

Levanto-me, tento afastar as lágrimas que queimam em meus olhos, desesperada por correr na direção dele, mas incapaz de me mover. Minha voz falha quando digo:

— É claro que quero ficar com você.

Ele tira a mão dos cabelos. Estuda-me com olhos tão abertos e vulneráveis, mas seu maxilar segue apertado, os músculos permanecem tensos. Seu peito se esforça para inspirar, expirar.

— Então o que está acontecendo agora? Porque tem alguma coisa acontecendo e não me parece boa — questiona com a voz instável. — Não está certo, Juliette. Parece exatamente o oposto, seja lá o que é o certo e eu só quero abraçá-la...

— Eu ná-não quero fazer mal a você...

— Você não vai me fazer mal nenhum — retruca, e logo está diante de mim, me encarando, implorando para mim. — Eu juro. Vai ficar tudo bem... A gente vai ficar bem... E estou melhor agora. Vim trabalhando nisso e estou mais fortalecido...

– Adam, por favor, é perigoso demais – imploro enquanto me afasto, secando furiosamente as lágrimas que escorrem em meu rosto. – Vai ser melhor assim para você. É melhor você simplesmente ficar longe de mim.

– Mas não é isso que eu quero... Você não está me perguntando o que eu quero... – diz, aproximando-se toda vez que tento me esquivar. – Eu quero ficar com você e não estou nem aí se vai ser difícil. Mesmo com tudo isso, eu quero. Mesmo com tudo isso, eu quero você.

Estou presa.

Estou presa entre ele e a parede e não tenho aonde ir e não teria vontade de ir a lugar algum, nem se pudesse. Não quero ter de lutar contra isso, embora alguma coisa dentro de mim grite para avisar que é errado ser tão egoísta, deixá-lo estar comigo mesmo sabendo que vou acabar ferindo-o. Entretanto, Adam está me encarando, olhando para mim como se eu o estivesse *matando* e aí me dou conta de que o estou matando mais ao tentar me manter distante.

Estou tremendo. Desejando-o tão desesperadamente e ciente agora, mais do que nunca, de que isso terá de esperar. E odeio que seja assim. Odeio tanto que poderia gritar.

Mas talvez pudéssemos tentar.

– Juliette. – Sua voz sai rouca, carregada de sentimentos. Suas mãos estão em minha cintura, tremendo só um pouquinho, esperando a minha permissão. – Por favor.

E eu não protesto.

Ele está respirando outra vez com dificuldade, aproximando-se de mim, descansando a testa em meu ombro. Leva as mãos para a minha barriga, só para descê-las por meu corpo, pouco a pouco, tão lentamente a ponto de me fazer arfar.

Há um terremoto acontecendo em meus ossos, placas tectônicas indo de pânico a prazer conforme seus dedos levam o tempo necessário para se movimentarem por minhas coxas, costas, ombros, descerem por meus braços. Ele hesita ao chegar ao punho. É onde o tecido termina e minha pele começa.

Mas Adam toma fôlego.

E toma minha mão na sua.

Por um momento, fico paralisada, procurando em seu rosto algum sinal de dor ou perigo, mas então nós dois expiramos e o vejo arriscar um sorriso carregado com uma nova esperança, um novo otimismo de que talvez tudo dê certo.

Contudo, ele não demora a piscar, e seus olhos se transformam.

Agora estão mais profundos. Desesperados. Famintos. Ele me observa como se tentasse ler as palavras gravadas em meu interior e já consigo sentir o calor de seu corpo, a força de seus membros, a potência em seu peito e não tenho tempo de contê-lo antes de me beijar.

Sua mão esquerda descansa atrás da minha cabeça; a direita se aperta em minha cintura, pressionando-me fortemente junto a ele e destruindo todo e qualquer pensamento racional que já tive até agora. É profundo. Tão forte. Passo a conhecer um lado dele que jamais vi e estou desesperada desesperada desesperada por ar.

É chuva quente e dias úmidos e termostatos quebrados. É uma chaleira apitando e trens a vapor desesperados. Desejo de tirar as roupas só para sentir a brisa.

É o tipo de beijo que faz você perceber que as pessoas supervalorizam o oxigênio.

E sei que não devia estar fazendo isso. Sei que provavelmente é uma atitude idiota e irresponsável depois de tudo o que acabamos de descobrir, mas alguém teria de me dar um tiro para me fazer sentir vontade de parar.

Estou puxando sua camisa, tentando encontrar alguma coisa a que me agarrar, desesperada por um barco ou um bote salva-vidas ou qualquer coisa, qualquer coisa que me encore outra vez na realidade. Mas ele se afasta para respirar e tira a camisa, joga-a no chão, me puxa para seus braços e nós dois caímos na cama.

De algum modo, me vejo em cima dele.

Ele estende a mão só para me puxar para baixo e está me beijando, beijando meu pescoço e minhas mãos, que vão explorando seu corpo, explorando as linhas, as superfícies, os músculos. Ele se afasta, a testa pressionada na minha e os olhos apertados, quando diz:

– Como é possível? Estarmos assim tão perto e isso me matar porque você ainda me parece tão distante.

E me lembro da promessa feita há 2 semanas, que, uma vez que ele melhorasse, uma vez que se curasse, eu memorizaria cada centímetro de seu corpo com meus lábios.

Imagino que agora seja um bom momento para cumprir essa promessa.

Começo pela boca, deslizo pelas bochechas, a caminho do maxilar, desço pelo pescoço e ombros e braços, que me envolvem. Suas mãos deslizam por essa roupa que segue grudada a mim como uma segunda pele. Adam está tão quente, tão tenso com o esforço necessário para permanecer parado, e consigo ouvir seu coração batendo forte, rápido demais contra o peito.

Contra o meu.

Uso o dedo para contornar o pássaro branco em sua pele, a tatuagem da cena impossível que espero ver na vida. Um pássaro. Com faixas douradas como uma coroa na cabeça.

Ele vai voar.

Pássaros não voam, é o que os cientistas afirmam, mas a história diz que eles voavam. E um dia eu quero ver. Quero tocar. Quero assistir a um pássaro voando como deve ser, como voava em meus sonhos.

Abaixo para beijar a coroa amarela na cabeça tatuada no peito de Adam. Ouço os movimentos de sua respiração.

– Adoro essa tatuagem – afirmo, erguendo o rosto para fitar seus olhos. – Não a tinha visto desde que chegamos aqui. Não o vejo sem camisa desde que chegamos aqui – sussurro. – Você ainda dorme sem camisa?

Mas Adam responde com um sorriso estranho, como se desse risada de uma piada que pertencesse somente a ele.

Afasta a mão do peito e me puxa para baixo, de modo que estejamos olhando um nos olhos do outro e é estranho eu não ter sentido nenhuma brisa desde que chegamos aqui, mas é como se o vento tivesse feito sua casa em meu corpo e se afunilasse em meus pulmões, soprasse em meu sangue, misturando-se à minha respiração, tornando-a mais pesada.

– Simplesmente não consigo dormir – ele admite com uma voz tão baixa que tenho de me esforçar para ouvir. – Não parece certo estar sem você todas as noites. – Sua mão esquerda continua segurando meus cabelos enquanto a direita me abraça. – Deus, como senti sua falta – confessa em um sussurro rouco ao meu ouvido. – Juliette.

Eu

me

incendeio.

É como nadar em melado, este beijo, é como ser afundada em ouro, este beijo, é como se eu me afogasse em um oceano de emoções e estivesse perdida demais na corrente para perceber que estou afundando e nada mais tem a menor importância. Nem minha mão, que parece não ferir mais, nem este quarto, que não é só meu, nem esta guerra, que deveríamos estar enfrentando, nem minhas preocupações sobre quem ou o que sou e o que posso vir a me tornar.

Isto é tudo o que importa.

Isto.

Este momento. Estes lábios. Este corpo forte junto ao meu e estas mãos firmes encontrando um jeito de me puxar mais para perto e sei que desejo muito mais dele, desejo-o por inteiro, anseio sentir a beleza deste amor com a ponta dos dedos, as palmas das mãos e todas as fibras e ossos do meu ser.

Anseio por tudo isso.

Minhas mãos estão nos cabelos dele e eu o puxo para perto, mais perto, tão perto que ele praticamente está em cima de mim e desesperado por ar, então o afasto para beijar seu pescoço e seus ombros, o peito, deslizo a mão por suas costas, laterais do torso, e é incrível, essa energia, o poder indescritível que sinto só por estar com ele, tocando-o, segurando-o assim. Estou viva com um golpe elétrico de adrenalina tão forte, tão eufórico que me faz sentir rejuvenescida, incrível, indestrutível...

Afasto-me.

Afasto-me tão rapidamente que saio cambaleando. Caio da cama, bato a cabeça no chão de pedra e perco o equilíbrio quando tento me levantar, enquanto me esforço para ouvir o som de sua voz. Mas só escuto respirações forçosas que reconheço bem demais e não consigo pensar direito, não consigo ver nada, tudo está embaçado e não consigo, recuso-me a acreditar que esteja mesmo acontecendo.

– Ju-Juli... – ele tenta falar. – Eu... eu...

E eu caio de joelhos.
Gritando.
Gritando como nunca gritei na vida.

Quinze

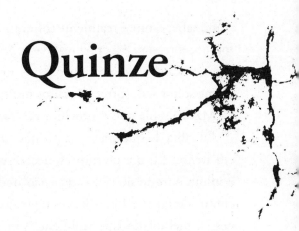

Eu conto tudo.

Números pares, números ímpares, múltiplos de dez. Conto os tiques do relógio conto os taques do relógio conto as linhas entre as linhas em uma folha de papel. Conto o palpitar instável do meu coração conto meu pulso e minhas piscadas e o número de tentativas necessárias para absorver oxigênio suficiente para meus pulmões. Fico assim suporto assim conto assim até a sensação ir embora. Até as lágrimas pararem de escorrer, até meus punhos pararem de tremer, até o coração parar de doer.

Os números nunca são suficientes.

Adam está na ala médica.

Ele está na ala médica e fui intimada a não visitá-lo. Fui intimada a lhe dar espaço, tempo para se recuperar, a deixá-lo em paz. Ele vai ficar bem, é o que Sonya e Sara me disseram. Também me falaram para não me preocupar porque vai dar tudo certo, mas seus sorrisos não tinham a exuberância que costumam ter, e já começo a me perguntar se elas também estão aos poucos vendo o que realmente sou.

Um monstro horrível, egoísta, patético.

Eu consegui o que queria. Sabia que era melhor não fazer aquilo, mas ainda assim consegui. Adam não tinha como saber, jamais teria como saber o que é realmente sofrer nas minhas mãos. No fundo, ele foi inocente, essa é a cruel realidade. Só sentiu golpes do meu poder, segundo Castle. Só sentiu pequenos golpes do meu poder e foi capaz de me soltar sem sofrer os efeitos muito devastadores.

Mas eu sabia que era melhor não fazer aquilo.

Eu sabia do que era capaz. Conhecia os riscos e, mesmo assim, fui em frente. Eu me permiti esquecer, ser descuidada, ser gananciosa e idiota porque desejei o que não podia ter. Eu quis acreditar em contos de fadas e finais felizes e possibilidades. Quis fingir ser uma pessoa melhor do que realmente sou, mas só consegui me revelar como realmente sendo o terror que sempre me acusaram de ser.

~~Meus pais agiram certo ao se livrarem de mim.~~

Castle sequer está falando comigo.

Entretanto, Kenji ainda espera que eu apareça às 6 horas para seja lá o que for que faremos amanhã, e me sinto um pouco grata por essa distração. Só queria que chegasse logo. A vida será solitária para mim de agora em diante, como sempre foi, e é melhor tentar encontrar um jeito de preencher o meu tempo.

Para esquecer.

Essa solidão completa e absoluta, ela sempre me encontra. Sempre. Essa ausência dele em minha vida, essa percepção de que jamais voltarei a sentir o calor de seu corpo, o carinho de seu toque. Isso me faz lembrar quem eu sou e o que fiz e qual é o meu lugar.

Mas já aceitei os termos e condições da minha nova realidade.

Não posso estar com ele. Não vou estar com ele. Não vou arriscar feri-lo outra vez, não vou arriscar me tornar a criatura que ele sempre temeu, aquela que ele terá medo demais para tocar, beijar, abraçar. Não quero atrapalhá-lo em suas tentativas de levar uma vida normal com alguém que não signifique um risco constante de matá-lo por acidente.

Então, preciso me desligar de seu mundo. Desligá-lo do meu.

Agora é muito mais difícil. Muito mais difícil me resignar a uma existência de frio e vazio, agora eu conheci o calor, a urgência, a doçura e a paixão; o conforto extraordinário de ser capaz de tocar em outro ser.

É humilhante.

Eu ter pensado que poderia fazer o papel de uma garota normal, com um namorado normal; eu ter pensado que poderia viver as histórias que li em tantos livros quando criança.

Eu.

Juliette, com um sonho.

Apenas pensar nisso é o bastante para me encher de vergonha. Que constrangedor para mim, ter pensado que seria capaz de mudar o que conheço. Eu ter me olhado no espelho e realmente gostado do rosto pálido me olhando de volta.

Que tristeza.

Sempre me atrevi a me identificar com a princesa, aquela que foge e encontra a fada madrinha e se transforma em uma linda garota com um futuro promissor. Agarrei-me a alguma coisa que parecia esperança, a uma corda de "e ses" e possibilidades e "quem-sabes". Mas devia ter ouvindo meus pais quando me disseram que coisas como eu não têm o direito de sonhar. ~~Coisas como eu merecem ser destruídas, foi o que minha mãe me falou.~~

E começo a achar que eles estavam certos. Começo a me perguntar se deveria simplesmente me enterrar no chão, mas então lembro que, tecnicamente, já estou abaixo do chão. Nunca sequer precisei de uma pá para vir parar aqui.

É estranho.

O quão vazia me sinto.

Como se pudessem existir ecos dentro de mim. Como se eu fosse um daqueles coelhos de chocolate que vendiam na época da Páscoa, aqueles que não passam de uma casca doce envolvendo um mundo vazio. Eu sou assim.

Eu circundo um mundo de vazio.

Aqui, todo mundo me odeia. A essa altura, os laços tênues de amizade que comecei a formar já foram destruídos. Kenji está cansado de mim. Castle está enjoado, desapontado, até mesmo furioso. Não provoquei nada além de problemas desde que cheguei a este lugar e a única pessoa que tentou enxergar o meu lado bom agora paga por isso com a própria vida.

A única pessoa que se atreveu a me tocar.

Bem. 1 de 2.

Eu me pego pensando em Warner vezes demais.

Lembro-me de seus olhos e de sua gentileza estranha e de seu comportamento cruel e calculista. Lembro-me do jeito que me olhou quando saltei pela janela para escapar e lembro do horror em seu rosto quando apontei uma arma para o seu coração e então pego-me impressionada com minha preocupação com essa pessoa que é tão diferente de mim e ao mesmo tempo tão parecida.

E me pergunto como o irei encarar novamente, em breve, e como ele vai retribuir. Não tenho ideia se ainda quer me manter viva, ainda mais depois de tentar matá-lo, e não sei o que levaria um homem, um garoto de 19 anos a levar uma vida tão horrível e assassina, e então percebo que estou mentindo para mim mesma. Porque eu sei. Porque talvez eu seja a única pessoa capaz de entendê-lo.

E aqui está o que aprendi:

Sei que ele é uma alma aflita que, como eu, não cresceu com o calor de uma amizade ou amor ou coexistência pacífica. Sei que seu pai é o líder do Restabelecimento e aplaude os assassinatos do filho em vez de condená-los, e sei que Warner não tem a menor ideia do que é ser normal.

~~Eu também não tenho.~~

Ele passou a vida toda lutando para atender às expectativas do pai, expectativas de dominação global, sem jamais questionar o motivo disso, sem considerar as repercussões, sem dedicar tempo suficiente para refletir sobre o valor de uma vida. Ele tem um poder, uma força, uma posição social que lhe permite provocar danos demais. E se orgulha disso. Mata sem remorso ou arrependimento e quer que eu entre para o seu time. Ele me enxerga como realmente sou e quer que eu viva de acordo com esse potencial.

Uma garota assustadora, monstruosa, com um toque letal. Uma garota triste e patética. Incapaz de trazer qualquer contribuição a este mundo. Que não é nada além de uma arma, uma ferramenta para torturar e ganhar controle. É isso que ele espera de mim.

E ultimamente não sei se está errado. Ultimamente, não sei de nada. Ultimamente, não sei nada de nada em que já acreditei, não sei mais, e sei menos ainda sobre quem sou. Os sussurros de Warner andam de um lado a outro da minha cabeça, dizendo-me que eu poderia ser mais, que poderia ser mais forte, que poderia ser qualquer coisa. Que eu poderia ser muito mais do que apenas uma menininha com medo.

Ele diz que eu poderia ser poder.

Mesmo assim, eu hesito.

Mesmo assim, não vejo nenhum apelo na vida que ele ofereceu. Não vejo futuro naquilo. Não sinto prazer com aquilo. Mesmo assim, apesar de tudo, sei que não *quero* fazer mal às pessoas, digo a mim mesma. Não é algo que eu deseje. E, mesmo se o mundo me odiar, mesmo se o mundo nunca deixar de me odiar, jamais vou me vingar de uma pessoa inocente. Se eu morrer, se eu for morta, se for assassinada enquanto durmo, pelo menos morrerei com uma gota de dignidade. Uma gota do lado humano que ainda é totalmente meu, que permanece sob o meu controle. E não deixarei ninguém tirar isso de mim.

Então tenho de continuar lembrando que Warner e eu somos dois mundos distintos.

Somos sinônimos, mas não iguais.

Sinônimos se conhecem como antigos colegas, como amigos que já viram o mundo juntos. Trocam histórias, lembram suas origens e esquecem que, embora sejam similares, na verdade são totalmente diferentes. E, embora dividam alguns atributos, um jamais poderá ser o outro. Porque uma noite quieta não é o mesmo que uma noite silenciosa, um homem firme não é a mesma coisa que um homem seguro e uma luz forte não é o mesmo que uma luz intensa – porque a maneira como as palavras se entrelaçam em uma frase muda tudo.

Não são a mesma coisa.

Passei toda a minha vida lutando para ser melhor. Lutando para ser mais forte. Porque, diferentemente de Warner, não quero ser um terror nesta Terra. Não quero ferir pessoas.

Não quero usar minha arma para mutilar ninguém.

Mas então olho para as minhas mãos e me lembro exatamente do que sou capaz. Lembro exatamente o que fiz e me pego ciente demais do que posso fazer. Porque é muito difícil lutar contra aquilo que você não consegue controlar e agora sequer consigo controlar minha própria imaginação, que puxa meus cabelos e me arrasta para o meio do escuro.

Dezesseis

A solidão é uma coisa estranha.

Ela se arrasta por você silenciosa e calma, senta-se ao seu lado na escuridão, acaricia seus cabelos enquanto você dorme. Envolve seus ossos, apertando-os com tanta força que quase o impede de respirar, quase o impede de ouvir o pulsar do sangue que corre sob sua pele. Toca desde seus lábios até a penugem da nuca. Deixa mentiras em seu coração, está bem ao seu lado à noite, apaga todas as luzes imagináveis. É uma companhia constante, aperta sua mão só para empurrá-la para baixo quando você tenta se levantar, pega suas lágrimas só para forçá-las garganta abaixo. Assusta simplesmente por estar ao seu lado.

Você acorda de manhã e se pergunta quem é. Você não consegue dormir e sua pele estremece. Você tem dúvidas tem dúvidas tem dúvidas

vou

não vou

devo

por que não

E mesmo quando você está pronto para se desprender. Quando está pronto para se libertar. Quando está pronto para ser uma pessoa nova. A solidão é uma velha amiga, parada ao seu lado no espelho, olhando--o nos olhos, desafiando-o a viver sem ela. Você não consegue encontrar palavras para lutar contra si mesmo, para combater as palavras que gritam que você não é suficiente nunca é suficiente jamais é suficiente.

A solidão é uma companhia amarga e vil.

Às vezes, ela simplesmente não vai embora.

— Alôôôôôôôô?

Pisco os olhos e tento me afastar dos dedos estalando bem diante do meu rosto quando a familiar parede de pedras do Ponto Ômega reaparece, arrastando-me para longe do meu mundo de sonhos. Tento dar meia-volta.

Kenji está me encarando.

— O que foi? — Lanço-lhe um olhar de pânico, um olhar nervoso, enquanto abro e fecho minhas mãos ainda sem luvas, desejando ter algo mais aquecido para proteger meus dedos.

Minha roupa não tem bolsos e não consegui salvar as luvas que arruinei na sala de pesquisas. Tampouco recebi outras para substituí-las.

— Você está adiantada — Kenji me diz, inclinando a cabeça, observando-me com olhos surpresos e curiosos.

Dou de ombros e tento esconder o rosto. Não me sinto disposta a admitir que mal dormi à noite. Estou acordada desde as 3 da madrugada; às 4, já me encontrava totalmente vestida e pronta para sair. Ando desesperada por uma desculpa, por uma maneira de ocupar a cabeça com coisas que não tenham nada a ver com meus próprios pensamentos.

— Estou animada — minto. — O que vamos fazer hoje?

Ele balança discretamente a cabeça. Foca o olhar em alguma coisa atrás de mim ao dizer:

— Você... hum... — Raspa a garganta. — Você está bem?

— Sim, é claro que estou.

– Ah.
– O que foi?
– Nada – ele se apressa em responder. – É que, sabe... – Faz um gesto casual na direção do meu rosto. – Você não está com um semblante tão bom assim, princesa. Está mais ou menos com a mesma aparência de quando apareceu com Warner na base. Toda assustada e pálida e, sem querer ofender, mas parece que um banho lhe cairia bem.

Sorrio e finjo não sentir meu rosto tremendo com o esforço. Tento relaxar os ombros, parecer normal, calma, tranquila quando digo:
– Eu estou bem. É sério. – Baixo o olhar. – Só... Só está um pouco frio aqui, é só isso. Não estou acostumada a ficar sem as luvas.

Kenji assente, mas continua sem me olhar.
– Certo. Bom, ele vai ficar bem, você sabe.
– O quê? –
Arfando, estou arfando tanto.
– Kent. – Vira-se para mim. – Seu namorado, Adam. Ele vai ficar bem.

1 palavra, 1 lembrete simples e ridículo de Adam já faz as borboletas ganharem vida em meu estômago, antes de eu lembrar que Adam não é mais meu namorado. Não é nada meu. Não pode ser.

E então as borboletas caem mortas.

~~Isto.~~

~~Não posso fazer isso.~~

– Enfim... – falo alto demais, forte demais. – Não é melhor irmos? É melhor irmos, não é?

Kenji lança um olhar estranho na minha direção, mas não tece nenhum comentário.
– Sim – responde. – Sim, claro. Venha comigo.

Dezessete

Kenji me faz passar por uma porta que eu nunca vira. Uma porta pertencente a um cômodo no qual jamais estive.

Ouço vozes lá dentro.

Kenji bate duas vezes antes, vira a maçaneta e em instantes sou dominada por uma confusão de vozes e sons diferentes. Estamos entrando em um cômodo repleto de pessoas, rostos que só vi de relance, pessoas trocando sorrisos e risos, em meio aos quais nunca fui bem-vinda. Há mesas individuais espalhadas pelo enorme espaço, de modo a deixá-lo parecido com uma sala de aula. Avisto um quadro branco instalado em uma parede perto de um monitor iluminado com informações. Noto a presença de Castle. Parado em um canto, olhando uma prancheta e tão concentrado que sequer percebe nossa entrada até Kenji gritar um cumprimento.

O rosto de Castle se ilumina.

Eu já tinha notado antes a ligação entre os dois, mas agora fica cada vez mais claro para mim que Castle tem uma afeição especial por Kenji. Uma afeição doce e cheia de orgulho que em geral as pessoas só reservam a seus pais. O que me faz indagar sobre a natureza do relacionamento dos dois. Onde começou, como começou, o que deve ter acontecido para se unirem. O que me faz pensar em quão pouco sei sobre o povo do Ponto Ômega.

Examino o ambiente, vejo rostos ansiosos, homens e mulheres, jovens e pessoas de meia-idade, das mais diferentes etnias, formas e tamanhos. Interagem uns com os outros como se fossem parte de uma família e sinto uma dor estranha socando a lateral do corpo, cavando buracos com o objetivo de me fazer murchar.

É como se meu rosto estivesse pressionado contra um vidro, assistindo a uma cena de longe, muito longe, desejando e querendo ser parte de alguma coisa da qual sei que jamais serei parte. Às vezes, esqueço que existem pessoas por aí que ainda conseguem sorrir todos os dias, apesar de tudo.

Pessoas que ainda não perderam a esperança.

De repente, sinto-me acanhada, constrangida, envergonhada. A luz do dia faz meus pensamentos parecerem sombrios e tristes e quero fingir que ainda sou otimista. Quero acreditar que vou encontrar um jeito de viver. Que talvez, de alguma maneira, ainda exista uma chance para mim em algum lugar.

Alguém assobia.

– Está bem, pessoal – Kenji chama a atenção, mantendo as mãos em conchas nas laterais da boca. – Todos, sentem-se por favor. Estamos fazendo mais uma orientação para aqueles que nunca participaram disso e preciso que fiquem um pouco em silêncio. – Desliza os olhos por seu público. – Certo. Isso. Sentem-se, todos. Onde preferirem. Lily... Você não precisa... Está bem, ótimo. Assim está bom. Sentem-se e fiquem à vontade. Vamos começar em cinco minutos, está bem? – Ele ergue a mão, dedos abertos e afastados. – Cinco minutos.

Procuro a cadeira vazia mais próxima, sem olhar em volta. Mantenho a cabeça baixa, os olhos concentrados nos grânulos da madeira na mesa enquanto todos soltam o corpo nas cadeiras à minha volta.

Por fim, atrevo-me a olhar para a direita. Cabelos brancos, pele tom de neve e olhos azuis cristalinos piscam em resposta para mim.

Brendan. O garoto elétrico.

Ele sorri. Acena na minha direção.

Abaixo a cabeça.

— Ah, oi — ouço alguém dizer. — O que você está fazendo aqui?

Viro-me à esquerda e me deparo com cabelos loiro-escuros e óculos pretos de plásticos ajeitados sobre um nariz adunco. Um sorriso irônico estampado em um rosto pálido. *Winston*. Lembro-me dele. Ele me entrevistou logo que cheguei ao Ponto Ômega. Disse que era uma espécie de psicólogo. Mas também foi quem criou a roupa que estou usando. As luvas que destruí.

Acho que ele é tipo um gênio. Mas não sei ao certo.

Neste exato momento, está mordendo a tampa da caneta, me estudando. Usa o indicador para erguer um pouco os óculos no nariz. Lembro que me fez uma pergunta e esforço-me para responder.

— Não sei direito — digo. — Kenji me trouxe aqui, mas não me contou para quê.

Winston não parece surpreso. Vira os olhos.

— Kenji e seus malditos mistérios, é sempre assim. Não sei por que ele pensa ser boa ideia manter as pessoas em suspense. É como se o cara achasse que a vida é um filme ou algo assim. Sempre tão dramático com tudo. Como é irritante!

Não tenho ideia de como responder a isso. ~~Não consigo deixar de pensar que Adam concordaria e então não consigo deixar de pensar em Adam e então eu~~

— Ah, não ouça o que ele diz. — Um sotaque inglês entra na conversa. Viro-me e me deparo com Brendan, ainda sorrindo para mim. — Winston sempre fica de mau humor no início da manhã.

— Caramba, ainda é madrugada? — Winston pergunta. — Eu chutaria a bunda de um soldado em troca de uma xícara de café a essa hora.

— Essa coisa de você nunca dormir é culpa sua, meu chapa — Brendan retruca. — Você pensa ser capaz de sobreviver com três horas de sono por noite? Está louco.

Winston solta a tampa mastigada da caneta. Passa a mão cansada pelos cabelos. Tira os óculos e esfrega a mão no rosto.

— São as malditas patrulhas. Toda maldita noite. Tem alguma coisa acontecendo e se intensificado no mundo lá fora. Tantos soldados assim andando de um lado para o outro? Que diabos estão fazendo? Eu tenho mesmo que ficar *alerta* o tempo todo...

— Do que vocês estão falando? — pergunto antes que consiga me conter.

Meus ouvidos estão atentos; meu interesse, aguçado. Notícias do mundo lá fora, essa é uma coisa à qual não tive acesso antes. Castle andou tão concentrado em me fazer focar toda a energia nos treinos que em momento algum ouvi qualquer coisa além de seus lembretes constantes de que nosso tempo está acabando e de que *eu preciso aprender antes que seja tarde demais.* Já começo a pensar que as coisas estão piores do que eu imaginava.

— As patrulhas? — Brendan indaga. Acena com a mão. — Ah, é só que... a gente trabalha em turnos, entende? Em duplas... E aí vamos nos alternando para fazer a vigilância durante a noite — explica. — Na maior parte das vezes, não tem problema nenhum, é só uma questão de rotina, nada sério demais.

— Mas ultimamente tem sido estranho — Winston se intromete. — É como se eles estivessem *realmente* nos procurando agora. Tipo, não é mais só uma teoria insana. Eles sabem que somos uma ameaça real e pode ser que tenham pistas de onde estamos. — Balança a cabeça. — Mas isso é impossível.

— Parece que não, meu chapa.

— Bem, seja lá o que for, está começando a me causar medo – Winston afirma. – Tem soldados por todo canto, perto demais de onde estamos. Podemos vê-los na câmera – diz para mim, percebendo a minha confusão. Aproxima-se para concluir: – E o mais estranho é que Warner está sempre com eles. Todas as noites. Andando por aí, emitindo ordens que não consigo ouvir. E ele continua com o braço ferido. Anda de um lado para o outro com uma tipoia.

— Warner? – Meus olhos estão arregalados. – Warner está com eles? Isso é... isso é incomum?

— É bastante estranho – Brendan explica. – Ele é comandante-chefe e regente, do Setor 45. Em circunstâncias normais, delegaria essa tarefa a um coronel ou até mesmo a um tenente. Suas prioridades deveriam ser a base, cuidar dos soldados. – Brendan balança a cabeça. – Ele é um pouco idiota, eu acho, para aceitar um risco desses, ficar longe da base. Me parece estranho ele até mesmo ser capaz de sair tantas noites assim.

— É bem por aí – confirma Winston, concordando com a cabeça. – Exatamente isso. – Aponta para nós dois, estapeando o ar. – E essa situação faz você se perguntar quem ele está deixando no comando. Aquele cara não confia em ninguém... Para começo de conversa, não é exatamente conhecido por suas habilidades de delegar. Imagine, então, alguém assim deixar a base todas as noites? – Uma pausa. – Essa conta não fecha. Tem alguma coisa acontecendo.

Sentindo medo e sentindo coragem, pergunto:

— Você acha que ele esteja em busca de ~~alguém~~ alguma coisa?

— Sim. – Winston expira. Coça a lateral do nariz. – É exatamente o que eu penso. E adoraria saber que porra ele está procurando.

— A gente, obviamente – Brendan responde. – Ele está atrás da gente.

Winston não parece convencido.

— Não sei — diz. — Agora é diferente. Eles estão procurando a gente há anos, mas nunca fizeram nada assim. Nunca lançaram mão de tantos soldados nesse tipo de missão. E tampouco chegaram tão perto.

— Nossa! — sussurro, sem confiar em mim mesma para apresentar qualquer uma das minhas teorias. Sem querer pensar demais sobre ~~quem~~ o que exatamente Warner está procurando. E, durante todo o tempo, fico pensando em por que esses 2 caras estão falando comigo tão livremente, como se eu fosse digna de confiança, como se eu fosse uma igual.

Não me atrevo a comentar nada disso.

— Pois é — fala Winston, pegando outra vez a tampa mastigada da caneta. — Uma loucura. Mas, enfim, se não recebermos um novo lote de café hoje, vou ficar louco pra caralho.

Deslizo o olhar por toda a sala. Não vejo café em nenhum lugar. Tampouco vejo comida. E me pergunto o que significa isso para Winston.

— Vamos tomar café da manhã antes de começarmos?

— Não — ele responde. — Hoje, os horários das refeições são diferentes. Além do mais, teremos muitos pratos para escolher quando voltarmos, e poderemos escolher primeiro. Esse é o único privilégio.

— Voltar de onde?

— Lá de fora — Brendan esclarece, soltando o corpo no encosto da cadeira. Aponta para o teto antes de prosseguir: — Vamos lá em cima, lá fora.

— O quê? — arfo, sentindo um entusiasmo verdadeiro pela primeira vez. — Está falando sério?

— Verdade. — Winston já coloca os óculos outra vez. — E parece que você está prestes a ver, pela primeira vez, o que fazemos aqui.

Assente para a frente da sala, onde Kenji apoia os braços sobre a mesa.

– O que você quer dizer com isso? – pergunto. – O que vamos fazer?

– Ah, você sabe. – Winston dá de ombros. Une as mãos atrás da cabeça. – Roubar coisas de valor. Roubo armado. Esse tipo de coisa.

Começo a rir, então Brendan me censura. Na verdade, ele apoia a mão em meu ombro e, por um momento, sinto-me ligeiramente aterrorizada. E me pergunto se ficou louco.

– Não é nenhuma brincadeira – Brendan me assegura. – E espero que você saiba usar armas.

Dezoito

Parecemos um bando de moradores de rua.

O que significa que nos parecemos com os civis.

Deixamos a sala de aula para atravessar o corredor, todos usando roupas semelhantes, esfarrapadas, surradas e acinzentadas. Ajustamos as roupas ao caminhar. Winston tira seus óculos de plástico e os enfia na jaqueta antes de fechar o casaco. A gola vai até o queixo e ele se afunda nela. Lily, uma das outras garotas entre nós, passa um pesado cachecol sobre a boca e puxa o capuz do casaco sobre a cabeça. Vejo Kenji usando um par de luvas e ajustando as calças cargo para esconder melhor sua arma.

Brendan fica irrequieto ao meu lado. Tira um gorro do bolso e o ajeita na cabeça antes de fechar o casaco até o pescoço. É assustador ver como o tom preto do gorro afeta seus olhos azuis, deixando-os mais iluminados, mais afiados do que antes. Ele lança um sorriso ao perceber que estou observando. Em seguida, joga para mim um par de luvas dois números grande demais, antes de se abaixar para amarrar o cadarço das botas.

Respiro rasamente.

Tento concentrar toda a minha energia neste momento, no que estou fazendo e prestes a fazer. Aconselho-me a não pensar em Adam, não pensar no que ele está fazendo ou se está se recuperando ou no que deve estar sentindo agora. Imploro a mim mesma para não me afundar nos últimos momentos ao lado dele, na maneira como me tocou, como me abraçou, em seus lábios e mãos e respiração rápida demais...

Mas fracasso.

Não consigo não pensar no fato de ele sempre tentar me proteger, de que quase perdeu a vida nesse processo. Sempre me defendeu, sempre cuidou de mim, mesmo sem perceber que era *eu*, que *eu* sempre fui a maior ameaça. A mais perigosa. Adam sempre manteve uma imagem minha positiva demais e me coloca em um pedestal que jamais mereci.

Entretanto, definitivamente não preciso mais de proteção. Não preciso que ninguém se preocupe comigo ou fique querendo saber como estou ou corra o risco de se apaixonar por mim. ~~Sou instável. Devo ser evitada. As pessoas estão certas em sentirem medo de mim.~~

~~Elas devem ter medo de mim.~~

– Oi. – Kenji para ao meu lado, segura meu cotovelo. – Está pronta?

Faço um gesto afirmativo com a cabeça. Ofereço-lhe um discreto sorriso.

As roupas que estou usando são emprestadas. O cartão pendurado no pescoço, escondido debaixo da roupa, é novo. Hoje, recebi um cartão RR – Registro do Restabelecimento – falso. É a prova de que moro e trabalho nos complexos; prova de que sou registrada como cidadã de um território regulado. Todo cidadão legalmente registrado tem um desses. Eu nunca tive – afinal, fui jogada em um hospício; nunca foi necessário um cartão desses para alguém como eu. Aliás, sinto-me bastante segura em dizer que esperavam que eu morresse lá. Identificação não era necessária.

Mas esse cartão RR é especial.

LIBERTA-ME

Nem todo mundo no Ponto Ômega recebe um cartão falso. Ao que parece, são muito difíceis de falsificar. São retângulos finos criados com um tipo muito raro de titânio, gravados a laser, com um código de barra e dados biográficos do portador. Também contêm um dispositivo capaz de monitorar o paradeiro do cidadão.

– Os cartões RR monitoram tudo – Castle explica. – São necessários para entrar e sair dos complexos e do local de trabalho. Os cidadãos recebem seus salários em dólares REST, que têm sua base em um algoritmo complicado, capaz de calcular a complexidade da profissão e o número de horas que a pessoa passa trabalhando para determinar quanto vale o esforço. Essa moeda eletrônica é dispensada em parcelas semanais e automaticamente é feito o *upload* para um chip anexado aos cartões RR. Os dólares REST podem ser trocados nos Centros de Abastecimento por alimentos e itens de necessidade básica. Perder o cartão significa perder o sustento, a renda, o status legal como cidadão registrado. Se você for parado por um soldado e ele pedir um documento de identificação, você deve apresentar seu cartão RR. Não o apresentar resulta em... consequências muito infelizes. Cidadãos que andam sem seus cartões são considerados uma ameaça ao Restabelecimento. São vistos como pessoas que desafiam, de propósito, a lei, como pessoas suspeitas. Não cooperar de alguma maneira, mesmo que isso signifique que você só não quer que cada movimento seja monitorado, torna-o um simpatizante às causas rebeldes. Em outras palavras, torna-o uma ameaça. Uma ameaça que o Restabelecimento não tem o menor escrúpulo em tirar do caminho.

Castle respira fundo antes de prosseguir:

– Portanto, vocês não podem e não devem perder seu cartão RR. Nossos cartões falsificados não têm o dispositivo de rastreamento nem o chip necessário para monitorar os dólares REST porque não temos nem tecnologia nem necessidade disso. Porém! Isso não significa que não sejam valiosos como armadilhas. E, embora para os cidadãos dos territórios regulados os cartões RR possam significar parte de uma sentença de vida, no Ponto Ômega eles são considerados um privilégio. E vocês os tratarão como tal.

Um privilégio.

Entre tantas coisas que aprendi em nosso encontro hoje cedo, descobri que esses cartões só são entregues àqueles que participam de missões fora do Ponto Ômega. Todas as pessoas naquela sala hoje foram selecionadas meticulosamente como sendo as melhores, as mais fortes, as mais confiáveis. Convidar-me para estar naquela sala foi uma manobra arriscada da parte de Kenji. Agora percebo que essa foi sua maneira de dizer que confia em mim. Apesar de tudo, ele está me dizendo – e declarando a todos os demais – que sou bem-vinda aqui. O que explica por que Winston e Brendan se sentiram tão à vontade ao se abrirem comigo. Porque confiam no sistema do Ponto Ômega. E confiam em Kenji, que diz que confia em mim.

Então, agora sou um deles.

E no meu primeiro ato oficial como parte da equipe?

Devo fazer papel de ladra.

Dezenove

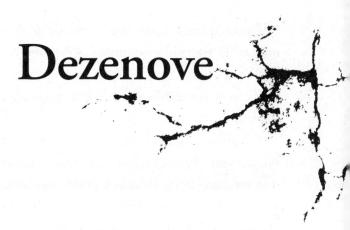

Estamos subindo.

Castle deve se unir a nós a qualquer momento para liderar o grupo rumo à saída desta cidade subterrânea, até o mundo lá fora. Será minha primeira oportunidade em quase 3 anos de ver o que aconteceu com a nossa sociedade.

Eu tinha 14 anos quando fui arrastada para fora de casa por ter matado uma criança inocente. Passei 2 anos indo de hospital a escritórios de advogados, a centro de detenção, a alas psiquiátricas de hospitais, até finalmente decidirem me isolar de uma vez por todas. Prender-me no hospício foi pior do que me enviar à prisão; ~~mais inteligente, segundo meus pais.~~ Se eu tivesse sido mandada para a cadeia, os guardas teriam me tratado como um ser humano; em vez disso, passei a maior parte do último ano tratada como um animal raivoso, presa em um buraco negro sem nenhuma ligação com o mundo exterior. Quase tudo o que testemunhei de nosso planeta até agora foi ou através de uma janela, ou enquanto corria para salvar a própria vida. E agora não sei o que esperar.

Mas quero ver.

Preciso ver.

Estou cansada de ser cega e cansada de depender das minhas memórias do passado e de informações que consegui reunir sobre o nosso presente.

Tudo o que realmente sei é que o Restabelecimento é um nome familiar há 10 anos.

Sei disso porque começaram sua campanha quando eu tinha 7. Nunca vou esquecer o início da nossa derrocada. Lembro-me dos dias em que as coisas ainda eram basicamente normais, quando as pessoas eventualmente morriam o tempo todo, quando havia alimento suficiente para aqueles com dinheiro suficiente para comprar. Isso foi antes de o câncer se tornar uma doença comum e de o clima se tornar uma criatura raivosa e turbulenta. Lembro-me de quão animados todos ficaram com o Restabelecimento. Lembro-me da esperança nos olhos dos meus professores e dos anúncios que éramos forçados a encarar no meio da aula. Recordo-me de todas essas coisas.

E só 4 meses antes de eu, com meus 14 anos, cometer um crime imperdoável, o Restabelecimento foi eleito pelo povo do nosso mundo para nos guiar no caminho de um futuro melhor.

Esperança. Eles tinham tanta esperança. Meus pais, meus vizinhos, meus professores, meus colegas de classe. Todos esperavam o melhor e celebravam o Restabelecimento e prometiam seu apoio constante.

A esperança é capaz de levar as pessoas a fazerem coisas terríveis.

Recordo-me de ter visto protestos pouco antes de ser levada. Lembro-me de ter visto as ruas tomadas por multidões furiosas, que queriam o seu dinheiro de volta. Lembro de o Restabelecimento ter pintado os manifestantes de vermelho da cabeça aos pés e lhes dito que deveriam ter lido as impressões em letras pequenas antes de terem saído de suas casas naquela manhã.

Todas as vendas eram sem reembolso.

Castle e Kenji me permitiram participar dessa expedição porque estão tentando me dar as boas-vindas no coração do Ponto Ômega. Querem que eu me junte a eles, que realmente os aceite, que eu entenda por que sua missão é tão importante. Castle deseja que eu combata o Restabelecimento e o que eles planejaram para o mundo. Os livros, os artefatos, a língua e a história que eles planejam seguir destruindo; a vida simples, vazia e monocromática que querem forçar as próximas gerações a ter. Ele deseja que eu veja como o nosso mundo ainda pode ser salvo; quer provar que nosso futuro ainda pode ser resgatado, que as coisas podem melhorar, contanto que o poder seja colocado nas mãos certas.

Quer que eu confie.

Eu *quero* confiar.

Mas às vezes sinto medo. Em minha limitadíssima experiência, já entendi que as pessoas em busca de poder não são dignas de confiança. Pessoas com objetivos arrogantes e discursos empolados e sorrisos fáceis nunca fizeram nada para acalmar meu coração. Homens armados nunca me deixaram à vontade, independentemente de quantas vezes garantissem que só matavam por bons motivos.

E em momento algum deixei de notar que as pessoas do Ponto Ômega são muito bem armadas.

Mas estou curiosa. Estou tão desesperadamente curiosa.

Então, vejo-me camuflada em roupas velhas e esfarrapadas e um chapéu de lã pesado que quase cobre meus olhos. Uso uma jaqueta grossa que deve ter pertencido a um homem no passado e minhas botas de couro quase ficam escondidas pelas calças grandes demais, cujo tecido se acumula na altura dos tornozelos. Pareço uma civil. Uma civil pobre e torturada, lutando para encontrar alimento para sua família.

Uma porta se fecha e todos viramos imediatamente. Castle, com um sorriso enorme. Observa o nosso grupo.

Eu. Winston. Kenji. Brendan. A garota chamada Lily. 10 outras pessoas que ainda não conheço. No total, somos em 16, incluindo Castle. Um número perfeitamente par.

— Certo, pessoal — ele fala, unindo as mãos.

Percebo que também está de luvas. Todos usam luvas. Hoje, sou só uma garota que faz parte de um grupo, uma garota usando roupas normais e luvas normais. Hoje, sou só um número. Sem muito significado. Só uma pessoa comum. Só por hoje.

É tão absurdo que sinto vontade de sorrir.

E então me recordo de como quase matei Adam ainda ontem, e de repente não sei direito como movimentar os lábios.

— Estão prontos? — Castle olha em volta. — Não esqueçam aquilo que conversamos. — Faz uma pausa. Lança um olhar cuidadoso. Faz contato visual com todos nós. Estuda-nos por um momento demorado demais. — Está bem, então. Venham comigo.

Ninguém fala nada enquanto seguimos Castle pelos longos corredores, e por um momento me pego pensando em como seria fácil simplesmente desaparecer com esta roupa discreta. Eu poderia fugir, misturar-me ao pano de fundo e nunca mais ser encontrada.

~~Como uma covarde.~~

Busco algo a dizer para quebrar o silêncio.

— Mas como chegaremos lá? — pergunto a quem quiser responder.

— Vamos andando — explica Winston.

Nossos pés batem no chão em resposta.

— A maioria dos civis não tem carro — Kenji esclarece. — E sem dúvida não podemos ser pegos em um tanque. Se quisermos nos misturar à população, precisamos agir como as pessoas comuns agem. Ou seja, andar.

Perco a noção de qual túnel segue em qual direção enquanto Castle nos leva à saída. E estou cada vez mais consciente de quão pouco sei sobre este lugar, de quão pouco vi deste lugar. Contudo, para ser completamente sincera, devo admitir que não fiz muito esforço para explorar nada.

Preciso fazer alguma coisa para melhorar isso.

É somente quando o terreno sob meus pés se transforma que percebo como estamos próximos do mundo lá fora. Agora em uma subida íngreme, passamos por uma série de escadarias de pedra criadas no chão. Avisto o que parece ser uma porta de metal, um quadrado pequeno. Tem um trinco.

Percebo que estou um pouco nervosa.

Ansiosa.

Impaciente e amedrontada.

Hoje, verei o mundo como um civil o vê, realmente perceberei as coisas de perto pela primeira vez. Verei o que as pessoas desta nova sociedade devem enfrentar agora.

~~Conhecerei o que meus pais devem estar vivendo, onde quer que estejam.~~

Castle para diante da porta, que parece pequena o bastante para ser uma janela. Vira-se para nos encarar.

– Quem são vocês? – pergunta.

Ninguém responde.

Ele fica com a coluna totalmente ereta. Cruza os braços.

– Lily – diz. – Nome, número da identidade, idade, setor e ocupação. *Agora*.

Ela afasta o cachecol da boca. Parece ligeiramente robótica ao responder:

– Meu nome é Erica Fontaine, 1117-52QZ. Tenho vinte e seis anos. Moro no Setor 45.

– Ocupação – Castle insiste, agora com um tom de impaciência surgindo na voz.

– Têxtil. Fábrica 19A-XC2.

– Winston – Castle ordena.

– Meu nome é Keith Hunter, 4556-65DS – Winston anuncia. – Trinta e cinco anos. Setor 45. Trabalho no setor de metal. Fábrica 15B-XC2.

Kenji nem espera a pergunta para dizer:

– Hiro Yamasaki, 8891-11DX. Idade, vinte anos. Setor 45. Artilharia. 13A-XC2.

Castle assente conforme todos se alternam para regurgitar as informações gravadas em seus cartões RR falsos. Sorri com satisfação. Em seguida, concentra seus olhos em mim até todos encararem, observando, esperando para ver se eu vou estragar tudo.

– Delia Dupont – anuncio, notando que as palavras escapam por meus lábios com mais facilidade do que eu esperava.

Não esperamos que os guardas nos parem, mas essa é uma precaução extra caso seja pedido que nos identifiquemos. Temos que saber as informações em nossos cartões RR como se fossem verdadeiras. Kenji também comentou que, embora os soldados que supervisionam os complexos sejam do Setor 45, sempre são diferentes dos guardas na base. Ele acha que não encontraremos ninguém que seja capaz de nos reconhecer.

Mesmo assim.

Por precaução.

Raspo a garganta.

– Identidade 1223-99SX. Dezessete anos. Setor 45. Trabalho no setor de metal, fábrica 15A-XC2.

Castle me encara só por um segundo longo demais.

Enfim assente. Olha para todos nós.

— E quais são as três coisas que vocês se perguntarão antes de falar? — questiona com uma voz grossa e clara e forte.

Mais uma vez ninguém responde. E não é por não sabermos a resposta.

Ele conta nos dedos:

— Primeiro! *Isso precisa ser dito?* Segundo! *Precisa ser dito por mim?* E terceiro! *Precisa ser dito por mim neste momento?*

Todos continuam em silêncio.

— Não falamos nada a não ser quando absolutamente necessário — Castle prossegue. — Não rimos, não sorrimos. Não fazemos contato visual uns com os outros se pudermos evitar. Não agimos como se nos conhecêssemos. Não fazemos simplesmente nada que possa encorajar olhares extras em nossa direção. Não atraímos atenção. — Uma pausa. — Entenderam, certo? Ficou claro?

Assentimos.

— E se alguma coisa der errado?

— A gente se dispersa. — Kenji raspa a garganta. — A gente corre, se esconde. Pensamos unicamente em nós mesmos. E nunca, em hipótese alguma, entregamos o paradeiro do Ponto Ômega.

Parece que todos respiram fundo ao mesmo tempo.

Castle abre a portinhola. Observa o lado de fora antes de acenar para que o acompanhemos, então seguimos. E vamos passando, um a um, tão silenciosos quanto as palavras que não pronunciamos.

Não piso no nível do chão há 3 semanas. Mas parece que 3 meses já se passaram.

Assim que meu rosto encontra o ar, sinto o vento espancar minha pele de um jeito familiar, reprobatório. É como se ele me censurasse por ter passado tanto tempo longe.

Estamos no meio de um terreno baldio congelado. O ar é frio e pontiagudo, folhas mortas dançam à nossa volta. As poucas árvores ainda em pé acenam com o vento, seus galhos solitários e partidos implorando por companhia. Olho à esquerda. Olho à direita. Olho para a frente.

Não tem nada aqui.

Castle nos contou que essa área costumava ser coberta por uma vegetação densa e exuberante. Contou que, quando começou a buscar um esconderijo para o Ponto Ômega, essa área específica se mostrava ideal. No entanto, isso foi há tanto tempo – décadas atrás – e agora tudo mudou. A própria natureza se transformou. E é tarde demais para mudar esse esconderijo de lugar.

Portanto, fazemos o que conseguimos.

Essa parte, ele falou, é a mais difícil. Aqui fora, somos vulneráveis. Fáceis de sermos vistos, mesmo como civis, porque estamos fora de lugar. Os civis não têm que estar em nenhum lugar fora dos complexos; eles não deixam as áreas reguladas, consideradas seguras pelo Restabelecimento. Ser pego em qualquer ponto do território desregulado é considerado desrespeito às leis criadas por nosso pseudogoverno, e as consequências são severas.

Portanto, temos que chegar aos complexos o mais rápido possível.

O plano é que Kenji – cujo dom lhe permite se misturar a qualquer ambiente – vá à frente do grupo, tornando-se invisível para verificar se o caminho está livre. O restante de nós se mantém um pouco atrás, cuidadosos, quietos, completamente silenciosos. Mantemos alguns metros de distância, prontos para correr, para nos salvar se for necessário. É estranho, considerando a natureza intimista da comunidade do Ponto Ômega, ver Castle não nos encorajar a ficar juntos. Mas isso, ele explicou, é para o bem da maioria. É um sacrifício. Um de nós tem de estar disposto a ser pego para que os outros possam escapar.

É um por todos.

O caminho está limpo.

Estamos andando há pelo menos meia-hora e ninguém parece patrulhar essa terra deserta. Logo os complexos surgem no horizonte. Blocos e blocos e blocos de caixas de metal, cubos reunidos no chão antigo e maltratado. Mantenho o casaco bem perto do corpo enquanto o vento muda de lado só para açoitar nossa pele humana.

Hoje faz frio demais para estarmos vivos.

Estou usando minha roupa especial – que regula a temperatura do corpo – por baixo desse disfarce e, ainda assim, sinto-me congelando. Não consigo imaginar o que os outros devem estar enfrentando agora. Arrisco uma olhadela para Brendan só para descobrir que ele também me observa. Nossos olhos se encontram por menos de um segundo, mas posso jurar que o vi sorrindo para mim, as bochechas rosadas e avermelhadas por um vento invejoso de seus olhos vagantes.

Azuis. Tão azuis.

Um tom de azul diferente, mais leve, quase transparente, mas ainda assim azul, tão, tão azul. Olhos azuis sempre me farão lembrar Adam, acredito. E aí sou açoitada outra vez. Açoitada com muita força, bem no centro do meu ser.

Pela dor.

– Rápido. – A voz de Kenji chega a nós transportada pelo vento, mas seu corpo não aparece.

Estamos a dois metros de colocar os pés no primeiro conjunto de complexos, mas, por algum motivo, fico congelada onde estou, sangue e gelo e um tridente deslizando em minhas costas.

— RÁPIDO! — A voz de Kenji estoura outra vez. — Aproximem-se dos complexos e mantenham seus rostos cobertos. Soldados às três horas!

Subitamente, damos um salto, correndo para a frente, mas tentando manter a discrição, e nos abaixamos na lateral de uma unidade de habitação. Abaixados, cada um de nós finge ser uma das muitas pessoas recolhendo restos de ferro e aço das pilhas de lixo dispostas por todo o chão.

Os complexos ficam em um grande lixão. Restos, plásticos e pedaços descartados de metal brilham como confete por toda uma área para crianças. Tem uma camada fina de neve por cima de tudo, como se a Terra tivesse investido em uma tentativa inútil de cobrir suas partes feias antes de nós chegarmos. Mas este mundo parece uma bagunça enorme.

Ergo o olhar.

Olho por sobre o ombro.

Olho em volta de maneira que não deveria, mas não consigo evitar. Devo manter os olhos apontados para o chão, como se eu vivesse aqui, como se não houvesse nada novo para ver, como se eu não suportasse erguer o rosto só para ser espancado pelo frio. Como se eu devesse me concentrar apenas em mim mesma, com os ombros curvados, como todos os outros, os desconhecidos que tentam se aquecer. Porém, há tanta coisa para ver. Tanta coisa para observar. Tantas coisas às quais jamais fui exposta antes.

Então me atrevo a erguer a cabeça.

E o vento me agarra pela garganta.

Vinte

Warner está a menos de 6 metros de mim.

Seu terno feito sob medida cai perfeitamente no corpo com um tom tão requintado de preto que chega a ser ofuscante. Os ombros são protegidos por um casaco da cor de troncos de árvore cobertos por musgos e florestas efêmeras 5 tons mais escuras do que seus olhos verdes, verdes. Os botões lustrosos e dourados são o complemento perfeito para seus cabelos loiros. Usa uma gravata preta. Luvas de couro preto. Botas polidas e pretas.

Parece imaculado.

Perfeito, especialmente parado aqui, em meio a terra e destruição, cercado pelas cores mais negras que essa paisagem tem a oferecer. É uma visão de esmeralda e ônix e pinheiros respigando ouro, silhueta desenhada do jeito mais ilusório pela luz do sol. Warner poderia brilhar. Poderia haver um halo em sua cabeça. Esse poderia ser o jeito do mundo de exemplificar uma ironia. Porque Warner é belo de maneiras que Adam não é.

Porque Warner não é humano.

Nada nele é normal.

Ele observa os arredores com olhos semicerrados que querem se proteger da luminosidade da manhã enquanto o vento empurra a lateral do casaco desabotoado o suficiente para eu vislumbrar seu braço. Enfaixado. Preso em uma tipoia.

Tão perto.

Eu estive tão perto.

Os soldados à sua volta esperam ordens, esperam alguma coisa, e eu não consigo afastar os olhos. Não consigo evitar um frio na barriga muito estranho por estar tão perto dele e, ao mesmo tempo, tão distante. Parece quase uma vantagem – ser capaz de estudá-lo sem ele saber.

É um garoto estranho, estranho, perturbado.

Não sei se consigo esquecer o que fez comigo. O que me fez fazer. O quão próxima estive de matar outra vez. Vou odiá-lo para sempre por isso, muito embora saiba que terei de enfrentá-lo novamente.

Um dia.

Jamais pensei que veria Warner nos complexos. Não tinha ideia de que ele sequer visitava os civis – mas, verdade seja dita, eu nunca soube como ele passa seus dias, exceto aqueles que passou comigo. Não tenho a menor ideia do que está fazendo aqui.

Ele finalmente diz alguma coisa aos soldados, que assentem cuidadosamente. E logo desaparecem.

Finjo estar concentrada em alguma coisa bem à direita dele, tomo o cuidado de manter a cabeça baixa e ligeiramente inclinada para o lado, para que Warner não consiga vislumbrar meu rosto, mesmo que ele não olhe na minha direção. Minha mão esquerda sobe para puxar o chapéu sobre as orelhas e a direita finge fazer uma busca no lixo, finge pegar restos para levar e garantir o dia.

É assim que algumas pessoas vivem.

Mais uma ocupação miserável.

Warner desliza a mão intacta pelo rosto, cobrindo os olhos só por um instante antes de ela ir à boca, pressionar os lábios como se ele guardasse algo que não suporta dizer.

Seus olhos parecem quase... preocupados. Mas tenho certeza de que estou lendo-o da maneira errada.

Observo-o analisando as pessoas à sua volta. Observo-o de perto e consigo notar que seu olhar pousa nas crianças, no jeito que elas correm uma atrás da outra, com uma inocência que deixa claro que não têm ideia de que tipo de mundo perderam. Esse lugar sombrio e sem vida é a única coisa que elas conhecem.

Tento ler a expressão de Warner enquanto ele as estuda, mas ele consegue se manter completamente neutro. Não entrega nem o menor sinal de emoção. Não faz nada além de piscar os olhos enquanto permanece perfeitamente parado, uma estátua exposta ao vento.

Um cachorro de rua vai na direção dele.

De repente, estou petrificada. Preocupada com aquela criatura desgrenhada, o animalzinho fraco e com frio que provavelmente está em busca de restos de comida, qualquer coisa que afaste a fome pelas próximas poucas horas. Meu coração começa a acelerar no peito, o sangue bombeado rápido demais, forte demais e

não sei por que sinto que alguma coisa horrível está prestes a acontecer.

O cão bate na parte de trás das pernas de Warner, como se estivesse parcialmente cego, sem conseguir ver aonde está indo. Arfa intensamente, a língua caída para o lado como se não soubesse entrar outra vez na boca. Ele choraminga um pouquinho, babando nas calças maravilhosas de Warner, e seguro a respiração quando o garoto dourado se vira. A minha expectativa é vê-lo puxar a arma e dar um tiro na cabeça do cão.

Já o vi fazendo isso com um ser humano.

No entanto, o semblante de Warner entristece ao ver o cachorrinho, linhas de expressão surgem em seu rosto perfeito, a surpresa o faz arquear as sobrancelhas e arregalar os olhos só por um instante. Um instante suficiente para eu perceber.

Ele observa seus arredores, os olhos rapidamente analisando o que há em volta, antes de pegar o animal nos braços e desaparecer após passar por uma cerca baixa – uma das cercas pequenas usadas para separar a área de cada complexo. De repente, percebo-me desesperada por saber o que ele vai fazer, pego-me ansiosa, tão ansiosa, incapaz de respirar.

Já vi o que Warner é capaz de fazer com uma pessoa. Já vi seu coração insensível e seus olhos frios e sua completa indiferença, seu comportamento recomposto e gelado após matar um homem a sangue frio. Nem consigo imaginar o que ele planejou para o cachorrinho.

Tenho de ver com meus próprios olhos.

Tenho de afastar seu rosto da minha mente e vê-lo judiar do cachorro é exatamente o que preciso fazer. Será a prova de que Warner é doente, perturbado, de que é errado e sempre será errado.

Se eu pelo menos pudesse me levantar, acho que conseguiria vê-lo. Poderia ver o que está fazendo com o pobre animal e talvez encontrar um jeito de impedi-lo antes que seja tarde demais, mas então ouço a voz de Castle, um assobio alto nos chamando. Nos avisando que o caminho está limpo para seguirmos adiante agora que Warner está fora da vista.

– Vamos nos movimentar, mas separadamente – diz. – Sigam o plano! Ninguém vai atrás de ninguém. Todos nos encontramos no lugar combinado. Quem não aparecer será deixado para trás. Vocês têm trinta minutos.

Kenji me puxa pelo braço, diz para eu me levantar, para me concentrar, para olhar na direção certa. Ergo o olhar por tempo suficiente para ver que o restante do grupo já se dispersou. Kenji, porém, recusa-se a se mexer. Prageja baixinho até eu finalmente me levantar. Eu assinto. Afirmo que entendi o plano e aceno para que siga seu caminho sem mim. Lembro-o de que não podemos ser vistos juntos. De que não podemos andar em grupos ou pares. Não podemos chamar a atenção.

Finalmente, finalmente ele se vira para se afastar.

Vejo-o seguir seu caminho. Então dou alguns passos adiante, só para dar meia-volta e retornar ao canto do complexo, encostando as costas em uma parede, escondendo-me.

Meus olhos analisam os arredores até encontrarem a cerca onde vi Warner pela última vez. Fico na ponta dos pés para conseguir enxergar.

E tenho que cobrir a boca para não arfar muito alto.

Warner está agachado, com a mão não ferida estendida alimentando o cachorrinho. O corpo trêmulo e ossudo do animal se ajeita dentro do casaco aberto de Warner, cambaleando conforme as patas tentam encontrar calor depois de passarem frio por tanto tempo. A criaturazinha balança o rabo intensamente, afastando-se para olhar nos olhos de Warner antes de se aninhar outra vez dentro da jaqueta. Ouço Warner dar risada.

Vejo-o sorrindo.

O tipo de sorriso que o transforma em uma pessoa completamente diferente, o tipo de sorriso que faz estrelas aparecerem em seu olhar e seus lábios brilharem e percebo que nunca na vida o vi assim. Nunca tinha visto seus dentes – tão retos, tão brancos, nada menos que perfeitos. Um exterior irretocável, irretocável para um garoto com um coração tão sombrio, tão escuro. É difícil acreditar que tem sangue nas mãos da pessoa que estou observando agora. Ele parece doce e vulnerável – tão humano. Seus olhos se repuxam com os sorrisos e as bochechas estão rosadas pelo frio.

Ele tem *covinhas*.

Warner é, de longe, a imagem mais linda que já vi na vida.

E eu queria não ter visto.

Porque alguma coisa dentro do meu coração está transparecendo e parece ser medo, é aterrorizante, tem sabor de pânico e ansiedade e desespero e não sei como interpretar a imagem à minha frente. Não quero ver Warner assim. Não quero pensar nele como outra coisa senão um monstro.

Isso não está certo.

Movimento-me rápido demais e vou longe demais e na direção errada, de repente idiota demais para encontrar o equilíbrio e odiando-me por perder o tempo que poderia ter usado para escapar. Sei que Castle e Kenji estariam prontos para me matar por eu ter assumido tamanho risco, mas eles não entendem o que é estar na minha cabeça agora, não entendem o que eu...

– Ei! – ele late. – Você aí...

Sem pretender, ergo o olhar. Sem perceber, respondo à voz de Warner. Ele está em pé, congelado, me encarando. A mão saudável para no meio de um movimento antes de cair entorpecida na lateral do corpo. O maxilar parece solto, temporariamente estupefato.

Vejo as palavras morrendo em sua garganta.

Fico paralisada, presa em seu olhar enquanto ele permanece ali, arquejando tão intensamente e os lábios prontos para formar palavras que sem dúvidas me sentenciarão à morte, tudo porque sou uma idiota, sem noção, ridícula...

– Faça o que quiser, mas não grite.

Alguém usa a mão para fechar a minha boca.

Vinte e um

Não me mexo.

– Não vou soltar você, entendeu? Quero que segure a minha mão.

Estendo o braço sem olhar para baixo e sinto nossas mãos, cobertas por luvas, encaixarem-se. Kenji solta meu rosto.

– Você é uma grande *idiota* – diz para mim, mas continuo encarando Warner. Warner, que agora olha em volta como se tivesse visto um fantasma, piscando e esfregando os olhos, parecendo confuso, observando o cachorro como se talvez o animalzinho fosse alguma espécie de bruxo. Segura uma mecha de seus cabelos loiros, bagunçando os fios até então perfeitos, e sai correndo tão rápido que meus olhos não sabem o que fazer para acompanhá-lo.

– Qual é o seu problema? – Kenji pergunta. – Está me ouvindo? Você ficou *louca*?

– O que foi que você acabou de fazer? Por que ele não... Ah, caramba! – arfo, olhando para o meu próprio corpo.

Estou completamente invisível.

– De nada – Kenji esbraveja, puxando-me para longe do complexo. – E mantenha a voz baixa. Estar invisível não quer dizer que o mundo não consiga ouvi-la.

– Você consegue fazer *isso*?

Tento encontrar seu rosto, mas pareço estar falando com o ar.

— Sim, isso se chama projetar, lembra? Castle não explicou para você? – pergunta, explicando rapidamente para voltar a gritar comigo. — Nem todo mundo consegue projetar, nem todas as habilidades são iguais, mas talvez, se você parar de agir como uma *idiota* e, assim, evitar *morrer,* eu possa ensinar um dia desses.

— Você voltou para me encontrar – constato, esforçando-me para acompanhar seu ritmo acelerado, nem de longe ofendida por sua raiva. – Por que voltou para me encontrar?

— Porque você é uma *idiota* – repete.

— Eu sei. Desculpa. Não consegui evitar.

— Bem, evite – retruca, a voz rouca enquanto ele me puxa pelo braço. – Precisamos correr para recuperar todo o tempo que você acabou de perder.

— Por que você voltou, Kenji? – insisto mais uma vez, indiferente. – Como soube que eu ainda estava aqui?

— Fiquei de olho em você.

— O quê? O que você...

— Fiquei observando você – reafirma, suas palavras outra vez apressadas, impacientes. – É parte do que eu faço. É o que venho fazendo desde o primeiro dia. Eu me alistei no exército de Warner por você, só por sua causa. Foi para isso que Castle me enviou. O meu trabalho era você. – Sua voz sai rápida, sem sentimentos. – Eu já contei isso para você.

— Espera, que história é essa de ficar me *observando*? – Hesito, puxando seu braço invisível para fazê-lo diminuir um pouco a velocidade. – Você me segue em todos os lugares? Até mesmo agora? Mesmo no Ponto Ômega?

Ele não responde imediatamente. Quando fala, as palavras são relutantes.

— Mais ou menos.

– Mas por quê? Estou aqui. Seu trabalho já foi concluído, não foi?

– A gente já conversou sobre isso. Lembra? Castle queria que eu tivesse certeza de que você estava bem. Me pediu para ficar de olho. Nada muito sério, apenas garantir que não teria nenhum ataque psicótico nem nada do tipo. – Ouço-o suspirar. – Você enfrentou muita coisa. Ele está um pouco preocupado com as suas reações. Especialmente agora... depois do que aconteceu? Você não parece bem. Parece sempre prestes a se jogar na frente de um tanque.

– Eu jamais faria algo assim – retruco.

– Claro – ele responde. – Está bem. Dane-se. Só estou apontando o óbvio. Você só funciona em dois cenários: ou está atordoada, ou está pegando Adam. E devo admitir que prefiro vê-la atordoada.

– Kenji!

Quase arranco minha mão da sua. Mas a pegada em volta dos meus dedos fica mais forte.

– Não solte – esbraveja outra vez comigo. – Não pode soltar, senão a ligação se desfaz.

Kenji me arrasta pelo meio de uma clareira. Estamos longe o bastante dos complexos agora e ninguém vai nos ouvir, mas ainda longe demais do ponto de encontro para nos considerarmos em segurança. Por sorte, a neve não é suficiente para deixarmos pegadas pelo caminho.

– Não acredito que você ficou espiando a gente!

– Eu não estava espiando ninguém, entendeu? Que droga! Acalme-se. Caramba, vocês dois precisam se acalmar. Adam já estava esfregando tudo isso na minha cara.

– O quê? – Sinto as peças desse quebra-cabeça enfim se encaixando. – Foi por isso que ele foi super grosso com você no café da manhã na semana passada?

Kenji diminui um pouco a velocidade. Respira demorada e profundamente.

— Adam pensou que eu estivesse, tipo, tirando *vantagem* da situação. — E pronuncia a palavra *vantagem* como se fosse uma palavra estranha e suja. — Ele pensa que eu fico invisível só para vê-la nua ou algo assim. Ouça, nem eu entendi, está bem? Adam foi um idiota com relação a esse assunto. Eu só estava fazendo o meu trabalho.

— Mas... você não estava, estava? Não estava tentando me ver nua nem nada do tipo, certo?

Kenji bufa, deixa escapar uma risada.

— Ouça, Juliette — fala em meio a outra risada. — Eu não sou cego, está bem? Em um nível exclusivamente físico? Sim, você é bem gostosa... E aquela roupa que você tem que usar o tempo todo não atrapalha em nada. Mas, mesmo se não vivesse com essa coisa de "se eu tocar em você, eu te mato", você *definitivamente* não faz o meu tipo. E o mais importante: eu não sou nenhum desgraçado pervertido. Levo meu trabalho muito a sério. Faço as coisas realmente acontecerem neste mundo e gosto de pensar que as pessoas me respeitam por isso. Mas o seu garoto, Adam, vive ofuscado demais pelas próprias calças para conseguir pensar direito. Talvez você devesse fazer alguma coisa para corrigir isso.

Baixo o olhar. Não digo nada por um momento. E então:

— Acho que você não vai mais precisar se preocupar com isso.

— Puta merda! — Kenji suspira como se não acreditasse que está ouvindo os problemas da minha vida amorosa. — Eu fiz a gente vir parar no meio disso, não fiz?

— Podemos seguir nosso caminho, Kenji. A gente não precisa conversar sobre esse assunto.

Ele arfa todo irritado.

— Não quero dizer que não me importo com o que você está falando. Não é que eu queira vê-la toda deprimida. Só quero dizer que essa vida já está uma zona do jeito que está – expressa com a voz apertada. – E estou cansado de vê-la tão envolvida com seu próprio mundinho o tempo todo. Você age como se tudo isso, tudo o que fazemos, fosse uma brincadeira. Não leva nada disso a sério...

— O quê? – interrompo-o. – Não é verdade. Eu levo a sério.

— Mentira. – Ele deixa escapar uma risada afiada, raivosa. – Você só sabe ficar sentada pensando nos seus *sentimentos*. Você tem *problemas*. Quem diria! Seus pais a odeiam e isso é difícil, e tem que usar luvas pelo resto da vida porque mata as pessoas quando toca nelas. Quem está se fodendo para isso? – Ouço-o arfar alto. – E, pelo que eu saiba, você tem comida na boca e roupas no corpo e um lugar para mijar em paz sempre que precisa. Isso não é problema. Isso se chama viver como um rei. E eu gostaria muito que você crescesse e parasse de andar por aí como se o mundo tivesse cagado no seu único rolo de papel higiênico. Porque é ridículo. – Agora ele não consegue controlar sua reação. – É ridículo e é falta de gratidão. Você não tem ideia do que todas as outras pessoas do mundo estão passando agora. Não tem a menor ideia, Juliette. E parece estar pouco se fodendo para isso.

Engulo em seco, muito em seco. Kenji não para:

— Agora, cá entre nós, estou tentando dar uma chance para você consertar as coisas. O tempo todo eu me pego dando oportunidades para você agir de maneira diferente. Oportunidades para você deixar para trás essa menininha triste que já foi, a menininha triste à qual vive se apegando, e se levantar e se defender. Pare de chorar. Pare de ficar sentada na penumbra e se lamentando por ser tão triste e solitária. Acorde. Você não é a única pessoa neste mundo que não quer sair da cama de manhã. Você não é a única com problemas com os pais e um DNA complicado. Você pode ser quem quiser ser. Não está mais com os seus pais de merda. Não está mais em um hospício de merda e não está mais presa às experienciazinhas de merda do Warner. Portanto, faça a sua escolha. Faça a sua escolha e pare de levar todo mundo a perder tempo. Pare de desperdiçar o seu próprio tempo. Entendido?

A vergonha se espalha por cada centímetro do meu corpo.

Um calor inflama meu cerne, chamuscando-me de dentro para fora. Estou tão aterrorizada, com tanto medo de ouvir a verdade nas palavras dele.

– Vamos – Kenji diz, e sua voz é só um pouquinho mais gentil agora. – Precisamos correr.

Confirmo com a cabeça, apesar de ele não conseguir me ver.

E faço que sim e faço que sim e faço que sim e fico feliz por ninguém conseguir enxergar o meu rosto agora.

Vinte e dois

— Pare de jogar caixas em mim, idiota. Esse é o meu trabalho.

Winston dá risada e pega um pacote muitíssimo bem embrulhado com celofane só para lançá-lo na direção da cabeça de outro garoto. O garoto parado bem ao meu lado.

Eu me esquivo.

O garoto bufa ao pegar o pacote e sorri ao mostrar a Winston uma imagem muito nítida de seu dedo do meio.

— Mantenha a elegância, Sanchez — Winston o censura ao lançar outro pacote.

Sanchez. Seu nome é Ian Sanchez. Descobri há poucos minutos, quando ele, eu e alguns outros nos reunimos para formar uma fila, uma espécie de linha de montagem.

Neste momento, estamos em um dos complexos de armazenamento oficiais do Restabelecimento.

Kenji e eu conseguimos alcançar os outros no último minuto. Todos nos reunimos no ponto de encontro (que, na verdade, não passava de uma vala) e ele me lançou um olhar afiado, apontou para mim, sorriu e me deixou com o restante do grupo enquanto, com Castle, transmitia as informações sobre a próxima parte da nossa missão.

Que consistia em entrar no complexo de armazenamento.

A ironia, todavia, é que nos deslocamos acima do chão em busca de suprimentos só para ter de voltar ao subsolo para consegui-los. Os complexos de armazenamento são, para todos os fins, invisíveis.

Constituem-se de porões repletos de tudo o que se possa imaginar: comida, medicamentos, armas. Tudo o que é necessário para sobreviver. Castle explicou os detalhes durante a orientação de manhã. Esclareceu que, embora manter os suprimentos debaixo da terra seja um método inteligente de esconder dos civis, aquilo funcionava a seu favor. Disse ser capaz de sentir – e movimentar – objetos a uma boa distância, mesmo que essa distância seja quase 10 metros abaixo do chão. Contou que, quando se aproxima de um depósito desses, pode sentir a diferença porque reconhece a energia de cada objeto. Isso é o que lhe permite mover as coisas usando o poder da mente; ele consegue tocar a energia inerente de tudo. Castle e Kenji conseguiram encontrar o paradeiro de 5 complexos a 30 quilômetros do Ponto Ômega simplesmente andando; Castle ia sentindo enquanto Kenji os mantinha invisíveis. Encontraram outros 5 em 80 quilômetros.

Eles tentam entrar em tais depósitos em um sistema de rotação. Nunca pegam as mesmas coisas e nunca na mesma quantidade, e estão sempre à procura de novas instalações. Quanto mais distante for o complexo, mais intrincada se torna a missão. Este no qual estamos é o mais próximo e, portanto, relativamente falando, a missão se torna a mais simples. Isso explica por que me deixaram acompanhá-los.

Todo o trabalho pesado de coleta de informações já havia sido realizado.

Brendan já descobriu um jeito de confundir o sistema elétrico com o objetivo de desativar os sensores e câmeras de segurança; Kenji obteve a senha simplesmente ao acompanhar um soldado que digitou os números. Tudo isso nos dá uma vantagem de 30 minutos para trabalhar o mais rapidamente possível para guardar no ponto de encontro o que precisamos; depois, passaremos a maior parte do dia esperando para colocar os suprimentos roubados em veículos que os levarão para longe daqui.

O sistema que eles usam é fascinante.

São 6 vans, cada uma com uma aparência ligeiramente distinta, todas programadas para chegar em momentos diferentes. Assim, há menos chances de serem pegos e há uma maior probabilidade de que pelo menos uma das vans chegue sem problemas ao Ponto Ômega. Castle delineou o que pareciam ser 100 planos de contingência para o caso de surgir algum perigo.

Contudo, sou a única aqui que parece remotamente tensa com o que estamos fazendo. Aliás, com exceção de mim e dos outros três, todos do grupo já visitaram esse complexo específico diversas vezes, então, andam de um lado a outro como se este fosse um território familiar. Todos são cuidadosos e eficientes, mas parecem à vontade o bastante para rir e se divertir. Sabem exatamente o que estão fazendo. Assim que entramos, eles se dividem em dois grupos: um forma uma espécie de linha de montagem e o outro vai pegando as coisas de que precisamos.

Outros têm tarefas mais importantes.

Lily conta com uma memória fotográfica que deixaria qualquer fotografia do mundo envergonhada. Ela entrou primeiro e avaliou o ambiente, coletando e catalogando cada detalhe. É ela quem vai garantir que não deixemos nada para trás ao sair, e que, fora o que levarmos, nada mais está faltando ou fora do lugar. Brendan é nosso gerador de reserva. Conseguiu desligar a energia do sistema de segurança enquanto manteve iluminada a dimensão escura do ambiente. Winston orienta os dois grupos, mediando tudo para garantir que estamos levando os itens e as quantidades certas. Seus braços e pernas têm a capacidade elástica de se alongarem, permitindo-lhe chegar rápida e facilmente aos cantos do armazém.

Castle é quem leva os suprimentos para fora. Ele está no fim da linha de montagem, conversando com Kenji por rádio. Contanto que a área esteja limpa, Castle só precisa usar uma das mãos para direcionar as centenas de quilos de suprimentos que acumulamos no ponto de encontro.

Kenji, obviamente, vigia tudo.

Não fosse ele, essa tarefa sequer seria imaginável. Ele é nossos olhos e ouvidos invisíveis. Sem ele, seria impossível nos sentirmos tão seguros, tão certos de que estaríamos protegidos em uma missão tão arriscada.

Não pela primeira vez hoje, começo a perceber por que Kenji é tão importante.

— Ei, Winston, pode pedir para alguém dar uma olhada se tem chocolate aqui?

Emory, outro membro da linha de montagem, sorri para Winston como se esperasse boas notícias. Mas, é claro, Emory está sempre sorrindo. Só o conheço há algumas horas, mas está sorrindo desde as 6 da manhã, quando nos encontramos na sala para as orientações. É alto, musculoso e tem um cabelo afro enorme que às vezes cai em seus olhos. Pega as caixas e as passa pela fila como se não pesassem nada.

Winston nega com a cabeça, tentando não rir ao transmitir a pergunta.

— Você está falando sério? — Lança um olhar de censura a Emory enquanto ajeita os óculos de plástico sobre o nariz. — De todas as coisas que existem neste lugar, você vai querer justamente *chocolate*?

O sorriso de Emory desaparece.

— Cale a boca, cara. Você sabe que a minha mãe adora chocolate.

— Você fala isso toda vez.

— Porque é verdade toda vez.

Winston diz alguma coisa a alguém prestes a pegar mais uma caixa de sabonetes antes de se concentrar novamente em Emory.

— Sabe, acho que nunca vi sua mãe comer um pedaço sequer de chocolate.

Emory diz a Winston para fazer uma coisa bastante imprópria com seus membros naturalmente flexíveis e eu olho para a caixa que Ian acaba de me passar. Hesito e estudo com cuidado o embrulho antes de passá-lo em frente.

— Ei, vocês sabem por que tudo aqui tem as letras NRM estampadas?

Ian dá meia-volta. Impressionado. Olha para mim como se eu tivesse acabado de lhe pedir para tirar as roupas.

— Olha só! Acho que serei amaldiçoado! – brinca. – Olha só, ela fala!

— É claro que eu falo – respondo, mas agora sem nenhum interesse de continuar me expressando.

Ian me entrega outra caixa. Dá de ombros.

— Bem, agora eu sei.

— Agora sabe.

— O mistério foi solucionado.

— Você achava mesmo que eu não falava? – pergunto depois de um instante. – Tipo, pensou que eu fosse muda?

E me pergunto o que as outras pessoas estão comentando a meu respeito no Ponto Ômega.

Ian olha por sobre o ombro, na minha direção. Sorri como se tentasse não dar risada. Meneia a cabeça e não me responde.

— O carimbo é só uma questão de regulação – explica. – Eles colocam um NRM em tudo para poderem rastrear depois. Nada demais.

– Mas o que significa NRM? Quem carimba?

– NRM – ele repete, pronunciando as três letras como se eu tivesse a obrigação de conhecê-las. – Nações Restabelecidas do Mundo. Tudo é feito em escala global, entenda. Todos eles negociam commodities. E isso é uma coisa que ninguém sabe de verdade. É mais um motivo pelo qual essa coisa de Restabelecimento é uma grande merda, pois monopolizaram os recursos do planeta inteiro.

Lembro de alguma coisa nesse sentido. Lembro de ter conversado com Adam sobre essa situação quando ficamos trancafiados no manicômio. ~~Antes de eu saber como era tocá-lo. Estar com ele. Feri-lo.~~ O Restabelecimento sempre foi um movimento global. Eu só não sabia que tinha um nome.

– Certo – respondo a Ian, de repente distraída. – É claro.

Ele para ao me entregar outra caixa.

– Então é verdade? – indaga, estudando o meu rosto. – Que você não sabe o que aconteceu com o mundo?

– Sei de uma parte. – Estou arrepiada. – Só não conheço muitos detalhes.

– Bem – diz Ian. – Quando chegarmos ao Ponto Ômega, se você ainda lembrar como se faz para falar, talvez queira almoçar com a gente um dia desses. Podemos explicar para você.

– Sério? – Viro-me para encará-lo.

– É claro, garota! – Ele ri e lança outra caixa para mim. – De verdade, a gente não morde.

Vinte e três

Às vezes, penso em cola.

Ninguém nunca para e pergunta à cola como ela se mantém. Se está cansada de grudar as coisas ou preocupada com a possibilidade de se desfazer ou se perguntando como vai pagar as contas do próximo mês.

Kenji é mais ou menos assim.

É como cola. Trabalha nos bastidores para manter as coisas unidas e nunca parei para pensar como pode ser a sua história. Por que se esconde atrás de piadas e ironias e comentários ácidos.

Mas ele estava certo. Tudo o que me falou era verdade.

Ontem foi uma boa ideia. Eu precisava sair, me distanciar, ser produtiva. E agora preciso aceitar o conselho de Kenji e me colocar em ordem. Preciso acertar as coisas em minha cabeça. Preciso estabelecer as minhas prioridades. Preciso compreender o que estou fazendo aqui e de que maneiras posso ajudar. E, se me importo com Adam, vou tentar permanecer fora de sua vida.

Parte de mim deseja vê-lo. Quero ter certeza de que vai ficar bem, de que está se recuperando direitinho, se alimentando o suficiente e dormindo à noite. Mas outro lado meu sente medo de vê-lo agora. Porque ver Adam é sinônimo de dizer adeus. Significa simplesmente reconhecer que não posso mais ficar com ele e ter certeza de que preciso encontrar um novo caminho para mim. Sozinha.

Mas pelo menos no Ponto Ômega terei opções. E talvez, se eu puder encontrar um jeito de parar de sentir medo, eu realmente consiga fazer amigos. Ser forte. Parar de me lamentar pelos meus problemas.

As coisas precisam ser diferentes agora.

Pego minha comida e tento erguer a cabeça. Aceno um oi para os rostos que me lembro de ter visto ontem. Nem todo mundo sabe que participei da excursão – os convites para participar de missões fora do Ponto Ômega são exclusivos – mas as pessoas, no geral, parecem um pouco menos tensas à minha volta. Eu acho.

Entretanto, posso estar imaginando coisas.

Tento encontrar um lugar para me sentar, mas logo avisto Kenji acenando para mim. Brendan, Winston e Emory estão sentados à sua mesa. Sinto um sorriso repuxando meus lábios conforme me aproximo.

Brendan se ajeita no banco para abrir espaço para mim. Winston e Emory acenam um cumprimento enquanto levam comida à boca. Kenji lança um meio-sorriso, seus olhos rindo com a minha surpresa ao ser bem-recebida em sua mesa.

Estou me sentindo bem. Como se talvez as coisas fossem ficar bem.

– Juliette?

E, de repente, estou prestes a ceder.

Viro-me muito, muito lentamente, em parte convencida de que a voz que estou ouvindo pertence a um fantasma, afinal, é impossível que Adam tenha sido liberado da ala médica tão rápido assim. Eu não esperava ter de vê-lo tão cedo. Não pensei que precisaríamos ter essa conversa tão cedo. Não aqui. Não no meio no refeitório.

Não estou preparada. Não estou *preparada*.

Sua aparência é terrível. Está pálido. Instável. As mãos enfiadas no bolso e os lábios tão apertados e os olhos cansados, tortuosos, fundos, poços sem fundo. Os cabelos, desgrenhados. A camiseta faz um esforço excessivo para cobrir o peito, os antebraços tatuados mais proeminentes do que nunca.

Meu maior desejo é mergulhar em seus braços.

Em vez disso, permaneço aqui, parada, lembrando-me de respirar.

– Posso conversar com você? – pergunta, como se tivesse medo de ouvir minha resposta. – A sós?

Assinto, ainda incapaz de falar. Abandono minha comida sem olhar para Kenji ou Winston ou Brendan ou Emory, então não tenho ideia do que podem estar pensando agora. E não estou nem aí.

Adam.

Adam está aqui e está bem à minha frente. Quer conversar comigo e tenho que dizer a ele coisas que certamente significarão a minha morte.

Mas acompanho-o pela porta mesmo assim. Até o corredor. Até um corredor escuro.

Enfim paramos.

Ele me estuda como se soubesse o que estou prestes a dizer, então nem perco meu tempo dizendo. Não quero falar nada, exceto se absolutamente necessário. Prefiro apenas ficar aqui e observá-lo, bebendo desavergonhadamente sua imagem uma última vez sem ter de dizer nada. Sem precisar falar simplesmente nada.

Ele engole em seco. Ergue o olhar. Desvia o olhar. Suspira e esfrega a mão na nuca, leva as duas mãos atrás da cabeça e vira-se para que eu não consiga ver seu rosto. Mas o esforço faz a camisa se repuxar no torso e chego a ter de apertar os dedos para não tocar a área de pele exposta de seu abdome.

Ele continua sem olhar para mim quando diz:

– Eu preciso... Eu preciso mesmo que você diga alguma coisa.

E o som da sua voz – tão infeliz, tão agonizada – me faz querer cair de joelhos.

Continuo sem dizer nada.

E ele se vira.

E me encara.

– Tem que existir alguma coisa... – prossegue, agora com as mãos segurando os cabelos. – Alguma concessão... Alguma coisa que eu possa dizer para convencê-la a fazer essa relação funcionar. Diga para mim que existe *alguma coisa*.

E estou com tanto medo. Tanto medo que me vejo a ponto de cair em prantos bem diante dele.

– Por favor – pede, parecendo prestes a se desfazer e é isso ele vai se desfazer e diz: – Fale alguma coisa, estou implorando...

Mordo meu lábio trêmulo.

Ele permanece onde está, me observando, esperando.

– Adam – arfo, tentando manter a voz estável. – Eu sempre... Eu sempre vou te amar...

– Não – ele responde. – Não, não diga isso... não diga que...

E estou balançando a cabeça, negando rápido e com força, com tanta força que já sinto a vertigem chegando, mas não consigo parar. Não posso dizer mais nenhuma palavra a ele, a não ser que eu queria começar a gritar e não posso olhar em seu rosto, não consigo suportar o que estou fazendo com ele...

– Não, Juliette... *Juliette*...

Afasto-me, cambaleando, tropeçando em meus próprios pés enquanto me esforço cegamente para segurar a parede, quando sinto seus braços à minha volta. Tento me afastar, mas ele é forte demais, está me abraçando forte demais e sua voz sai abafada quando ele diz:

– É culpa minha... É culpa minha... Eu não devia ter beijado você... Você tentou me contar, mas não ouvi e eu sinto... eu sinto muito. – Arfa e prossegue: – Eu devia ter ouvido o que você dizia. Não fui forte o bastante. Mas dessa vez será diferente, eu juro. – Afunda o rosto em meu ombro. – Nunca vou me perdoar pelo que aconteceu. Você estava disposta a arriscar e eu estraguei tudo. Me desculpa... Me desculpa...

O meu interior entrou em absoluto colapso.

Eu me odeio pelo que aconteceu, eu me odeio pelo que tenho que fazer, odeio não poder desfazer sua dor, não poder dizer-lhe que podemos tentar, que será difícil, mas faremos funcionar mesmo assim. Porque essa não é uma relação normal. Porque nossos problemas não são consertáveis.

Porque minha pele nunca vai mudar.

Nem todo o treinamento do mundo vai afastar de uma vez por todas a possibilidade real de eu feri-lo. Matá-lo, se perdermos o controle. Sempre serei uma ameaça para Adam. Especialmente nos momentos mais íntimos, os momentos mais importantes e valiosos. Os momentos que mais desejo. Essas são as coisas que jamais poderei ter com ele, e ele merece muito mais do que alguém como eu, essa pessoa torturada e com tão pouco a oferecer.

Mesmo com tudo isso, eu preferiria ficar aqui, sentindo seus braços à minha volta, a dizer uma única palavra. Porque sou fraca, sou fraca e o desejo tanto que já está me matando. Não consigo parar de tremer, não consigo enxergar direito, não consigo enxergar através da cortina de lágrimas que abruma minha visão.

E ele se recusa a me soltar.

Continua sussurrando "por favor" e eu quero morrer.

Contudo, acho que, se eu ficar aqui mais um minuto sequer, vou perder totalmente a sanidade.

Então encosto a mão trêmula em seu peito e o sinto enrijecer, afastar-se, e não me atrevo a olhar em seus olhos. Não suporto vê-lo tão esperançoso, nem que seja só por um segundo.

Tiro vantagem dessa surpresa momentânea e dos braços mais soltos para me afastar, para sair de seu abrigo reconfortante, para ficar longe dos batimentos de seu coração. E estendo a mão para impedi-lo de tentar me abraçar outra vez.

— Adam — sussurro. — Por favor, não. Eu não posso... Eu... Eu não posso...

— Nunca existiu outra — ele diz, sem se importar mais em manter a voz baixa, sem se importar com o fato de suas palavras estarem ecoando por esses túneis. Sua mão treme quando ele cobre a boca, então ele a arrasta pelo rosto, pelos cabelos. — Nunca vai existir outra... Eu nunca vou querer outra.

— Pare com isso... Você precisa parar... — Não consigo respirar eu não consigo respirar eu não consigo *respirar*. — Você não quer isso... Não quer estar com alguém como eu... Alguém que pode acabar fa--fazendo mal a vo-você...

— Droga, Juliette. — E ele se vira para bater a palma da mão na parede, o peito subindo e descendo, a cabeça baixa, a voz instável, gaguejando as poucas sílabas. — Você está me ferindo agora... Você está *me matando*...

— Adam...

— Não vá embora — ele pede, voz tensa, olhos apertados como se já soubesse o que vou fazer. Como se não pudesse suportar ver o que vai acontecer. — Por favor — sussurra atormentado. — Não me deixe.

— Eu... Eu queria — respondo, agora tremendo muito. — Eu realmente não que-queria ter que ir. Queria conseguir te amar menos.

E então ouço-o chamar meu nome enquanto avanço pelo corredor. Ouço-o gritar meu nome, mas estou correndo, correndo para longe, correndo em meio às pessoas reunidas em frente ao refeitório, que assistem e ouvem tudo. Estou correndo para me esconder, muito embora saiba que isso será impossível.

Terei de vê-lo todo e cada dia.

Terei de desejá-lo a um milhão de quilômetros de distância.

E me lembro das palavras de Kenji, seu pedido para que eu acordasse e parasse de chorar e mudasse. E me dou conta de que concretizar minhas novas promessas pode demorar mais do que eu esperava.

Porque não consigo pensar em nada que preferiria fazer agora senão encontrar um canto escuro e chorar.

Vinte e quatro

Kenji é o primeiro a me encontrar.

Está parado no meio da minha sala de treinamento, olhando ao redor como se nunca tivesse visto esse lugar, contudo, tenho certeza de que isso não pode ser verdade. Ainda não sei o que exatamente ele faz, mas já se tornou claro para mim que é uma das pessoas mais importantes do Ponto Ômega. Está sempre cuidando de uma coisa ou de outra. Sempre ocupado. Ninguém – exceto eu, e só ultimamente – o vê por mais do que alguns minutos de cada vez.

É quase como se ele passasse a maioria de seus dias... invisível.

– Então – diz, assentindo lentamente com a cabeça, levando o tempo necessário para andar pela sala, dedos entrelaçados atrás do corpo. – Foi um showzinho e tanto. Do tipo de entretenimento que nunca temos aqui no subsolo.

Vergonha mortal.

Sou envolvida por ela. Pintada com ela. Enterrada nela.

– Quero dizer... só aquela última fala: "Queria conseguir te amar menos." Aquilo foi genial. Muito, muito legal. Acho que Winston chegou a derramar uma lágrima.

– CALA A BOCA, KENJI!

– Estou falando sério – responde ofendido. – Aquilo foi... sei lá. Foi meio bonito. Eu não sabia que vocês dois estavam tão envolvidos.

Levo o joelho ao peito, afundo-me em um canto desta sala, enterro o rosto nos braços.

– Sem ofensas, mas eu realmente não quero co-conversar com você agora, está bem?

– Não. Não está nada bem – retruca. – Você e eu, nós temos trabalho a fazer.

– Não.

– Pare com isso – ele me censura. – Levante-se!

Kenji agarra meu cotovelo, puxando-me para que eu fique em pé enquanto tento deslizar para fora de sua pegada.

Passo a mão furiosamente nas bochechas, limpo as manchas deixadas pelas lágrimas.

– Não estou no clima para as suas brincadeiras, Kenji. Por favor, vá embora. Me deixe sozinha.

– Ninguém está brincando – responde. Pega um dos tijolos empilhados junto à parede. – E o mundo não vai parar de fazer guerras só porque você terminou com o seu namorado.

Encaro-o. Sinto minhas mãos tremer. Sinto vontade de gritar.

Kenji não parece preocupado.

– Enfim, o que você costuma fazer aqui? – pergunta. – Fica sentada tentando... o quê? – Avalia o peso do tijolo em sua mão. – Quebrar essas coisas?

Derrotada, eu me entrego. Dobro o corpo no chão.

– Não sei – admito. Fungo para afastar as últimas lágrimas. Tento secar o nariz. – Castle fica dizendo para eu me "concentrar" e "reunir minha Energia". – Simbolizo as aspas no ar para deixar bem claro que essas são as palavras dele. – Mas quanto a mim, só sei que sou capaz de quebrar coisas... Não sei por que isso acontece. Então, não sei como ele espera que eu repita o que já fiz. Eu não tinha ideia do que estava fazendo quando fiz e também não sei o que estou fazendo agora. Nada mudou.

— Espere aí. — Kenji deixa o tijolo outra vez na pilha antes de soltar o corpo no colchonete à minha frente. Espalha o corpo no chão, alonga-se, braços dobrados, mãos atrás da cabeça, olhar no teto. — Do que estamos falando, mesmo? Quais eventos devemos repetir?

Também solto o corpo em um colchonete; imito a posição dele. Nossas cabeças ficam a poucos centímetros uma da outra.

— Lembra? O concreto que eu rachei na maldita sala do Warner? A porta de metal que ataquei quando estava procurando A-Adam… — Minha voz fica presa e tenho que apertar os olhos bem forte para acalmar a dor.

~~Sequer consigo falar o nome dele agora.~~

Kenji bufa. Ouço-o assentir com a cabeça encostada no colchonete.

— Está bem… Certo, Castle me falou que ele acha que tem mais coisa aí dentro de você além do toque. Que talvez você tenha alguma força sobre-humana esquisita ou algo do tipo. — Faz uma pausa. — Você concorda?

— Acho que sim.

— Então, o que aconteceu? — pergunta, inclinando a cabeça para olhar na minha direção. — Quando você virou aquela monstra psicótica e tal? Lembra se existiu algum elemento desencadeador?

Nego com a cabeça.

— Para dizer a verdade, não sei. Quando acontece, é tipo… é tipo se eu perdesse completamente a cabeça — relato. — Alguma coisa se transforma dentro de mim e me faz… e me deixa louca. Tipo, realmente, legitimamente insana. — Observo-o, mas seu rosto não entrega nenhuma emoção. Ele apenas pisca, espera eu terminar de falar. Respiro fundo e prossigo: — É como se eu não conseguisse pensar direito. Fico tão paralisada com a adrenalina e não consigo contê-la, não tenho como controlar. Quando essa sensação de loucura toma conta de mim, ela *precisa* sair. Eu preciso tocar em alguma coisa. Preciso liberá-la.

Kenji apoia o peso do corpo em um cotovelo. Olha para mim.

— Mas o que a deixa realmente louca? — questiona. — O que você sentia? Só acontece quando está muito irritada?

Reflito por um segundo antes de dizer:

— Não, nem sempre. — Hesito. Com a voz um pouco instável, prossigo: — Na primeira vez, tive vontade de matar Warner por ter me forçado àquela situação com a criança. Fiquei muito arrasada. Tão furiosa, com tanta raiva, mas, ao mesmo tempo, muito triste. — Minha voz falha. — E depois, quando estava procurando Adam? — Respiro fundo. — Eu me peguei desesperada. Desesperada de verdade. Eu tinha que salvá-lo.

— E quando ficou toda poderosa comigo? Quando me prendeu na parede daquele jeito?

— Eu sentia medo.

— E depois, nos laboratórios de pesquisa?

— Raiva — sussurro, olhos sem focar nada, apenas voltados para o teto, lembrando da raiva escaldante daquele dia. — Senti mais raiva do que em toda a minha vida. Nunca imaginei que pudesse me sentir daquele jeito, *tão* furiosa. E me sentia culpada. Culpada por ser o motivo pelo qual Adam estava ali.

Kenji respira fundo. Senta-se e apoia o corpo na parede. Não diz nada.

— Em que está pensando...? — pergunto, preparando-me para também sentar.

— Não sei — Kenji enfim responde. — Mas fica muito óbvio que todos esses três incidentes foram resultados de emoções muito intensas. O que me leva a pensar que todo o sistema parece bastante direto.

— O que quer dizer com isso?

— Tipo, deve haver algum tipo de gatilho envolvido — explica. — Algo como, quando você perde o controle, seu corpo automaticamente entra em modo de autopreservação, entende?

— Não.

Kenji vira-se para olhar para mim. Cruza as pernas. Apoia o peso do corpo nas mãos.

— Tipo, ouça. Quando eu descobri que podia fazer essa coisa de ficar invisível? Foi por acidente. Eu tinha nove anos. Fiquei muito assustado. Adiantando a história, pulando todos os detalhes ridículos, o que quero dizer é: eu precisava de um lugar para me esconder e não conseguia encontrar nenhum. Aí fiquei tão louco que meu corpo, tipo, automaticamente aprendeu a se esconder por mim. Eu simplesmente desapareci dentro de uma parede, me misturei a ela ou sei lá o quê. — Ele dá risada. — Fiquei bem louco porque passei uns dez minutos sem entender o que tinha acontecido. E depois eu não sabia o que fazer para voltar ao normal. Foi uma situação bem louca. Na verdade, passei alguns dias pensando que estava morto.

— Não brinca! — arfo.

— Verdade.

— Que coisa mais *louca*.

— Foi o que falei.

— Então... e aí? Você acha que meu corpo tenta se defender quando surto?

— Basicamente isso.

— Certo. — Penso. — Bem, e o que tenho que fazer para me ligar a essas defesas? Como foi que você descobriu o seu jeito?

Kenji encolhe o ombro.

– Quando me dei conta de que eu não era nenhum fantasma e também não estava alucinando, a situação ficou meio legal. Eu era criança, entende? Fiquei animado, afinal, eu podia vestir uma capa e matar os caras malvados, esse tipo de coisa. Era legal. E se tornou essa parte minha que eu podia buscar sempre que quisesse. Mas foi só quando comecei a treinar que aprendi a controlar e a manter minha habilidade por longos períodos de tempo. Foi necessário muito trabalho. Muito foco.

– Muito trabalho.

– Sim... Tudo isso requer muito trabalho para funcionar. Mas, quando aceitei essa característica como uma parte de mim, ficou mais fácil administrar.

– Bem... – digo, soltando outra vez as costas, deixando escapar uma respiração exasperada. – Eu já aceitei. Mas nem de longe isso facilita as coisas.

Kenji dá uma risada alta.

– Aceitou, o meu rabo que você aceitou! Não aceitou coisíssima nenhuma.

– Fui assim a minha vida inteira, Kenji... Tenho certeza de que já aceitei...

– Não. – Ele me interrompe. – Lógico que não, porra! Você odeia ser quem é. Não suporta. Isso não se chama aceitação. Isso se chama... Sei lá, o *oposto* de aceitação. Você... – Aponta o dedo para mim. – Você é o oposto da aceitação.

– O que está tentando dizer? – Rebato. – Que eu tenho que gostar de ser assim? – Não lhe dou a oportunidade de responder e continuo: – Você não tem a menor ideia de como é estar no meu lugar... estar preso em meu corpo, com medo de respirar perto demais de qualquer coisa que tenha um coração pulsante. Se soubesse, jamais me pediria para me sentir *feliz* em viver assim.

– Qual é, Juliette? Só estou dizendo...

– Não. Vou deixar muito claro para você, Kenji. Eu *mato* pessoas. Eu as *mato*. É esse o meu poder "especial". Eu não me misturo ao pano de fundo, eu não uso o poder da mente para fazer as coisas se movimentarem, eu não tenho braços flexíveis. Se passar muito tempo em contato físico comigo, você *morre*. Tente viver assim por 17 anos e depois venha me dizer que é fácil se aceitar.

Sinto um gosto amargo demais na língua.

É novidade para mim.

– Ouça – diz com a voz perceptivelmente mais leve. – Não estou julgando você. Só estou tentando apontar que, por não querer isso, você pode estar subconscientemente sabotando seus esforços para descobrir as coisas. – Ele ergue as mãos, fingindo sentir-se derrotado. – É só a minha contribuição. Quero dizer, é claro que você tem um poder bem louco. Você toca nas pessoas e pronto, está feito. Mas também é capaz de arrebentar paredes e essas coisas. Nossa! Tem ideia de como eu gostaria de ser capaz de aprender algo assim? Seria insano!

– Sim – respondo, soltando o corpo na parede. – Acho que essa parte não é tão ruim.

– Está vendo? – Kenji se anima. – Seria incrível. E aí... entenda, se você ficar com as luvas, pode só quebrar coisas sem matar ninguém. Não é tão ruim assim, é?

– Acho que não.

– Então! Ótimo! Você só precisa relaxar. – Ele se levanta. Pega o tijolo com o qual estava brincando há pouco. – Levante-se e venha aqui.

Vou até o lado da sala onde ele está e observo o tijolo em sua mão. Ele me oferece como se entregasse alguma herança de família.

— Agora você precisa se permitir ficar à vontade, está bem? Deixe o seu corpo entrar em contato com seu interior. Pare de bloquear a Energia. Você deve ter um milhão de bloqueios mentais e precisa se desfazer deles.

— Eu não tenho *bloqueios mentais*...

— Sim, você tem — retruca. — Sem dúvida, tem. Você tem uma constipação mental severa.

— Uma o quê?

— Concentre a sua raiva no tijolo. No tijolo — enfatiza. — Lembre-se, abra a mente. Você *quer* arrebentar o tijolo. Lembre-se de que é isso que deseja. É a *sua* escolha. Não está fazendo isso por Castle, não está fazendo por mim, não está fazendo para combater ninguém. É só uma coisa que você tem vontade de fazer. Para se divertir. Porque está a fim. Deixe sua mente e seu corpo assumirem o controle. Entendeu?

Respiro fundo. Afirmo algumas vezes com a cabeça.

— Está bem. Eu acho que estou...

— *Puta merda*! — Ele deixa escapar um assobio.

— O que foi? — Viro-me para ele. — O que aconteceu?

— Você não sentiu? Como não?

— Senti o quê?

— Olhe na sua mão!

Fico ofegante. Cambaleio para trás. Minha mão está cheia do que parece ser areia vermelha e terra marrom pulverizadas em partículas minúsculas. O pedaço maior que restou do tijolo cai no chão e deixo o que sobrou escapar por entre meus dedos antes de levar a mão culpada ao rosto.

Ergo o olhar.

Kenji está balançando a cabeça, rindo.

– Estou com tanta inveja, você não tem ideia!

– Caramba!

– Eu sei, eu sei! Demais! Agora pense: se você consegue fazer isso com um tijolo, imagine o que é capaz de fazer com o corpo humano...

Não foi a coisa certa a dizer.

Não agora. Não depois de Adam. Não depois de tentar recolher os estilhaços das minhas esperanças e sonhos e tatear a cola para uni-los outra vez. Porque agora não resta nada. Porque agora percebo que em algum lugar, em algum lugar bem no fundo, eu vinha alimentando uma pequena esperança de que Adam e eu encontraríamos um jeito de fazer as coisas darem certo.

Em algum lugar, bem no fundo, eu ainda me apegava à possibilidade.

E agora ela se desfez.

Porque agora não é só a minha pele que Adam deve temer. Não só meu toque, mas também minha pegada, meus abraços, minhas mãos, um beijo – qualquer coisa que eu fizer pode feri-lo. Eu teria de ser cuidadosa se quisesse simplesmente segurar sua mão. E saber disso agora, ter essa nova informação de quão mortal eu sou...

Me deixa sem alternativa.

Ficarei sozinha para sempre, para todo o sempre, porque ninguém está em segurança perto de mim.

Caio no chão, sinto minha mente girar, meu cérebro deixando de ser um espaço seguro para eu habitar porque não consigo parar de pensar, não consigo parar de me questionar, não consigo parar nada e é como se eu estivesse presa no que poderia ser uma colisão e eu não sou aquela pessoa inocente que só assiste.

Eu sou o trem.

E estou saindo de controle.

Porque às vezes você se enxerga – você vê o jeito como *poderia* ser, o jeito que *seria* se as coisas fossem diferentes. E, se analisar bem de perto, se vir o que lhe causa medo, talvez pergunte-se o que faria se tivesse uma oportunidade. Você sabe que tem um lado diferente que não quer reconhecer, um lado que não quer ver à luz do dia. Passa a vida inteira fazendo o possível para afastá-lo e escondê-lo, mantê-lo fora da vista, fora da mente. Você finge que uma parte sua não existe.

Você vive assim por muito tempo.

Por muito tempo, você fica segura.

E, de repente, não está mais.

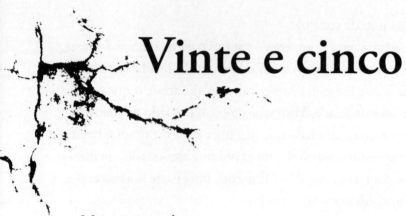

Vinte e cinco

Mais uma manhã.
Mais uma refeição.
Vou tomar o café da manhã e encontrar Kenji antes da nossa sessão de treino.

Ontem, ele chegou a uma conclusão sobre minhas habilidades: acha que o poder sobre-humano do meu toque é só uma forma evoluída da minha Energia. Que o contato pele a pele é simplesmente a forma mais crua da minha habilidade – que meu verdadeiro dom pode ser exatamente um tipo de força consumidora, que se manifesta em todas as partes do meu corpo.

Meus ossos, meu sangue, minha pele.

Comentei com ele que essa era uma teoria interessante. Falei que sempre me enxerguei como uma versão doentia de uma planta carnívora e ele respondeu: – CARAMBA, SIM, É ISSO. Você é exatamente isso. Puta merda, isso!

Linda o bastante para atrair sua presa, ele falou.

Forte o bastante para apertá-la e destruí-la, ele falou.

Venenosa o bastante para digerir suas vítimas quando a carne entra em contato.

– Você digere a sua presa – disse para mim, rindo como se achasse graça, como se fosse divertido, como se fosse perfeitamente aceitável comparar uma garota a uma planta carnívora. Até mesmo lisonjeiro. – Não é? Você comentou que, quando toca nas pessoas, é mais ou menos como se tirasse a energia delas, não foi? Que isso a deixa mais forte?

Não respondi.

– Então você é exatamente como uma planta carnívora. Você puxa para perto, engole, come.

Não respondi.

– Humm – ele continuou. – Você é tipo uma planta sensual e super assustadora.

Fechei os olhos. Aterrorizada, cobri a boca.

– Por que isso é tão errado? – questionou. Baixou-se para fitar em meus olhos. Puxou uma mecha de cabelos para me fazer olhar para cima. – Por que isso tem que ser tão horrível? Por que não consegue enxergar o quanto isso pode ser incrível? – Meneou a cabeça. – Você está mesmo perdendo uma oportunidade, sabia? Essa sua habilidade poderia ser tão incrível se você simplesmente a *dominasse*.

Dominar.

Sim.

Quão fácil seria simplesmente engolir o mundo à minha volta. Sugar sua força vital e deixá-lo morto na rua só porque alguém me diz que devo agir assim. Porque alguém aponta o dedo e diz: "Aqueles são os caras malvados, aqueles que estão bem ali". Mate, eles dizem. Mate porque você confia na gente. Mate porque você está lutando pelo time certo. Mate porque eles são maus e você é boa. Mate porque estamos dizendo para matar. Porque existem pessoas tão idiotas a ponto de achar que existem linhas espessas de neon separando o bem e o mal. A ponto de acreditar que é tão simples fazer esse tipo de distinção e ir dormir à noite com a consciência limpa. Pessoas que não têm problema nenhum com isso.

Que acreditam não ter problema em matar um homem se alguém o considera inadequado para viver.

No fundo, o que quero dizer é: quem diabos é você para decidir quem deve morrer? Por que você tem o direito de decidir quem deve ser extirpado? Quem é você para me dizer que pai devo destruir e qual criança devo deixar órfã e qual mãe deve ficar sem seu filho, qual irmão deve perder uma irmã, qual avó deve passar o resto da vida chorando nas primeiras horas do dia porque o corpo de seu neto foi enterrado no chão bem diante dela?

No fundo, o que realmente quero dizer é: quem diabos você acha que é para me dizer que é incrível ser capaz de matar uma criatura viva, que é interessante ser capaz de iludir outra alma, que é justo escolher a vítima simplesmente porque sou capaz de matar sem ter de usar uma arma? Sinto vontade de falar coisas más e coisas furiosas e coisas ofensivas e quero lançar palavrões no ar e sair correndo para muito, muito longe. Quero desaparecer no horizonte e quero jogar o corpo na lateral da estrada se é que isso pode me aproximar de algum tipo de liberdade, mas não sei para onde ir. Não tenho para onde ir.

E me sinto responsável.

Porque há momentos em que a raiva sangra até não restar nada além de uma dor insuportável na base do estômago e vejo o mundo e me faço perguntas sobre as pessoas que nele vivem e sobre o que ele se tornou, e penso na esperança e nos talvezes e possivelmentes e nas possibilidades e no potencial. Penso nos copos meio cheios e em lentes para ver o mundo com clareza. Penso em sacrifício. E em concessões. Penso no que vai acontecer se ninguém lutar. Penso em um mundo onde ninguém aceita injustiças.

E me pergunto se talvez todo mundo não estaria certo.

Se talvez não seria hora de lutar.

E questiono se é possível justificar um assassinato como meio para se chegar a um fim, e aí penso em Kenji. Penso no que ele falou. E indago se ele ainda acharia incrível se eu o transformasse em minha presa.

Imagino que não.

Vinte e seis

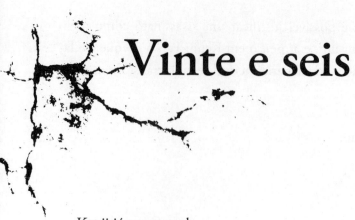

Kenji já me aguarda.

Ele, Winston e Brendan estão sentados outra vez à mesma mesa. Tomo meu lugar, assentindo distraidamente, com olhos que se recusam a focar no que há diante deles.

– Ele não está aqui – diz Kenji, enfiando uma colherada do café da manhã na boca.

– O quê? – Ah, que fascinante! Veja seu garfo e sua colher e sua mesa. – O que você...?

– Aqui não – ele diz, ainda de boca cheia.

Winston raspa a garganta, coça a parte de trás da cabeça. Brendan se ajeita no lugar ao meu lado.

– Ah, eu... Eu, hum... – Um calor se espalha pelo meu pescoço enquanto olho em volta, para os três caras sentados a esta mesa.

Quero perguntar a Kenji onde Adam está, por que não está aqui, como se sente, se está bem, se está comendo direitinho. Quero fazer um milhão de perguntas que não devia fazer, mas já ficou completamente claro que nenhum deles quer conversar sobre os detalhes constrangedores da minha vida pessoal. E não quero ser aquela garota triste e patética. Não quero que sintam pena de mim. Não quero ver a comiseração desconfortável em seus olhos.

Então, permaneço sentada, de coluna ereta. Raspo a garganta.

— O que está rolando com as patrulhas? — pergunto a Winston. — A coisa vem piorando?

Ainda mastigando, surpreso, ele ergue o rosto. Engole a comida rápido demais e tosse uma vez, duas vezes. Toma um gole de café — preto como asfalto — e inclina o corpo para a frente. Parece ansioso.

— A coisa tem ficado mais estranha — responde.

— Sério?

— Pois é. Lembra que contei para vocês que Warner estava aparecendo todas as noites?

~~Warner. Não consigo afastar da cabeça aquela imagem de seu rosto sorrindo, rindo.~~

Assentimos.

— Bem... — Ele solta o corpo no encosto da cadeira. Ergue a mão. — Ontem à noite? Nada.

— Nada? — As sobrancelhas de Brendan já estão arqueadas em um ponto alto da testa. — Que história é essa de nada?

— Quero dizer que não tinha ninguém lá. — Ele dá de ombros. Pega o garfo. Cutuca um pedaço de comida. — Nem Warner, nem nenhum outro soldado. Na noite antes de ontem? — Desliza o olhar entre nós. — Cinquenta, talvez setenta e cinco soldados. Ontem à noite, zero.

— Você contou isso a Castle? — Kenji já parou de comer. Está olhando para Winston com um semblante focado, sério demais.

O que me deixa preocupada.

— Contei. — Winston assente enquanto toma mais um gole de café. — Eu entreguei meu relatório há mais ou menos uma hora.

— Você está dizendo que ainda não dormiu? — indago, olhos arregalados.

— Eu dormi ontem — responde, acenando distraidamente com a mão para mim. — Ou anteontem. Não lembro mais. Deus, esse café está nojento. — E engole mais um pouco do líquido.

— Certo. Talvez você devesse pegar leve no café, não acha? — Brendan tenta tomar a xícara de Winston, que lhe dá um tapa na mão e lança um olhar soturno.

— Nem todos nós temos eletricidade correndo nas veias — retruca. — Não sou uma porra de usina como você é.

— Eu só fiz aquilo uma vez.

— Duas vezes.

— ... e era uma emergência — Brendan conclui, parecendo um pouco acanhado.

— Do que vocês estão falando? — pergunto.

— Este cara aqui... — Kenji aponta o polegar para Brendan. — Ele consegue, tipo, literalmente recarregar o próprio corpo. Não precisa dormir. É uma coisa insana.

— Não é justo — Winston murmura, cortando uma fatia de pão no meio.

Boquiaberta, viro-me para Brendan.

— Nem ferrando!

Ele assente. Dá de ombros.

— Só fiz isso uma vez.

— Duas vezes — Winston insiste. — E ele é um maldito feto — diz para mim. — Já tem energia demais, para começo de conversa... Porra, todos vocês têm. Mesmo assim, foi justamente ele que veio com uma bateria recarregável.

— Eu não sou um *feto* — Brendan retruca, cuspindo, olhando para mim enquanto suas bochechas coram. — Ele está... Não é nada disso... Você ficou louco — diz, lançando um olhar fulminante para Winston.

— Claro — Winston responde, outra vez de boca cheia. — Estou louco. Estou louco de raiva. — Engole. — E mal-humorado pra cacete por causa do cansaço. E da fome. E preciso de mais café. — Ele se afasta da mesa. Levanta-se. — Vou buscar mais da bebida.

— Pensei que você tinha dito que esse café é nojento.

Winston olha para mim.

— Sim, mas eu sou um homem muito, muito infeliz e com padrões baixíssimos.

— Isso é verdade — Brendan afirma.

— Cale a boca, feto.

— Você só tem direito a uma xícara — Kenji aponta, erguendo o rosto na direção dos olhos de Winston.

— Não se preocupe. Sempre digo a eles que estou levando o seu — comenta antes de sair andando.

Kenji dá risada, seus ombros balançam.

Brendan segue espancando a comida com um vigor renovado e murmurando:

— Eu não sou nenhum feto.

— Qual é a sua idade? — pergunto, curiosa.

Ele é tão branco e loiro e tem olhos azuis tão claros que sequer parecem de verdade. Parece ser o tipo de pessoa que jamais envelheceria, que permaneceria eternamente preservado nessa forma etérea.

— Vinte e quatro — responde, parecendo grato por ter uma oportunidade de expor. — Na verdade, acabei de completar vinte e quatro. Meu aniversário foi na semana passada.

— Ah, nossa! — Fico surpresa. Brendan não parece ter mais do que 18. Pego-me indagando em silêncio como deve ser comemorar o aniversário no Ponto Ômega. — Bem, meus parabéns — cumprimento-o, sorrindo para ele. — Espero... Espero que tenha um ano muito bom e... – Tento pensar em alguma gentileza para dizer. – E muitos dias felizes.

Agora ele olha bem-humorado para mim, direto em meus olhos. Sorrindo. E diz:

– Obrigado. – O sorriso se torna ainda maior. – Muito obrigado.

E não desvia o olhar.

Meu rosto vai ficando quente.

Estou me esforçando para entender por que Brendan ainda está sorrindo para mim, por que não para de sorrir mesmo quando desvia o olhar, por que Kenji continua me encarando como se tentasse segurar uma risada e me pego afobada, sentindo-me estranhamente constrangida e tentando encontrar alguma coisa para dizer.

– E aí, o que faremos hoje? – pergunto a Kenji, esperando que minha voz soe neutra, normal.

Ele entorna o copo de água. Seca a boca. E revela:

– Hoje vou ensiná-la a atirar.

– Com um revólver?

– Exato. – Pega sua bandeja, recolhe também a minha. – Espere aqui, eu vou deixar essas coisas no lugar certo. – Vira-se para se distanciar, mas logo hesita, se volta para Brendan e lança: – Tire isso da cabeça, cara.

Confuso, Brendan ergue o olhar.

– O quê?

– Não vai acontecer.

– O qu...?

Com as sobrancelhas arqueadas, Kenji o encara.

Brendan fecha a boca. Suas bochechas estão outra vez enrubescidas.

– Eu sei.

– A-ham.

Kenji faz que não e vai embora.

De repente, Brendan parece todo apressado para ir cuidar das suas atividades do dia.

Vinte e sete

— Juliette? Juliette!
— Por favor, acorde.

Arfo enquanto me sento na cama, coração acelerado, olhos piscando rápido demais em sua tentativa de recuperar o foco. Eu pisco pisco pisco.

— O que foi? O que está acontecendo?
— Kenji está aí fora — Sonya me conta.
— Ele disse que precisa de você — Sarah acrescenta. — Que está acontecendo alguma coisa.

Estou tropeçando para fora da cama tão rápido que chego a puxar as cobertas comigo. Vou tateando na penumbra, tentando encontrar minha roupa — eu durmo com um pijama que peguei emprestado de Sara — e me concentrando em não ter um ataque de pânico.

— Vocês sabem o que está acontecendo? — pergunto. — Sabem... ele comentou alguma coisa?

Sonya está enfiando a roupa nos meus braços enquanto diz:

— Não. Ele só falou que era urgente, que aconteceu alguma coisa, que devíamos acordá-la imediatamente.

— Entendi. Tenho certeza de que vai ficar tudo bem — digo às duas, embora eu sequer saiba por que estou falando isso nem por que motivo eu poderia garantir qualquer coisa.

Queria acender a luz, mas todas as luzes aqui embaixo são controladas pelo mesmo interruptor. É um meio de economizar energia. Além do mais, uma das maneiras de manter algo que se assemelhe à luz do dia aqui embaixo é usar a iluminação só durante algumas horas específicas.

Finalmente consigo vestir minha roupa e já estou fechando o zíper, já andando rumo à porta, quando ouço Sara chamar meu nome. Ela se aproxima para entregar as minhas botas.

– Obrigada... Obrigada a vocês duas – digo.

Elas assentem várias vezes.

Enquanto vou enfiando as botas nos pés e correndo na direção da porta.

Bato de cara em alguma coisa sólida.

Alguma coisa humana. Masculina.

Ouço-o tomar uma profunda lufada de ar, sinto suas mãos estabilizando meu corpo, sinto meu sangue correndo.

– Adam – arfo.

Ele não me soltou ainda. Posso ouvir seu coração batendo rápido e forte e alto no silêncio entre nós e ele parece paralisado demais, tenso demais, como se tentasse manter algum tipo de controle sobre o próprio corpo.

– Oi – sussurra, mas sua voz soa como se ele não conseguisse respirar.

Meu coração está falhando.

– Adam, eu...

– Eu não consigo... – diz, e sinto suas mãos tremerem só um pouquinho, como se o esforço necessário para as manter imóveis em um mesmo lugar fosse demais para ele. – Eu não consigo ficar sem você. Estou tentando, mas...

– Bem, acho que é bom eu estar aqui, então, não é? – Kenji me puxa para longe dos braços de Adam e respira profunda e instavelmente. – Jesus! Será que vocês dois já terminaram? Porque temos que ir.

– O que... o que está acontecendo? – gaguejo, tentando esconder meu constrangimento. Queria, de verdade, que Kenji não me visse toda vez que estou no meio de momentos tão vulneráveis. Queria que me visse sendo forte e confiante. E então me pergunto quando foi que comecei a me importar com o que Kenji pensa de mim. – Está tudo bem?

– Não tenho a menor ideia – ele responde enquanto atravessa os corredores escuros. Deve conhecer esses túneis todos de cor, penso eu, porque eu própria não consigo enxergar nada. Tenho que praticamente correr para acompanhar seu ritmo. – Mas imagino que alguma merda tenha oficialmente batido no ventilador. Castle me enviou uma mensagem há mais ou menos quinze minutos dizendo para eu, você e Kent irmos à sala dele o mais rápido possível. Então, é para lá que estamos indo.

– Mas a essa hora? No meio da noite?

– A merda nem sempre respeita a sua agenda para atingir o ventilador, princesa.

Decido parar de falar.

Seguimos Kenji até uma porta solitária ao final de um túnel estreito.

Ele bate 2 vezes, espera. Bate 3 vezes, espera. Bate 1 vez.

Eu me pergunto se devo lembrar-me disso.

A porta se abre e Castle acena para que entremos.

– Fechem a porta, por favor – pede de trás da mesa.

Tenho de piscar várias vezes para que se ajustem à luminosidade daqui. Percebo um pequeno abajur sobre a mesa, apenas com watts suficientes para iluminar este pequeno espaço. Aproveito o momento para olhar em volta.

O escritório de Castle não é nada além de uma sala com algumas estantes de livros e uma mesa simples que também funciona como estação de trabalho. Tudo é feito de metal reciclado. Essa mesa parece ter sido uma caçamba de caminhão no passado.

Avisto fileiras de livros e papéis empilhados por todo o chão; diagramas, maquinários e partes de computadores enfiadas em estantes de livros, milhares de fios e peças elétricas espreitando o mundo fora de seus corpos de metal. Devem estar ou danificadas ou realmente quebradas, mas talvez sejam parte de um projeto no qual Castle está trabalhando.

Em outras palavras: seu escritório é uma bagunça.

Não é o que eu esperava de alguém tão incrivelmente formal.

– Sentem-se – convida-nos. Procuro alguma cadeira, mas só encontro duas latas de lixo de cabeça para baixo e um banquinho. – Já falo com vocês. Só me deem um minuto.

Assentimos. Sentamo-nos. Esperamos. Olhamos em volta.

Só então percebo por que Castle não se importa com a natureza desorganizada de seu escritório.

Parece estar no meio de alguma coisa, mas não consigo ver o que, e tampouco importa. Estou concentrada demais vendo-o trabalhar. Suas mãos sobem e descem, vão de um lado a outro, e tudo o que ele precisa ou quer simplesmente gravita em sua direção. Uma folha de papel específica? Um bloco de notas? O relógio enterrado sob a pilha de livros mais distante da mesa? Ele procura um lápis e ergue a mão para pegá-lo. Se busca suas notas, levanta os dedos para encontrá-las.

Castle não precisa ser organizado. Ele tem um sistema próprio.

É incrível.

Finalmente ergue o olhar. Baixa o lápis. Assente. Assente outra vez.

— Bem, ótimo, vocês estão todos aqui.

— Sim, senhor — Kenji diz. — Você falou que precisava conversar com a gente.

— Preciso, é verdade. — Castle apoia as mãos na mesa. — Preciso, de fato. — Respira cuidadosamente. — O comandante supremo chegou ao quartel-general do Setor 45.

Kenji pragueja.

Adam congela.

Eu fico confusa.

— Quem é o comandante supremo?

O olhar de Castle pousa em mim.

— O pai de Warner. — Estreita os olhos para me examinar. — Você não sabia que o pai de Warner é o comandante supremo do Restabelecimento?

— Ah. — Arfo, incapaz de imaginar o monstro que o pai de Warner deve ser. — Eu... sim, eu sabia — respondo. — Só não sabia que esse era seu título.

— Sim — Castle afirma. — Existem seis comandantes supremos pelo mundo, um para cada uma das seis divisões. América do Norte, América do Sul, Europa, Ásia, África e Oceania. Cada seção é dividida em 555 setores, formando um total de 3.330 setores pelo globo. O pai de Warner não apenas comanda este continente, mas também é um dos fundadores do Restabelecimento e, atualmente, nossa maior ameaça.

– Mas eu pensei que fossem 3.333 setores – digo a Castle. – E não 3.330. Estou lembrando errado?

– Os outros três são capitólios – Kenji esclarece. – Temos certeza de que um deles fica em algum lugar da América do Norte, mas ninguém sabe onde exatamente estão localizados. Então, sim, você está lembrando certo. O Restabelecimento tem uma fascinação insana por números exatos. 3.333 setores no total e 555 setores cada. Todos recebem as mesmas coisas, independentemente do tamanho. Eles pensam que isso mostra o quão igualmente tudo é dividido, mas não passa de um monte de merda.

– Nossa! – Todo dia sou pega de surpresa com quanto ainda tenho a aprender. Lanço um olhar para Castle. – Então, essa é a emergência? O pai de Warner estar aqui e não em um dos três capitólios?

Castle assente.

– Sim, ele... – Hesita. Raspa a garganta. – Bem, permita-me começar do começo. É imperativo que vocês conheçam todos os detalhes.

– Estamos ouvindo – Kenji afirma, costas eretas, olhos alertas, músculos tensos e prontos para entrar em ação. – Prossiga.

– Aparentemente, ele já está na cidade há algum tempo – Castle começa. – Chegou muito quietamente, muito discretamente, há algumas semanas. Parece que chegou a seus ouvidos o que o filho andou aprontando e não ficou nada feliz. Ele... – Castle respira profunda e estavelmente. – Ele ficou... um pouco furioso com o que lhe aconteceu, senhorita Ferrars.

– Comigo?

Coração acelerado. Coração acelerado. Coração acelerado.

– Sim – Castle confirma. – Nossas fontes dizem que ele está furioso com Warner por ter permitido que a senhorita escapasse. E, é claro, por ter perdido dois soldados no processo. – Assente na direção de Adam e Kenji. – Pior ainda: agora circulam rumores entre os cidadãos sobre uma desertora e sua estranha habilidade e eles já começaram a unir as peças desse quebra-cabeça. Já começaram a perceber que existe outro movimento, *o nosso movimento,* preparando-se para reagir. Essa situação está criando desconforto e resistência entre os civis, que se encontram ansiosos demais a fim de se envolverem. Portanto... – Castle une as mãos. – O pai de Warner sem dúvida chegou para liderar essa guerra e afastar toda e qualquer dúvida sobre o poder do Restabelecimento. – Ele para e olha para cada um de nós. – Em outras palavras, ele veio para nos punir e, ao mesmo tempo, punir seu filho.

– Mas isso não altera nossos planos, altera? – Kenji pergunta.

– Não exatamente. Sempre soubemos que uma luta seria inevitável, mas isso... muda as coisas. Agora que o pai de Warner voltou, essa guerra vai acontecer muito antes do que prevíamos – Castle afirma. – E vai ser muito maior do que esperávamos. – Seu olhar intenso se concentra em mim. – Senhorita Ferrars, receio que precisaremos da sua ajuda.

Impressionada, eu o encaro.

– Minha ajuda?

– Sim.

– Vocês... Vocês não estão furiosos comigo?

– Senhorita Ferrars, você não é nenhuma criança. Eu não a culparia por sua reação excessiva. Kenji diz que acredita que o seu comportamento nos últimos tempos tem sido resultado de ignorância, e não de intenções maliciosas, e confio no julgamento dele. Confio no que ele fala. Porém, quero que entenda que somos um time e que precisamos da sua força. O que você faz, o seu poder, é sem paralelos. Especialmente agora que vem trabalhando com Kenji e tem pelo menos algum conhecimento do que é capaz, vamos precisar de você.

Faremos o possível para apoiá-la. Reforçaremos a sua roupa, providenciaremos armas e um colete à prova de balas. E Winston... – Ele hesita. Respira. – Winston – repete, agora com a voz mais baixa. – Ele acabou de fazer um novo par de luvas para você. – Olha em meu rosto. – Queremos você em nossa equipe. E, se cooperar comigo, prometo que verá resultados.

– É claro – sussurro. Fito seus olhos firmes e solenes. – É claro que vou ajudar.

– Ótimo – Castle diz. – Isso é muito bom. – Parece distraído enquanto ajeita o corpo na cadeira, passa a mão cansada no rosto. – Obrigado.

– Senhor – Kenji fala. – Detesto ser tão direto, mas poderia, por favor, me contar que diabos está acontecendo?

Castle assente.

– Sim – diz. – Sim, sim, é claro. Eu... Perdoe-me. Está sendo uma noite difícil.

A voz de Kenji sai com dificuldade:

– O que aconteceu?

– Ele... enviou uma mensagem.

– O pai de Warner? – pergunto. – O pai de Warner mandou uma mensagem? Para nós?

Olho para Adam e Kenji. Adam pisca rapidamente, os lábios um pouco afastados, em choque. Kenji parece prestes a vomitar.

Eu começo a entrar em pânico.

– Sim – Castle confirma. – O pai de Warner. Ele quer uma reunião. Quer... conversar.

Kenji dá um salto. Seu rosto fica desprovido de cor.

– Não, senhor... É uma armadilha... ele não quer *conversar*, você deve saber que ele está mentindo...

– Ele levou quatro dos nossos homens como reféns, Kenji. Receio que não tenhamos outra escolha.

Vinte e oito

— O quê? — Kenji ficou sem forças. Sua voz sai rouca, horrorizada. — Quem? Como...

— Winston e Brendan estavam patrulhando a área lá em cima hoje. — Castle balança a cabeça. — Não sei o que aconteceu. Devem ter caído em uma emboscada. Estavam muito longe e as imagens das câmeras de segurança só mostram que Emory e Ian perceberam uma perturbação e foram tentar investigar. Depois disso, não conseguimos ver nada nas gravações. Emory e Ian também não voltaram.

Kenji está outra vez em sua cadeira, o rosto enterrado nas mãos. Ergue o olhar com um repentino golpe de esperança.

— Mas Winston e Brendan... Talvez eles consigam encontrar um jeito de escapar, certo? Eles poderiam fazer alguma coisa... Os dois têm poder suficiente para encontrar uma saída?

Castle oferece um sorriso solidário a ele.

— Não sei aonde ele os levou nem como estão sendo tratados. Se os espancou ou se já está lá... — Castle hesita. — Se ele já os torturou, se foram baleados... Se estão sangrando até a morte, certamente não serão capazes de combater. E, mesmo que os dois consigam se salvar, não deixariam os outros para trás.

Kenji fecha os punhos sobre as coxas.

— E depois disso... Ele quer conversar. — É a primeira vez que Adam fala.

Castle assente.

— Lily encontrou esse pacote onde eles desapareceram. — Ele nos joga uma mochila e nos alternamos para avaliá-lo.

Contém apenas os óculos de Winston quebrados e o rádio de Brendan. Sujos de sangue.

Tenho de controlar as mãos para evitar que tremam.

Eu vinha começando a conhecer esses caras. Havia trocado algumas palavras com Emory e Ian há pouco tempo. Estava aprendendo a construir novas amizades, a me sentir à vontade com as pessoas do Ponto Ômega. Eu tinha acabado de tomar *café da manhã* com Brendan e Winston. Olho o relógio na parede de Castle. São 3h31 da manhã. Eu os vi pela última vez há mais ou menos 20 horas.

O aniversário de Brendan foi na semana passada.

— Winston sabia — ouço-me dizer em voz alta. — Sabia que tinha alguma coisa errada. Sabia que alguma coisa estranha estava acontecendo, considerando todos aqueles soldados andando lá fora...

— Eu sei — Castle diz, negando com a cabeça. — Andei lendo e relendo todos os relatórios dele. — Ele aperta a ponte nasal com o polegar e o indicador. Fecha os olhos. — Eu tinha acabado de começar a unir as peças. Mas já era tarde. Era tarde demais.

— O que acha que eles estavam planejando? — Kenji indaga. — Tem alguma teoria?

Castle suspira. Afasta a mão do rosto.

— Bem, agora sabemos por que Warner estava por aí com seus soldados todas as noites, por que ele vinha deixando a base por tantas horas e por tantos dias.

— O pai dele — Kenji diz.

Castle assente.

— Sim. Em meu modo de ver, o supremo enviou o próprio Warner. Desejava que Warner começasse a nos procurar mais agressivamente. Ele sempre soube da nossa existência — Castle me conta. — O supremo nunca foi um idiota. Sempre acreditou nos rumores sobre nós, sempre soube que existíamos. Mas nunca fomos uma ameaça para ele. Até agora. Porque agora os civis estão comentando sobre nós, o que ameaça o equilíbrio de poder. As pessoas sentem-se motivadas outra vez, buscam esperança em nossa resistência. E isso não é algo que o Restabelecimento pode se dar ao luxo de deixar acontecer agora. Mas, enfim, parece-me que ficou claro que eles não conseguiram encontrar a entrada do Ponto Ômega e aceitaram levar os reféns na esperança de nos provocar e nos fazer sair. — Castle puxa uma folha de papel da sua pilha. Ergue-a. É uma nota. — Mas há condições. O supremo nos transmitiu instruções muito específicas de como proceder.

— *E?* — Kenji está rígido.

— Vocês três devem ir. Sozinhos.

Puta que pariu.

— O quê? — Adam fica impressionado, boquiaberto. — Por que a gente?

— Ele não pediu para me ver — Castle responde. — Não é em mim que está interessado.

— E você vai simplesmente concordar com isso? — Adam questiona. — Vai simplesmente nos entregar a ele?

Castle inclina o corpo para a frente.

— É claro que não.

— Você tem algum plano? — pergunto.

— O supremo quer encontrá-los exatamente ao meio-dia amanhã… Bem, hoje, tecnicamente. E em um local específico, na área não regulada. Os detalhes estão na nota. — Ele respira fundo. — E, muito embora eu saiba que é exatamente isso que ele quer, acho que todos devemos estar prontos para ir. Devemos nos movimentar juntos. Afinal de contas, é para isso que treinamos. Não tenho dúvidas de que as intenções dele são ruins e duvido *muito* que os esteja convidando para tomar um chá e conversar amenidades. Portanto, creio que devamos nos preparar para um ataque ofensivo. Imagino que os homens dele estarão armados e prontos para lutar, e estou totalmente preparado para liderar os meus em uma batalha.

– Então nós somos *a isca?* – Kenji pergunta, sobrancelhas tensas. – A gente nem vai lutar? Nós somos só a distração?

– Kenji...

– Isso é uma droga! – Adam exclama. Fico surpresa ao vê-lo demonstrar tanta emoção. – Tem que haver outra saída. Não deveríamos jogar de acordo com as regras dele. Devemos usar essa oportunidade para criar uma emboscada para eles ou, não sei, criar uma distração para que possamos atacar ofensivamente! Droga, ninguém aqui pega fogo ou algo assim? Não temos ninguém que possa fazer alguma coisa louca o bastante para surpreender? Para nos criar uma vantagem?

Castle vira-se para me encarar.

Adam parece pronto para dar um soco na cara de Castle.

– Você está *louco*...

– Então, não – ele diz. – Não, não precisamos de mais ninguém que possa fazer algo tão... capaz de fazer a terra tremer.

– Você está achando *graça?* – Adam esbraveja.

– Receio que eu não esteja tentando ser engraçado, senhor Kent. E a sua raiva não está melhorando a nossa situação. Pode escolher não participar, se preferir, mas respeitosamente pedirei a colaboração da senhorita Ferrars nessa empreitada. Ela é a única que o supremo realmente quer ver. Enviar vocês dois com ela foi ideia minha.

– *O quê?*

Nós três estamos impressionados.

– Eu realmente queria poder contar mais coisas – Castle diz para mim. – Queria saber mais. Mas, até o momento, só posso supor com base nas informações que tenho, e só consegui concluir que Warner cometeu um terrível erro que precisa ser corrigido. De algum modo, você acabou indo parar no meio da confusão. – Hesita. – O pai de Warner foi muito específico ao pedir *você* em troca dos reféns. Diz que, se você não chegar na hora apontada, ele vai matar nossos homens. E não tenho motivos para duvidar das palavras dele. Assassinar inocentes é algo que ele faz com muita naturalidade.

– E você simplesmente a deixaria entrar no meio disso! – Adam derruba a lata de lixo na qual está sentado ao dar um pulo. – Não iria dizer nada? Ia nos deixar pensar que ela não era um *alvo*? Ficou louco?

Castle esfrega a mão na testa. Respira algumas vezes para se acalmar.

– Não – diz com uma voz cuidadosamente moderada. – Eu não a deixaria entrar no meio de nada. O que estou dizendo é que *todos* lutaremos juntos, mas vocês dois acompanharão a senhorita Ferrars. Vocês três já trabalharam juntos e você e Kenji têm treinamento militar. Vocês dois estão mais familiarizados com as regras, as técnicas, a estratégia que eles possam vir a usar. Portanto, ajudariam a mantê-la segura e representariam o elemento surpresa. A sua presença pode criar uma vantagem para nós nessa situação. Se ele a quer tanto, terá de encontrar um jeito de enganar vocês três…

– Ou… sabe… Não sei – Kenji diz, fingindo indiferença. – Pode ser que ele simplesmente dê um tiro na minha cara e outro na de Adam e arraste Juliette enquanto estamos ocupados demais sendo defuntos e por isso não podemos ajudar.

— Tudo bem – falo. – Eu enfrento. Eu vou.

— O quê? – Adam está me encarando, o pânico força seus olhos a se manterem arregalados. – Juliette... não...

— É, talvez você queira pensar melhor – Kenji interrompe, soando um bocado apreensivo.

— Vocês não precisam ir se não quiserem – digo aos dois. – Mas eu vou.

Castle sorri. O alívio se espalha por seu rosto.

— É para isso que estamos aqui, não é? – Olho para todos eles. – Para combater. E essa é a nossa chance.

Castle está com um sorriso enorme no rosto, seus olhos iluminados com alguma coisa que talvez seja orgulho.

— Estaremos com você a cada passo, senhorita Ferrars. Pode contar com isso.

Confirmo com a cabeça.

E percebo que provavelmente é isso que devo fazer. Talvez seja para isso que eu esteja aqui.

Talvez eu deva simplesmente morrer.

Vinte e nove

A manhã é uma mancha.

Tenho tanto a fazer, tantas coisas para as quais me preparar e são tantas as pessoas se aprontando. Mas sei que, no fundo, essa é a *minha* batalha; tenho assuntos não concluídos para tratar. Sei que esse encontro não tem nada a ver com o comandante supremo. Ele não tem motivos para se importar tanto assim comigo. Eu sequer o conheço. Devo ser completamente descartável para ele.

Esse é um movimento de Warner.

Só pode ter sido Warner quem pediu a minha presença. Tem alguma coisa a ver com ele, tem tudo a ver com ele. É um sinal de fumaça me comunicando que Warner ainda me quer, que não desistiu. E tenho de encará-lo.

Só me pergunto como ele conseguiu fazer seu pai mexer todas essas peças para ele.

Acho que vou descobrir em breve.

Alguém está chamando meu nome.

Paro onde estou.

Dou meia-volta.

James.

Ele vem correndo até mim na saída do refeitório. Seus cabelos, tão loiros; seus olhos, tão azuis, exatamente como os do irmão mais velho. Contudo, venho sentindo saudade de seu rosto de um jeito que não tem relação com o fato de ele me lembrar Adam.

James é um garoto especial. Um garoto esperto. O tipo de criança de 10 anos que é sempre subestimada. E está me perguntando se podemos conversar. Aponta para um dos muitos corredores.

Confirmo com um gesto. Acompanho-o rumo ao túnel vazio.

Ele para de andar e se vira por um momento. Fica ali, parecendo incomodado. Estou impressionada por James simplesmente querer conversar comigo. Não trocamos uma única palavra há 3 semanas. Ele começou a ficar com as outras crianças do Ponto Ômega assim que chegamos e logo as coisas ficaram um bocado estranhas entre nós. James parou de sorrir ao me ver, deixou de acenar quando estava do outro lado do refeitório. Sempre imaginei que ele ouvira rumores a meu respeito, rumores espalhados pelas outras crianças e, por isso, concluiu que era melhor manter distância. E agora, depois de tudo o que aconteceu com Adam – depois daquela cena muito pública no túnel –, fico em choque por ele querer me dizer alguma coisa.

Ainda está cabisbaixo ao sussurrar:

– Eu fiquei muito, muito irritado com você.

E as costuras do meu coração começam a estourar. Uma a uma.

Ele ergue o olhar. Estuda-me como se tentasse avaliar se suas primeiras palavras me deixaram alterada, se vou ou não vou gritar com ele por ter sido sincero comigo. E não sei o que ele vê no meu rosto, mas minha reação parece desarmá-lo. James enfia as mãos nos bolsos. Seus tênis deslizam em círculos pelo chão, e diz:

– Você não me contou que matou uma pessoa.

Respiro instavelmente e me pergunto se algum dia existirá uma forma adequada de responder a uma declaração como essa. E se alguém além de James algum dia dirá algo assim para mim. Acho que não. Então, apenas faço um gesto afirmativo com a cabeça e falo:

— Eu sinto muito. Devia ter contado...

— Então por que não contou? – grita, deixando-me em choque. – Por que não contou para mim? Por que todo mundo sabia, todo mundo menos eu?

Por um momento, sinto-me afogar, afogar na dor em sua voz, na raiva em seus olhos. Eu nunca soube que ele me considerava uma amiga, e percebo que devia ter imaginado. James não conheceu muitas pessoas na vida; Adam é todo o seu mundo. Kenji e eu éramos as duas únicas pessoas que ele realmente conheceu antes de chegarmos ao Ponto Ômega. E, para um garoto órfão nas circunstâncias de James, ter novos amigos significa muito. Porém, andei tão absorta em meus próprios problemas que sequer me ocorreu que ele pudesse se importar tanto. Nunca imaginei que minha omissão pudesse parecer uma traição para ele. Que os rumores que ouviu das outras crianças pudessem feri-lo tanto quanto me feriam.

Então, decido me sentar bem aqui, no túnel. Crio espaço para que ele se sente ao meu lado. E conto a verdade:

— Eu não queria que você me odiasse.

Ele arregala os olhos, apontados para o chão.

— Eu não odeio você.

— Não?

Segura o cadarço do tênis. Suspira. Nega com a cabeça.

— E eu não gostei do que eles falaram de você – prossegue, agora com a voz baixinha. – As outras crianças. Elas falaram que você era malvada e horrível e eu falei para elas que você não era. Falei que você era quieta e legal. E que tem cabelos bonitos. E eles disseram que eu estava mentindo.

Engulo em seco, sinto um soco no coração.

— Você acha os meus cabelos bonitos?

— Por que você o matou? — James me pergunta, olhos bem abertos, tão prontos para serem compreensivos. — Ele estava tentando machucar você? Você ficou com medo?

Respiro algumas vezes antes de, ainda me sentindo instável, responder:

— Você lembra o que Adam falou sobre mim para você? Que eu não posso tocar em ninguém sem machucar a pessoa?

James assente. Eu prossigo:

— Bem, foi isso que aconteceu. Eu toquei nele e ele morreu.

— Mas por quê? — pergunta. — Por que você tocou nele? Porque queria que ele morresse?

Meu rosto parece porcelana rachada.

— Não — respondo, negando também com a cabeça. — Eu era muito nova, só tinha alguns anos a mais do que você. Não sabia o que estava fazendo. Não sabia que podia matar as pessoas simplesmente ao tocar nelas. Ele tinha caído no mercado e eu fui tentar ajudá-lo a se levantar. — Uma longa pausa se instala. — Foi um acidente.

James permanece em silêncio por um instante.

Alterna o olhar na minha direção, na direção de seu tênis, na direção do joelho encostado ao peito. Está olhando para o chão quando enfim cochicha:

— Eu sinto muito por ter ficado bravo com você.

— Eu sinto muito por não ter contado a verdade — sussurro em resposta.

Ele assente. Coça um ponto do nariz. Olha para mim.

— Então podemos ser amigos de novo?

— Você quer ser meu amigo? — Pisco fortemente meus olhos, que já começam a arder. — Não tem medo de mim?

— Você vai ser malvada comigo?

— Nunca.

— Então por que eu teria medo de você?

E dou risada, sobretudo porque não quero chorar. Assinto com a cabeça várias e várias vezes.

— Sim — falo para ele. — Vamos ser amigos de novo.

— Legal — responde, levantando-se. — Porque não quero mais almoçar com aquelas crianças.

Eu também me levanto. Limpo a poeira da roupa.

— Venha comer com a gente — convido-o. — Pode se sentar à nossa mesa sempre que quiser.

— Combinado. — Ele assente. Desvia o olhar de novo. Puxa um pouquinho a própria orelha. — Mas você sabia que Adam está triste o tempo todo?

Aponta seus olhos azuis para mim.

Não consigo falar. Simplesmente não consigo falar.

— Adam disse que está triste por sua causa. — James olha para mim como se quisesse que eu negasse a afirmação. — Você também o machucou por acidente? Ele foi parar na ala médica, sabia? Ficou doente.

E acho que vou desmoronar bem aqui, mas, de alguma maneira, não desmorono. Não posso mentir para ele.

— Sim. Eu o machuquei por acidente, mas agora... Agora eu... Agora ficarei longe e não vou mais machucá-lo.

— Então por que ele continua tão triste? Se você não está mais machucando ele...

Meneio a cabeça, apertando os lábios porque não quero chorar e não sei o que dizer. E James parece entender.

Ele me abraça.

Bem na altura da cintura. Ele me abraça e me diz para não chorar porque acredita em mim. Ele acredita que só feri Adam por acidente. E o menininho também. E então me pede:

– Mas tome cuidado hoje, está bem? E dê um belo chute no rabo deles!

Fico tão impressionada que preciso de um momento para perceber que James usou uma palavra pesada, mas ele acaba de me tocar pela primeira vez. Tento manter seu abraço por todo o tempo que consigo sem tornar as coisas desconfortáveis para nós. E meu coração está em uma poça em algum lugar do chão.

E é então que a ficha cai: todo mundo sabe.

James e eu entramos juntos no refeitório e já posso perceber que todos os olhares são diferentes agora. Os rostos estão cheios de orgulho, força e agradecimento quando se voltam para mim. Nada de medo. Nada de desconfiança. Eu oficialmente me tornei parte deles. Vou lutar com eles, por eles, contra o mesmo inimigo.

Posso enxergar o que há em seus olhos porque estou começando a lembrar o que é isso.

Esperança.

É como uma gota de mel, um campo de tulipas florindo na primavera. É a chuva que refresca, uma promessa sussurrada, um céu sem nuvens, a pontuação perfeita no final de uma oração.

E é a única coisa no mundo que me impede de afundar.

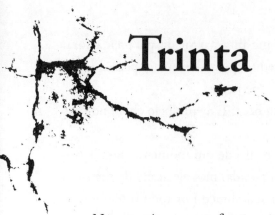

Trinta

— Não queríamos que fosse assim — Castle me diz —, mas essas coisas nunca costumam acontecer de acordo com o que planejamos.

Adam, Kenji e eu estamos nos preparando para a batalha em uma das salas de treinamento maiores. Junto a nós estão 5 outras pessoas que sequer conheço, responsáveis por cuidar de armas e coletes. É incrível notar que, no Ponto Ômega, cada um exerce uma função. Todos contribuem. Todos têm uma tarefa.

Todos trabalham juntos.

— Bem, ainda não sabemos por que ou como exatamente você consegue fazer o que faz, senhorita Ferrars, mas espero que, quando chegar a hora, sua Energia apareça. Esse tipo de situação, que envolve um alto nível de estresse, é perfeita para provocar nossas habilidades. Aliás, setenta e oito por cento dos membros do Ponto relataram ter descoberto suas habilidades em circunstâncias críticas e de alto risco.

Exatamente, é o que não digo a ele. Para mim, parece uma afirmação correta.

Castle pega alguma coisa com uma das mulheres na sala — acho que ela se chama Alia — antes de prosseguir:

— E não precisa se preocupar com nada. Estaremos por perto caso alguma coisa aconteça.

Não aponto que em momento algum eu falei que estaria preocupada. Pelo menos não em voz alta.

— Aqui estão suas novas luvas — Castle diz, entregando-as para mim. — Experimente.

Essas novas luvas são mais curtas, mais macias. Sobem precisamente até meu pulso e são fechadas com um botão. Parecem mais grossas, um pouco mais pesadas, mas se encaixam perfeitamente em meus dedos. Fecho o punho. Sorrio levemente.

— São incríveis — elogio. — Você não tinha comentado que Winston as desenhou?

Castle fica com um semblante entristecido.

— Sim — confirma baixinho. — Ele terminou ontem.

Winston.

Foi o primeiríssimo rosto que vi quando acordei no Ponto Ômega. O nariz adunco, os óculos de plástico, os cabelos loiros e a formação em psicologia. Sua necessidade terrível de tomar café.

Lembro dos óculos quebrados que encontramos na mochila.

Não tenho ideia do que aconteceu com ele.

Alia volta com uma engenhoca de couro nas mãos. Parece uma couraça. E me pede para erguer os braços e me ajuda a vestir a peça e percebo que é um coldre. Tem alças de couro espesso nos ombros, alças que se cruzam no centro das minhas costas, além de 50 tipos diferentes de faixas de couro preto fino se entrelaçando em volta da parte mais alta da minha cintura — logo abaixo do peito — como se fosse um bustiê incompleto. Mais parece um sutiã sem bojo. Alia vai prendendo tudo para mim e continuo sem entender o que estou vestindo. Aguardo alguma explicação.

Em seguida, vejo revólveres.

— A nota não dizia nada sobre comparecer desarmada — Castle relata enquanto Alia lhe passa duas pistolas automáticas de formas e tamanhos que já aprendi a reconhecer. Fiz um treino de tiro ainda ontem.

E me saí terrivelmente mal.

— Portanto, não vejo nenhum motivo para você ir desarmada — Castle prossegue. Ele me mostra onde ficam localizados os coldres, nas laterais de minhas costelas. Mostra o encaixe da arma, como arrumar o coldre, onde ficam os cartuchos extras.

Não perco tempo comentando que não tenho ideia de como se recarrega uma arma. Kenji e eu nunca chegamos a essa parte da nossa aula. Ele estava ocupado demais lembrando-me de não usar um revólver para gesticular quando for fazer uma pergunta.

— Espero que as armas de fogo sejam um último recurso — Castle volta a falar. — Você tem armas suficientes no seu arsenal pessoal, provavelmente não vai precisar atirar em ninguém. Caso tenha de usar seu dom para destruir alguma coisa, sugiro que use isso. — E me entrega o que parece ser uma variação elaborada de soco inglês. — Alia fez para você.

Deixo de olhar para Castle e passo a analisar os objetos estranhos em minha mão. Ele parece alegre. Agradeço Alia por ter dedicado seu tempo para criar algo para mim e ela gagueja uma resposta incoerente, enrubescendo como se não conseguisse acreditar que estou falando com ela.

Fico perplexa.

Pego as peças da mão de Castle e as inspeciono. A parte inferior é composta por quatro círculos soldados, com o diâmetro grande o bastante para caber um conjunto de anéis por debaixo das minhas luvas. Deslizo os dedos pelos buracos e ergo o rosto para inspecionar a parte superior. É como um miniescudo, uma série de peças metálicas cobrindo meus dedos, toda a parte de trás da mão. Fecho os punhos e o metal se mexe, acompanhando meus movimentos. Não é tão pesado quanto parece.

Coloco a outra peça. Curvo os dedos. Tento pegar as armas agora presas ao meu corpo.

Fácil.

Eu consigo fazer isso.

– Gostou? – Castle indaga.

Acho que nunca o vi com um sorriso tão grande no rosto.

– Adorei – respondo. – Tudo é perfeito. Obrigada.

– Muito bom. Também fiquei muito feliz – responde. – Se me der licença, tenho que cuidar de mais alguns detalhes antes de sairmos. Voltarei em breve.

Ele faz uma rápida reverência antes de passar pela porta. Todos, exceto eu, Kenji e Adam, saem da sala.

Viro-me para ver o que os garotos estão fazendo.

Kenji está com uma roupa especial.

Uma peça que não se parece em nada com a minha. Ele veste preto da cabeça aos pés, seus cabelos e olhos negros formam a combinação perfeita para a peça que contorna e molda todo o seu corpo. Parece ser feita de tecido sintético, quase plástico; brilha sob a luz fluorescente da sala e aparenta ser um pouco rígida para permitir movimentos. Mas logo o vejo esticar os braços e mexer-se para a frente e para trás e a peça de repente parece fluida, como se se movimentasse com ele. Apesar de também usar botas e um colete, Kenji não está de luvas. Mesmo assim, seu colete é um pouco diferente; tem coldres simples que deslizam nos ombros como as alças de uma mochila.

E Adam.

Adam está ~~lindo~~ usando uma camiseta de manga longa azul-escura, perigosamente justa na área do peito. Não consigo não me concentrar nos detalhes de sua roupa, não consigo não lembrar como foi ser abraçada por ele, estar em seus braços. ~~Está parado bem à minha frente e sinto sua falta como se não o visse há anos.~~ As calças cargo pretas estão enfiadas nos mesmos coturnos pretos que ele usava quando o conheci no hospício, lustrosos, alcançando a altura das canelas, feitos de couro maleável que se encaixa tão perfeitamente a ele. Fico surpresa por não terem sido feitos sob medida para seu corpo. Mas não vejo armas.

E fico curiosa o bastante para questionar.

– Adam?

Ele ergue a cabeça e congela. Pisca, ergue as sobrancelhas, separa os lábios. Seus olhos viajam por cada centímetro do meu corpo, parando para estudar o colete em meu peito, as armas dependuradas em minha cintura.

Ele não fala nada. Só me encara até finalmente desviar o olhar, parecendo incapaz de respirar, como se tivesse tomado um soco no estômago. Passa a mão nos cabelos, pressiona-a na testa e diz alguma coisa do tipo "já volto" antes de sair da sala.

Sinto enjoo.

Kenji raspa a garganta. Alto. Balança a cabeça. Fala:

– Nossa! Você estava, tipo, tentando mesmo matar o cara?

– O quê?

Kenji olha para mim como se eu fosse uma idiota.

– Você não pode simplesmente sair por aí toda "ai, Adam, olhe para mim, veja como estou sexy com a minha roupa nova" e batendo os cílios...

– *Batendo os cílios?* – questiono. – Do que você está falando? Eu não bati os cílios para ele! E essa é a mesma roupa que uso todos os dias...

Kenji bufa. Dá de ombros e responde:

— Bem, parece um pouco diferente.

— Você está louco.

— Só estou dizendo... — Ergue as mãos como se estivesse se rendendo. — Se eu fosse ele? E você a minha garota? E ficasse andando por aí com uma roupa dessas e eu não pudesse tocar em você? — Desvia o olhar. Dá outra vez de ombros. — Só estou dizendo que não sinto nenhuma inveja daquele desgraçado.

— Não sei o que fazer — sussurro. — Não estou tentando causar mal a ele.

— Ah, que droga! Esqueça tudo o que falei. — Kenji diz, acenando a mão. — Sério. Não é da conta de *ninguém*. — Lança um olhar na minha direção. — E nem considere isso um convite para você começar a me contar todos os seus sentimentos secretos agora.

Estreito os olhos na direção dele.

— Não vou falar nada sobre os meus sentimentos para você.

— Ótimo. Porque não quero saber.

— Kenji, você já namorou?

— Qual é?! — Ele parece mortalmente ofendido. — Eu pareço o tipo de cara que nunca teve uma namorada? Aliás, você me conhece direito?

Viro os olhos.

— Não está mais aqui quem falou.

— Nem consigo acreditar que você me perguntou isso.

— Você sempre diz que não quer conversar sobre os seus sentimentos — esbravejo.

— Não — ele retruca. — Falei que não quero falar sobre os *seus* sentimentos. — Aponta para mim. — Não tenho problema nenhum em discutir os meus.

— Então você quer conversar sobre os seus sentimentos?

— É lógico que não.

— Mas...

— Não.

— Tudo bem. — Viro o rosto. Puxo as alças presas em minhas costas. — Então, qual é o segredo da sua roupa? — pergunto a ele.

— Como assim, *qual é o segredo?* — Kenji franze a testa. Passa as mãos pela peça escura. — Essa roupa é incrível.

Engulo um sorriso.

— Só quero saber por que está usando essa roupa especial. Por que você recebeu essa peça e Adam não recebeu nada.

Ele dá de ombros.

— Adam não precisa. São poucas as pessoas que precisam de roupas especiais, por sinal. Tudo depende do tipo de dom que temos. No meu caso, essa peça facilita, e muito, a minha vida. Nem sempre a uso, mas, quando estou em uma missão mais séria, ajuda muito. Tipo, quando preciso me misturar ao ambiente, é menos complicado se tenho de transformar uma cor sólida, como preto, por exemplo. Se tenho camadas demais e peças demais em meu corpo, acabo precisando me concentrar muito mais para garantir que tudo se mescle. Se eu estiver com uma única peça de uma cor sólida, consigo me camuflar muito melhor. Além do mais... — Força os músculos do braço. — Fico muito sensual com essa roupa.

Preciso usar todo o meu autocontrole para não explodir em risos.

— Então, o que me diz de Adam? — indago. — Ele não precisa de uma roupa especial *nem* de armas? Não me parece normal.

— Eu tenho armas, sim — Adam responde ao entrar outra vez na sala. Seus olhos estão focados nos punhos que se abrem e fecham à sua frente. — Você só não consegue ver.

Não consigo parar de olhá-lo, não consigo parar de encarar.

— Armas invisíveis, é? — Kenji oferece um risinho afetado. — Que gracinha. Acho que nunca passei por essa fase.

Adam lança um olhar fulminante para Kenji.

– Eu tenho nove armas diferentes escondidas no corpo agora. Quer escolher uma para eu atirar bem na sua cara? Ou prefere que eu mesmo escolha?

– Eu estava *zoando*, Kent. Puta que pariu! Era só uma *brincadeira*...

– Certo, pessoal.

Todos nos viramos ao ouvir o som da voz de Castle.

Ele examina nós três.

– Estão prontos?

Eu digo:

– Sim.

Adam assente.

Kenji diz:

– Vamos resolver logo essa merda.

Castle diz:

– Venham comigo.

Trinta e um

São 10h32 da manhã.

Temos exatamente 1 hora e 28 minutos antes de encontrarmos o comandante supremo.

O plano é o seguinte:

Castle e todas as pessoas capazes do Ponto Ômega já estão posicionados. Partiram há 30 minutos para se esconderem em construções abandonadas ao redor do ponto de encontro indicado na nota. Estarão prontos para uma ofensiva assim que Castle lhes transmitir um sinal – e ele só vai transmitir esse sinal se sentir que estamos realmente em risco.

Adam, Kenji e eu vamos fazer o percurso a pé.

Kenji e Adam estão familiarizados com as relvas não reguladas porque, como soldados, tiveram que aprender qual área de terra ficava fora dos limites. Ninguém pode ultrapassar o território do nosso antigo mundo. Os estranhos becos, ruas laterais, antigos restaurantes e prédios de escritórios são territórios proibidos.

Kenji afirma que nosso ponto de encontro fica em uma das antigas áreas residenciais que ainda não ruíram; diz que a conhece bem. Aparentemente, quando era soldado, ele foi enviado para realizar várias tarefas nessa região, sempre para deixar pacotes não marcados em uma caixa de correio abandonada. Nunca lhe explicaram nada sobre esses pacotes, e ele não era idiota de perguntar.

Diz ser estranho o fato de essas casas antigas ainda terem uma estrutura funcional, especialmente se levarmos em conta como o Restabelecimento é rígido quando o assunto é garantir que os civis jamais tentem voltar aqui. Aliás, a maioria dos bairros residenciais foi destruída imediatamente após o Restabelecimento chegar ao poder. Portanto, é muito, muito raro encontrar áreas que restaram intocadas. Mas está escrito na nota, em letras maiúsculas demais:

SYCAMORE, 1542.

Vamos encontrar o comandante supremo dentro do que no passado fora a casa de alguém.

— Então, o que acham que devemos fazer? Só tocar a campainha? — Kenji vai nos guiando a caminho da saída do Ponto Ômega. Fico olhando para a frente, sob a luz baixa deste túnel, tentando não me concentrar nos 35 pica-paus em meu estômago. — O que acham? — ele pergunta outra vez. — Talvez isso seja abusar demais? Quem sabe devêssemos só bater à porta?

Tento rir, mas o esforço é, na melhor das hipóteses, meia-boca.

Adam não fala uma palavra sequer.

— Está bem, está bem — Kenji prossegue, agora todo sério. — Quando chegarmos lá fora, vocês já sabem como proceder. Ficamos de mãos dadas. Eu projeto para nos deixar invisíveis. Vocês vão um de cada lado e eu no meio. Entenderam?

Vou assentindo, tentando não olhar para Adam.

Esse vai ser um dos primeiros testes para ele e sua habilidade. Adam terá de desligar seu dom enquanto estiver de mãos dadas com Kenji. Se ele não conseguir, a projeção de Kenji não vai funcionar com Adam, que ficará exposto. Em risco.

— Kent — Kenji o chama. — Você entende quais são os riscos, não entende? Se não conseguir fazer o que deve fazer?

Adam assente. Seu rosto se mantém inflexível. Conta que vem treinando todos os dias, trabalhando com Castle para aprender a se controlar. Diz que vai dar tudo certo.

Olha para mim enquanto fala.

Minhas emoções saem voando pela janela de um avião.

Mal percebi que já estamos chegando ao nível do chão quando Kenji acena para que o sigamos por uma escada. Tento subir e pensar ao mesmo tempo, rememorando o plano que passamos as primeiras horas da manhã criando.

Chegar lá é a parte mais fácil.

Na hora de entrar é que as coisas começam a ficar mais ardilosas.

Temos que fingir que estamos ali para fazer uma troca — imaginamos que nossos reféns estarão com o comandante supremo e devo cuidar da libertação deles. Eu sou a moeda de troca.

Eu, em troca deles.

Mas a verdade é que não temos a menor ideia do que vai acontecer. Não sabemos, por exemplo, quem vai abrir a porta. Não sabemos sequer se alguém vai abrir a porta. Nem se o encontro vai ser dentro da casa ou do lado de fora. Tampouco sabemos como eles vão reagir ao se depararem com Adam e Kenji e a armadura improvisada que temos presa aos nossos corpos.

Não sabemos se vão começar a atirar imediatamente.

E é essa parte que mais me faz sentir medo. Não estou tão preocupada comigo, minha preocupação maior é com Adam e Kenji. Eles são o diferencial neste plano. São o elemento surpresa. Ou são peças inesperadas que representam a única vantagem com a qual podemos contar agora, ou são peças inesperadas que vão acabar mortas assim que forem notadas. E começo a pensar que essa foi uma péssima ideia.

Começo a me perguntar se estava errada. Talvez eu não consiga resolver essa situação.

Mas agora é tarde demais para voltar atrás.

Trinta e dois

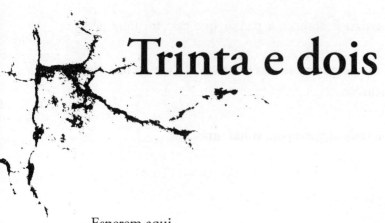

— Esperem aqui.

Kenji nos aconselha a abaixar enquanto passa a cabeça pela saída. Já desapareceu da nossa visão, seu corpo mesclado ao pano de fundo. Vai nos avisar se podemos sair, se o caminho está limpo.

Enquanto esperamos, Adam e eu somos a personificação do silêncio.

Estou nervosa demais para falar.

Nervosa demais para pensar.

Eu consigo a gente consegue a gente não tem escolha senão conseguir, é tudo o que repito mil vezes a mim mesma.

— Vamos. — Ouço a voz de Kenji vindo de lá de cima.

Adam e eu o seguimos pelos últimos degraus da escada. Estamos usando uma das saídas alternativas do Ponto Ômega — uma que só sete pessoas conhecem, segundo Castle. E tomando todas as precauções necessárias.

Adam consegue empurrar nossos corpos acima do chão e logo sinto frio e as mãos de Kenji em minha cintura. Frio frio frio. Frio que corta o ar como mil canivetes perfurando nossa pele. Olho para meus pés e não vejo nada além de uma luz difusa, quase imperceptível, onde minhas botas estão. Mexo os dedos diante do rosto.

Nada.

Olho em volta.

Nem sinal de Adam ou Kenji, exceto a mão invisível dele agora descansando em minha lombar.

Funcionou. Adam fez funcionar. Fico tão aliviada que sinto vontade de cantar.

– Vocês conseguem me ouvir? – sussurro, feliz porque ninguém consegue me ver sorrir.

– Sim.

– Sim, eu estou bem aqui – Adam responde.

– Bom trabalho, Kent – Kenji o elogia. – Sei que não deve ser fácil para você.

– Está tudo tranquilo – Adam afirma. – Eu estou bem. Agora vamos.

– Combinado.

Somos como uma corrente humana.

Kenji está entre Adam e mim e permanecemos em contato, de mãos dadas, conforme Kenji nos guia por essa área deserta. Não tenho ideia de onde estamos e já começo a perceber que quase nunca sei onde estou. Esse mundo ainda é tão estranho para mim, tudo ainda é tão novo. Ter passado tanto tempo no isolamento enquanto o mundo desmoronava não me ajudou em nada.

Quanto mais avançamos, mais próximos ficamos da estrada principal e dos complexos a menos de dois quilômetros daqui. De onde estamos, já consigo avistar as enormes caixas de aço.

Kenji para de repente.

Não diz nada.

– Por que paramos de andar? – Quero saber.

Kenji me pede para fazer silêncio.

– Estão ouvindo?
– O quê?
Adam respira fundo.
– Puta merda. Tem alguém se aproximando.
– Um tanque – Kenji esclarece.
– Mais de um – acrescenta Adam.
– Por que, então, continuamos parados aqui...?
– Espere, Juliette... Espere um segundo...
E então vejo.
Um desfile de tanques vindo pela estrada. Conto 6.
Kenji deixa escapar uma série de palavrões em voz baixa.
– O que foi? – indago. – Qual é o problema?
– Só pode haver um motivo para Warner ter enviado mais do que dois tanques de uma vez e pelo mesmo caminho – Adam afirma.
– Mas o que...
– Eles estão se preparando para a guerra.
Fico de queixo caído.
– Ele sabe! – Kenji exclama. – Droga! É claro que sabe. Castle estava certo. Ele sabe que estamos trazendo apoio. *Merda*.
– Que horas são, Kenji?
– Temos uns quarenta e cinco minutos.
– Então vamos seguir nosso caminho – sugiro. – Não temos tempo para nos preocupar com o que vai acontecer depois. Castle está preparado, ele se preparou para isso. A gente vai ficar bem. Mas, se não chegarmos àquela casa a tempo, Winston e Brendan e todos os outros podem morrer ainda hoje.
– *Nós* podemos morrer ainda hoje – ele aponta.
– Sim – respondo. – Nós também.

Vamos passando depressa pelas ruas. Rapidamente. Passando por clareiras em direção ao que parece ser uma civilização e então avistamos: os restos de um universo dolorosamente familiar. Casinhas quadradas com quintaizinhos quadrados e decaindo em meio ao vento agora são tomados por ervas daninhas. A grama seca amassa sob nossos passos, gelada e nada convidativa. Acompanhamos os números das casas.

Sycamore,1542.

Deve ser esta. É impossível não a perceber.

É a única casa em toda essa rua que parece plenamente funcional. A tinta é nova, limpa, de um tom lindo de azul. Um conjunto de degraus leva à varanda na parte da frente, onde noto duas cadeiras de balanço feitas de vime e uma jardineira enorme repleta de flores azuis que nunca vi antes. Percebo um capacho de boas-vindas feito de borracha, sinos de vento dependurados em uma viga de madeira, vasos de madeira e uma pequena pá guardada em um canto. É tudo tudo tudo o que não podemos mais ter.

Alguém *mora* aqui.

É impossível que algo desse tipo exista.

Estou puxando Kenji e Adam na direção da casa, estou tomada por emoções, quase esquecendo que não podemos mais viver neste mundo antigo e lindo.

Alguém me puxa para trás.

– Não é aqui – Kenji anuncia. – Esta é a rua errada. *Merda*. É a rua errada... Era para estarmos duas ruas para baixo...

– Mas esta casa... é... quero dizer... Kenji, alguém *mora* aqui...

– Ninguém mora aqui – ele retruca. – Alguém deve ter criado isso para nos despistar. Aliás, aposto que esta casa está cheia de explosivos. Deve ser uma armadilha para quem tenta vagar pela área não regulada. Agora venha... – Puxa outra vez a minha mão. – Precisamos nos apressar. Temos sete minutos!

E, muito embora estejamos correndo para a frente, olho para trás, querendo encontrar algum sinal de vida, querendo ver alguém sair para conferir se tem alguma correspondência na caixa de correio, querendo avistar um pássaro voando.

E talvez eu esteja imaginando coisas.

Talvez eu esteja louca demais.

Mas eu poderia jurar que vi uma cortina se mexendo na janela do andar de cima.

Trinta e três

90 segundos.

A verdadeira casa em Sycamore, 1542 está tão dilapidada quanto a princípio desconfiei. É uma sujeira decadente, com o teto rangendo sob o peso da negligência de tantos anos. Adam, Kenji e eu observamos da esquina, fora da vista, muito embora tecnicamente continuemos invisíveis. Não tem uma única pessoa em lugar algum e toda a casa parece abandonada. Começo a me perguntar se tudo isso foi só uma brincadeira muito bem elaborada.

75 segundos.

– Vocês dois fiquem escondidos – sugiro a Kenji e Adam, tomada por uma inspiração repentina. – Quero que ele pense que vim sozinha. Se alguma coisa der errado, vocês dois entram em cena, está bem? Existe um risco muito grande de a presença de vocês fazer as coisas fugirem do controle rápido demais.

Os garotos ficam em silêncio por um instante.

– Porra, que boa ideia! – Kenji elogia. – Eu devia ter pensado nisso.

Não consigo evitar um sorrisinho.

– Vou me soltar agora, então.

– Ei, boa sorte – Kenji deseja com uma voz inesperadamente doce. – A gente vai ficar de olho em tudo.

– Juliette...

Hesito ao ouvir a voz de Adam.

Ele quase fala alguma coisa, mas parece mudar de ideia. Raspa a garganta. Sussurra:

— Prometa para mim que vai tomar cuidado.

— Prometo – digo ao vento, tentando afastar as emoções.

Agora não. Não posso enfrentá-las agora. Preciso me concentrar.

Então, respiro fundo.

Dou um passo à frente.

E solto.

10 segundos e estou tentando respirar
9
e tento ser corajosa
8
mas a verdade é que estou morrendo de medo
7
e não tenho ideia de quem me espera atrás daquela porta
6
e tenho certeza absoluta de que vou sofrer um ataque cardíaco
5
mas agora não posso voltar atrás
4
porque ali está
3
a porta, ela está bem à minha frente
2
só preciso bater
1
mas a porta, ela se abre antes.

— Ah, ótimo – ele me diz. – Chegou bem na hora.

Trinta e quatro

— É revigorante, de verdade — ele diz. — Ver que a juventude ainda valoriza coisas como a pontualidade. É sempre tão frustrante quando as pessoas desperdiçam o meu tempo.

Minha cabeça está cheia de botões girando e cacos de vidro e pontas de lápis quebradas. Vou assentindo devagar demais, piscando como uma idiota, incapaz de encontrar palavras em minha boca porque ou elas se perderam ou nunca existiram ou porque simplesmente não tenho nada a dizer.

Não sei o que esperava encontrar aqui.

Talvez eu tenha imaginado que ele fosse velho demais e corcunda e ligeiramente cego. Que usaria um tapa-olho e andaria com uma bengala. Talvez que tivesse dentes podres e pele enrugada e cabeça calva ou fosse um centauro, um unicórnio, um bruxo velho com chapéu pontudo ou qualquer coisa, qualquer coisa menos isso. Porque é impossível. Não é natural. Para mim, é tão difícil entender e seja lá o que eu esperava, eu estava extremamente, incrivelmente, terrivelmente errada.

Estou olhando para um homem de beleza absoluta, de tirar o fôlego.

E é um *homem*.

Deve ter pelo menos 45 anos, é alto e forte e com o corpo bem desenhado em uma roupa que lhe serve tão perfeitamente que chega a ser quase injusto. Seus cabelos são espessos, grossos como creme de avelã. O maxilar é afiado, as linhas do rosto perfeitamente simétricas, as maçãs do rosto endurecidas pela vida e a idade. Contudo, são seus olhos que fazem toda a diferença. Seus olhos são a coisa mais espetacular que já vi.

Quase como esmeraldas.

– Por favor – diz, lançando-me um sorriso impressionante. – Entre.

E então me dou conta, bem nesse momento, porque de repente tudo faz sentido. Sua aparência, sua estatura, o jeito de agir calmo e cheio de classe; o jeito calmo que quase me fez esquecer que ele é um *vilão,* esse homem.

Esse homem é o pai de Warner.

Dou um passo para dentro do que parece ser uma pequena sala de estar. Tem sofás velhos e surrados em volta de uma minúscula mesa de centro. O papel de parede está amarelado e descascando. A casa é saturada por um cheiro pesado de bolor que indica que os vidros trincados das janelas não são abertos há anos. O carpete é verde-escuro, as paredes embelezadas com painéis de madeira falsa que simplesmente não fazem o menor sentido para mim. Esta casa é, para resumir em uma palavra, horrenda. Parece ridículo um homem de tamanha beleza ser encontrado em uma casa tão pessimamente inferior.

– Ah, espere – ele pede. – Só uma coisinha.

– O quê...

Usa uma das mãos para me prender junto à parede. As duas mãos estão cuidadosamente cobertas por luvas de couro, já preparadas para tocar a minha pele e me deixar sem ar, para me sufocar até a morte, e tenho total certeza de que estou morrendo, certeza de que a morte é assim, estar totalmente imobilizada, sem forças do pescoço para baixo. Tento agarrá-lo, chuto seu corpo com o que sobrou da minha energia até me pegar prestes a desistir, entregando-me à minha própria imbecilidade, meus últimos pensamentos me condenando por ter sido tão idiota, por ter pensado que eu realmente fosse capaz de vir aqui e realizar alguma coisa, e então percebo que ele soltou meus coldres, roubou minhas armas e as enfiou em seus bolsos.

Ele me solta.

Caio no chão.

Ele me convida para sentar.

Eu nego com a cabeça, tossindo para afastar a tortura em meus pulmões, inspirando o ar empoeirado e mofado, arquejando de um jeito estranho, horrível, todo o meu corpo tendo espasmos por causa da dor. Estou aqui há menos de dois minutos e ele já me dominou. Preciso fazer algo, sair viva dessa situação. Agora não é hora de me conter.

Fecho os olhos com bastante força por um momento. Tento limpar as vias aéreas, tento focar os pensamentos. Quando enfim ergo o olhar, ele já está sentado em uma das cadeiras, observando-me, totalmente entretido.

Mal consigo falar.

– Onde estão os reféns?

– Eles estão bem. – Esse homem, cujo nome desconheço, acena com a mão, transmitindo indiferença. – Vão ficar bem. Tem certeza de que não quer se sentar?

— O que...? — Tento limpar a garganta e imediatamente me atrevo. Tenho de forçar meus olhos a piscar para domar as lágrimas traidoras que já os fazem queimar. — O que você quer de mim?

Ele inclina o corpo para a frente. Une as mãos.

— Sabe, nem eu sei direito.

— O quê?

— Bem, você certamente já percebeu que tudo isso — assente para mim, para a sala. — é só uma dissimulação, certo? — Abre outra vez aquele sorriso incrível. — Certamente já se deu conta de que meu objetivo maior era atrair o seu povo para dentro do meu território, não? Meus homens estão só à espera de uma palavra minha. Uma palavra emitida por mim e eles passarão a procurar e destruir seus amiguinhos, que esperam tão pacientemente num raio de um quilômetro.

O terror vem me cumprimentar.

Ele dá uma risadinha.

— Se você pensa que eu não sei o que exatamente acontece em meu próprio *território,* minha jovem, está muito errada. — Nega com a cabeça. — Eu deixei essas aberrações viverem livres demais entre nós, e foi um erro que cometi. Eles estão me causando muita dor de cabeça, e chegou a hora de extirpá-los.

— Eu sou uma dessas aberrações — retruco, tentando controlar o tremor em minha voz. — Por que me trouxe aqui se tudo o que deseja é nos matar? Por que me escolheu? Não precisava escolher.

— Você está certa. — Ele assente. Levanta-se. Enfia as mãos nos bolsos. — Eu vim aqui com um propósito: arrumar a bagunça que meu filho fez e colocar um ponto final de uma vez por todas nos esforços ingênuos de um grupo de aberrações idiotas. Eliminar vocês deste mundo infeliz. Mas então... — fala, rindo um pouquinho. — Quando comecei a esboçar meus planos, meu filho apareceu para pedir que eu não a matasse. Que eu poupasse você, só você. — Ele hesita. Ergue o olhar. – Na verdade, ele me *implorou* para não matar você. – Ri outra vez. – Não sei se foi mais patético ou surpreendente. É claro que, nesse momento, percebi que tinha de conhecê-la. – Ainda sorrindo, ele me encara como se eu pudesse ser encantada. – "Eu preciso conhecer a menina que conseguiu enfeitiçar o meu menino!", pensei comigo mesmo. Essa garota que conseguiu fazê-lo perder de vista o orgulho, a *dignidade*, a ponto de ele vir me implorar um favor. – Ele hesita. – Você sabe quando na vida meu filho veio me pedir favor?

Ele inclina a cabeça. Espera a minha resposta.

Nego com um gesto.

– Nunca. – Respira fundo. – Nunca, nem uma vez sequer em dezenove anos ele me pediu nada. Difícil de acreditar, não é? – Seu sorriso é maior, mais vivo. – É claro que isso é um mérito meu. Eu o criei direito. Ensinei a ser autossuficiente, independente, livre dos desejos e necessidades que arruínam a maioria dos homens. Então, ouvir essas palavras desgraçadas saindo da boca do meu filho, ouvi-lo implorar? – Meneia a cabeça. – Bem, naturalmente foi intrigante. Eu tinha que a ver com meus próprios olhos. Precisava entender o que ele vira, o que havia de tão especial em você para causar um lapso de julgamento tão colossal. Porém, para ser totalmente sincero, pensei que você não fosse vir. – Tira uma mão do bolso e aponta para mim ao dizer: – Quero dizer, certamente eu tinha esperança de que você apareceria. Mas pensei que, se viesse, pelo menos traria algum apoio, alguma forma de apoio. Mas aqui está você, usando essa monstruosidade de elastano... – Começa a gargalhar. – E toda sozinha. – Hesita e me estuda. – Muito idiota. Mas corajosa. Gosto disso, sei admirar a coragem de alguém. Mas enfim, eu a trouxe aqui para ensinar uma lição ao meu filho. Eu tinha a intenção de matá-la... – Anda lenta e firmemente de um lado a outro da sala. – E preferiria matá-la em um lugar onde ele pudesse ver. Guerras são problemáticas. – Aponta para a arma. – É fácil perder o controle de quem morreu e como morreu e quem matou quem et cetera et cetera. Eu queria que essa morte específica fosse o mais transparente e direta possível para transmitir de maneira clara a mensagem. Não é bom para ele formar esse tipo de ligação e é meu papel como pai colocar um ponto final nesse tipo de besteira.

Sinto-me nauseada, tão nauseada, tão tremendamente nauseada. Esse homem é muito, muito pior do que eu poderia ter imaginado.

Minha voz é uma expiração dificultosa, um sussurro alto quando digo:

– Então por que não simplesmente me matou?

Ele hesita. E responde:

– Não sei. Não imaginei que você fosse tão adorável. Acredito que meu filho em momento algum tenha falado sobre como você é linda. E é sempre difícil matar uma criatura bonita. – Ele suspira. – Além do mais, você me surpreendeu. Chegou na hora. Sozinha. Mostrou-se disposta a se sacrificar para salvar as criaturas indignas e idiotas a ponto de se deixarem ser pegas.

Ele respira fundo antes de prosseguir:

– Talvez pudéssemos mantê-la viva. Se você não se mostrar útil, pelo menos pode funcionar como entretenimento. – Pensativo, inclina a cabeça. – Porém, se nós a pouparmos, você teria de voltar ao capitólio comigo porque não confio que meu filho vá fazer nada direito. Já dei chances demais a ele.

– Obrigada pela oferta. Mas prefiro saltar de um penhasco.

Sua risada soa como uma centena de sinos. Feliz e plena e contagiante.

– Minha nossa! – ele continua com um sorriso iluminado e caloroso e devastadoramente sincero. Meneia a cabeça. Grita por sobre o ombro, na direção do que parece ser outro cômodo, talvez a cozinha, não sei ao certo, dizendo: – Filho, queira entrar, por favor.

E só consigo pensar que às vezes você está morrendo, às vezes, prestes a explodir, às vezes, a 7 palmos abaixo da terra e em busca de uma janela quando alguém joga um fluido leve em seus cabelos e acende um fósforo bem diante do seu rosto.

Sinto meus ossos se incendiando.

Warner está aqui.

Trinta e cinco

Ele surge na passagem da porta à minha frente e com a mesma aparência da qual me lembro. Cabelos dourados e pele perfeita e olhos luminosos demais daquele tom esmeralda. É um rosto elegante e belo, um rosto que, agora percebo, ele herdou do pai. É o tipo de rosto no qual ninguém acredita mais; linhas e ângulos e simetria quase ofensivas em sua perfeição. Ninguém jamais deveria querer um rosto assim. É um rosto criado para problemas, para perigo, uma maneira de compensar o excesso que roubou de um inocente desavisado.

É exagerado.

É demais.

~~Me dá medo.~~

Preto e verde e dourado parecem ser suas cores. O terno preto como a noite é feito sob medida para seu corpo magro, mas musculoso, equilibrado pelo branco perfeito da camisa por baixo e finalizado pela gravada simples e também preta presa em seu pescoço. Ele mantém a coluna ereta, alta, inflexível. A qualquer outro espectador, pareceria imponente, mesmo com seu braço direito ainda segurado por uma tipoia. É o tipo de garoto que só aprendeu a ser homem, que ouviu que deveria apagar o conceito de infância de sua vida. Seus lábios não se atrevem a sorrir, a testa não enruga nem em um momento de aflição. Ele aprendeu a esconder suas emoções, esconder os pensamentos do mundo e não confiar em nada nem em ninguém. Aprendeu a conseguir o que quer, independentemente dos meios necessários para chegar aos fins. Consigo enxergar claramente tudo isso.

Mas ele parece diferente para mim.

Suas íris são pesadas demais; seus olhos, profundos demais. Sua expressão, repleta demais de alguma coisa que não quer reconhecer. Ele olha para mim como se eu tivesse conseguido concluir alguma coisa, como se eu tivesse atirado em seu coração e o estilhaçado, como se eu o tivesse deixado para morrer depois de ele dizer que me amava e eu me recusasse a pensar que isso fosse sequer possível.

E agora vejo a diferença nele. Vejo o que mudou.

Ele não faz nenhum esforço para esconder suas emoções de mim.

Meus pulmões são mentirosos, fingem não conseguir se expandir só para darem risada às minhas custas. E meus dedos tateiam, lutam para escapar da prisão dos meus ossos como se tivessem esperado 17 anos para voar.

Escapar, é o que meus dedos me dizem.

Respirar, é o que eu digo continuamente a mim mesma.

Warner ainda criança. Warner como filho. Warner como um garoto que só tem uma compreensão limitada de sua própria vida. Warner com um pai que lhe ensina uma lição matando a única coisa pela qual ele já implorou.

Warner como um ser humano me aterroriza mais do que qualquer outra coisa.

O comandante supremo mostra-se impaciente.

– Sente-se – diz ao filho, acenando para o sofá no qual estava ainda há pouco.

Warner não fala nada para mim.

Seus olhos estão grudados em meu rosto, meu corpo, ao colete preso em meu peito; seu foco desliza em meu pescoço, nas marcas que seu pai provavelmente deixou ali, e noto o movimento em sua garganta, percebo a dificuldade que ele enfrenta para engolir ao me ver diante dele. Warner enfim entra na sala de estar. É tão parecido com o pai, começo a notar. O jeito de andar, a aparência, o terno, o jeito meticuloso de cuidar da higiene. E, ainda assim, não restam dúvidas em minha mente de que Warner detesta o homem que ele tentou desafiar, mas nunca conseguiu.

– Então, eu gostaria de saber como, exatamente, você conseguiu fugir – questiona o supremo. Olha para mim. – Acabei tendo uma curiosidade repentina e meu filho dificultou muito quando tentei extrair as informações.

Pisco para ele.

– Conte para mim – insiste. – Como você escapou?

Fico confusa.

– A primeira ou a segunda vez?

– Duas vezes! Você conseguiu escapar duas vezes! – Agora ele ri escandalosamente, chega a bater as mãos nos joelhos. – Incrível! As duas vezes, então. Como você escapou nas duas vezes?

Começo a pensar em por que esse homem está tentando ganhar tempo. Não entendo por que quer conversar quando há tantas pessoas à espera de uma guerra, mas só me resta alimentar a esperança de que Adam e Kenji e Castle e todos os outros não tenham morrido congelados lá fora. E, embora eu não tenha um plano, tenho a sensação de que nossos reféns podem estar escondidos na cozinha. Então penso em entreter o supremo por um momento.

Conto que, na primeira vez, pulei pela janela. E, na segunda, atirei em Warner.

O supremo deixa de sorrir.

– Você *atirou* nele?

Lanço um olhar para Warner e percebo que suas pupilas continuam firmemente focadas em meu rosto, sua boca continua sem correr o risco de se movimentar. Não tenho ideia de em que está pensando e de repente me pego muito curiosa e com vontade de provocá-lo.

– Sim – respondo, olhando nos olhos de Warner. – Eu atirei nele. Com a arma dele.

E então percebo a tensão repentina em seu maxilar, o olhar descendo para as mãos tão fortemente posicionada no colo – ele parece ter arrancado a bala do corpo usando a própria mão.

O supremo passa as mãos por seus cabelos, esfrega as bochechas. Percebo que ele parece desconfortável pela primeira vez desde que cheguei aqui e imagino como é possível ele não saber como escapei.

Eu me pergunto o que Warner deve ter alegado sobre a bala em seu braço.

– Qual é o seu nome? – questiono antes de conseguir segurar a língua, percebendo minhas palavras tarde demais.

Eu não devia fazer perguntas idiotas, mas odeio ter de chamá-lo de "o supremo" como se fosse alguma espécie de entidade intocável.

O pai de Warner me analisa.

– Meu *nome?*

Reforço a pergunta fazendo que sim com a cabeça.

– Pode me chamar de Comandante Supremo Anderson – responde, ainda confuso. – Que diferença isso faz?

– *Anderson?* Mas pensei que seu sobrenome fosse Warner…

Achei que ele tivesse um primeiro nome que eu pudesse usar para distinguir entre o pai e o Warner que passei a conhecer bem demais.

Anderson respira fundo, lança um olhar enojado para o filho.

– Definitivamente não – explica. – Meu filho achou uma boa ideia usar o sobrenome da mãe; afinal, esse é exatamente o tipo de coisa ridícula que ele costuma fazer. O erro que ele sempre comete, de tempos em tempos... Deixar a emoção atrapalhar a *obrigação*. É patético. – E segue cuspindo na direção de Warner: – É justamente por isso que, por mais que eu queira deixá-la viva, minha querida, receio que seja uma distração grande demais na vida dele. Não posso permitir que um rapaz assim proteja uma pessoa que tentou matá-lo. – Meneia a cabeça. – Aliás, nem acredito que estou tendo essa conversa. Que constrangimento ele provou ser.

Anderson leva a mão ao bolso, puxa uma arma, aponta para a minha testa.

Muda de ideia.

– Já estou cansado de ter que arrumar as trapalhadas que você apronta – late para Warner, agarrando-o pelo braço, puxando-o do sofá.

E, enquanto arrasta Warner em minha direção, Anderson ajeita a arma na mão de seu filho.

– Atire nela – ordena. – Atire nela agora mesmo.

Trinta e seis

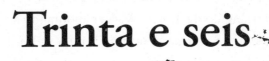

Warner mantém o olhar fixo no meu.

Está me encarando com olhos carregados de emoção e nem sei mais se o conheço. Não sei direito se o entendo, não sei se tenho noção do que ele vai fazer quando ergue a arma com sua mão forte e firme e a aponta direto para o meu rosto.

— Apresse-se — Anderson ordena. — Quanto mais rápido fizer esse serviço, mais rápido pode seguir sua vida. Agora *acabe logo com isso...*

Mas Warner inclina a cabeça. Dá meia-volta.

Aponta a arma para o pai.

Chego a arfar.

Anderson parece entediado, irritado, irado. Passa uma mão impaciente pelo rosto antes de puxar outra arma — a *minha* outra arma — do bolso. É inacreditável.

Pai e filho, um ameaçando matar o outro.

— Aponte a arma na direção certa, Aaron. Isso já ficou ridículo.

Aaron.

Quase dou risada no meio de toda essa insanidade.

— Não tenho nenhum interesse em matá-la — ~~Warner Aaron~~ ele responde ao pai.

— Está bem. — Anderson aponta outra vez a arma para a minha cabeça. — Eu cuido disso, então.

— Atire nela — Warner anuncia —, e enfio uma bala no seu crânio.

É um triângulo da morte. Warner apontando a arma para o pai, o pai apontando a arma para mim. Sou a única desarmada e não sei o que fazer.

Se me mexer, vou morrer. Se não me mexer, vou morrer.

Anderson está sorrindo.

— Que gracinha — ironiza. Mantém no rosto um sorriso tranquilo, preguiçoso, a mão na arma tão enganosamente casual. — O que foi? Ela a faz sentir-se corajoso, garoto? — Uma hesitação. — Ela o faz sentir-se forte?

Warner não responde.

— Ela o faz sentir como se pudesse ser um homem melhor? — Uma risadinha. — Ela encheu a sua cabeça com sonhos sobre o futuro? — Uma risada mais pesada. — Você perdeu a cabeça por causa de uma *criança* idiota e covarde demais para se defender mesmo quando o cano de um revólver está apontado diretamente para o rosto dela. Esta aqui... — E segura com mais força a arma apontada na minha direção. — Esta é a menininha idiota por quem você se apaixonou. — Ele expira breve e duramente. — Nem sei por que me surpreendo.

Percebo um novo aperto em sua respiração. Um novo aperto na mão com a arma. Esses são os únicos sinais de que Warner sente-se remotamente afetado pelas palavras de seu pai.

— Quantas vezes você ameaçou me matar? — Anderson pergunta. — Quantas vezes acordei no meio da noite e o encontrei, ainda menino, tentando atirar em mim enquanto eu dormia? — Inclina a cabeça. — Dez vezes? Talvez quinze? Devo admitir que perdi as contas. — Encara Warner. Sorri outra vez. Sua voz sai mais alta quando prossegue: — E quantas vezes você foi capaz de levar isso a cabo? Quantas vezes conseguiu? Quantas vezes explodiu em lágrimas, desculpando-se, agarrando-se a mim como um demente...

— Cale a sua boca — Warner ordena com a voz baixa, mas a postura ainda aterrorizante.

— Você é *fraco* — Anderson cospe enojado. — Sentimental a ponto de se tornar patético. Não quer matar seu próprio pai? Tem medo de que isso vá partir seu coraçãozinho miserável?

O maxilar de Warner se repuxa.

— Atire em mim — Anderson ordena, seus olhos dançando, brilhando. — Eu mandei você *atirar em mim!* — grita, dessa vez estendendo a mão para agarrar o braço machucado de Warner, até seus dedos envolverem o ferimento com muita força, virando o braço até o filho arfar de dor, piscar demais, tentar desesperadamente suprimir o grito que brota dentro de si. A pegada de Warner na arma vacila, mas só um pouquinho.

Anderson solta o filho. Empurra-o com tanta força que Warner cambaleia para tentar manter o equilíbrio. Seu rosto está branco como giz. A tipoia em seu braço vai se manchando de sangue.

— Tanta conversinha... — Anderson prossegue, meneando a cabeça. — Tanta conversinha e nada nunca é levado a cabo. Você me deixa constrangido — diz a Warner, rosto repuxado, enjoado. — Você me dá nojo.

Um forte estalo.

Anderson bate as costas da mão no rosto do filho com tanta força que chega a fazê-lo cambalear por um instante, já instável por ter perdido tanto sangue. Mas Warner não diz nada.

Não emite um único ruído.

Fica parado ali, suportando a dor, piscando rapidamente, maxilar travado, olhando para o pai sem nenhuma emoção sequer no rosto. Não há nenhum sinal de que tomou um tapa, exceto a marca vermelha na maçã do rosto, na têmpora e em parte da testa. Mas a tipoia no braço agora tem mais sangue do que algodão e ele parece fraco demais para até mesmo permanecer em pé.

Mesmo assim, não diz nada.

– Quer me ameaçar outra vez? – Anderson respira com dificuldade ao falar. – Ainda acha que é capaz de defender sua namoradinha? Acha que vou deixar sua paixão idiota atrapalhar tudo o que construí? Tudo o que trabalhei arduamente para criar? – O revólver de Anderson não está mais apontado para mim. Ele me esquece tempo o bastante para pressionar a arma na testa de Warner, girando-a, batendo-a na pele ao falar: – Eu não ensinei *nada* para você? Não aprendeu *nada* comigo?

Não sei explicar o que aconteceu em seguida.

Só sei que minha mão está em volta da garganta dele e que o prendi à parede. Sinto-me totalmente tomada por uma raiva tão ofuscante, ardente, descontrolada que acho que meu cérebro já pegou fogo e se dissolveu em cinzas.

Aperto com ainda mais força.

Ele está gaguejando. Está arfando. Está tentando segurar meus braços, esfregando as mãos quase sem força em meu corpo e ficando vermelho e azul e roxo e eu gosto disso. Gosto tanto, tanto disso.

Acho que estou sorrindo.

Levo o rosto a menos de um centímetro de sua orelha e sussurro:

– Solte a arma.

Ele solta.

Deixo-o de lado e, ao mesmo tempo, pego o revólver.

Anderson está no chão, respirando com dificuldade, tossindo, tentando absorver oxigênio, tentando encontrar alguma coisa com a qual se defender e me divirto com sua dor. Estou flutuando em uma nuvem de ódio absoluto e concentrado por esse homem e tudo o que ele fez e quero me sentar e rir até as lágrimas me afogarem em uma espécie de silêncio contente. Agora entendo tanta coisa. Tanta coisa.

– Juliette...

– Warner – falo muito suavemente, ainda olhando para o corpo de Anderson caído no chão à minha frente. – Preciso que você me deixe a sós com ele agora.

Peso a arma em minha mão. Testo meus dedos no gatilho. Tento lembrar o que Kenji me ensinou sobre como mirar. E sobre manter as mãos e os braços firmes. Sobre como me preparar para atirar.

Inclino a cabeça. Faço um inventário das partes do corpo dele.

– Você... – Anderson enfim consegue arfar. – Sua...

Dou um tiro em sua perna.

Ele grita. Acho que está gritando. Mas não consigo mais escutar nada. Meus ouvidos parecem cheios de algodão, como se alguém talvez estivesse tentando falar comigo ou talvez alguém estivesse gritando comigo, mas tudo é abafado e tenho muita coisa em que focar agora para prestar atenção a quaisquer coisinhas irritante que possam estar acontecendo ao fundo. Só sinto a reverberação da arma em minha mão. Só consigo ouvir o tiro ecoando em minha cabeça. E chego à conclusão de que quero fazer de novo.

Dou um tiro em sua outra perna.

Os gritos são intensos.

Fico entretida com o horror em seus olhos. O sangue arruinando o tecido dispendioso de suas roupas. Quero contar que ele não fica muito atraente com a boca assim, aberta, mas penso que Anderson não se importaria com a minha opinião. Para ele, sou só uma garota idiota. Só uma garota idiota, uma criança imbecil com um rostinho bonito, covarde demais, ele disse, covarde demais para se defender. E ah, ele queria me *manter*. Queria me *manter* como seu animalzinho de estimação. E logo percebo que não. Não devo perder meu tempo dividindo meus pensamentos com ele. É inútil desperdiçar palavras com quem está prestes a morrer.

Miro em seu peito. Tento lembrar onde fica o coração.

Nem muito à esquerda. Nem muito ao centro.

Bem... *ali*.

Perfeito.

Trinta e sete

Sou uma ladra.

Roubei este caderno e esta caneta de um dos meus médicos quando ele não estava olhando, subtraí de um dos bolsos de seu jaleco, e guardei em minha calça. Isso foi pouco antes de ele dar ordens para aqueles homens virem me buscar. Os homens com ternos estranhos e máscaras de gás com uma área embaçada de plástico protegendo seus olhos. Eram alienígenas, lembro-me de ter pensado. Lembro-me de ter pensado que deviam ser alienígenas porque não podiam ser humanos aqueles que me algemaram com as mãos para trás, que me prenderam em meu assento. Usaram Tasers em minha pele várias e várias vezes por nenhum motivo que não sua vontade de me ouvir gritar, mas eu não gritava. Cheguei a gemer, mas em momento algum pronunciei uma palavra sequer. Senti as lágrimas descerem pelas bochechas, mas não estava chorando.

Acho que os deixei furiosos.

Eles me bateram para eu acordar, muito embora meus olhos estivessem abertos quando chegamos. Alguém me soltou do assento sem tirar minhas algemas e chutou meu joelho antes de dar ordens para que eu me levantasse. E eu tentei. Eu tentava, mas não conseguia, e finalmente seis mãos me puxaram pela porta e meu rosto passou algum tempo sangrando no asfalto. Não consigo lembrar direito do momento em que me empurraram para dentro.

Sinto frio o tempo todo.

Sinto o vazio, um vazio como se não houvesse nada dentro de mim, nada além desse coração partido, o único órgão que restou nesta casca. Sinto o palpitar dentro de mim, sinto as batidas reverberando em meu esqueleto. Eu tenho um coração, afirma a ciência, mas sou um monstro, afirma a sociedade. E é claro que sei disso. Sei o que fiz. Não estou pedindo comiseração.

Mas às vezes penso – às vezes reflito: se eu fosse um monstro, é claro que já teria sentido a essa altura, não?

Eu me sentiria nervosa e violenta e vingativa. Conheceria a raiva cega, o desejo por sangue, a necessidade de vingança.

Em vez disso, sinto um abismo em meu interior, um abismo tão grande, tão sombrio, que sequer consigo enxergar dentro dele; sou incapaz de ver o que ele guarda. Não sei o que sou ou o que pode acontecer comigo.

Não sei o que posso fazer outra vez.

Trinta e oito

Uma explosão.

O barulho de vidro estilhaçando.

Alguém me puxa para trás enquanto aperto o gatilho e a bala atinge a janela atrás da cabeça de Anderson.

Viro-me.

Kenji está me chacoalhando, chacoalhando com tanta força que sinto a cabeça balançar para a frente e para trás e ele grita comigo e me diz que precisamos ir e que eu preciso soltar a arma e respira dificultosamente e fala:

— Preciso que você se afaste, está bem? Juliette? Consegue me entender? Preciso que se afaste agora mesmo. Você vai ficar bem... Vai dar tudo certo... Você vai ficar bem, só precisa...

— Não, Kenji... — Estou tentando evitar que ele me afaste, tentando manter meus pés plantados onde estão porque ele não entende. Mas precisa entender. — Eu tenho que matá-lo. Preciso ter certeza de que ele está morto. Só preciso que você me dê mais um segundo.

— Não — ele insiste. — Não ainda, não agora. — E olha para mim como se estivesse prestes a se desfazer, como se tivesse visto em meu rosto algo que desejaria jamais ter visto. E prossegue: — Não podemos. Não podemos matá-lo ainda. Ainda não chegou a hora, está bem?

Mas não, não está nada bem, e não entendo o que está acontecendo, mas Kenji tenta segurar minha mão, vai tirando a arma em meus dedos, a arma que eu não percebi que meus dedos seguravam com tanta força. Pisco. Sinto-me confusa e decepcionada. Analiso minhas próprias mãos. A minha roupa. Por um momento, não consigo decifrar de onde veio todo esse sangue.

Observo Anderson.

Está com os olhos virados. Kenji verifica o pulso. Olha para mim e diz:

– Acho que ele desmaiou.

E meu corpo começa a tremer tão violentamente que mal consigo suportar.

O que foi que eu fiz?

Afasto-me, sentindo a necessidade de encontrar uma parede para me apoiar, alguma coisa sólida em que me segurar, e Kenji me pega, ele me abraça com tanta força usando um dos braços e embala minha cabeça com a outra mão e sinto como se pudesse chorar, mas, por algum motivo, não consigo. Não consigo fazer nada além de enfrentar esses tremores que se espalham por todo o meu corpo.

– Precisamos ir – ele anuncia, acariciando meus cabelos de modo a demonstrar doçura, o que sei que é raro para ele. Fecho os olhos encostados em seu ombro, desejando absorver a força que emana com seu calor. – Você vai ficar bem? – ele me pergunta. – Preciso que me acompanhe, está bem? E teremos que correr.

– Warner – arfo, libertando-me do abraço de Kenji, olhos selvagens. – Onde...

Ele está inconsciente.

Caído no chão. Braços presos atrás do corpo, uma seringa vazia jogada no carpete ao seu lado.

– Eu cuidei de Warner – conta.

De repente, tudo me invade ao mesmo tempo. Todos os motivos pelos quais deveríamos estar aqui, o que estávamos tentando realizar quando chegamos, a percepção do que fiz e do que estava prestes a fazer.

– Kenji? – pego-me arfando. – Kenji, onde está Adam? O que aconteceu? E os reféns? Está todo mundo bem?

– Adam está bem – ele me garante. – A gente entrou pela porta dos fundos e encontrou Ian e Emory. – Olha para a cozinha. – Eles estão bem machucados, mas Adam os está levando para fora e tentando acordá-los.

– E os outros? Brendan? E... E Winston?

Kenji nega com a cabeça.

– Não faço ideia. Mas tenho uma sensação de que conseguiremos resgatá-los.

– Como?

Kenji aponta para Warner.

– Vamos levar o garoto como refém.

– *O quê?*

– É a nossa melhor aposta – afirma. – Mais uma troca. Dessa vez, uma de verdade. Mas vai dar certo. É só tirar as armas e esse menininho de ouro se torna inofensivo. – Aproxima-se do corpo imóvel de Warner. Cutuca-o com o pé antes de segurá-lo e jogar o corpo por sobre o ombro.

Não consigo não notar que o braço ferido de Warner agora está completamente ensopado de sangue.

– Venha – Kenji me chama com gentileza, olhos avaliando meu corpo como se ele não soubesse direito se estou estável. – Vamos sair daqui. O mundo lá fora está uma insanidade e não temos muito tempo antes de eles chegarem a esta rua.

– O quê? – Pisco rápido demais. – O que você quer dizer...

Kenji olha para mim com ares de descrença estampando seus traços.

— A *guerra,* princesa. Lá fora, eles estão lutando até a morte.

— Mas Anderson nunca fez o chamado... Anderson disse que seus homens estavam à espera de uma ordem vinda dele...

— Não — Kenji responde. — Anderson não fez o chamado. Castle fez.

Ah.

Deus.

— Juliette!

Adam vem correndo pela casa, virando-se de um lado para o outro até ver meu rosto, até eu correr e ele me segurar nos braços sem nem pensar, sem sequer lembrar que não fazemos mais esse tipo de coisa, que não estamos mais juntos, que simplesmente não deveríamos nos tocar.

— Você está bem... você está bem...

— VAMOS! — Kenji late pela última vez. — Entendo que esse seja um momento emotivo, mas temos que nos arrastar para longe daqui. Kent, juro que...

Mas Kenji fica em silêncio.

Baixa o olhar.

Adam está de joelhos, o rosto estampado por medo e dor e horror e raiva e terror, tudo isso gravado em cada um de seus traços, e tento sacudi-lo. Tento fazê-lo me dizer o que há de errado e ele não consegue se movimentar, está congelado no chão, o olhar grudado no corpo de Anderson, as mãos estendidas para tocar os cabelos que um instante atrás encontravam-se tão perfeitamente penteados, e imploro para que Adam fale comigo, imploro para que me diga o que aconteceu e é como se o mundo se transformasse bem diante de seus olhos, como se nada nunca mais fosse estar certo em seu mundo e nada pudesse ser bom outra vez e seus lábios se abrem.

Ele tenta falar.

– Meu pai – ele fala. – Esse homem é o meu pai.

Trinta e nove

— *Merda*. — Kenji fecha os olhos com força, como se não conseguisse acreditar que isso está mesmo acontecendo. — Merda, merda, merda. — Ajeita o corpo de Warner sobre seu ombro, tentando ser sensível e ser um soldado, e diz: — Adam, cara, eu sinto muito, mas temos mesmo que dar o fora daqui.

Adam se levanta, pisca os olhos para afastar o que só posso imaginar ser um milhão de pensamentos, memórias, preocupações, hipóteses, e grito seu nome, mas parece sequer conseguir me ouvir. Está confuso, desorientado e me pergunto como aquele homem poderia ser seu pai, afinal, Adam me dissera que seu pai estava morto.

Mas agora não é o momento para esse tipo de conversa.

Alguma coisa explode ao longe e o impacto faz o chão, as janelas, as portas desta casa tremerem e Adam parece voltar à realidade. Dá um salto para a frente, agarra meu braço e já estamos correndo pela porta.

Kenji nos guia, de alguma maneira consegue correr, apesar do peso do corpo de um Warner adormecido dependurado em seu ombro, e ele grita para que o sigamos de perto. Estou girando, analisando o caos à nossa volta. Os barulhos de tiros estão perto demais perto demais perto demais.

– Onde estão Ian e Emory? – pergunto a Adam. – Você conseguiu tirá-los de lá?

– Alguns dos nossos homens estavam lutando não muito longe daqui e consegui chamar um dos tanques. Pedi para levarem os dois de volta ao Ponto – relata, gritando para que eu possa ouvi-lo. – Foi o meio de transporte mais seguro possível.

Vou assentindo, esforçando-me para respirar enquanto avançamos rapidamente pelas ruas. Tento me concentrar nos sons à nossa volta, tento descobrir quem está ganhando, tento descobrir se nosso pessoal foi dizimado. Viramos uma esquina.

Você pensaria se tratar de um massacre.

50 do nosso grupo enfrentam 500 dos soldados de Anderson, que disparam rajadas e mais rajadas, atirando em tudo que se assemelhe a um alvo. Castle e os outros mantêm-se firmes, ensanguentados e feridos, mas reagindo da melhor maneira possível. Nossos homens e mulheres estão armados e reagem aos tiros do inimigo; outros lutam da única maneira que sabem lutar: um homem está com as mãos no chão, congelando a terra, fazendo os soldados inimigos perderem o equilíbrio; outro avança contra os soldados com tanta rapidez que só conseguimos ver uma mancha no ar, confundindo os inimigos e derrubando-os e roubando suas armas. Ergo o olhar e avisto uma mulher escondida em uma árvore, lançando o que devem ser facas ou flechas tão rápidas que os soldados nem têm tempo de reagir antes de serem atingidos.

E no meio de tudo isso está Castle de mãos erguidas, reunindo um redemoinho de partículas, destroços, pedaços de aço e galhos quebrados. Não usa nada além da coerção gerada na ponta de seus dedos. Os outros formaram uma parede humana à sua volta, protegendo-o enquanto ele cria um ciclone de tal magnitude que percebo que até ele precisa se esforçar para manter o controle.

E então
ele libera.

Os soldados gritam, berram, afastam-se, esquivam-se, buscam proteção, mas a maioria é lenta demais para escapar do alcance de tamanha destruição e logo muitos caem perfurados pelos estilhaços de vidro e pedra e madeira e metal, mas sei que essa defesa não vai durar muito.

Alguém precisa avisar Castle.

Alguém precisa avisá-lo para ir embora, para sair dali, que Anderson está caído e que recuperamos dois de nossos reféns e que estamos levando Warner. Ele precisa levar nossos homens e mulheres de volta ao Ponto Ômega antes que os soldados recuperem a força e alguém lance uma bomba forte o bastante para destruir tudo. Nossos homens não vão aguentar muito tempo mais e essa é a oportunidade perfeita para encontrarem um lugar seguro.

Conto a Adam e Kenji o que estou pensando.

– Mas como? – Kenji grita em meio ao caos. – Como podemos nos comunicar com ele? Se entrarmos no meio daquele caos, vamos morrer! Precisamos distrair os inimigos de algum jeito...

– O quê? – berro para ele.

– *Distrair os inimigos!* – ele repete. – Precisamos fazer alguma coisa para afastar os soldados tempo suficiente para um de nós se aproximar de Castle e dar um sinal verde para ele... Não temos muito tempo...

Adam já está tentando me agarrar, está tentando me conter, já me implora para não fazer o que ele acha que vou fazer e digo-lhe que está tudo bem. Digo para não se preocupar. Digo para levar os outros a um lugar seguro e prometo que vou me sair bem, mas ele estende o braço na minha direção e implora com seus olhos e me sinto tão tentada a ficar aqui, bem ao lado dele, mas vou me estilhaçar. Enfim sei o que tenho de fazer. Enfim estou pronta para ajudar. Enfim tenho um pouco de certeza de que talvez agora eu possa ser capaz de controlar a situação e tenho que tentar.

Cambaleio para trás.

Fecho os olhos.

E me desprendo.

Caio de joelhos e pressiono a palma da mão no chão e sinto o poder atravessando meu corpo, sinto-o coagular o meu sangue e misturar-se à raiva, à paixão, ao fogo dentro de mim e penso em toda vez que meus pais me chamaram de monstro, um erro horrível e aterrorizante, e penso em todas as noites que chorei até conseguir dormir e vejo os rostos que queriam me ver morta e me deparo com uma apresentação de imagens correndo em minha mente, homens e mulheres e crianças, manifestantes inocentes atropelados nas ruas; vejo armas e bombas, fogo e devastação, tanto sofrimento sofrimento sofrimento e quero gritar, quero gritar nos braços da atmosfera e enrijeço. Flexiono o punho. Empurro o braço para trás e

e s t i l h a ç o

o que resta deste mundo.

Quarenta

Continuo aqui.

Abro os olhos e por um instante me pego impressionada, confusa, mais ou menos esperando me encontrar morta ou com sequelas no cérebro ou, no mínimo, mutilada no chão, mas essa realidade se recusa a sumir.

O mundo sob meus pés está se mexendo, chacoalhando, tremendo e ganhando vida e meus punhos continuam encostados no chão e tenho medo de soltá-los. Estou de joelhos, observando os dois lados desta batalha e vendo os soldados perderem velocidade. Percebo seus olhares correndo de um lado a outro. Vejo seus pés deslizando e seus passos falhando. Os gritos, os gemidos, os estilhaçares inconfundíveis que agora vão chiando e se abrindo no meio do asfalto e não podem ser ignorados e é como se as mandíbulas da vida alongassem seus músculos, rangesse os dentes, bocejassem para acordar para testemunhar a desgraça de nossa espécie humana.

O chão olha em volta, vai ficando boquiaberto com a injustiça, a violência, as empreitadas calculadas em busca de poder que não cessam por nada nem por ninguém e só são saciadas pelo sangue dos fracos e os gritos dos relutantes. É como se a terra cogitasse vislumbrar o que andamos fazendo todo esse tempo e é aterrorizante ouvir como soa decepcionada.

Adam está correndo.

Avança pela multidão ainda desesperada por respirar e desesperada por uma explicação para esse terremoto e alcança Castle, abaixa-

-se, grita para os homens e mulheres e se esquiva e escapa de uma bala perdida, puxa Castle para baixo e nosso povo começou a correr.

Os soldados do lado oposto tropeçam uns nos outros e formam um emaranhado de braços e pernas conforme tentam correr um mais rápido que o outro e me pergunto quanto tempo mais tenho que manter a situação assim, quanto tempo isso precisa continuar antes de ser suficiente e Kenji grita:

— Juliette!

E dou meia-volta bem na hora de ouvi-lo me dizer para parar.

Então eu paro.

O vento as árvores as folhas caídas todas voltam ao seu lugar com um suspiro gigante e tudo para e por um momento não consigo lembrar como é viver em um mundo que não esteja desmoronando.

Kenji me puxa pelo braço e saímos correndo, somos os últimos do grupo a fugir e ele me pergunta se estou bem e me pergunto como ele ainda consegue carregar Warner, penso que Kenji deve ser muitíssimo mais forte do que parece e penso que às vezes sou dura demais com ele, penso que às vezes não lhe dou crédito suficiente. Estou começando a perceber que ele é uma das minhas pessoas preferidas neste planeta e fico tão feliz por Kenji estar bem.

E tão feliz por Kenji ser meu amigo.

Seguro sua mão e o deixo me guiar em direção a um tanque abandonado do nosso lado da divisão e de repente percebo que não consigo encontrar Adam, que não sei onde ele foi parar e fico frenética, gritando seu nome até sentir seus braços em minha cintura, suas palavras em meu ouvido, e ainda estamos buscando esconderijo enquanto os últimos tiros ecoam ao longe.

Embarcamos no tanque.

Fechamos as portas.

Desaparecemos.

Quarenta e um

A cabeça de Warner está em meu colo.

Seu rosto é sereno e calmo e tranquilo de um jeito que nunca vi e quase estendo a mão para acariciar seus cabelos antes de lembrar o quão desconfortável é essa situação.

~~Assassino no meu colo~~
~~Assassino no meu colo~~
~~Assassino no meu colo~~

Olho para a direita.

As pernas de Warner descansam nos joelhos de Adam e ele parece se sentir tão constrangido quanto eu me sinto.

– Aguente firme, pessoal – Kenji anuncia, ainda dirigindo o tanque a caminho do Ponto Ômega. – Sei que essa situação toda é esquisita de um milhão de maneiras diferentes, mas não tive tempo de bolar um plano melhor.

Ele olha para nós ~~2~~ 3, mas não diz uma palavra até:

– Fico muito feliz por estarem bem – falo como se essas 11 sílabas estivessem dentro de mim há muito tempo, como se tivessem sido arrancadas, desalojadas da minha boca. E só então me dou conta do quanto eu estava preocupada com a possibilidade de nós 3 não sairmos vivos. – Estou muito, muito feliz porque vocês estão bem.

Respirações profundas, solenes, firmes em toda a volta.

– Como você está? – Adam me pergunta. – Seu braço... Está tudo bem?

– Sim. – Flexiono o punho e tento não gemer. – Talvez tenha que enfaixar com alguma coisa por um tempinho, mas sim, estou bem. Essas luvas e essa coisa de metal realmente ajudaram, acho. – Mexo os dedos. Examino as luvas. – Não tem nada quebrado aqui.

– Aquilo foi demais – Kenji diz para mim. – Você realmente nos salvou.

Nego com a cabeça.

– Kenji... Sobre o que aconteceu... na casa... eu sinto muito, eu...

– Ei, o que acha de não tocarmos nesse assunto agora?

– O que está acontecendo? – Adam pergunta, alerta. – O que aconteceu?

– Nada – Kenji apressa-se em responder.

Adam o ignora. Concentra o olhar em mim.

– O que aconteceu? Você está bem?

– Eu só... Eu... é que... – Tenho que me esforçar para conseguir falar. – O que aconteceu... Com o pa...

Kenji fala um palavrão bem alto.

Minha boca fica paralisada no meio de um movimento.

Minhas bochechas congelam quando percebo o que falei. Quando lembro o que Adam disse pouco antes de fugirmos daquela casa. De repente, ele fica pálido, com os lábios apertados e olhando ao longe pela janela minúscula deste tanque.

– Ouçam... – Kenji raspa a garganta. – Não precisamos falar sobre esse assunto, está bem? Aliás, acho que prefiro simplesmente *não* falar disso. Porque essa merda toda é estranha demais para mim...

– Nem sei como isso é possível – Adam sussurra. Pisca, foca o olhar à frente, piscando e piscando e piscando e: – Não paro de pensar que só posso estar sonhando. Que tudo isso é uma alucinação. Mas aí... – Solta a cabeça nas mãos, ri duramente. – Aquele é um rosto que nunca vou esquecer.

– Você... Você nunca conheceu o comandante supremo? – atrevo-me a perguntar. – Nem viu alguma foto dele...? Não é algo que mostram para vocês no exército?

Adam faz que não.

Kenji explica:

– Ele sempre adorou essa coisa de ser, tipo, invisível. O cara sente uma alegria doentia por ser um poder que ninguém vê.

– Medo do desconhecido?

– Alguma coisa assim, algo nesse sentido. Ouvi falar que ele nunca quis sua imagem em nenhum lugar, não fazia discursos ao público... porque pensava que, se as pessoas pudessem atribuir um rosto a ele, isso o tornaria vulnerável. Humano. E ele sempre achou graça em deixar todo mundo se cagando de medo. Em ser o poder supremo. A maior ameaça. Tipo... Como você pode enfrentar uma coisa se não consegue nem vê-la? Se não sabe nem como encontrá-la?

– É por isso que, para ele, era tão importante estar aqui – penso alto.

– Basicamente.

– Mas você pensou que seu pai estava morto – questiono Adam. – Você tinha dito que ele estava morto, não tinha?

– Só para vocês saberem – Kenji interrompe. – Eu voto pela opção *não precisamos falar disso*. Assim, só para deixar claro. Só uma possibilidade.

– Eu pensei que estivesse – Adam afirma, ainda sem olhar para mim. – Foi o que me disseram.

– Quem disse? – Kenji pergunta. Percebe o que acabou de fazer. Fecha a cara. – Merda. Tudo bem. Ótimo. *Legal.* Só fiquei curioso.

Adam dá de ombros.

— Agora as coisas começam a fazer sentido. Tudo o que eu nunca entendi. O quanto minha vida com James estava bagunçada. Depois que minha mãe morreu, meu pai nunca esteve por perto, a não ser quando queria se embriagar e espancar alguém. Acho que ele levava uma vida completamente diferente em outro lugar. Por isso me deixava sozinho com James o tempo todo.

— Mas não faz sentido — Kenji fala. — Quero dizer, a parte em que seu pai é um cuzão, essa parte faz sentido, mas tipo, a história como um todo. Porque se você e Warner são irmãos e você tem dezoito e ele dezenove anos e Anderson sempre foi casado com a mãe de Warner...

— Meus pais nunca se casaram — Adam afirma, olhos arregalados ao pronunciar a última palavra, como se todas as peças que faltavam agora se encaixassem nesse quebra-cabeça.

— Você era o filho da amante? — Kenji pergunta, enojado. — Quero dizer... Você entende... Sem ofensas... É só que, eu não quero pensar em Anderson vivendo uma paixão. Isso é nojento.

Adam parece ter sido congelado.

— Puta merda! — sussurra.

— Mas quero dizer, para que ter um relacionamento assim? — Kenji indaga. — Nunca entendi esse tipo de besteira. Se você não está feliz, simplesmente saia do relacionamento. Não traia. Ninguém precisa ser um gênio para compreender isso. O que estou dizendo é que... — Ele hesita. — Estou imaginando que tenha sido um relacionamento extraconjugal. — Continua dirigindo e olhando pelo para-brisa, incapaz de enxergar a expressão no rosto de Adam. — Talvez não tenha sido um *relacionamento* extraconjugal. Talvez tenha sido só uma das puladas de cerca que os caras dão quando são cuzões... — Ele se contém, estremece. — Merda. Entenderam por que eu *não* converso com as pessoas sobre seus problemas pessoais?

— Foi — Adam confirma, sem ar. — Não tenho a menor ideia de por que nunca se casou com minha mãe, mas sei que ele a amava. Nunca se importou com o restante de nós. Só com ela. Tudo era ela, tudo era sempre ela. Nas poucas vezes que ele vinha para casa todos os meses, eu sempre devia ficar no meu quarto. E muito quieto. Tinha que bater em minha própria porta e pedir permissão para sair, mesmo que só quisesse usar o banheiro. E ele ficava muito irritado toda vez que minha mãe me deixava sair. Não queria me ver, a não ser que fosse realmente necessário. Minha mãe tinha que me entregar o jantar escondido para ele não ter ataques por ela estar me alimentando demais, por minha mãe não guardar nada para ela própria comer. — Meneia a cabeça. — E ele ficou ainda pior quando James nasceu.

Adam pisca incessantemente, como se estivesse prestes a ficar cego.

— E depois, quando ela morreu... — Respira fundo antes de prosseguir: — Quando ela morreu, ele só sabia me culpar pela morte. Sempre disse que foi por culpa minha que minha mãe adoeceu, que por minha culpa ela morreu. Que eu precisava demais, que ela não se alimentava o suficiente, que ela enfraqueceu porque estava ocupada demais cuidando da gente, dando comida pra a gente, dando... tudo para a gente. Para mim e para James. — Ele tensiona as sobrancelhas. — E acreditei nele por tanto tempo. Achei que por isso ele passasse tanto tempo distante. Pensei que era alguma espécie de punição. Pensei que eu merecia.

Estou horrorizada demais para falar.

— E depois ele simplesmente... Ele nunca esteve por perto enquanto eu crescia — Adam segue relatando. — E sempre foi um idiota. Mas depois que ela morreu, ele... ele perdeu a cabeça. Às vezes aparecia só para se embebedar. E me forçava a ficar diante dele para jogar as garrafas vazias em mim. E, se eu tremesse... se eu tremesse...

– Engole em seco antes de prosseguir com a voz um pouco mais baixa: – Ele só sabia fazer isso. Aparecia. Bebia. Me espancava. Eu tinha quatorze anos quando ele parou de aparecer. – Olha para sua mão, as palmas estão para cima. – Todos os meses ele mandava algum dinheiro para conseguirmos nos sustentar, e depois... – Hesita. – Dois anos depois, recebi uma carta do nosso então recém-instalado governo me informando que meu pai tinha morrido. Imaginei que ele devia ter se embriagado outra vez e aprontado alguma coisa idiota. Sido atropelado, talvez. Afogado no mar. Não importava. Não tinha a menor importância. Fiquei feliz por ele estar morto, mas precisei abandonar os estudos. Alistei-me no exército porque não tínhamos mais dinheiro e tive que cuidar de James e sabia que não encontraria emprego.

Adam balança a cabeça e continua:

– Ele não nos deixou nada, nem um centavo sequer, nem um pedaço de carne para nos alimentarmos, e agora estou sentado aqui, no tanque dele, escapando de uma guerra global que meu próprio *pai* ajudou a orquestrar. – Dá uma risada dura, vazia. – E a outra pessoa que não vale nada neste planeta está deitada inconsciente em meu colo. – Agora Adam está rindo de verdade, descrente, a mão nos cabelos, puxando as raízes, agarrando os fios. – E ele é meu irmão. De carne e sangue. Meu pai teve uma vida toda paralela sobre a qual eu nada sabia e, em vez de estar morto, como devia estar, ele me deu um irmão que quase me torturou até a morte em um *abatedouro*... – Passa a mão tremendo pelo rosto, de repente rindo, de repente perdendo o controle e as mãos tremem e ele tem de cerrar os punhos e os pressiona à testa e diz: – Ele tem que morrer.

E não consigo respirar, nem um pouquinho, nada mesmo, quando ele conclui:

– Meu pai. Eu preciso matá-lo.

Quarenta e dois

Vou te contar um segredo.

Não me arrependo do que fiz. Não me arrependo, nem um pouco.

Aliás, se eu tivesse uma chance de fazer outra vez, sei que dessa vez acertaria em cheio. Eu atiraria em Anderson, bem no coração.

E me divertiria fazendo isso.

Quarenta e três

Nem sei por onde começar.

A dor de Adam é como um soco no rosto, um punhado de palha enfiado garganta abaixo. Ele não tem pais, só um pai que o espancava, abusava, que o abandonou para arruinar o resto do mundo e deixá-lo com um novo irmão que é seu oposto de todas as formas possíveis.

Warner, cujo primeiro nome deixou de ser um mistério; Adam, cujo sobrenome não é realmente Kent.

Kent é seu nome do meio, Adam me contou. Disse que não queria ter nenhuma ligação com o pai e, por isso, nunca revelou a ninguém seu verdadeiro sobrenome. Pelo menos isso ele tem em comum com o irmão.

Isso e o fato de os dois terem uma espécie de imunidade ao meu toque.

Adam e Aaron Anderson.

Irmãos.

Estou em meu quarto, sentada na penumbra, esforçando-me para conciliar Adam e seu novo irmão, que na verdade não passa de um garoto, uma criança que odeia o pai e, como resultado, tomou uma série de decisões infelizes na vida. 2 irmãos. 2 conjuntos de escolhas muito diferentes.

2 vidas muito distintas.

Castle me procurou hoje de manhã – depois que todos os feridos foram levados à ala médica e a loucura diminuiu. Ele me procurou e falou:

– Senhorita Ferrars, foi muito corajosa ontem. Queria estender meus agradecimentos à senhorita, agradecê-la pelo que fez, por mostrar apoio. Não sei o que teríamos feito sem a sua ajuda.

Sorri, esforçando-me para engolir o cumprimento. Imaginei que Castle tivesse terminado, mas ele em seguida falou:

– Aliás, fiquei tão impressionado que gostaria de lhe oferecer sua primeira tarefa oficial no Ponto Ômega.

Minha primeira tarefa oficial.

– Tem interesse? – indagou.

Respondi que sim sim sim é claro que estava interessada, definitivamente interessada, tão, tão, tão interessada por enfim ter algo a fazer, algo a realizar, e ele sorriu e falou:

– Fico muito feliz em saber. Porque não consigo pensar em ninguém melhor para essa posição específica.

Abri um sorriso enorme.

O sol e a lua e as estrelas entraram em contato e disseram: *Diminua esse sorriso, por favor, porque está ficando difícil para a gente conseguir enxergar.* Mas eu não ouvi. Continuei sorrindo. Depois pedi a Castle que me desse detalhes da minha tarefa oficial. Aquela que combinava tanto comigo.

E ele disse:

– Eu gostaria que fosse responsável por interrogar e cuidar do nosso novo visitante.

E meu sorriso se desfez.

Encarei Castle.

– É claro que vou supervisionar todo o processo – continuou. – Portanto, sinta-se à vontade para me procurar se tiver perguntas e preocupações. Porém, teremos de tirar vantagem da presença dele aqui, e isso significa tentar fazê-lo falar. – Castle então ficou em silêncio por um instante. – Ele... parece ter um tipo de ligação peculiar com você, senhorita Ferrars e, perdoe-me, mas acho que nos convém explorar isso. Parece-me que não podemos nos dar ao luxo de ignorar quaisquer vantagens possíveis que nos estejam disponíveis. Qualquer coisa que ele possa nos dizer sobre os planos de seu pai ou onde os reféns possam estar será de valor inestimável para nossos esforços. E não temos muito tempo. Receio que terei de fazê-la começar imediatamente.

E pedi ao mundo para se abrir, eu falei, mundo, por favor, se abra, porque eu adoraria cair num rio de magma e morrer, só um pouquinho, mas o mundo não conseguiu me ouvir porque Castle continuava falando.

– Talvez você pudesse convencê-lo a ter um pouco de bom-senso. Dizer que não temos nenhum interesse em feri-lo. Convencê-lo a ajudar a trazer de volta nossos reféns.

E respondi:

– Ah, ele está em alguma cela? Atrás das grades?

Mas Castle deu risada, divertindo-se com minha hilaridade repentina e inesperada e falou:

– Não seja tola, senhorita Ferrars, não temos nada desse tipo aqui. Nunca pensei que precisaríamos manter um refém no Ponto Ômega. Mas sim, ele está em um quarto separado e sim, a porta está trancada.

– Então você quer que eu entre no quarto dele? – indaguei. – Sozinha? Com ele?

Calma! É claro que eu estava calma. Eu estava definitivamente absolutamente tudo que possa ser o oposto de calma.

Mas então a testa de Castle se repuxou com preocupação.

– Isso seria um problema? – perguntou. – Pensei que... como ele não pode tocar em você... Na verdade, pensei que não fosse se sentir tão ameaçada por ele quanto os outros se sentem. Ele conhece a sua habilidade, não conhece? Imagino que seria inteligente da parte dele manter-se longe da senhorita.

E eu achei graça, porque ali estava: um balde de gelo jogado sobre a minha cabeça, respingando em meus ossos e, na verdade, não, não tinha graça nenhuma, porque tive que dizer:

– Sim, certo. Sim, é claro. Quase esqueci. É claro que ele não pode tocar em mim – o senhor está muito correto, senhor Castle, que diabos eu estava pensando.

Castle ficou aliviado, tão aliviado como se tivesse mergulhado em uma piscina aquecida depois de achar que seu corpo congelaria.

E aqui estou eu, sentada exatamente na mesma posição em que me encontrava 2 horas atrás e começando a pensar em

quanto tempo mais

vou conseguir guardar esse segredo.

Quarenta e quatro

Esta é a porta.

Esta porta, bem diante de mim, dá acesso ao quarto onde Warner está. Não tem nenhuma abertura e nenhum jeito de ver o interior deste quarto e já começo a pensar que essa situação é o antônimo perfeito de excelente.

Sim.

Vou entrar nesse quarto, totalmente desarmada, porque as armas estão enterradas nas profundezas do arsenal e eu sou letal, então por que precisaria de uma arma? Ninguém em sã consciência encostaria a mão em mim, ninguém além de Warner, obviamente, cuja tentativa muito insana de me impedir de escapar pela janela resultou nessa descoberta, a descoberta de que ele é capaz de tocar em mim sem se ferir.

E comentei sobre isso com exatamente ninguém.

De verdade, pensei que talvez eu tivesse imaginado aquilo, até Warner me beijar e dizer que me amava e foi então que descobri que não podia mais fingir que nada estava acontecendo. Mas só se passaram mais ou menos quatro semanas desde aquele dia e eu não sabia como abordar o assunto. Pensei que talvez eu não tivesse que abordar o assunto. Eu realmente, desesperadamente, não quis abordar o assunto.

E agora, pensar em contar a alguém, em explicar a Adam, justamente a Adam, que a pessoa que ele mais odeia neste mundo – depois de seu pai – é aquela que pode tocar em mim? Que Warner já tocou em mim, que suas mãos conheceram a forma do meu corpo e seus lábios sentiram o gosto da minha boca... Não foi exatamente uma coisa que eu quis, mas simplesmente não consigo contar.

Não agora. Não depois de tudo.

Então, essa situação é tudo culpa minha. E preciso enfrentá-la.

Eu me preparo e dou um passo à frente.

Na frente da porta de Warner há 2 homens que nunca vi fazendo a guarda. Isso não quer dizer muita coisa, mas me traz um pouquinho de calma. Aceno para cumprimentar os guardas e eles me recebem com tanto entusiasmo que chego a me perguntar se não estariam me confundindo com outra pessoa.

– Obrigado por vir – um deles diz, seus cabelos longos, loiros e bagunçados caindo sobre os olhos. – Ele está completamente louco desde que acordou... Joga as coisas de um lado para o outro e já tentou destruir as paredes. Também vem ameaçando matar todos nós. Diz que só quer conversar com você e só se acalmou porque dissemos que você estava a caminho.

– Tivemos que tirar todos os móveis – acrescenta o outro guarda, seus olhos castanhos enormes, incrédulos. – Ele estava quebrando *tudo*. Nem comeu a comida que trouxemos.

O antônimo de excelente.

O antônimo de excelente.

O antônimo de excelente.

Consigo abrir um sorriso afável e digo que verei o que consigo fazer para acalmá-lo. Eles assentem, ansiosos por acreditar que sou capaz de alguma coisa que sei que não sou e, por fim, destrancam a porta.

— É só bater para nos avisar quando estiver pronta para sair — eles explicam. — Chame e abriremos a porta.

Estou assentindo e segura e certa e tentando ignorar o fato de que estou mais nervosa agora do que quando fui conhecer o pai dele. Estar sozinha com Warner em um quarto — estar sozinha com ele e não saber o que ele pode fazer ou do que é capaz e estou tão confusa porque nem sei mais quem ele é.

Warner é 100 pessoas diferentes.

É a pessoa que me forçou a torturar uma criança. É a criança tão aterrorizada, tão psicologicamente atormentada a ponto de tentar matar seu pai enquanto ele dorme. É o menino que atirou na testa de um soldado desertor; o garoto treinado para ser um assassino frio e sem coração por um homem em quem ele achava que podia confiar. Vejo Warner como uma criança buscando desesperadamente a aprovação do pai. Vejo-o como o líder de todo um setor, ansioso por me dominar, por me usar contra a minha vontade. Vejo-o alimentando um cachorro de rua. Vejo-o torturando Adam até quase a morte. E então ouço-o dizer que me ama, sinto-o me beijando com uma paixão e um desespero tão inesperados que não sei não sei não sei em que estou me enfiando.

Não sei quem ele será dessa vez. Qual lado vai mostrar hoje.

Mas então penso que essa deve ser uma situação diferente. Porque agora ele está no meu território e posso pedir ajuda se algo der errado.

Ele não vai me ferir.

Espero.

Quarenta e cinco

Dou um passo para dentro do quarto.

A porta se fecha, mas o Warner que encontro nesse quarto é um Warner que simplesmente não reconheço. Está sentado no chão, costas na parede, pernas estendidas, pés cruzados na altura do tornozelo. Não usa nada além de meias, camiseta branca e calças pretas. O casaco, os sapatos, a camisa cara, tudo isso está largado no chão. Seu corpo é torneado, musculoso, e quase não consegue ser contido pela camiseta; os cabelos são uma bagunça loira, desgrenhados provavelmente pela primeira vez na vida.

Mas ele não está olhando para mim. Sequer ergue o rosto quando dou um passo mais para perto. Não se mexe.

Esqueci outra vez como faz para respirar.

E então

– Você tem ideia de quantas vezes li isto aqui? – fala baixinho.

Ergue a mão, mas não a cabeça, e segura entre dois dedos um retângulo pequeno, desbotado.

E me pergunto se é possível ser socada no estômago por tantos punhos ao mesmo tempo.

Meu caderno.

Ele está segurando o meu caderno.

É claro que está.

Não acredito que esqueci. Warner foi a última pessoa a tocar no meu caderno, a última pessoa a vê-lo. Tomou-o de mim quando descobriu que eu o havia escondido no bolso do vestido, ainda na base. Isso foi antes de eu escapar, pouco antes de Adam e eu pularmos pela janela e fugirmos. Pouco antes de Warner descobrir que podia tocar em mim.

E agora, saber que ele leu meus pensamentos mais dolorosos, minhas confissões mais angustiadas... As coisas que escrevi em total e completo isolamento, certa de que morreria naquela cela, tão certa de que ninguém jamais leria as minhas palavras... Saber que ele leu esses sussurros desesperados da minha mente...

Sinto-me absolutamente, insuportavelmente nua.

Petrificada.

Tão vulnerável.

Warner abre o caderno em uma página aleatória. Corre o olhar por ela e para. Enfim ergue o rosto, olhos mais afiados, mais iluminados, o tom mais lindo dentre aqueles que já vi e meu coração bate tão rápido que nem consigo mais senti-lo.

E ele começa a ler.

— Não... — eu arfo, mas já é tarde demais.

— *Passo todos os dias sentada aqui* – ele lê. – *Até agora, são 175 dias aqui. Há aqueles em que me levanto e me alongo e sinto esses ossos enrijecidos, essas articulações enferrujadas, esse espírito esmagado dentro do meu ser. Giro os ombros, pisco, conto os segundos que se arrastam pelas paredes, os minutos tremendo, as respirações que tenho de lembrar de fazer. Às vezes, deixo minha boca se abrir, só um pouquinho; levo a ponta da língua à parte de trás dos dentes e fecho os lábios e ando por esse espaço minúsculo, deslizo os dedos pelas rachaduras no concreto e me pergunto, me pergunto como seria falar em voz alta e ser ouvida. Seguro a respiração, ouço atentamente em busca de alguma coisa, qualquer sinal de vida e me maravilho com a beleza, a impossibilidade de possivelmente ouvir outra pessoa respirando ao meu lado.*

Ele pressiona as costas da mão na boca só por um instante antes de continuar.

– *Eu paro, fico parada. Fecho os olhos e tento lembrar do mundo além dessas paredes. Eu me pergunto como seria saber que não estou sonhando, que essa existência isolada não está engaiolada em minha própria cabeça. E eu...* – prossegue, recitando as palavras de cor, a cabeça descansando na parede, os olhos fechados quando ele sussurra: – *Eu me pergunto, penso nisso o tempo todo. Como seria me matar. Porque eu nunca realmente soube, ainda não sei dizer, nunca estive muito certa se estou ou não viva. Então fico sentada aqui. Passo todos os dias sentada aqui.*

Crio raízes no chão, congelada, incapaz de me movimentar para a frente ou para trás por medo de acordar e perceber que isso está mesmo acontecendo. Sinto que posso morrer de constrangimento com essa invasão de privacidade e quero correr e correr e correr e correr

– *Corra, falei a mim mesma* – Warner volta a ler o caderno.

– Por favor – imploro para ele. – Por favor, pa-pare...

Ele ergue o olhar, encara-me como se pudesse realmente me enxergar, enxergar o meu interior, como se quisesse que eu enxergasse o que há dentro dele, e por fim baixa o olhar, raspa a garganta e volta a ler meu diário:

Corra, falei a mim mesma.

Corra até seus pulmões entrarem em colapso, até o vento chicotear e rasgar suas roupas já surradas, até se tornar uma mancha que se mistura com o fundo.

Corra, Juliette, corra mais rápido, corra até seus ossos fraturarem e sua canela quebrar e seus músculos atrofiarem e seu coração desfalecer

porque ele sempre foi grande demais para o seu peito e bate rápido demais por tempo demais e corra.
Corra corra corra até não ouvir os pés deles batendo atrás de você.
Corra até eles baixarem os punhos e seus gritos se dissolverem no ar.
Corra de olhos abertos e boca fechada e represe o rio que corre por trás de seus olhos. Corra, Juliette.
Corra até cair morta.
Certifique-se de que seu coração pare antes de eles a alcançarem.
Antes que consigam tocar em você.
Corra, eu falei.

Tenho que fechar os punhos até sentir dor, apertar o maxilar até sentir aflição, qualquer coisa que afaste essas memórias. Não quero lembrar. Não quero mais pensar nessas coisas. Não quero pensar no que mais escrevi naquelas páginas, no que Warner sabe a meu respeito, no que deve pensar de mim. Só consigo imaginar o quão patética e solitária e desesperada devo parecer para ele. ~~Não sei por que me importo.~~

– Sabe... – Warner fala, fechando o diário e apoiando a mão sobre ele. Protegendo-o. Observando-o. – Fiquei dias sem dormir depois que li essa parte. Fiquei me perguntando quem eram as pessoas que a perseguiam pela rua, de quem estaria fugindo. Queria encontrar essas criaturas. – Sua voz é suave demais. – E eu queria arrancar as pernas e os braços dessas pessoas, um a um. Queria assassiná-los de maneiras horrorosas.

Agora estou tremendo, sussurrando:

– Por favor, por favor, me devolva.

Warner encosta a ponta dos dedos nos lábios. Inclina a cabeça para trás, só um pouquinho. Abre um sorriso estranho, infeliz. E diz:

— Você precisa saber o quanto sinto. Por... — Engole em seco. — Por eu tê-la beijado daquele jeito. Confesso que não tinha ideia de que você atiraria em mim.

E então percebo uma coisa.

— Seu braço... — arfo espantada. Warner não está mais usando a tipoia. Movimenta-se sem dificuldade. Não há marcas nem inchaço nem cicatriz.

Seu sorriso é duro.

— Sim, eu estava curado quando acordei neste quarto.

Sonya e Sara. Elas o ajudaram. Eu me pergunto por que alguém aqui faria tamanha bondade a Warner. Forço-me a dar um passo para trás.

— Por favor, meu caderno — peço. — Eu...

— Eu prometi para você que nunca a beijaria se não achasse que você não me queria.

E estou tão em choque, tão assustada que, por um momento, esqueci completamente que meu caderno existe. Olho em seus olhos pesados. Consigo estabilizar a voz.

— Eu falei que odiava você.

— Sim — admite. Assente. — Bem, você se surpreenderia se soubesse quantas pessoas me dizem isso.

— Acho que não ficaria surpresa.

Ele franze os lábios.

— Você tentou me matar.

— Você acha graça nisso.

— Ah, sim — responde com o sorriso mais iluminado. — Acho fascinante. — Hesita. — Quer saber o motivo?

Encaro-o. Ele prossegue:

— Porque tudo o que você me disse era que não queria ferir ninguém. Que não queria *matar pessoas*.

— Eu não quero.

— E eu seria a exceção?

De repente, estou sem palavras. Sem letras. Alguém roubou todo o meu vocabulário.

— Foi tão fácil para você tomar essa decisão — Warner prossegue. — Tão simples. Você estava armada. Queria fugir. Apertou o gatilho. Simples assim.

Ele está certo, eu sou uma hipócrita.

Digo continuamente a mim mesma que não tenho interesse em matar, mas, de algum jeito, quando quero matá-las, encontro alguma justificativa.

Warner. Castle. Anderson.

Eu quis matar todos eles. E teria matado.

O que está acontecendo comigo?

Cometi um erro enorme ao vir aqui. Ao aceitar essa tarefa. Porque não consigo estar sozinha com Warner. Não assim. Estar sozinha com ele faz meu interior doer de maneiras que não quero entender.

Preciso sair.

— Não vá embora — ele sussurra, outra vez com os olhos apontados para o meu caderno. — Por favor — insiste. — Sente-se aqui comigo. Fique comigo. Só quero vê-la. Você nem precisa falar nada.

Uma parte confusa e enlouquecida do meu cérebro realmente quer que eu me sente ao lado dele, deseja ouvir o que ele tem a dizer. Mas então penso em Adam e no que ele pensaria se descobrisse, no que diria se estivesse aqui e pudesse ver que estou interessada em passar meu tempo com a mesma pessoa que atirou em sua perna, quebrou suas costelas e o deixou dependurado em uma correia de um matadouro para sangrar até a morte, um minuto de cada vez.

Devo estar louca.

Mesmo assim, não me mexo.

Warner relaxa o corpo contra a parede.

– Quer que eu leia para você?

Estou tremendo e tremendo e tremendo e tremendo e sussurro:

– Por que está fazendo isso comigo?

E ele parece prestes a responder, mas muda de ideia. Vira o rosto. Ergue o olhar para o teto e sorri, só um pouquinho.

– Sabe... Percebi no primeiro dia que a vi. Percebi alguma coisa diferente em você, algo que me pareceu diferente. Alguma coisa em seus olhos, algo tão delicado. Sincero. Como se você ainda não tivesse aprendido a esconder seu coração do mundo. – Agora está assentindo, assentindo para si mesmo por algum motivo e não consigo imaginar o que seja. – Encontrar isto... – prossegue com uma voz leve, dando tapinhas na capa do meu caderno. – Foi tão... – Suas sobrancelhas se unem como se ele se sentisse confuso, perturbado. – Foi tão extraordinariamente doloroso. – Enfim olha para mim e parece uma pessoa completamente diferente. Como se se esforçasse para engolir alguma coisa amarga, como se tentasse solucionar uma equação impossivelmente complicada. – Foi como encontrar um amigo pela primeiríssima vez.

~~Por que minhas mãos estão tremendo.~~

Ele respira fundo. Olha para baixo. Sussurra:

– Estou tão cansado, meu amor. Tão, tão cansado.

~~Por que meu coração não para de acelerar.~~

Depois de um momento, Warner prossegue:

– Quanto tempo eu tenho antes de me matarem?

– Matarem você?

Warner me estuda.

Fico tão assustada que começo a falar.

– Não vamos matá-lo. Não temos nenhuma intenção de feri-lo. Só queríamos usá-lo para trazer nossos reféns de volta, por isso mantemos você aqui.

Warner arregala os olhos; seus ombros enrijecem.

– O quê?

– Não temos motivo nenhum para matá-lo – esclareço. – Só precisamos usá-lo como moeda de troca.

Warner dá uma risada alta, encorpada. Balança a cabeça. Sorri para mim de um jeito que só vi uma vez antes, fita-me como se eu fosse a coisa mais doce que ele já decidiu comer.

~~Essas covinhas.~~

– Querida, doce e bela garota – diz. – O seu grupo superestimou a afeição de meu pai por mim. Desculpe por ter que dizer isso, mas, me manter aqui não dá a vocês a vantagem que esperavam. Duvido que meu pai sequer perceba que eu sumi. Então, gostaria de pedir que, por favor, ou me matem, ou me libertem. Mas imploro que não desperdicem o meu tempo me mantendo confinado aqui.

Procuro nos bolsos palavras e frases, mas não encontro nada, nem advérbio, nem preposição, nem mesmo um particípio, porque não existe uma resposta sequer para um pedido tão estranho.

Warner continua sorrindo para mim, dando de ombros em silêncio, como quem se diverte.

– Mas esse não é um argumento viável – retruco. – Ninguém *gosta* de ser mantido refém.

Ele respira fundo. Passa a mão pelos cabelos. Dá de ombros.

– Seus homens estão perdendo tempo – insiste. – Afinal, me sequestrar não vai trazer vantagem nenhuma para vocês. Isso eu posso garantir.

Quarenta e seis

Hora do almoço.

Kenji e eu estamos sentados de um lado da mesa; Adam e James, do outro.

A essa altura já passamos meia-hora aqui, debatendo sobre minha conversa com Warner. Convenientemente deixei de fora a parte em que ele lia meu diário, embora já comece a me perguntar se não seria melhor ter abordado esse assunto. Também começo a pensar se talvez não devesse simplesmente contar que Warner é capaz de me tocar. Porém, toda vez que olho para Adam, não consigo. Nem sei por que Warner consegue me tocar. Talvez ele seja o acaso feliz que eu pensava que Adam fosse. Talvez isso tudo seja uma espécie de piada cósmica contada às minhas custas.

Ainda não sei o que fazer.

Mas, por algum motivo, os detalhes extras da minha conversa com Warner parecem pessoais demais, constrangedores demais para serem divididos. Não quero que ninguém saiba, por exemplo, que Warner falou que me ama. Não quero que ninguém saiba que ele está com meu diário ou que o leu. Adam é a única pessoa que sabe que esse diário existe e ele pelo menos teve a decência de respeitar minha privacidade. Foi ele quem salvou meu diário no hospício, foi ele quem o entregou de volta para mim. Mas garantiu não ter lido o que escrevi. Disse que sabia o quanto aqueles pensamentos eram pessoais e não queria se intrometer.

Warner, por outro lado, saqueou a minha mente.

Sinto-me muito mais apreensiva perto dele agora. Só de pensar em estar perto desse garoto já me sinto ansiosa, nervosa, tão vulnerável. Odeio o fato de que ele conhece meus segredos. Meus pensamentos secretos.

Não devia ser ele quem sabe sobre mim.

Deveria ser *ele*. Este, sentado à minha frente. Este, com olhos azul-escuros e cabelos castanho-escuros e mãos que tocaram meu coração, meu corpo.

E ele não parece bem agora.

Adam está cabisbaixo, olhos distantes, mãos apertadas sobre a mesa. Não tocou na comida e não falou nada desde que resumi meu encontro com Warner. Kenji também permanece quieto. Todos se mostram um pouco mais solenes desde nossa batalha recente; perdemos vários membros do Ponto Ômega.

Respiro fundo e tento outra vez:

— Então, o que vocês acham? E o que ele falou a respeito de Anderson? — Tomo o cuidado de não usar mais palavras como "pai", especialmente quando James está por perto. Não sei o que Adam disse ao menino, se é que disse alguma coisa, sobre essa questão, e não me cabe indagar. Ainda pior, Adam não falou uma palavra sobre o assunto desde que voltamos, e isso já faz 2 dias. — Acham que Warner está sendo sincero quando diz que Anderson não se importa com ele ter virado um refém?

James fica tenso em sua cadeira, olhos estreitados enquanto mastiga a comida, observando nosso grupo como se esperasse memorizar tudo o que falamos.

Adam esfrega a mão na testa.

– Isso... – enfim diz. – Isso pode ter algum mérito.

Kenji franze a testa, cruza os braços, inclina o corpo para a frente.

– Sim. É meio estranho. Não ouvimos uma palavra vinda do lado deles e já se passaram mais de quarenta e oito horas.

– O que Castle pensa disso? – indago.

Kenji dá de ombros.

– Ele está estressado. Ian e Emory estavam detonados quando os encontramos. Aliás, acho que ainda não estão conscientes, apesar de Sonya e Sara permanecerem trabalhando incessantemente para ajudá-los. Me parece que Castle está preocupado com a possibilidade de não conseguirmos resgatar Winston e Brendan.

– Pode ser que o silêncio deles tenha a ver com o fato de que você atirou nas duas pernas de Anderson – supõe Adam. – Talvez ele só esteja se recuperando.

Quase engasgo com a água que estava tentando beber. Arrisco um olhar para Kenji para saber se ele vai corrigir a hipótese de Adam, mas ele nem se mexe. Então não falo nada.

Kenji assente. E diz:

– Certo. Sim. Quase esqueci disso. – Hesita. – Faz sentido.

– Você atirou nas pernas dele? – James indaga com olhos arregalados voltados para Kenji.

Kenji raspa a garganta, mas toma o cuidado de não olhar para mim. O que me leva a indagar por que ele está me protegendo de tudo isso. Por que acha que é melhor não contar a verdade sobre o que realmente aconteceu.

– Sim – responde, levando um pouco de comida à boca.

Adam respira fundo. Puxa as mangas da camisa, estuda os círculos tatuados em seus antebraços, recordações militares de uma vida passada.

– Mas por quê? – James pergunta a Kenji.

– Por que o quê, filho?

— Por que não matou ele? Por que só atirou na perna? Você não disse que ele era a pior pessoa do mundo? O motivo de todos os problemas que temos agora?

Kenji fica um instante em silêncio. Está segurando a colher, cutucando a comida. Finalmente a deposita sobre a mesa. Acena para que James se sente ao seu lado. Eu me afasto para criar espaço.

— Venha cá — convida James, puxando-o com força do lado direito de seu corpo. O menino ajeita o braço em volta da cintura de Kenji, que passa a mão em sua cabeça, bagunçando os cabelos.

Eu não tinha a menor ideia de que os dois eram tão próximos. Sempre esqueço que os 3 dividem o mesmo quarto.

— Então, certo, está pronto para uma liçãozinha? — ele pergunta a James.

Que assente.

— É o seguinte: Castle sempre nos ensina que não podemos simplesmente cortar a cabeça, entente? — Hesita, reflete um instante. — Tipo, se simplesmente matarmos o líder do inimigo, o que vem depois? O que aconteceria?

— A paz mundial — James arrisca.

— Errado. O que viria seria um caos em massa. — Kenji meneia a cabeça, esfrega a ponta do nariz. — E é muito mais difícil combater o caos.

— E como faz para vencer, então?

— Certo — Kenji fala. — Bem, aí está o segredo. Só podemos derrubar o líder inimigo quando estivermos prontos para assumir o controle, só quando já existe um novo líder pronto para assumir o lugar do antigo. As pessoas precisam de alguém para guiá-las, entende? E ainda não estamos prontos. — Ele encolhe o ombro. — Essa seria uma luta contra Warner. Derrubá-lo não teria sido um problema. Mas derrubar Anderson seria instaurar uma anarquia por todo o país.

E anarquia significa a possibilidade de outra pessoa, talvez alguém ainda pior, assumir o controle antes de nós.

James diz algo em resposta, mas não consigo ouvir.

Adam está me encarando.

Está me encarando e fingindo que não está. Não desvia o foco. Não diz uma palavra sequer. Seu olhar desliza dos meus olhos para a minha boca, concentrando-se em meus lábios por um instante longo demais. Enfim vira o rosto, só por um breve segundo, antes de seus olhos voltarem a se concentrar nos meus. Mais profundos. Mais famintos.

Meu coração já começa a doer.

Vejo-o engolir em seco. O subir e descer do peito. A linha tensa do maxilar e o jeito como se senta, perfeitamente parado. Ele não fala nada, nada mesmo.

~~Quero tocá-lo, quero tão desesperadamente.~~

– Muito inteligente! – Kenji gargalha, balança a cabeça, reagindo à alguma coisa que James acabou de dizer. – Você sabe que eu não quis dizer isso. Mas enfim... – suspira. – Ainda não estamos prontos para enfrentar esse tipo de loucura. Vamos derrubar Anderson quando estivermos prontos para assumir o controle. É o único jeito de fazer a coisa certa.

Adam se levanta abruptamente. Afasta o prato com a comida intocada e raspa a garganta. Olha para Kenji.

– Então foi por isso que você não o matou quando ele estava à sua frente?

Desconfortável, Kenji coça a parte de trás da cabeça.

– Ouça, cara, se eu soubesse...

– Deixa pra lá – Adam o interrompe. – Você me fez um favor.

– O que quer dizer com isso? – Kenji indaga. – Ei, cara... Aonde está indo...

Mas Adam já está andando.

Quarenta e sete

E o sigo.

Estou seguindo Adam por um corredor vazio depois que ele sai do refeitório, muito embora não devesse. Sei que não devia estar conversando assim com ele, não devia encorajar os sentimentos que tenho por ele, mas não consigo evitar. Ele está se recolhendo em um mundo no qual sou incapaz de entrar e não posso culpá-lo. Só consigo imaginar o que deve estar passando agora. Essas revelações recentes seriam suficientes para deixar uma pessoa fragilizada completamente louca. E, mesmo que tenhamos conseguido trabalhar juntos, as situações sempre foram de extremo estresse e quase não sobrou tempo para conversar sobre nossos problemas pessoais.

E preciso saber se ele está bem.

Não consigo deixar de me importar com ele.

– Adam?

Ele para ao ouvir a minha voz. Suas costas ficam rígidas, tamanha sua surpresa. Ele se vira e vejo sua expressão se transformar de esperança em confusão, em preocupação em questão de segundos.

– Qual é o problema? – pergunta. – Está tudo bem?

De repente, ele está à minha frente, todo o seu 1 metro e 80, e estou me afogando em memórias e sentimentos que me esforcei para esquecer. Tento lembrar por que eu queria conversar com ele. Por que lhe disse que não podíamos ficar juntos. Por que eu evitaria a chance de passar 5 segundos em seus braços e ele está dizendo meu nome, dizendo:

– Juliette... qual é o problema? Aconteceu alguma coisa?

Eu quero tão desesperadamente dizer que sim, que sim, coisas horríveis aconteceram, e estou doente, estou tão doente e cansada e realmente quero me jogar em seus braços e esquecer o resto do mundo. Em vez disso, consigo erguer o rosto, consigo olhar em seus olhos. Eles têm um tom azul-escuro e hipnotizante.

– Estou preocupada com você – digo a ele.

E seus olhos ficam diferentes, desconfortáveis, distantes. Ele solta uma risada fraca e diz:

– Você está preocupada comigo...

E expira pesadamente. Passa a mão pelos cabelos.

– Eu só queria ter certeza de que você estava bem.

Meneia a cabeça, descrente.

– O que você está fazendo? – indaga. – Veio se divertir às minhas custas?

– O quê?

Ele leva o punho fechado aos lábios. Ergue o olhar. Parece não saber direito o que dizer e então fala, a voz dificultosa, ofendida e confusa e diz:

– Você terminou comigo. Você desistiu da gente, de todo o nosso futuro juntos. Basicamente estendeu a mão e arrancou meu coração e agora vem me perguntar se eu estou bem? Como eu estaria bem, Juliette? Que tipo de pergunta é essa?

Cambaleio.

– Eu não queria... – Engulo em seco. – Eu estava falando do seu... do seu pai... Pensei, pensei que talvez... Caramba, sinto muito... Você está certo. Eu sou uma enorme idiota. Não devia ter vindo, eu não de-devia...

— Juliette — ele fala, agora todo desesperado, segurando-me pela cintura conforme me afasto. Seus olhos estão fechados, apertados. — Por favor, me diga o que devo fazer. Como devo me sentir? É uma merda depois da outra e eu ando tentando me sentir bem... Deus, estou tentando tanto, mas é difícil pra caramba e eu sinto... — Sua voz enrosca na garganta. — Eu sinto saudades de você — enfim conclui, como se as palavras fossem facas perfurando-o. — Sinto tanta saudade que isso está me matando.

Meus dedos estão apertados em sua camisa.

Meu coração martela em silêncio.

Percebo a dificuldade que ele enfrenta para me encarar, a dificuldade que tem para sussurrar:

— Você ainda me ama?

E estou forçando cada músculo do meu corpo para evitar me aproximar e tocá-lo, beijá-lo, abraçá-lo.

— Adam... É claro que ainda te amo.

— Sabe... — diz, a voz rouca, carregada de emoção. — Eu nunca tive nada assim. Mal consigo lembrar da minha mãe, fora isso, éramos só eu e James e a merda do meu pai. E James sempre me amou de seu jeito, mas você... Com você... — Sua voz falha. — Como vou conseguir voltar a ser como antes? Como vou conseguir esquecer como era estar com você? Ser amado por você?

Só percebo que estou chorando quando sinto o gosto das lágrimas.

— Você diz que me ama... — ele prossegue. — E sei que te amo. — Adam ergue o rosto, me olha nos olhos. — Por que não podemos ficar juntos, porra?

E não sei como lhe dizer nada senão:

— Eu... eu sinto... sinto muito. Sinto muito, você não tem ideia do quanto eu sinto...

— Por que não podemos pelo menos tentar? — Agora ele está segurando meus ombros, suas palavras são urgentes, angustiadas. Nossos rostos encontram-se perigosamente próximos demais. — Estou disposto a aceitar o que eu puder receber, juro, só quero saber que tenho você na minha vida.

— Não podemos — respondo, esfregando a mão no rosto, tentando evitar que as lágrimas me humilhem. — Não será o bastante, Adam, e você sabe disso. Um dia, vou assumir um risco idiota ou me precipitar e não podemos. Um dia, pensaremos que vai estar tudo bem e não vai estar. E não vai terminar bem.

— Mas olhe para a gente agora — ele fala. — Podemos fazer dar certo... Posso estar perto assim de você sem beijá-la... Eu só preciso passar mais alguns meses treinando...

— O seu treinamento não vai ajudar — eu o interrompo, ciente de que preciso lhe contar tudo agora. Ciente de que ele tem o direito de saber as mesmas coisas que eu sei. — Porque, quanto mais eu treino, mais descubro o quanto sou perigosa. E você nã-não pode ficar perto de mim. Não é só a minha pele mais. Eu poderia feri-lo simplesmente segurando a sua mão.

— O quê? — Ele pisca várias vezes. — Do que está falando?

Respiro fundo. Pressiono a palma da mão na parede do túnel antes de afundar os dedos e arrastá-los pela pedra. Bato o punho na parede e pego um punhado de pedras ásperas, aperto-as na mão, deixo-as se transformarem em areia e deslizar por meus dedos, caindo no chão.

Adam está me observando. Impressionado.

— Fui eu quem atirou no seu pai — confesso a ele. — Não sei por que Kenji assumiu por mim. Não sei por que ele não contou a verdade para você. Mas eu estava tão ofuscada com isso, com essa *raiva* incontrolável, que só tive vontade de matá-lo. E eu o torturei – sussurro. – Atirei nas pernas do seu pai porque eu estava gostando do momento. Porque quis desfrutar daquele último instante. Daquela última bala que eu estava prestes a enfiar no coração dele. E me vi tão perto disso. Tão perto, e Kenji... Kenji precisou me afastar. Porque viu que eu tinha ficado louca. Eu estou descontrolada. – Minha voz já se transformou em um apelo desesperado. – Não sei o que há de errado comigo, o que está acontecendo comigo, e ainda não sei do que sou capaz. Não sei o quanto isso ainda pode piorar. Todo dia descubro algo novo sobre mim e todo dia isso me aterroriza. Já fiz coisas horríveis com as pessoas – sussurro. Engulo o choro se formando em minha garganta. – E não estou bem. Eu não estou bem, Adam. Eu não estou bem e não é seguro para você ficar perto de mim.

Ele me encara tão impressionado que esqueceu como se fala.

– Agora você sabe que os rumores são verdadeiros – sussurro. – Eu sou louca. E sou um monstro.

– Não – ele arfa. – Não...

– Sim.

– Não – insiste, agora desesperado. – Isso não é verdade... Você é maior do que isso, sei que é... Eu *conheço* você. Conheço seu coração há dez anos e vi o que você enfrentou, e contra o que precisou lutar, e não vou desistir de você agora, nem por isso, nem por nada desse tipo...

– Como pode dizer isso? Como ainda consegue acreditar nisso depois de tudo... depois de tudo isso...

– Você – ele me diz enquanto suas mãos me agarram com mais força. – Você é uma das pessoas mais fortes que já conheci. Tem o melhor coração, as melhores intenções. – Hesita. Respira dificultosa e tremulamente. – Você é a melhor pessoa que já conheci. Passou pelas piores experiências possíveis e sobreviveu com seu lado humano ainda intacto. – Sua voz começa a falhar. – Como eu posso perdê-la? Como posso ir embora e deixá-la?

– Adam...

– Não – ele segue insistindo, negando com a cabeça. – Eu me recuso a acreditar que esse é o nosso fim. Não se você ainda me ama. Porque você vai superar isso. E vou esperar até quando estiver pronta. Não vou a lugar nenhum. Não vai existir outra pessoa para mim. Você é a única que eu sempre quis e isso nunca, *nunca* vai mudar.

– Que comovente.

Adam e eu congelamos. Viramo-nos lentamente para nos depararmos com a voz nada bem-vinda.

Ele está bem ali.

Warner, parado à nossa frente, as mãos presas atrás do corpo, os olhos ardendo de raiva e dor e asco. Castle surge atrás dele para guiá-lo a qualquer que seja a direção certa e percebe que Warner continua parado, observando-nos. E Adam é um bloco de mármore, não se mexe, não faz nenhum esforço para respirar ou falar ou virar o rosto. Tenho certeza de que estou queimando tanto que já virei cinzas.

– Você é tão adorável quando fica ruborizada – Warner diz para mim. – Mas realmente queria que não desperdiçasse suas afeições com alguém que precisa implorar pelo seu amor. – Inclina a cabeça na direção de Adam e provoca: – Que triste para você. Essa situação deve ser terrivelmente constrangedora.

– Seu babaca – Adam o insulta com uma voz gelada.

– Pelo menos ainda tenho a minha dignidade.

Exasperado, Castle meneia a cabeça. Empurra Warner para a frente.

– Por favor, voltem ao trabalho... vocês dois! – grita para nós enquanto segue seu caminho, levando Warner. – Estão perdendo um tempo valioso parados aí.

– Você pode ir para o inferno – Adam grita para Warner.

– O simples fato de que vou para o inferno não significa que você um dia a merecerá – Warner retruca.

E Adam não responde.

Ele só assiste, olhos focados, a Warner e Castle sumirem da vista.

Quarenta e oito

James nos encontra durante nossa sessão de treino antes do jantar.

Ele vem passando muito tempo com a gente desde que voltamos, e todos parecemos mais felizes quando o temos por perto. Tem algo muito calmante, muito acolhedor em sua presença. É tão bom tê-lo de volta.

Tenho lhe mostrado a facilidade com a qual posso quebrar as coisas agora.

Tijolos não são nada. É como se eu estivesse amassando um pedaço de bolo. Os canos de metal se dobram em minhas mãos como canudos de plástico. Trabalhar com madeira é um pouco mais complicado porque, se eu parti-la do jeito errado, posso prender uma ou duas farpas na pele, mas praticamente nada é difícil de destruir. Kenji tem pensado em novas maneiras de testar minhas habilidades; ultimamente vem tentando descobrir se sou capaz de projetar, se consigo concentrar meu poder a alguma distância.

Ao que parece, nem todas as habilidades são possíveis de projetar. Lily, por exemplo, conta com uma memória fotográfica incrível. Porém, nunca foi capaz de projetar essa habilidade em ninguém mais.

Projetar é, de longe, a coisa mais difícil que já tentei fazer. É muito complicado e requer esforço físico e mental. Tenho de estar no pleno controle da mente e saber exatamente como meu cérebro se comunica com o osso invisível responsável pelo meu dom. O que significa que tenho de saber localizar a fonte da minha habilidade – e concentrar todo o poder de maneira que eu possa acessá-lo em qualquer lugar.

Isso está fazendo meu cérebro doer.

– Posso também tentar quebrar alguma coisa? – James pergunta. Ele pega um dos tijolos da pilha e avalia o peso em sua mão. – Talvez eu seja superforte, como você.

– Você já se *sentiu* superforte? – Kenji pergunta. – Tipo, mais forte do que o normal?

– Não – James responde. – Mas também nunca tentei quebrar nada. – Pisca para Kenji. – Você acha que talvez eu possa ser como vocês? Que talvez eu também tenha algum superpoder?

Kenji o estuda. Parece buscar alguma coisa dentro de sua própria cabeça. E responde:

– Sem dúvida é possível. Seu irmão claramente tem alguma coisa no DNA, o que significa que você também pode ter.

– Sério? – James está pulando de alegria.

Kenji dá risada.

– Não sei direito. Só estou dizendo que talvez seja uma possibi... não! – grita. – James...

– Ops! – James faz uma careta, solta o tijolo no chão e fecha as mãos para proteger o corte sangrando na palma da mão. – Acho que coloquei força demais e escorregou – justifica, esforçando-se para não chorar.

– Você acha? – Kenji meneia a cabeça, respira agitadamente. – Cuidado, menino, você não pode sair por aí cortando a mão assim. Vai me fazer ter um maldito ataque cardíaco. Venha aqui... – Agora adota um tom mais leve. – Deixe eu dar uma olhada.

— Está tudo bem — James afirma, bochechas coradas, mãos para trás. — Não é nada. Vai sumir logo.

— Esse tipo de corte não vai sumir fácil assim — Kenji retruca. — Venha, deixe eu dar uma olhada...

— Espere — eu o interrompo, atraída pelo olhar intenso no rosto de James, pelo jeito dele, que parece tão focado no punho fechado que esconde atrás do corpo. — James, o que você quer dizer com "vai sumir"? Quer dizer que vai melhorar? Sozinho?

James pisca para mim.

— Bem, sim. — responde. — Sempre melhora muito rápido.

— O quê? O que melhora muito rápido? — Kenji agora parece mais atento, já entendendo a minha teoria e me lançando olhares, balbuciando "puta merda!" várias e várias vezes na minha direção.

— Quando me machuco — James prossegue, olhando para nós dois como se estivéssemos loucos. Concentra-se em Kenji para dizer: — Tipo, se você se corta, não melhora sozinho?

— Depende do tamanho do corte — Kenji responde. — Mas um do tamanho desse aí na sua mão? — Nega com a cabeça. — Eu teria de limpar para ter certeza de que não infeccionaria. Depois, teria de fazer um curativo para não deixar marcas. Aí levaria pelo menos uns dois dias para secar. E só depois começaria a sarar.

James pisca como se nunca tivesse ouvido algo tão absurdo na vida.

— Deixe-me ver a sua mão — Kenji pede.

James hesita.

— Está tudo bem — garanto. — De verdade, só ficamos curiosos.

Lenta, muito lentamente, James nos mostra o punho fechado. Ainda mais vagarosamente vai desenrolando os dedos, observando nossas reações o tempo todo. E onde um instante atrás havia um enorme corte, agora não tem nada além da pele perfeitamente rosada e uma manchinha de sangue.

– Puta merda do caralho! – Kenji arfa impressionado. – Desculpa – diz para mim, dando um salto à frente para segurar o braço de James, mal conseguindo controlar seu sorriso. – Mesmo assim, preciso levar esse cara à ala médica. Tudo bem? Podemos continuar amanhã...

– Mas eu não estou mais machucado – James protesta. – Eu estou bem.

– Eu sei, cara, mas é melhor você vir comigo.

– Mas por quê?

Enquanto guia James na direção da porta, Kenji diz:

– O que acha de passar um tempinho com duas garotas muito bonitas...?

E os dois somem.

E eu fico rindo.

Sentada, no meio da sala de treinamento, sozinha. E então ouço 2 batidas familiares à porta.

Já sei quem é.

– Senhorita Ferrars.

Viro-me, não porque fico surpresa ao ouvir a voz de Castle, mas porque me surpreendo com a entonação. Seus olhos estreitados, os lábios apertados, olhar afiado e brilhante sob esta luz.

Está muito, muito furioso.

Droga.

– Sinto muito pelo corredor – digo. – Eu não queria...

– Podemos discutir suas demonstrações públicas e fortemente impróprias de afeição mais tarde, senhorita Ferrars, mas agora tenho uma pergunta muito importante a fazer, e aconselho que seja sincera, o mais sincera possível.

– O quê? – Quase fico sem ar. – O que é?

Castle estreita os olhos para mim.

– Acabo de ter uma conversa com o tal senhor Aaron Warner, que diz ser capaz de tocá-la sem qualquer consequência e afirma que essa informação é algo que a senhorita conhece muito bem.

E eu penso *Uau, eu consegui. Eu realmente consegui morrer de ataque cardíaco aos 17 anos.*

– Preciso saber – Castle segue falando apressado –, se essa informação procede. E preciso saber imediatamente.

Tem cola em toda a minha língua, grudada nos dentes, nos lábios, no céu da boca, e não consigo falar, não consigo me mexer, tenho certeza de que acabo de sofrer uma convulsão ou um aneurisma ou uma falência cardíaca ou qualquer coisa igualmente horrível, mas não consigo explicar nada disso a Castle porque não consigo mexer o maxilar, nem um centímetro sequer.

– Senhorita *Ferrars*. – Sua boca está tão tensa e tenho medo de vê-la arrebentar. – Acho que não entende como essa pergunta é importante. Preciso de uma resposta sua, e preciso para ontem.

– Eu... eu...

– Hoje, preciso de uma resposta *hoje, agora mesmo, neste exato momento*.

– Sim – arfo, enrubescendo, terrivelmente envergonhada, constrangida, horrorizada de todas as maneiras possíveis, e só consigo pensar em Adam Adam Adam em como Adam vai reagir a essa informação *agora*, por que isso precisa acontecer *agora*, por que Warner foi abrir a boca e quero matá-lo por dividir o segredo que era meu, que era meu para contar ou esconder ou guardar.

Castle parece um balão que se apaixonou por um alfinete que está próximo demais e pode arruiná-lo para sempre.

– Então é verdade?

Baixo o olhar.

– Sim, é verdade.

Impressionado, ele solta o corpo no chão à minha frente.

– Em seu modo de ver, por que isso é possível?

Porque Warner é irmão de Adam, não digo a ele.

E não digo porque esse é um segredo de *Adam*, que Adam deve revelar, e não vou falar disso antes de ele próprio falar, muito embora eu sinta uma vontade desesperadora de contar a Castle que a ligação deve estar no sangue deles, que eles devem ter um tipo parecido de dom ou Energia ou ah, ah, *ah*

Ah, meu Deus

Ah, não.

Warner é um de nós.

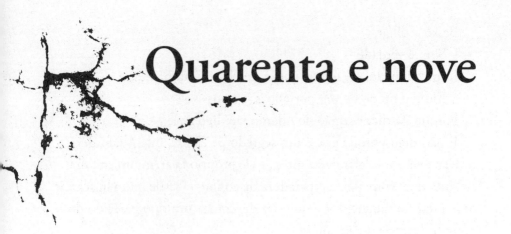

Quarenta e nove

— Isso muda tudo.

Castle não está nem olhando para mim.

— Isso... Quero dizer... Isso significa tantas coisas — continua. — Teremos que contar tudo a ele e precisaremos fazer testes para ter certeza, mas me sinto seguro para dizer que essa seja a única explicação. E ele será bem-vindo se quiser se refugiar aqui... Eu teria de arrumar um quarto normal para ele, permitir que vivesse entre nós, como um igual. Não posso mantê-lo como prisioneiro aqui, no mínimo...

— *O quê?!* Mas Castle... Por quê? Foi ele quem quase matou Adam! E Kenji!

— Você precisa entender... essa notícia muda toda a visão que ele tem da própria vida. — Castle está meneando a cabeça, uma das mãos quase cobrindo a boca, olhos arregalados. — Ele pode não aceitar bem, pode ficar feliz, talvez perca completamente a cabeça ou acorde um homem diferente amanhã. Você se surpreenderia ao descobrir o que esse tipo de revelação faz com as pessoas. O Ponto Ômega sempre será um lugar de abrigo para a nossa espécie. É um juramento que fiz a mim mesmo muitos anos atrás. Não posso negar comida e abrigo a ele se, por exemplo, seu pai o renegasse de uma vez por todas.

Isso não pode estar acontecendo.

– Eu só não entendo... – Castle de repente prossegue, olhando para mim. – Por que não me contou nada? Por que não reportou essa informação? Para nós, é importante saber, e algo assim não a prejudica de maneira nenhuma...

– Eu não queria que Adam soubesse – admito em voz alta pela primeira vez, uma voz que respinga vergonha. – Eu só... – Meneio a cabeça. – Não queria que ele soubesse.

Parecendo entristecido com a minha situação, Castle diz:

– Queria poder ajudá-la a guardar seu segredo, senhorita Ferrars, mas, mesmo que eu tentasse, acho que Warner não vai querer.

Foco o olhar nos colchonetes espalhados no chão. Minha voz soa fraca quando indago:

– Por que ele contou para você? Como foi que chegaram a esse assunto?

Pensativo, Castle esfrega a mão no queixo.

– Ele me contou por vontade própria. Eu me ofereci para acompanhá-lo fora do quarto, levá-lo ao banheiro e essas coisas, porque eu gostaria de sondá-lo sobre seu pai e descobrir se ele sabia algo acerca da situação de nossos reféns. Warner me pareceu muito bem. Aliás, estava com uma aparência muito melhor do que quando chegou. Ele colaborou, foi quase educado. Mas a atitude mudou dramaticamente depois que a encontramos com Adam no corredor... – Sua voz falha, ergue o olhar de maneira bruta, a mente trabalha com agilidade para unir todas as peças do quebra-cabeça e ele está boquiaberto, encarando-me de um jeito estranho para Castle, de um jeito que revela que está completamente, totalmente desorientado.

Não sei se devo me sentir ofendida.

– Ele está apaixonado por você – Castle sussurra com uma voz que deixa claro seu espanto por ter se dado conta disso. E ri dura e rapidamente. Meneia com a cabeça. – Ele a manteve como refém e, de algum jeito, se apaixonou por você no processo.

Observo os colchonetes como se fossem a coisa mais fascinante que já vi na vida.

– Ah, senhorita Ferrars... – Castle continua. – Eu não invejo a sua situação. Agora entendo por que é tão desconfortável para você.

Quero dizer-lhe *Você não tem nem ideia, Castle*. Não tem nem ideia porque nem conhece a história inteira. Não sabe que eles são *irmãos,* irmãos que se *odeiam,* irmãos que só parecem concordar com uma coisa e essa coisa por acaso é matar o próprio pai.

Mas não falo nada. Aliás, simplesmente não digo nada.

Fico sentada nesses colchonetes, cabeça nas mãos, tentando imaginar o que mais pode dar errado. E me perguntando quantos erros mais tenho que cometer antes de as coisas finalmente voltarem ao eixo.

Se é que vão voltar.

Cinquenta

Sinto-me tão humilhada.

Passei a noite toda pensando nisso e, pela manhã, me dei conta de uma coisa. Warner deve ter contado a Castle de propósito. Porque está fazendo joguinhos comigo, porque não mudou, porque continua tentando me forçar a fazer o que ele quer. Continua tentando me transformar em seu projeto e está querendo me ferir.

Não vou permitir que isso aconteça.

Não vou deixar Warner mentir para mim, manipular minhas emoções para conseguir o que quer. Não consigo acreditar que senti pena dele, que senti uma fraqueza, um afeto por ele quando o vi com seu pai, que acreditei quando ele me falou sobre os pensamentos em meu diário. Sou ingênua, idiota.

Fui uma idiota por pensar que ele fosse capaz de ter sentimentos.

Expliquei a Castle que talvez fosse melhor colocar outra pessoa para cumprir essa tarefa, agora que sabe que Warner pode tocar em mim. Falei que a situação poderia se tornar perigosa. Mas ele riu e riu e riu e falou:

— Ora, senhorita Ferrars, estou muito, muito certo de que você sabe se defender. Aliás, provavelmente está muito mais preparada para lidar com ele do que qualquer um de nós. Ademais, esta é uma situação ideal. Se ele realmente se apaixonou por você, a senhorita deve ser capaz de usar isso em sua vantagem. Precisamos da sua ajuda. – Ficou sério outra vez. – Precisamos de toda a ajuda que conseguirmos reunir e, neste momento, você é a única pessoa que pode ser capaz de conseguir a resposta que queremos. Por favor, tente descobrir qualquer coisa que puder. Qualquer coisa, mesmo. Winston e Brendan estão em perigo.

E ele está certo.

Vou deixando de lado todas as minhas preocupações porque Winston e Brendan estão lá fora, sofrendo em algum lugar, e precisamos encontrá-los. E vou fazer o possível para ajudar.

O que significa que tenho de conversar com Warner outra vez.

Tenho de tratá-lo como o prisioneiro que é. Chega de conversinhas. Chega de cair em suas armadilhas para me confundir. Não outra e outra e outra vez. Vou me sentir melhor. Mais inteligente.

E quero meu caderno de volta.

Os guardas destrancam o quarto de Warner e marcho para dentro. Fecho a porta ao passar e me preparo para fazer o discurso que já preparei. Mas então travo.

Não sei o que eu esperava encontrar.

Talvez eu achasse que me depararia com ele tentando cavar um buraco na parede ou tramando a morte de todas as pessoas do Ponto Ômega ou não sei não sei não sei, porque só sei combater um corpo furioso, uma criatura insolente, um monstro arrogante, e não sei o que fazer com essa situação.

Ele está dormindo.

Alguém colocou um colchão aqui, um colchão retangular simples, de qualidade mediana, fino e surrado, mas melhor do que o chão, e ele está deitado nesse colchão usando nada além de cueca boxer.

Suas roupas encontram-se no chão.

Suas calças, a camisa, as meias encontram-se ligeiramente úmidas, amarrotadas, claramente lavadas a mão e deixadas para secar; seu paletó está perfeitamente dobrado sobre as botas e as luvas descansam uma ao lado da outra sobre o casaco.

Ele não se mexeu um centímetro sequer desde que entrei neste quarto.

Está deitado de lado, costas para a parede, o braço esquerdo sob o rosto, o braço direito contra o torso, todo o seu corpo ~~perfeito~~ nu, forte, calmo e exalando um leve cheiro de sabonete. Não sei por que não consigo parar de observá-lo. Não sei o que existe no sono que faz nossos rostos parecerem tão leves e inocentes, tão tranquilos e vulneráveis, mas estou tentando afastar o olhar e não consigo. Estou perdendo de vista meu próprio propósito, esquecendo de todas as coisas corajosas que disse a mim mesma antes de entrar aqui. Porque tem alguma coisa nele — sempre tem alguma coisa nele que me deixa intrigada e eu não entendo. Queria ser capaz de ignorá-la, mas não consigo.

Porque olho para ele e me pergunto se seria só impressão minha. Talvez eu seja ingênua.

Mas vejo camadas, tons de dourado e verde e uma pessoa que nunca teve uma oportunidade de ser humana e me pergunto se sou tão cruel quanto meus próprios opressores se eu concluir que a sociedade está certa, que algumas pessoas vão longe demais, que às vezes é impossível voltar, que há pessoas neste mundo que não merecem uma segunda chance e eu não posso eu não posso eu não posso.

Não tenho como discordar.

Não consigo não pensar que desistir de alguém de 19 anos é desistir cedo demais, que 19 anos é só o começo, que ainda é cedo demais para destinar alguém ao mal deste mundo.

Não consigo não pensar em como seria a minha vida se ninguém tivesse me dado uma chance.

Então me afasto. Viro-me para sair.

Deixo-o dormir.

Paro onde estou.

Vislumbro meu caderno caído no colchão, ao lado da mão estendida de Warner. Parece que os dedos simplesmente soltaram as folhas. É a oportunidade perfeita para pegá-lo de volta se eu for furtiva o bastante.

Ando na ponta dos pés, eternamente grata por minhas botas terem sido feitas visando a não produzir nenhum ruído. Mas, quanto mais me aproximo de seu corpo, mais minha atenção é atraída por alguma coisa nas costas dele.

Uma mancha preta retangular.

Aproximo-me mais.

Pisco os olhos.

Aperto os olhos.

Inclino o corpo.

É uma tatuagem.

Não é uma imagem. É só 1 palavra. 1 palavra escrita bem no centro da parte superior das costas. Com tinta.

INCENDEIA

E sua pele é marcada por cicatrizes.

O sangue corre tão rápido em direção à minha cabeça que já começo a sentir vertigem. Sinto-me nauseada. Como se realmente estivesse prestes a me livrar do que há em meu estômago. Quero entrar em pânico, quero sacudir alguém, quero saber como entender as emoções me afogando porque não consigo nem imaginar, não consigo nem imaginar, não consigo nem *imaginar* o que ele deve ter enfrentado para trazer tamanho sofrimento marcado na pele.

Suas costas são um mapa da dor.

Espessas, finas, irregulares e terríveis. Cicatrizes como estradas que não levam a lugar nenhum. São cortes e rasgos e não consigo entender, marcas de tortura que eu jamais esperaria. São as únicas imperfeições em todo o seu corpo, imperfeições escondidas e escondendo seus próprios segredos.

E então percebo, não pela primeira vez, que não tenho ideia de quem Warner realmente é.

– Juliette?

Fico congelada.

– O que você está fazendo aqui?

Seus olhos estão arregalados, alertas.

– Eu... eu vim conversar com você.

– Caramba! – arfa, dando um salto para longe de mim. – Fico muito lisonjeado, meu amor, mas poderia ter pelo menos me dado a chance de vestir as calças.

Ele já encostou o corpo na parede, mas não faz o menor esforço para pegar suas roupas. O olhar continua deslizando de mim para as calças no chão como se ele não soubesse o que fazer. Parece decidido a não se virar de costas para mim.

– Com licença – pede, apontando para as roupas perto dos meus pés e adotando um ar de desinteresse que não ajuda a esconder a apreensão em seu semblante. – Está meio frio aqui.

Mas o estou estudando, estudando a extensão de seu corpo, impressionada com o quão impecável é a parte frontal de seu corpo.

Uma estrutura forte, magra, torneada e musculosa, sem exageros. Tem a pele clara, mas não clara demais, matizada pela quantidade perfeita de luz do sol de modo a parecer naturalmente saudável. O corpo de um garoto perfeito.

Como as aparências enganam.

Que mentira terrível, tão terrível.

Seu olhar está fixo no meu, chamas verdes que não se apagam, e o peito sobe e desce tão rápido, tão rápido, tão rápido.

– O que aconteceu com as suas costas? – ouço-me sussurrar.

Vejo seu rosto perder a cor. Ele vira o rosto, passa a mão na boca, no queixo, na nuca.

– Quem feriu você? – pergunto bem baixinho.

Já começo a reconhecer a sensação estranha que tenho pouco antes de fazer alguma coisa terrível. Como agora. Agora sinto que seria capaz de matar quem fez aquilo.

– Juliette, por favor, as minhas roupas...

– Foi o seu pai? – arrisco, a voz um pouco mais afiada agora. – Ele fez isso com você...?

– Não importa – Warner me interrompe com um tom frustrado.

– É claro que importa!

Ele não fala nada.

– Essa tatuagem... – digo. – Essa palavra...

– Sim – é o que ele fala, mas fala bem baixinho.

Raspa a garganta.

– Eu não... – pisco. – O que significa?

Warner nega com a cabeça, passa a mão nos cabelos.

– É de algum livro?

– Por que quer saber? – pergunta, virando outra vez o rosto. – Por que de uma hora para a outra ficou tão interessada na minha vida?

Não sei, quero dizer a ele. Quero dizer que não sei, mas isso não é verdade.

Porque eu sinto. Sinto o encaixar e girar de um milhão de chaves destrancando um milhão de portas em minha mente. É como se eu enfim me permitisse ver o que realmente penso, como realmente me sinto, como se eu estivesse descobrindo meus próprios segredos. E então busco em seu olhar, busco em seu semblante, busco alguma coisa que sequer consigo nomear. E percebo que não quero mais ser sua inimiga.

— Já chega — digo a ele. — Eu não vou participar dos seus joguinhos. Não vou ser sua arma e você nunca vai me fazer mudar de ideia com relação a isso. Acho que agora já ficou claro. — Estudo o chão. — Então, por que continuamos brincando um com o outro? Por que continua tentando me manipular? Por que continua tentando me fazer cair nos seus truques?

— Não sei — ele responde, olhando-me como se não tivesse certeza de quem verdadeiramente eu sou. — Não tenho ideia do que está falando.

— Por que você contou a Castle que pode me tocar? Não era sua responsabilidade revelar esse segredo.

— Certo. — Ele respira profundamente. — Claro. — Parece se recompor. — Ouça, meu amor, será que poderia pelo menos me jogar o meu paletó, já que quer ficar aqui e me fazer todas essas perguntas?

Jogo-lhe o paletó. Ele o pega. Arrasta-o pelo chão. E, em vez de vestir, abre-o em seu colo. Enfim prossegue:

— Sim, eu de fato contei a Castle que posso tocar em você. Ele tinha o direito de saber.

— Isso não era da conta dele.

— É claro que é da conta dele — Warner retruca. — Todo o mundo que ele construiu aqui embaixo avança justamente com esse tipo de informação. E você está aqui, vivendo entre eles. Castle precisava saber.

— Ele não precisa saber.

— Por que isso tem tanta importância assim? — ele questiona, estudando meu olhar cuidadosamente demais. — Por que importa tanto alguém saber que eu posso tocar em você? Por que precisa ser segredo?

Esforço-me para encontrar as palavras, mas elas não surgem. Warner prossegue:

— Está preocupada com Kent? Acha que ele teria algum problema em saber que eu posso tocar em você?

— Eu não queria que ele descobrisse desse jeito.

— Mas por que importa tanto? — ele insiste. — Você parece se importar tanto com algo que não faz nenhuma diferença na sua vida pessoal. Não se você ainda alega não sentir nada além de ódio por mim. Porque foi o que você disse, não foi? Que me odeia

Sento-me de frente para ele no chão. Aproximo os joelhos ao peito. Concentro-me na pedra debaixo do meu pé.

— Eu não odeio você.

Warner parece parar de respirar. Prossigo:

— Às vezes, eu te entendo. Entendo, mesmo. Mas, quando finalmente acho que o compreendi, você me surpreende. Eu nunca soube de verdade quem você é ou quem vai ser. — Olho para o teto. — Mas sei que não te odeio mais. Eu tentei, tentei muito. Porque você fez muitas coisas realmente terríveis. Com pessoas inocentes. *Comigo*. Mas agora sei coisas demais a seu respeito. Vi coisas demais. Você é humano demais.

Seus cabelos são tão dourados. Seus olhos, tão verdes. Sua voz torturada ao falar:

— Você está dizendo que quer ser minha amiga?

— Eu... eu não sei. — Estou tão petrificada, tão petrificada com essa possibilidade. — Não pensei nisso. Só estou dizendo que não sei... — Hesito, respiro. — Não sei mais odiá-lo, mesmo que eu deseje. Quero, de verdade, e sei que devia, mas não consigo.

Ele vira o rosto.

E sorri.

É o tipo de sorriso que me força a esquecer tudo, a não ser piscar e piscar e não entendo o que está acontecendo comigo. Não sei por que não consigo convencer meus olhos a encontrarem outra coisa em que se focarem.

Não sei por que meu coração está perdendo a cabeça.

Ele toca em meu caderno como se sequer soubesse o que está fazendo. Seus dedos deslizam pela capa uma vez, duas vezes, antes de ele registrar onde meu olhar está. E então para.

— Você escreveu essas palavras? — Toca outra vez no caderno. — Todas elas?

Confirmo com um gesto. Ele diz:

— Juliette.

Paro de respirar.

E ele diz:

— Eu gostaria muito. Eu gostaria de ser seu amigo.

E não sei o que acontece no meu cérebro.

Talvez seja porque ele está abatido e sou tola o bastante para pensar que posso resolver seus problemas. Talvez seja porque eu me enxergue, eu veja a Juliette de 3, 4, 5, 6, 17 anos abandonada, negligenciada, maltratada, abusada por algo que está fora de seu controle e penso em Warner como alguém exatamente como eu, alguém que nunca na vida teve uma chance. Penso no fato de que todos o odeiam, penso que odiá-lo é um fato universalmente aceito.

Warner é horrível.

Não há discussões, ressalvas, perguntas a serem feitas. Já está definido que ele é um ser humano desprezível, que prospera com assassinatos e poder e tortura.

Mas eu quero saber. Preciso saber. Tenho que saber.

Se a vida é tão simples assim.

Afinal, e se um dia eu me entregar? E se um dia eu cair e ninguém estiver disposto a me ajudar a levantar? O que acontece comigo?

Fito seu olhar. Respiro fundo.

E corro.

Saio correndo pela porta.

Cinquenta e um

Só um momento.

Só um segundo, só mais um minuto, só me dê mais uma hora ou talvez o fim de semana para pensar melhor não é tanto assim não é tão difícil assim é tudo o que pedimos é um pedido simples.

Mas os momentos os segundos os minutos as horas os dias os anos se tornam um enorme erro, uma oportunidade extraordinária que escorrega por nossos dedos porque não conseguimos decidir, não conseguimos entender, precisamos de mais tempo não sabíamos o que fazer.

Sequer sabemos o que fizemos.

Não temos ideia nem mesmo de como chegamos aqui se tudo o que queríamos era acordar de manhã e dormir à noite e talvez tomar um sorvete no caminho para casa e essa decisão, essa escolha, essa oportunidade acidental talvez desvendasse tudo o que sabemos e aquilo em que acreditamos e o que fazemos?

O que fazemos
a partir daqui?

Cinquenta e dois

A situação está se agravando. A tensão em meio aos cidadãos do Ponto Ômega se intensifica a cada hora que passa. Tentamos contatar os homens de Anderson, mas em vão – não tivemos notícias de seu time ou dos soldados, nem de nossos reféns. Contudo, os civis do Setor 45 – o setor que anteriormente era de Warner, o setor do qual ele costumava tomar conta – começam a ficar cada dia mais agitados. E os rumores de nossa resistência começam a se espalhar com muita rapidez.

O Restabelecimento tentou esconder a notícia de nossa recente batalha, definindo-a como um ataque padrão a membros de um grupo rebelde, mas as pessoas estão cada vez mais atentas. Os protestos já começam e algumas pessoas se recusam a trabalhar, a respeitar as autoridades, tentam escapar dos complexos e correm de volta para o território não regularizado.

Coisas assim nunca terminam bem.

As perdas foram muitas e Castle está ansioso por fazer alguma coisa. Temos a sensação de que vamos sair outra vez, e em breve. Não recebemos nenhum relato de que Anderson esteja morto, o que significa que só está tentando ganhar tempo – ou talvez Adam tenha razão e Anderson esteja apenas se recuperando. De todo modo, seja qual for o motivo, o silêncio de Anderson não pode ser bom sinal.

— O que está fazendo aqui? — Castle me pergunta.

Acabei de pegar a bandeja com o meu jantar. Estou sentada em minha mesa de sempre, com Adam e Kenji e James. Confusa, pisco para ele.

— O que está acontecendo? — Kenji quer saber.

— Está tudo bem? — Adam indaga.

Castle diz:

— Peço desculpas, senhorita Ferrars. Eu não tinha intenção alguma de interromper. Confesso que só fiquei um pouco surpreso ao vê-la aqui. Pensei que estivesse cumprindo uma tarefa agora.

— Ah. — Fico espantada. Olho para minha comida e outra vez para Castle. — Eu... bem, sim, eu estou... mas já conversei com Warner duas vezes... Eu o vi ainda ontem...

— Ah, que boa notícia, senhorita Ferrars. Excelente notícia. — Castle une as mãos; seu rosto transforma-se em uma imagem de alívio. — E o que conseguiu descobrir? — Parece tão esperançoso que começo a sentir vergonha de mim mesma.

Todos me encaram e fico sem ação. Sem saber o que dizer.

Meneio a cabeça.

— Ah! — Castle baixa a mão. Olha para mim. Assente para si mesmo. — Então, a senhorita concluiu que suas duas visitas foram mais que o bastante? — Não olha para mim. — Qual é a sua opinião profissional, senhorita Ferrars? Acha que essa situação específica tomaria demais do seu tempo? Que Winston e Brendan estarão relaxando confortavelmente até você encontrar uma oportunidade em sua agenda lotada para interrogar a única pessoa que talvez possa nos ajudar a encontrá-los? Acha que...

— Vou para lá agora mesmo. — Pego minha bandeja e dou um salto para fora da mesa, quase tropeçando em mim mesma. — Desculpa, eu só... Eu já vou para lá. Vejo vocês no café da manhã — sussurro e saio correndo pela porta.

Brendan e Winston
Brendan e Winston
Brendan e Winston, não paro de dizer a mim mesma.
Ouço Kenji rir enquanto eu saio.

Não sou muito boa em fazer interrogatórios, aparentemente.
Tenho tantas perguntas para Warner, mas nenhuma delas diz respeito à situação de nossos reféns. Toda vez que digo a mim mesma que farei as perguntas certas, de alguma maneira Warner consegue me distrair. É quase como se ele soubesse o que vou perguntar e já estivesse preparado para redirecionar a conversa.
É confuso.
— Você tem alguma tatuagem? — Warner me pergunta enquanto solta o corpo e encosta a camisa na parede. Está de calças, meias, sem sapatos. — Todo mundo tem tatuagens hoje em dia.
Essa é uma conversa que jamais imaginei ter com Warner.
— Não — respondo. — Nunca tive a oportunidade de fazer nenhuma. Além do mais, acho que ninguém iria querer chegar tão perto assim da minha pele.
Ele estuda as próprias mãos. Sorri. E fala:
— Talvez um dia.
— Talvez — concordo.
Uma pausa se instala.
— Mas e a sua tatuagem? — indago. — Por que INCENDEIA?
Agora seu sorriso cresce. Covinhas outra vez. Ele meneia a cabeça e fala:

— Por que não?

— Não entendo. — Confusa, inclino a cabeça na sua direção. — Você quer se lembrar de pegar fogo?

Ele sorri, esconde uma risada.

— Um grupo de letras nem sempre cria uma palavra, amor.

— Eu... não tenho ideia do que você está falando.

Ele respira fundo. Fica com a coluna ereta. E diz:

— Mas enfim... Você lia muito?

Sou pega de surpresa. É uma pergunta estranha e só consigo pensar, por um momento, se seria algum truque. Se admitir algo assim poderia me trazer problemas. E então lembro que Warner é *meu* refém, e não o contrário.

— Sim — respondo. — Eu lia.

Seu sorriso se desfaz, seu semblante se torna mais sério, calculado. Seus traços cuidadosamente se despem de toda e qualquer emoção.

— E quando você podia ler?

— Como assim?

Ele lentamente dá de ombros, não olha para nada na sala.

— Parece estranho uma garota que viveu tão isolada a vida toda ter acesso à literatura. Especialmente neste mundo.

Eu não digo nada.

Ele não diz nada.

Respiro algumas vezes antes de lhe responder.

— Eu... Eu nunca pude escolher os meus livros — conto, e nem sei por que fico tão nervosa ao relatar isso em voz alta, por que tenho de lembrar-me para não sussurrar. — Eu lia o que conseguisse encontrar. Minhas escolas sempre contavam com bibliotecas pequenas e meus pais tinham algumas coisas em casa. E depois... — Hesito. — Depois, passei alguns anos em ~~hospitais e alas psiquiátricas e~~ um centro de detenção juvenil. — Meu rosto parece se inflamar com as palavras, sempre pronto para sentir vergonha do meu passado, de quem fui e continuo sendo.

Mas é estranho.

Enquanto parte de mim luta para ser tão franca, outra parte se sente realmente à vontade conversando com Warner. Segura. Acolhida.

Porque ele já sabe tudo sobre mim.

Conhece os detalhes dos meus 17 anos. Tem todos os meus registros médicos, conhece todos os meus incidentes com a polícia e a relação dolorosa que ~~tenho~~ tive com meus pais. E agora também já leu meu diário.

Não existe nada que eu possa revelar da minha história que talvez o surpreenda; nada do que fiz o chocaria ou aterrorizaria. Não me preocupo com a possibilidade de ele me julgar ou fugir de mim.

E perceber isso, talvez mais do que qualquer outra coisa, faz meus ossos sacudirem.

~~E me dá uma sensação de alívio.~~

— Sempre existiam livros em algum lugar por perto — prossigo, por algum motivo incapaz de parar de falar, olhos focados no chão. — No centro de detenção. Muitos deles eram velhos e surrados e sem capa, então eu nem sempre sabia o título ou quem era o autor. Eu só lia o que conseguia encontrar. Contos de fadas e mistérios e livros de história ou poesia. Não importava o que fosse. Eu lia e relia e relia. Os livros... Eles me ajudaram a não perder a cabeça.

Então me calo, me controlo para não revelar muito mais. Sinto-me aterrorizada ao perceber o quanto quero confiar nele. Confiar em Warner.

O terrível, terrível Warner que tentou matar Adam e Kenji. Que fez de mim seu brinquedo.

Odeio me sentir tão segura a ponto de falar livremente perto dele. Odeio o fato de que, de todas as pessoas, é justamente com Warner que me sinto capaz de ser completamente sincera. Sempre sinto que tenho de proteger Adam de mim mesma, da história de terror que é a minha vida. Nunca quero assustá-lo ou falar demais por medo de que possa mudar de ideia e perceber o enorme erro que cometeu ao confiar em mim; ao demonstrar afeição.

Porém, com Warner, não há nada a esconder.

Quero ver sua expressão. Quero saber em que está pensando agora que me abri, que lhe entreguei uma visão pessoal do meu passado, mas não consigo encará-lo. Então fico aqui, sentada, congelada, com a humilhação empoleirada nos ombros, e ele não diz nada, não se mexe nem um centímetro sequer, não emite um único som. Os segundos passam voando como moscas que se acumulam neste quarto e quero enxotá-las. Quero pegá-las e enfiar no bolso tempo suficiente para o tempo parar.

Ele enfim interrompe o silêncio.

— Eu também gosto de ler.

Espantada, ergo o olhar.

Permanece com as costas apoiadas na parede, uma das mãos nos cabelos. Passa os dedos pelas camadas douradas só uma vez. Baixa a mão. Olha em meus olhos. Seus olhos são tão, tão verdes.

— Você gosta de ler? — pergunto.

— Você ficou surpresa!

— Pensei que o Restabelecimento planejasse destruir todos os livros; que eles fossem ilegais.

— Eles são e serão — explana, ajeitando sua posição. — Num futuro próximo. Já destruíram uma parte, é verdade. — Pela primeira vez, parece não se sentir à vontade. — É irônico que só comecei a ler quando o plano de destruir tudo já estava em andamento. Eu tive a tarefa de acompanhar algumas listas, dar o meu parecer sobre quais coisas manteríamos, de quais nos livraríamos, o que reciclaríamos para usar em campanhas, em currículos futuros, coisas assim.

— E você acha que não tem problema nenhum nisso? — pergunto. — Em destruir o que sobrou da cultura, todas as línguas, todos esses textos? Você concorda com eles?

Está outra vez brincando com meu caderno. E diz:

— Tem... muitas coisas que eu faria de outra forma se eu estivesse no comando. — Respira fundo. — Mas um soldado nem sempre tem que concordar para obedecer.

— O que você faria diferente se estivesse no comando? — questiono.

Ele ri. Suspira. Olha para mim. Sorri de soslaio.

— Você faz perguntas demais.

— Não tenho como evitar — respondo. — Você parece tão diferente agora. Tudo o que diz me surpreende.

— Como assim?

— Não sei. Você está tão... tão calmo. Um pouco menos louco.

Ele dá uma daquelas risadas silenciosas, do tipo que faz seu peito tremer sem emitir nenhum ruído. Em seguida, articula:

— Minha vida não tem sido nada além de batalhas e destruição. Estar aqui? — Olha em volta. — Longe das obrigações, responsabilidades. Longe da morte... É como estar de férias. Não tenho que pensar o tempo todo. Não tenho nada a fazer ou dizer a ninguém, nem que estar em lugar nenhum. Nunca tive tantas horas para simplesmente *dormir*. — Abre um sorriso. — É quase um luxo. Acho que gostaria de ser mantido como refém com mais frequência — acrescenta como se falasse consigo mesmo.

E não consigo parar de estudá-lo.

Estudo seu rosto de um jeito que jamais me atrevi antes e percebo que não tenho a menor ideia de como deve ser viver a sua vida. Uma vez, ele me falou que eu não tinha ideia, que não conseguiria entender as estranhas leis de seu mundo, e só agora começo a entender como estava certo. Porque não sei nada sobre esse tipo de existência sangrenta e regimentada. E, de repente, quero saber.

Eu, de repente, quero entender.

Observo seus movimentos cuidadosos, o esforço que ele faz para parecer despreocupado, à vontade, mas percebo como tudo é calculado. Percebo que existe um motivo para cada movimento, para cada ajuste de seu corpo. Ele está sempre ouvindo, sempre encostando a mão ao chão, à parede, olhando para a porta, estudando seu redor, as dobradiças, a maçaneta. Noto que fica tenso – só um pouquinho – ao ouvir o menor dos ruídos, o esfregar de metal, vozes abafadas do lado de fora do quarto. É óbvio que está sempre alerta, sempre no limite, pronto para lutar, reagir. O que me leva a pensar se algum dia na vida conheceu a tranquilidade. A segurança. Se já conseguiu dormir uma noite inteira. Se já conseguiu ir a algum lugar sem ter de olhar para trás constantemente.

Está de mãos unidas.

Está brincando com um anel na mão esquerda, girando e girando e girando-o no dedinho. Não consigo acreditar que demorei tanto para perceber que ele usa esse anel; é uma faixa sólida jade, um tom de verde claro o bastante para combinar perfeitamente com seus olhos. E então tive a impressão de já ter visto aquele anel.

Só uma vez.

Na manhã depois que feri Jenkins. Quando Warner veio me buscar em seu quarto. Ele me pegou olhando para o anel e apressou-se em vestir sua luva.

É um déjà-vu.

Ele me pega olhando para suas mãos e rapidamente fecha o punho esquerdo, cobre-o com o direito.

— O que...?

— É só um anel – afirma. – Não é nada.

— Se não é nada, por que está escondendo?

Já me sinto muito mais curiosa do que estava um instante atrás, ansiosa demais pela oportunidade de abrir sua cabeça e descobrir o que se passa ali dentro.

Warner suspira.

Abre e fecha os dedos. Olha para as mãos, palmas para baixo, dedos abertos. Tira o anel do dedinho e o segura contra a luz fluorescente. É um pequeno círculo verde. Enfim me encara. Solta o anel na palma e fecha a mão.

— Não vai me contar? – indago.

Ele nega com a cabeça.

— Por que não?

Esfrega a mão na lateral do pescoço, massageando a fim de desfazer a tensão na área mais abaixo, a parte que toca a parte superior das costas. Só consigo observar. Só consigo me perguntar como seria sentir alguém massageando meu corpo para me livrar das dores. Suas mãos parecem tão fortes.

Eu tinha acabado de me esquecer do que estávamos falando quando ele diz:

— Uso esse anel há quase dez anos. Eu o usava no indicador. – Olha para mim antes de virar o rosto. – Mas não falo sobre esse assunto.

— Nunca?

— Não.

— Ah.

Mordisco o lábio inferior. Decepcionada.

— Gosta de Shakespeare? – ele me pergunta.

Uma maneira estranha de continuar a conversa.

Nego com a cabeça.

— Só sei que ele roubou meu nome e soletrou errado.

Warner me encara por um segundo inteiro antes de explodir em risos – uma risada forte, irrestrita. Tenta se controlar, mas não consegue.

De repente, me sinto desconfortável, nervosa diante desse garoto estranho que ri e usa anéis secretos e me faz perguntas sobre livros e poesia.

— Eu não tinha nenhuma intenção de ser engraçada – consigo dizer.

Mas o sorriso continua estampado em seu semblante quando ele fala:

— Não se preocupe. Eu não sabia muito sobre ele até mais ou menos um ano atrás. Ainda não entendo metade das coisas que ele escreve, então acho que vamos nos livrar da maior parte da obra, mas ele escreveu um verso do qual gostei bastante.

— E qual foi?

— Quer ver?

— Ver?

Mas Warner já está em pé, desabotoando as calças e me pergunto o que no mundo estaria acontecendo, fico com medo de cair em mais um de seus joguinhos, mas ele para. Percebe a expressão de horror em meu rosto. E diz:

— Não se preocupe, meu amor. Não vou ficar nu. Eu prometo. É só mais uma tatuagem.

— Onde? – pergunto, ainda paralisada, querendo e não querendo desviar o olhar.

Warner não responde.

Suas calças estão com o zíper aberto, abaixo da cintura. A cueca boxer é visível. Ele puxa o elástico da roupa íntima até encostá-lo logo abaixo do quadril.

Estou completamente enrubescida.

Nunca vi uma parte tão íntima do corpo de outro garoto e não consigo desviar o olhar. Meus momentos com Adam sempre foram no escuro e sempre foram interrompidos. Nunca vi essa área do corpo dele não porque não quisesse, mas porque nunca tive uma oportunidade. E agora que as lâmpadas estão acesas e Warner está parado à minha frente, percebo-me tão hipnotizada, tão intrigada por seu corpo. Não consigo não notar que sua cintura se estreita na área do quadril e desaparece sob um pedaço de tecido. Quero saber como seria entender uma pessoa sem essas barreiras.

Conhecer uma pessoa tão completamente, tão intimamente.

Quero estudar os segredos presos entre seus cotovelos e os sussurros grudados atrás de seus joelhos. Quero acompanhar com os olhos e as pontas dos dedos as linhas de sua silhueta. Quero traçar rios e vales pelas curvas musculosas de seu corpo.

Meus pensamentos me deixam em choque.

Sinto um calor desesperado na base do estômago, um calor que eu queria conseguir ignorar. Há borboletas em meu peito e queria conseguir enxotá-las. Sinto uma dor no coração e sou incapaz de nomeá-la.

~~Lindo.~~

~~Como ele é lindo.~~

Eu só posso estar louca.

– É interessante – diz. – Para mim, parece muito relevante, mesmo tendo sido escrito há tanto tempo.

– O quê? – Afasto o foco da parte inferior de seu corpo, tentando desesperadamente evitar que minha imaginação absorva os detalhes.

Olho outra vez para as palavras tatuadas em sua pele e, agora, concentro-me nelas. – Ah, sim.

São 2 linhas. Fonte de uma máquina de escrever bem na base do torso.

O INFERNO ESTÁ VAZIO
E TODOS OS DEMÔNIOS ESTÃO AQUI

Sim. Interessante. Sim. Claro.

Acho que preciso me deitar.

– Livros – ele vai dizendo, puxando a cueca e fechando o zíper da calça. – Eles são destruídos com muita facilidade. Mas as palavras viverão enquanto as pessoas conseguirem se lembrar delas. Tatuagens, por exemplo, são muito difíceis de esquecer. – Fecha o botão. – Acho que hoje em dia há essa questão da volatilidade da vida que torna necessário gravar coisas com tinta em nossa pele. Assim lembramos o que nos marcou neste mundo, que ainda estamos vivos. Que nunca vamos esquecer.

– Quem é *você*?

Eu não conheço esse Warner. Jamais seria capaz de reconhecer esse Warner.

Ele sorri para si mesmo. Senta-se outra vez. E continua:

– Ninguém jamais vai precisar saber.

– O que quer dizer com isso?

– Eu sei quem sou. Isso é o bastante para mim.

Fico em silêncio por um momento. Franzo o cenho, foco o olhar no chão.

– Deve ser ótimo viver a vida com tanta confiança.

— Você é confiante – ele fala para mim. – É teimosa e resiliente. Muito corajosa. Tão forte. Tão impressionantemente linda. Você seria capaz de dominar o mundo.

Eu até rio, fitando seus olhos.

— Eu choro demais. E não tenho interesse em conquistar o mundo.

— Isso é algo que nunca vou entender. – Nega com a cabeça. – Você só tem medo. Tem medo do que desconhece. Você se preocupa demais com decepcionar as pessoas e limita seu próprio potencial por causa do que acha que os outros esperam de você, porque ainda segue as regras que lhe apresentaram. – Olha duramente para mim. – Não queria que fosse assim.

— Eu queria que você deixasse de lado essa sua vontade de usar o meu poder para matar pessoas.

Ele dá de ombros.

— Eu nunca disse que você tinha que fazer isso. Mas vai acontecer em algum momento. É inevitável numa guerra. É estatisticamente impossível não matar.

— Você está brincando, não está?

— Com certeza, não.

— Sempre podemos evitar matar, Warner. Você evita matar quando *não* dá início a guerras.

Mas ele abre um sorriso, um sorriso tão iluminado, sem nem prestar atenção.

— Adoro quando você fala o meu nome. Nem sei por quê – diz.

— Warner não é o seu nome – aponto. – O seu nome é Aaron.

Ele abre um sorriso enorme, tão enorme.

— Caramba, como eu amo isso.

— O seu nome?

— Só quando você o pronuncia.

— Aaron? Ou Warner?

Seus olhos se fecham. A cabeça inclina na direção da parede. Covinhas.

De repente fico impressionada com a realidade do que estou fazendo. Sentada aqui, passando tempo com Warner como se tivéssemos tantas horas a desperdiçar. Como se não existisse um mundo terrível lá fora. Não sei como consigo me deixar distrair tanto e prometo a mim mesma que dessa vez não vou deixar a conversa fugir do controle. Mas, quando eu abro a boca, ele diz:

— Não vou devolver o seu caderno.

Fecho a boca.

— Sei que você o quer de volta — Warner prossegue. — Mas acho que vou ter que ficar com ele para sempre.

Ergue o caderno, mostra para mim. Sorri. Depois o enfia no bolso. O lugar onde eu jamais me atreveria a tocar.

— Por quê? — Não consigo evitar a pergunta. — Por que o quer tanto assim?

Ele passa tempo demais só olhando para mim. Sem responder a minha pergunta. E então recita:

— *Nos dias mais escuros, você precisa procurar um ponto de luz, nos dias mais frios, precisa buscar um ponto de calor; nos dias mais desoladores, precisa manter os olhos apontados para frente e para cima e nos dias mais tristes precisa deixá-los abertos para que possam chorar. Para depois deixá-los secar. Para dar-lhes a chance de lavar a dor e enxergar clara e nitidamente outra vez.*

— Não acredito que você decorou — sussurro.

Ele inclina o corpo para trás outra vez, fecha os olhos e diz:

— *Nada nesta vida me fará sentido, mas não tenho como não tentar realizar a transformação e alimentar a esperança de que ela será o bastante para pagar por nossos erros.*

– Eu também escrevi isso? – pergunto, incapaz de acreditar que seja possível que ele esteja recitando as mesmas palavras que caíram dos meus lábios para as pontas dos dedos e sangraram nas páginas.

Ainda sou incapaz de acreditar que ele agora conhece meus pensamentos privados, sentimentos que capturei com uma mente torturada e que foram gravados em orações enfiadas em parágrafos, ideias que grudei umas às outras com sinais de pontuação que não têm função nenhuma senão determinar onde um pensamento termina e outro começa.

Esse garoto loiro tem meus segredos na ponta da língua.

– Você escreveu muitas coisas – diz, mas sem me fitar. – Sobre seus pais, sua infância, suas experiências com outras pessoas. Falou muito de esperança e redenção e de como seria ver um pássaro passar voando. Escreveu sobre sua dor, e como é pensar ser um monstro. Como é ser julgada por todos antes mesmo de ter a chance de dizer uma ou duas palavras. – Ele respira fundo. – Em muitos momentos eu me via em suas palavras – admite baixinho. – Era como se eu estivesse lendo todas as coisas que eu nunca soube expressar.

E eu queria que meu coração simplesmente calasse a boca calasse a boca calasse a boca.

– Todos os dias me arrependo – Warner continua, agora mal conseguindo sussurrar as palavras. – Me arrependo por acreditar nas coisas que ouvi a seu respeito. E depois por tê-la ferido quando achei que a estivesse ajudando. Não posso pedir desculpas por quem sou, esse meu lado já era, já foi arruinado. Eu desisti de mim mesmo há muito tempo. Mas sinto muito por não a ter entendido melhor. Tudo o que fiz, fiz porque queria ajudá-la a ser mais forte. Queria que usasse sua raiva como ferramenta, como arma para reunir a força que tem dentro de si. Eu desejei que você fosse capaz de lutar contra o mundo. Eu a provoquei de propósito. Eu a pressionei muito, forte demais, fiz coisas para horrorizá-la e enojá-la, e fiz tudo isso intencionalmente. Porque foi assim que aprendi a me defender do terror deste mundo. Fui treinado para combater assim e queria ensiná-la. Sabia que você tinha potencial para ser mais, muito mais. Eu enxergava a grandeza em você.

Olha para mim. Olha para mim de verdade, de verdade. E prossegue:

– Você vai fazer coisas incríveis, disso eu sempre soube. Acho que eu só queria ser parte do processo.

E eu tento. Tento muito lembrar todos os motivos pelos quais devo odiá-lo, tento lembrar todas as coisas horríveis que o vi fazer. Mas estou torturada porque entendo perfeitamente sobre o que é ser torturada. Fazer coisas por falta de conhecimento. Fazer coisas por achar que são certas porque nunca lhe ensinaram o que era errado.

Porque é difícil demais ser generoso com o mundo quando tudo o que você sentiu na vida foi ódio.

Porque é muito difícil ver bondade no mundo quando tudo o que você conheceu foi o terror.

E eu quero dizer alguma coisa a ele. Alguma coisa profunda e completa e memorável, mas ele parece entender. Oferece-me um sorriso estranho, instável, que não reflete em seus olhos, mas, mesmo assim, revela muita coisa.

E então:

– Diga ao seu grupo para se prepararem para a guerra – diz. – A não ser que tenha mudado de planos, meu pai vai convocar um ataque contra os civis depois de amanhã, e será um grande massacre. Também vai ser a única oportunidade de salvar os seus homens. Eles estão sendo mantidos como reféns em algum ponto dos pisos inferiores da sede do Setor 45. Acho que isso é tudo o que posso revelar.

– Como foi que você...

– Sei por que você está aqui, meu amor. Não sou nenhum idiota. Sei porque está sendo forçada a passar seu tempo comigo.

– Mas por que está entregando essas informações de maneira tão gratuita? – questiono. – Qual motivo teria para nos ajudar?

Percebo um brilho de transformação em seus olhos, um brilho que não dura tempo bastante para eu conseguir examinar. E, embora sua expressão seja tão cuidadosamente neutra, alguma coisa no espaço entre nós de repente parece diferente. Carregada.

– Vá – diz, cenho repuxado. – Você precisa contar a eles agora.

Cinquenta e três

Adam, Kenji, Castle e eu estamos acampados em seu escritório, tentando discutir estratégias.

Ontem à noite, procurei Kenji imediatamente – e ele então me levou a Castle – para contar o que Warner me disse. Castle sentiu-se ao mesmo tempo aliviado e horrorizado, e acho que ainda não digeriu completamente a informação.

Ele me disse que se reuniria com Warner de manhã só para acompanhar os acontecimentos, só para ver se Warner estaria disposto a dar mais detalhes (e não estava), e que Kenji, Adam e eu deveríamos encontrá-lo em seu escritório no horário do almoço.

Por isso agora estamos todos amontoados neste pequeno espaço com 7 outras pessoas. Os rostos neste cômodo são, muitos deles, os mesmos que vi quando entrei no complexo de armazenamento do Restabelecimento; isso significa que são uma parte importante deste movimento. E me leva a pensar em quando foi que me tornei parte do principal grupo de Castle no Ponto Ômega.

Não consigo evitar um leve orgulho. Um frio na barriga por ele confiar em mim. Por saber que estou contribuindo.

E isso me faz questionar o quanto mudei em um período tão curto. Como minha vida ficou diferente, o quanto me sinto mais forte e mais fraca agora. E penso se as coisas teriam sido diferentes se

Adam e eu tivéssemos encontrado um jeito de ficar juntos. Se eu me aventuraria fora da segurança que ele trouxe à minha vida.

Penso em muitas coisas.

Mas, quando ergo o olhar e o pego me encarando, meus pensamentos desaparecem, deixando em seu rastro nada além das dores produzidas pela saudade que sinto. Ansiando que ele não desviasse o olhar assim que ergo o rosto.

Esta foi minha infeliz escolha. Eu mesma a provoquei.

Castle está sentado em sua cadeira, cotovelos apoiados sobre a mesa, queixo descansando nas mãos unidas. Cenho franzido, lábios repuxados, olhos concentrados nos papéis à sua frente.

Não fala nada há 5 minutos.

Enfim ergue o rosto. Observa Kenji, sentado à sua frente, entre Adam e mim.

— O que acha? — pergunta. — Ofensiva ou defensiva?

— Tática de guerrilha — Kenji responde sem hesitar. — Nada diferente disso.

Uma respiração profunda.

— Sim — Castle concorda. — Também pensei isso.

— Precisamos nos dividir — propõe Kenji. — Quer escolher os grupos ou eu mesmo faço isso?

— Vou dividir os grupos preliminarmente. Gostaria que você desse uma olhada e sugerisse mudanças, se achar necessário.

Kenji assente.

— Perfeito. E as armas...

— Eu cuido delas — Adam se propõe. — Posso garantir que todas estejam limpas, carregadas e prontas. Já estou familiarizado com a artilharia.

Eu não tinha a menor ideia disso.

— Ótimo. Excelente. Vamos apontar um grupo para tentar entrar na base e encontrar Winston e Brendan; todos os demais devem se espalhar pelos complexos. Nossa missão é simples: salvar o máximo possível de civis. Levar somente quantos soldados forem absolutamente necessários. Nossa luta não é contra os homens, mas contra seus líderes, nunca podemos nos esquecer disso. Kenji, eu gostaria que você cuidasse dos grupos que vão entrar nos complexos. Sente-se à vontade para fazer isso?

Kenji faz que sim em resposta.

— Eu vou liderar o grupo até a base — Castle continua. — Embora você e o senhor Kent fossem ideais para se infiltrarem no Setor 45, eu preferiria que ficassem com a senhorita Ferrars; vocês três trabalham juntos e podemos usar suas qualidades no térreo. Agora... — Ele espalha os papéis à sua frente. — Estive estudando esses diagramas todos...

Alguém bate no vidro da porta de Castle.

É um homem mais jovem que nunca vi, com olhos castanho-claros e luminosos e cabelos raspados tão curtinhos que sequer consigo deduzir a cor. Está de cenho franzido, a testa tensa.

— Senhor — grita.

Percebo que o garoto está berrando, mas sua voz continua abafada, e só então me dou conta de que essa sala deve ser à prova de som, mesmo que só um pouquinho.

Kenji dá um salto para fora de sua cadeira, abre a porta.

— Senhor! — O rapaz está sem fôlego. Claramente veio correndo até aqui. — Senhor, por favor...

— Samuel? — Castle está em pé, dando a volta na mesa, avançando rapidamente para segurar o ombro do recém-chegado, tentando concentrar-se em seus olhos. — O que foi? Qual é o problema?

— Senhor — repete Samuel, dessa vez num tom mais normal, quase recuperando o controle da respiração. — Temos uma... uma situação.

— Conte-me tudo... Se alguma coisa aconteceu, agora não é hora de esconder.

— Não tem a ver com nada lá fora, senhor, é só que... — Seus olhos deslizam na minha direção por uma fração de segundo. — Nosso... nosso visitante... ele... ele não está cooperando, senhor, ele... ele está causando muito problemas para os guardas.

— Que tipo de problemas? — Os olhos de Castle se estreitam.

Samuel baixa a voz.

— Ele conseguiu provocar uma rachadura na porta, senhor. Conseguiu rachar a *porta de aço*, senhor, e está ameaçando os guardas, que já se sentem preocupados...

— *Juliette.*

Não.

— Preciso da sua ajuda — Castle diz sem olhar para mim. — Sei que não quer fazer isso, mas você é a única a quem ele vai ouvir e não podemos nos dar ao luxo de ter distrações, não agora. — Sua voz é tão delicada, tão apertada que parece prestes a arrebentar. — Por favor, faça o que puder para contê-lo e, quando considerar seguro uma das meninas entrar, talvez possamos encontrar um jeito de sedá-lo sem colocá-las em risco nesse processo.

Meus olhos quase acidentalmente piscam para Adam, que não parece nada feliz.

— Juliette. — O maxilar de Castle se aperta. — Por favor, vá agora mesmo.

Concordo com um gesto. Viro-me para sair.

— Prepare-se — ele acrescenta enquanto passo pela porta, sua voz leve demais para as palavras que estão por vir: — A não ser que tenhamos sido enganados, o supremo vai massacrar civis desarmados amanhã e não podemos nem sonhar que Warner nos transmitiu informações falsas. Sairemos ao amanhecer.

Cinquenta e quatro

Sem pronunciarem uma única palavra, os guardas abrem a porta para que eu entre no quarto de Warner.

Meu olhar desliza pelo espaço agora parcialmente mobiliado. Meu coração acelera, as mãos se fecham, o sangue avança avança avança. Tem algo errado. Alguma coisa aconteceu. Warner estava perfeitamente bem quando saí ontem à noite e não consigo imaginar o que poderia tê-lo inspirado a perder o controle assim, mas sinto medo.

Alguém lhe trouxe uma cadeira. Agora percebo como ele conseguiu trincar a porta de aço. Ninguém devia ter lhe dado essa cadeira.

Warner está sentado nela, de costas para mim. De onde estou, só sua cabeça é visível.

– Você voltou – constata.

– É lógico que voltei – respondo, aproximando-me. – O que há de errado? Algum problema?

Ele dá risada. Passa a mão nos cabelos. Olha para o teto.

– O que aconteceu? – insisto, agora superpreocupada. – Você... Aconteceu alguma coisa com você? Está tudo bem?

— Preciso sair daqui — diz. — Preciso sair. Não posso mais continuar neste lugar.

— Warner...

— Sabe o que ele me falou? Ele contou para você o que me falou? Silêncio.

— Ele simplesmente entrou aqui hoje de manhã — Warner prossegue. — Entrou aqui e disse que queria conversar comigo. — Warner ri outra vez, ri alto, alto demais. Meneia a cabeça. — Ele me disse que eu posso mudar. Disse que eu posso ter um dom, como todos aqui, que talvez eu tenha uma *habilidade*. Disse que posso ser a diferença, meu amor. Disse que *acredita* que eu possa ser *diferente* se eu *quiser* ser.

Castle falou isso para ele.

Warner se levanta, mas não se vira completamente e posso ver que não está de camisa. Sequer parece se importar com a possibilidade de eu enxergar as cicatrizes em suas costas, a palavra INCENDEIA tatuada em seu corpo. Seus cabelos estão despenteados, bagunçados, caindo sobre o rosto; as calças estão com o zíper fechado, mas o botão não, e nunca o vi tão desgrenhado antes. Ele pressiona as palmas da mão contra a parede de pedra, braços estendidos; todo o corpo está curvado, cabeça baixa como se em oração. Todo o seu corpo está tenso, apertado, os músculos forçando a pele. As roupas encontram-se empilhadas no chão e o colchão está no meio do quarto e a cadeira na qual estava sentado está virada para a parede, virada para nada, e percebo que ele está perdendo a sanidade aqui.

— Dá para acreditar nisso? — Warner pergunta, ainda sem me fitar. — Dá para acreditar que ele acha que posso simplesmente acordar numa manhã e ser *diferente*? Cantar músicas felizes e dar dinheiro aos pobres e implorar ao mundo para perdoar o que fiz? Você acha isso possível? Acha que posso mudar?

Enfim vira-se para me encarar, seus olhos rindo, seus olhos como esmeraldas brilhando sob o pôr do sol e a boca se repuxando, escondendo um sorriso.

– Você acha que eu poderia ser *diferente*?

Dá alguns passos para perto de mim e não sei por que isso afeta minha respiração. Por que não consigo encontrar minha boca.

– É só uma pergunta – insiste, e está bem à minha frente e nem sei como veio parar aqui. Continua olhando para mim, seus olhos concentrados e tão enervantes, brilhando, acesos com alguma coisa que sou incapaz de nomear.

Meu coração, ele não vai ficar parado, ele se recusa a parar de bater bater bater.

– Me responda, Juliette. Eu adoraria saber o que você realmente pensa de mim.

– Por quê? – Minha voz mal é um sussurro e tento ganhar tempo.

Os lábios de Warner se mexem, formam um sorriso antes de se abrirem só um pouquinho, só o bastante para se transformarem em um semblante estranho e curioso. Não responde. Não fala nada. Só se aproxima de mim, estudando-me, e congelo onde estou, com a boca cheia dos segundos nos quais ele não diz nada e estou combatendo cada átomo no meu corpo, cada célula ridícula no meu sistema, por se sentirem tão atraídos por ele.

Ah.

Deus.

~~Estou terrivelmente atraída por ele.~~

A culpa cresce imensuravelmente dentro de mim, amassando meus ossos, quebrando-me no meio. É uma corda em volta do meu pescoço, uma centopeia se arrastando em meu estômago. É noite e meia-noite e o crepúsculo da indecisão. São segredos demais que já sou incapaz de conter.

~~Não entendo por que quero isso.~~

Sou uma pessoa terrível.

E é como se ele *enxergasse* o que estou pensando, como se pudesse sentir a transformação acontecendo em minha cabeça, porque de repente está diferente. Sua energia diminui, seus olhos ficam profundos, confusos, doces; os lábios são suaves, ainda ligeiramente afastados, e o ar neste quarto é carregado demais, cheio de algodão e sinto o sangue avançar em minha cabeça, avassalando cada área racional do meu cérebro.

Queria que alguém pudesse me lembrar como se faz para respirar.

– Por que você não responde à minha pergunta? – Warner me encara tão intensamente que fico surpresa por não ter cedido, e então me dou conta, neste exato momento me dou conta de que tudo nele é intenso. Nada ali é administrável ou facilmente compartimentalizado. Ele é demais. Tudo nele é demais. Suas emoções, suas ações, sua raiva, sua agressão.

~~Seu amor.~~

Ele é perigoso, elétrico, impossível de conter. Seu corpo está vibrando com uma energia tão extraordinária que, depois que se acalma, é quase palpável. Tem uma presença.

Contudo, desenvolvi uma fé estranha e assustadora em quem Warner realmente é e em que ele tem capacidade de se tornar. Quero encontrar o garoto de 19 anos que alimenta um cachorro de rua. Quero acreditar no garoto com uma infância de torturas e um pai abusivo. Quero entendê-lo. Quero libertá-lo.

Quero acreditar que ele é mais do que esse molde dentro do qual foi forçado a caber.

– Acho que você é capaz de mudar – ouço-me dizendo. – Acho que qualquer pessoa pode mudar.

E ele sorri.

É um sorriso lento, deleitoso. Do tipo que se transforma em risada e ilumina seus traços e o faz suspirar. Ele fecha os olhos. Seu rosto está tão emocionado, tão feliz.

– É muito legal – diz. – Tão incrivelmente legal. Você acreditar nisso.

– É claro que acredito.

Ele finalmente olha para mim quando sussurra:

– Mas está errada.

– O quê?

– Eu não tenho coração – diz para mim, suas palavras frias, vazias, direcionadas para dentro de si mesmo. – Sou um maldito, um sem coração, um ser cruel e violento. Não me importo com os sentimentos das pessoas. Não ligo para seus medos ou seus futuros. Não dou a mínima para o que querem ou se têm ou não uma família. E não sinto por isso. Nunca me arrependi de nada que fiz.

Chego a precisar de um momento para encontrar o que procuro em minha cabeça.

– Mas você se desculpou comigo – relembro-o. – Você pediu desculpas para mim ainda ontem à noite...

– Você é diferente – Warner me interrompe. – Você não conta.

– Não sou diferente – retruco. – Sou só uma pessoa comum, como todas as outras. E você provou que tem a capacidade de sentir remorso. Compaixão. Sei que pode ser bondoso...

– Eu não sou assim. – Sua voz, de repente, se endurece, de repente, está fria demais. – Eu não vou mudar. Não posso apagar dezenove infelizes anos da minha vida. Não consigo me livrar das memórias do que provoquei. Não posso acordar certa manhã e decidir viver com esperanças e sonhos emprestados. Com as promessas de um futuro melhor trazidas por outra pessoa. E não vou mentir para você. Nunca dei a mínima para os outros e não faço sacrifícios nem concessões.

Não sou bom, nem justo, nem decente, e jamais serei. Não consigo ser. Afinal, tentar ser qualquer uma dessas coisas seria *constrangedor*.

– Como pode pensar assim? – Quero sacudi-lo. – Como pode se envergonhar de tentar ser melhor?

Mas ele não me ouve. Está rindo. E diz:

– Você consegue sequer me imaginar? Eu, sorrindo para criancinhas e entregando presentes em festas de aniversário? Consegue me imaginar ajudando um estranho? Brincando com o cachorro do vizinho?

– Sim – respondo. – Sim, eu consigo.

E já vi, mas não lhe digo.

– Não.

– Por que não? – insisto. – Por que é tão difícil acreditar?

– Esse tipo de vida é impossível para mim.

– Mas por quê?

Warner fecha e abre os dedos antes de passá-los pelos cabelos.

– Porque é o que sinto – admite, agora mais baixinho. – Sempre consegui sentir.

– Sentir o quê? – sussurro.

– O que as pessoas pensam de mim.

– O quê...?

– Os sentimentos, a energia delas... é... não sei o que é – diz, frustrado, cambaleando para trás, balançando a cabeça. – Sempre consegui sentir. Sei por que todos me odeiam. Sei que meu pai quase não se importa comigo. Conheço a agonia no coração da minha mãe. Sei que você não é como todos os outros. – Ele fica sem voz por um instante. – Sei que está falando a verdade, quando diz que não me odeia. Que não quer me odiar e não consegue. Porque não existe maldade no seu coração, não comigo, e, se existisse, eu saberia. Assim como eu sei... – Sua voz agora sai rouca, constrangida. – Sei que você sentiu alguma coisa quando nos beijamos. Sentiu a mesma coisa que senti e agora está com vergonha disso.

Vejo-me respingando pânico.

– Como sabe? – indago. – Como... Como... Você não po-pode simplesmente *saber* esse tipo de coisa...

– Ninguém jamais me olhou como você me olha – sussurra. – Ninguém fala comigo como você fala, Juliette. Você é diferente. É muito diferente. Você me entenderia, mas o resto do mundo não quer minha solidariedade. Não quer meus sorrisos. Castle é o único homem desta Terra que se mostrou uma exceção a essa regra e sua ansiedade por confiar em mim e me aceitar só mostra o quanto sua resistência é frágil. Ninguém aqui sabe o que está fazendo e todos vão acabar mortos...

– Isso não é verdade... Não pode ser verdade...

– Ouça o que estou dizendo – Warner alerta, agora com urgência. – Você precisa entender... As únicas pessoas que importam neste mundo maldito são as que têm poder verdadeiro. E você... *você* tem poder. Tem o tipo de força capaz de sacudir este planeta... e de conquistá-lo. Talvez ainda seja cedo demais, talvez você só precise de mais tempo para reconhecer o seu potencial, mas sempre estarei esperando. Sempre vou querê-la ao meu lado. Porque nós dois... nós dois... – Ele para de falar. Parece ter ficado sem ar. – Consegue imaginar? – Seus olhos se concentram nos meus, mantém as sobrancelhas franzidas. Estudando-me. – É claro que consegue – sussurra. – Você pensa nisso o tempo todo.

Chego a arfar.

– O seu lugar não é aqui – ele prossegue. – O seu lugar não é com essas pessoas. Eles só vão arrastá-la e você vai acabar *morta* com eles...

– Não tenho outra escolha! – Agora estou furiosa, indignada. – Prefiro ficar aqui com as pessoas que estão tentando ajudar, tentando fazer alguma diferença! Pelo menos elas não estão matando inocentes por aí...

— Você pensa que seus novos amigos nunca mataram ninguém? — Warner grita, apontando para a porta. — Acha mesmo que Kent nunca matou ninguém? Que Kenji nunca enfiou uma bala no corpo de um desconhecido? Eles eram *meus* soldados! Eu os vi fazer isso, vi com meus próprios olhos!

— Eles estavam lutando para sobreviver — retruco, tremendo, esforçando-me para ignorar o terror da minha própria imaginação. — A lealdade deles nunca pertenceu ao Restabelecimento.

— A minha lealdade não pertence ao Restabelecimento. A minha lealdade é daqueles que sabem viver. Tenho apenas duas opções neste jogo, meu amor. — Sua respiração é pesada. — Matar. Ou morrer.

— Não — retruco, cambaleando para trás, sentindo-me enjoada. — Não precisa ser assim. Você não tem que viver desse jeito. Pode se livrar do seu pai, daquela vida. Não precisa ser o que ele quer que você seja...

— Os danos já foram causados. É tarde demais para mim. Já aceitei o meu destino.

— Não... Warner...

— Não estou pedindo para você se preocupar comigo. Sei exatamente como é o meu futuro e já o aceitei. Ficarei feliz vivendo na solidão. Não tenho medo de passar o resto da minha vida na minha própria companhia. Não temo a solidão.

— Você não precisa ter essa vida — insisto. — Não precisa ficar sozinho.

— Eu não vou ficar aqui — anuncia. — Só queria que você soubesse disso. Vou encontrar um jeito de escapar e vou embora assim que tiver uma oportunidade. Minhas férias oficialmente chegaram ao fim.

Cinquenta e cinco

Tique-taque.

Castle convocou uma reunião emergencial para transmitir a todos os detalhes da luta de amanhã; faltam menos de 12 horas para partirmos. Estamos no refeitório porque é o melhor lugar para reunir todos de uma vez.

Tivemos uma última refeição, um punhado de conversas forçadas, 2 horas de tensão pontuadas por momentos de risadas breves que mais pareciam alguém engasgando. Sara e Sonya foram as últimas a aparecerem no corredor; as duas acenaram, cumprimentando-me ao me ver, antes de se sentarem do outro lado da sala. Então Castle começou a falar.

Todos terão de lutar.

Todos os homens e mulheres capazes. Os idosos, incapazes de participar da batalha, ficarão para trás com as crianças, e entre as crianças estão James e seu grupo de amigos.

James está, neste momento, esmagando a mão de Adam.

Anderson vai atrás das pessoas, Castle conta. Pessoas que fazem levantes e se rebelam contra o Restabelecimento, agora mais do que nunca. Nossa batalha lhes deu esperança, Castle explica. Eles só tinham ouvido rumores de uma suposta resistência e a batalha confirmou esses rumores. Esperam que nós os apoiemos e agora, pela primeira vez, lutaremos expondo nossos dons.

Nos complexos.

Onde os civis nos enxergarão como somos.

Castle nos diz para estarmos prontos para enfrentar agressões dos dois lados. Explica que, às vezes, especialmente quando assustadas, as pessoas não reagem de maneira positiva ao verem aqueles como nós. Preferem o familiar terror em vez do desconhecido ou do inexplicável, e nossa presença, nossa demonstração pública, pode criar novos inimigos.

Temos de estar prontos para isso.

— Então por que devemos nos importar? — uma mulher grita do fundo da sala. Ela se levanta e percebo seus cabelos negros, uma pesada cortina que desce até a cintura. Seus olhos brilham sob a luz fluorescente. — Se eles só vão nos odiar, por que devemos defendê-los? Isso é ridículo!

Castle respira fundo.

— Não podemos culpá-los pelas bobagens de uma pessoa.

— Mas não é só uma, é? — uma nova voz surge. — Quantas outras vão se voltar contra nós?

— Não temos como saber — Castle responde. — Pode ser uma, pode não ser nenhuma. Só estou avisando para que sejam cuidadosos. Nunca devem se esquecer de que esses civis são inocentes e estão desarmados. Estão sendo mortos por sua desobediência, simplesmente por se expressarem e pedirem tratamento justo. Estão passando fome, perderam suas casas e suas famílias. Certamente vocês devem se identificar. Muitos de vocês têm familiares perdidos ou espalhados pelo país, não têm?

Um burburinho geral se espalha pela multidão reunida.

— Devem imaginar que poderiam ser sua mãe. Seu pai. Seus irmãos e irmãs entre eles, que sentem dor e estão derrotados. Devemos fazer o pouco que podemos para ajudar. É a única saída. A única esperança para eles.

— E os nossos homens? — Outra pessoa fica em pé. Deve ter pouco menos de 50 anos, redondo e robusto. — Onde estão as garantias de que traremos Winston e Brendan de volta?

Castle baixa o olhar só por um segundo. Pergunto-me se sou a única aqui que notou a dor surgindo e sumindo de seus olhos.

— Não existe nenhuma garantia, meu amigo. Nunca existe. Mas faremos o nosso melhor. Não vamos desistir.

— Então que bem fez trazer o garoto como refém? — ele protesta. — Por que não o matamos? Por que o estamos mantendo vivo? Ele não nos trouxe nenhuma vantagem, e come a nossa comida, consome os recursos que deveriam ser usados por nós!

A multidão explode em um frenesi raivoso, furioso, insano, emotivo. Todos gritam ao mesmo tempo, gritam coisas como "mate ele" e "isso vai dar uma lição no supremo" e "temos que deixar clara a nossa posição" e "ele merece morrer!"

Sinto um aperto repentino no coração. Quase já comecei a entrar em desespero e percebo, pela primeira vez, que pensar em Warner morto não me agrada de maneira nenhuma.

Na verdade, é um pensamento que me causa horror.

Olho para Adam em busca de uma reação diferente, mas não sei o que eu esperava. Sou idiota por me surpreender ao me deparar com a tensão em seus olhos, a tensão em seus lábios. Sou idiota por ter esperado qualquer coisa além de ódio vindo de Adam. É claro que ele odeia Warner. É claro que odeia.

Warner tentou matá-lo.

É claro que Adam também quer ver Warner morto.

Acho que vou vomitar.

— Por favor! — Castle grita. — Sei que estão nervosos. Amanhã será um dia difícil, mas não podemos canalizar nossa agressão em uma pessoa. Temos que usá-la como combustível para a nossa luta e precisamos permanecer unidos. Não podemos permitir que nada nos divida. Não agora!

6 tiques de silêncio.

— Não vou lutar enquanto ele não estiver morto!

— Vamos matá-lo esta noite!

— Vamos acabar logo com ele!

A multidão se transforma em um rugir de corpos raivosos, decididos, rostos furiosos e tão assustadores, tão selvagens, tão tomados por uma raiva desumana. Eu não tinha me dado conta de que o povo do Ponto Ômega vinha alimentando tanto ressentimento.

— PAREM! — As mãos de Castle estão erguidas, seus olhos pegando fogo.

Todas as mesas e cadeiras do salão começaram a tremer. As pessoas olham em volta, assustadas, nervosas.

Mas ainda respeitam a autoridade de Castle. Pelo menos por enquanto.

— Nosso refém... — Castle começa. — Não é mais um refém.

Impossível.

Isso é *impossível*.

Não é *possível*.

— Ele me procurou ainda esta noite — segue explicando. — E pediu refúgio no Ponto Ômega.

Meu cérebro está gritando, rebelando-se contra as 12 palavras que Castle acaba de pronunciar.

Não pode ser verdade. Warner me afirmou que iria embora. Disse que encontraria um jeito de fugir.

LIBERTA-ME

Mas o Ponto Ômega está ainda mais em choque do que eu. Até Adam está tremendo de raiva a meu lado. Sinto medo de fitar seu rosto.

— SILÊNCIO! POR FAVOR! — Castle ergue a outra mão para reprimir a explosão de protestos. E diz: — Recentemente descobrimos que ele também tem um dom. E garantiu querer se unir a nós. Diz que vai lutar ao nosso lado amanhã. Que vai lutar contra seu pai e nos ajudar a encontrar Brendan e Winston.

Caos

Caos

Caos

explodindo por todo o salão.

— Ele está mentindo!

— Prove!

— Como pode acreditar nele?

— Ele está traindo o próprio povo! Também vai nos trair!

— Nunca vou lutar ao lado dele!

— Vou matá-lo primeiro!

Castle estreita os olhos, piscando-os sob as luzes fluorescentes, e suas mãos se movimentam agitadamente pelo ar, reunindo todos os pratos, todas as colheres, todos os copos do salão e os mantendo ali, no ar, desafiando qualquer um a falar, a gritar, a discordar.

— Vocês não vão tocar nele — diz baixinho. — Fiz um juramento de ajudar os membros da nossa espécie e não vou quebrá-lo agora. Pensem em vocês mesmos! — grita. — Pensem no dia em que descobriram! Pensem na solidão, no isolamento, no terror que os invadiu. Pensem em quando foram renegados por suas famílias e amigos! Não acham que ele pode ser um homem transformado? *Vocês* não se transformaram, amigos? E agora o julgam! Julgam um semelhante que pede anistia!

Castle parece enjoado. Mas prossegue:

— Se ele fizer qualquer coisa que nos coloque em risco, por menor que seja e coloque em xeque sua lealdade... então vocês estarão livres para julgá-lo. Mas, primeiro, temos de lhe dar um voto de confiança, não acham? — Castle não se importa mais em esconder sua raiva. — Ele disse que vai nos ajudar, que vai ajudar nossos homens! Diz que vai lutar contra seu pai! Ele tem informações valiosas que podemos usar! Por que não estaríamos dispostos a dar uma chance? Esse garoto não é nada além de uma criança de dezenove anos! É só um e nós somos muitos mais.

A multidão chia, sussurra e ouço trechos de conversas e coisas como "inocente" e "ridículo" e "ele vai fazer todos nós morrermos", mas ninguém fala nada em voz muito alta, o que me deixa aliviada. Não consigo acreditar no que estou sentindo agora e queria não dar a mínima para o que possa acontecer com Warner.

Queria desejá-lo morto. Queria não sentir nada por ele.

Mas não consigo. Não consigo, não consigo.

— Como você sabe? — alguém indaga.

Uma voz nova, calma, esforçando-se para ser racional.

Uma voz bem ao meu lado.

Adam se levanta. Engole em seco. E insiste:

— Como sabe que ele tem um dom? Já fez os testes?

E Adam olha para mim, e Castle olha para mim, e me encara como se me incentivasse a falar e sinto que absorvi todo o ar deste ambiente, como se eu tivesse sido lançada em um tonel de água fervente, como se jamais fosse recuperar meus batimentos cardíacos, e pego-me implorando rezando esperando e desejando que ele não diga as palavras que diz em seguida, mas ele as pronuncia.

É claro que Castle as pronuncia.

— Sim. Sabemos que, como você, ele pode tocar em Juliette.

Cinquenta e seis

É como passar 6 meses só tentando inspirar.

É como esquecer de que maneira movimentar os músculos e reviver cada momento nauseante da vida e lutar para remover todas as farpas de debaixo da pele. É como se um dia você acordasse e caísse no buraco do coelho e uma menina loira de vestido azul ficasse pedindo informações, mas você não pudesse passá-las, não soubesse de nada, ficasse tentando falar, mas com a garganta cheia de nuvens carregadas e é como se alguém tivesse esvaziado o oceano e o preenchido com silêncio e o derramado aqui.

É assim.

Ninguém fala. Ninguém se mexe. Todos encaram.

A mim.

A Adam.

A Adam me encarando.

Seus olhos estão arregalados, piscam rapidamente demais, seus traços prendem-se e desprendem-se da confusão e da raiva e da dor e da confusão tanta confusão e um toque de traição, de desconfiança, de muito mais confusão, com uma dose extra de dor e estou arfando como um peixe momentos antes de morrer.

Só queria que ele dissesse alguma coisa. Queria que pelo menos perguntasse ou acusasse ou exigisse alguma coisa, mas ele não fala nada, só me estuda, só me encara, e eu observo a luz se apagar de seus olhos, a raiva abrir espaço para a dor e a impossibilidade extraordinária que deve estar experimentando agora e ele se senta.

Não olha na minha direção.

— Adam...

Ele fica em pé. Ele fica em pé. Está em pé e corre para fora da sala e cambaleio para me levantar e segui-lo e ouço o caos surgindo em meu rastro, a multidão se transformando outra vez em fúria e quase trombo com ele, estou arfando e ele se vira e diz:

— Não estou entendendo.

Seus olhos estão tão ofendidos, tão profundos, tão azuis.

— Adam, eu...

— Ele tocou em você. — Não é uma pergunta. Adam mal olha em meus olhos e parece quase constrangido ao pronunciar: — Ele tocou na sua pele.

Quem dera fosse só isso. Quem dera fosse simples assim. Quem dera eu pudesse afastar essas correntes do meu sangue e Warner da cabeça e *por que estou tão confusa*

— Juliette.

— Sim — digo quase sem nem movimentar os lábios.

A resposta é um "sim", mas não uma pergunta.

Adam encosta seus dedos em minha boca, ergue o rosto, desvia o olhar, emite um ruído estranho, de descrença.

— Quando?

Conto a ele.

Conto quando aconteceu, como tudo aconteceu, conto que eu usava um dos vestidos que Warner sempre me fazia colocar, que ele lutava para me conter antes de eu pular pela janela, que sua mão esfregou em minha perna e que ele me tocou e nada aconteceu.

Conto que tentei fingir que tudo não passava da minha imaginação, até Warner nos pegar outra vez.

Não conto a ele que Warner disse que sentiu saudades de mim, que disse que me amava e que me beijou, que me beijou com uma intensidade feroz e descuidada. Não conto que fingi retribuir as afeições de Warner só para poder enfiar minhas mãos por baixo de seu casaco e roubar o revólver em seu bolso. Não conto que fiquei surpresa, até mesmo em choque, com a sensação de estar em seus braços, que afastei esses sentimentos estranhos porque eu odiava Warner, porque estava horrorizada demais depois que ele atirou em Adam e eu sentia vontade de matá-lo.

Tudo o que Adam sabe é que eu quase fiz isso. Que eu quase matei Warner.

E agora ele está piscando os olhos, digerindo as palavras que lhe digo, inocente a tudo o que mantive em segredo.

~~Sou mesmo um monstro.~~

— Eu não queria admitir — consigo dizer. — Pensei que complicaria as coisas entre nós depois de tudo o que tivemos que enfrentar. Pensei que bastasse ignorar e não sei... — Vou tateando em busca de palavras. — Fui uma idiota. Fui uma idiota. Devia ter contado para você, e sinto muito. Muito, mesmo. Não queria que descobrisse assim.

Adam respira com dificuldade, massageia a nuca antes de passar a mão pelos cabelos e dizer:

— Eu não... Eu não entendo... Quer dizer... Já sabem por que ele pode tocar em você? É um caso como o meu? Ele consegue fazer o que eu faço? Eu não... *Caramba*, Juliette, e você tem passado todo esse tempo sozinha com ele...

— Não aconteceu nada — garanto. — Warner e eu só conversamos e ele em momento algum tentou me tocar. E não tenho a menor ideia de por que ele pode me tocar... Acho que ninguém sabe. Warner ainda não começou a fazer os testes com Castle.

Adam suspira e esfrega a mão no rosto e diz tão baixinho que só eu consigo ouvir:

– Nem sei por que me surpreendo. Nós temos o mesmo maldito DNA. – Pragueja baixinho. Pragueja outra vez. – Será que nunca vou ter paz? – pergunta, erguendo a voz, falando com o ar. – Será que nunca vai haver um momento em que ninguém esteja jogando merda na minha cara? Porra. É como se essa insanidade nunca fosse terminar.

Quero dizer-lhe que acho que nunca vai acabar.

– Juliette.

Congelo ao ouvir sua voz.

Fecho os olhos com bastante força, muita força, recusando-me a acreditar em meus ouvidos. Warner não pode estar aqui. É claro que não está aqui. Não é nem *possível* que esteja aqui, mas então me recordo. Castle anunciou que ele não é mais um refém.

Castle deve tê-lo deixado sair do quarto.

Ah.

Ah, não.

Isso não pode estar acontecendo. Warner não está tão próximo de Adam e de mim agora, não outra vez, não assim, não depois de tudo. Isso *não pode* estar acontecendo

mas Adam olha de soslaio, olha atrás de mim, para a pessoa que tento com tanto afinco ignorar, e não consigo erguer o rosto. Não quero ver o que está prestes a acontecer.

A voz de Adam sai ácida quando ele fala:

– Que diabos você está fazendo aqui?

– É bom voltar a vê-lo, Kent. – Chego a ouvir o sorriso de Warner. – Precisamos colocar a conversa em dia, sabia? Especialmente à luz desta nova descoberta. Eu não sabia que tínhamos tanta coisa em comum.

Você não tem a menor, a menor ideia, quero dizer em voz alta.

— Seu merda do caralho — Adam o insulta com uma voz grave, comedida.

— Que linguajar mais infeliz. — Warner acena uma reprovação com a cabeça. — Somente aqueles incapazes de se expressar de maneira inteligente apelam para substituições tão grosseiras no vocabulário. — Hesita. — Seria por que eu o intimido, Kent? Estou deixando-o nervoso? — Dá risada. — Você parece fazer um esforço enorme só para conseguir se controlar.

— Eu vou *matar* você... — Adam avança para agarrar Warner pela garganta quando Kenji o segura, segura os dois, afastando-os com um ar de nojo absoluto estampado no rosto.

— Que *porra* vocês dois pensam que estão fazendo? — Seus olhos estão em chamas. — Não sei se percebeu, Kent, mas você está bem diante da porta e deixando as crianças assustadas pra caralho. Então vou ter que pedir para que se acalme. — Adam tenta falar, mas Kenji o interrompe. — Ouça, não tenho ideia do que Warner está fazendo fora do quarto, mas isso não é da minha conta. Castle está no comando aqui e temos que respeitar. Você não pode sair por aí matando pessoas só porque está a fim.

— Esse cara é o mesmo que tentou me torturar até a morte! — Adam grita. — *Você* foi espancado pelos homens dele. E agora vou ter que conviver com ele? Lutar ao lado dele? Fingir que está tudo bem? Castle só pode ter ficado *louco*...

— Castle sabe o que está fazendo — Kenji esbraveja. — Você não precisa ter uma opinião. Vai se submeter ao julgamento dele.

Furioso, Adam ergue as mãos.

— Não acredito. Isso só pode ser uma *piada!* Quem faz algo assim? Quem trata reféns como se eles estivessem em uma espécie de retiro?! – grita outra vez, sem sequer se esforçar para controlar a voz. – Ele pode voltar para o lugar de onde veio e entregar todos os detalhes deste lugar… Pode entregar a nossa localização!

— Isso é impossível – Warner retruca. – Eu não tenho a menor ideia de onde estamos.

Adam vira-se tão rapidamente na direção de Warner e me viro tão rápido quanto ele para acompanhar a ação. Adam continua gritando, falando alguma coisa, parecendo prestes a atacar Warner bem aqui, neste momento, e Kenji tenta contê-lo, mas eu mal consigo ouvir o que se passa à minha volta. O sangue bombeia rapidamente em minha cabeça e meus olhos esquecem de piscar porque Warner está olhando para mim, só para mim, seus olhos focados, tão atentos, tão profundos que me deixam completamente paralisada.

O peito de Warner sobe e desce, forte a ponto de eu notar mesmo estando distante. Ele não dá atenção à comoção ao seu lado, ao caos no refeitório ou ao fato de que Adam tenta empurrá-lo no chão; não se movimenta um único centímetro. Não desvia o olhar e sei que tenho que fazer isso para ele.

Viro a cabeça.

Kenji está gritando para Adam se acalmar com alguma coisa e estendo a mão, seguro o braço de Adam, ofereço-lhe um breve sorriso e ele fica parado.

— Venha – convido-o. – Vamos voltar lá para dentro. Castle ainda não terminou e precisamos ouvir o que ele está falando.

Adam se esforça para recuperar o próprio controle. Respira fundo. Assente rapidamente para mim e me permite guiá-lo. Esforço--me para focar em Adam e fingir que Warner não está aqui.

Warner não é um grande fã do meu plano.

Agora está parado à nossa frente, bloqueando o caminho, e o encaro, contra minha vontade e intenção, só para enxergar algo que nunca vi antes. Não nesse nível, não assim.

Dor.

— Saia da frente — Adam esbraveja com ele.

Mas Warner sequer parece notar.

Continua me observando. Olhando para a minha mão, que segura o braço coberto de Adam, e a agonia em seus olhos vai quebrando meus joelhos e não consigo falar, não devo falar, não saberia o que falar mesmo se eu pudesse falar, mas então ele diz meu nome. E repete:

— Juliette...

— Saia! — Adam late outra vez, dessa vez empurrando Warner com força suficiente para derrubá-lo no chão.

Mas Warner não cai. Ele tropeça para a frente, só um pouquinho, mas o movimento desencadeia alguma coisa dentro dele, alguma raiva adormecida que ele está tão ansioso para libertar, e avança, pronto para causar problemas e tento pensar no que fazer para contê-lo, tento criar algum plano, mas sou uma idiota.

Sou idiota a ponto de entrar no meio.

Adam me segura e tenta me empurrar para trás, mas já estou pressionando a mão no peito de Warner e não sei o que estou pensando, mas não estou pensando em nada e esse parece ser o problema. Estou aqui, estou presa nos milissegundos, parada entre 2 irmãos dispostos a destruir um ao outro e sequer sou eu que faço alguma coisa.

É Kenji.

Ele segura os dois pelo braço e tenta afastá-los, mas o barulho repentino que ricocheteia em sua garganta é uma tortura e um horror que eu queria poder arrancar do meu crânio.

Ele está caído.

Está no chão.

Está asfixiando, arfando, contorcendo-se no chão até perder as forças, até mal conseguir respirar, então fica parado, parado demais, e acho que estou gritando, toco meus lábios para ver de onde esse barulho está vindo e estou de joelhos. E tento sacudi-lo para acordá--lo, mas ele não se mexe, não responde, e não tenho a menor ideia do que acabou de acontecer.

Não sei se Kenji está morto.

Cinquenta e sete

Definitivamente, estou gritando.

Braços me tiram do chão e ouço vozes e sons que não me importo em reconhecer porque só sei que isso não pode estar acontecendo, não com Kenji, não com meu amigo divertido e complicado que mantém segredos atrás dos sorrisos e estou me debatendo para me livrar das mãos que me seguram porque estou cega, avançando pelo refeitório e uma centena de rostos embaçados misturam-se ao fundo porque a única pessoa que quero ver é aquela usando um blazer azul-marinho e com uma cabeça cheia de dreads presos em um rabo de cavalo.

– Castle! – estou gritando. Continuo gritando. Talvez eu tenha caído no chão, não sei direito, mas percebo que meus joelhos doem e não me importo não me importo não me importo. – Castle! Kenji... Kenji está... *por favor...*

Eu nunca havia visto Castle correr.

Ele atravessa o salão com uma velocidade desumana, passa por mim, chega ao corredor. Todos estão em pé, frenéticos, alguns gritando em pânico, e vou perseguindo Castle de volta ao túnel e Kenji continua aqui. Ainda caído. Paralisado.

Paralisado demais.

– Onde estão as meninas? – Castle grita. – Alguém... chame as meninas!

E vai embalando a cabeça, tentando puxar o corpo pesado de Kenji nos braços e nunca o ouvi assim, nem mesmo quando falou de nossos reféns, nem mesmo quando falou sobre o que Anderson fez com os civis. Observo ao redor e vejo os membros do Ponto Ômega parados à nossa volta, dor estampada em seus semblantes, e tantos deles já começaram a chorar, abraçando-se, e percebo que nunca reconheci muito bem a importância de Kenji. Eu não entendia o alcance de sua autoridade. Nunca entendi de fato o quanto ele significa para as pessoas nesta sala.

O quanto elas o amam.

Pisco e Adam é uma das 50 pessoas diferentes tentando carregar Kenji e agora eles estão correndo e se apegando às esperanças e alguém diz:

– Elas já foram para a ala médica! Estão preparando um leito para ele.

E é uma debandada, todos correm atrás deles, tentando descobrir qual é o problema e ninguém olha para mim, ninguém me encara e me afasto, para longe da vista, dou a volta em um canto, entro na escuridão. Sinto o sabor das lágrimas que chegam à minha boca, conto dez gotas salgadas porque não consigo entender o que aconteceu, como aconteceu, como aquilo sequer foi possível, porque eu não estava tocando nele, não podia estar em contato com ele. Por favor por favor por favor eu não tenho como tê-lo tocado, mas então congelo. Pingentes de gelo brotam em meus braços e percebo:

Não estou de luvas.

Esqueci minhas luvas. Saí com tanta pressa para chegar aqui esta noite que simplesmente terminei de tomar banho e deixei minhas luvas no quarto e isso não parece real, sequer parece possível eu ter feito algo assim, eu ter esquecido, eu ser responsável por mais uma vida perdida e eu só eu só eu simplesmente caio no chão.

— Juliette.

Ergo o olhar. Dou um salto.

E ordeno:

— Fique longe de mim.

E estou tremendo, estou tentando afastar as lágrimas, mas vou me transformando em um vazio porque acho que foi isso. É a minha punição final. Eu mereço essa dor, eu mereço ter matado um dos meus únicos amigos no mundo todo e quero me encolher e desaparecer para sempre.

— Vá embora.

— Juliette, por favor — Warner pede, aproximando-se.

Seu rosto está um pouco escondido pela sombra. Esse corredor só é parcialmente iluminado e não sei aonde ele leva. Só sei que não quero ficar sozinha com Warner.

Não agora. Nem nunca mais.

— Falei para ficar longe de mim! — Minha voz sai trêmula. — Não quero falar com você. Por favor... me deixe sozinha, por favor!

— Não posso abandoná-la assim — ele diz. — Não quando você está chorando!

— Talvez você não entenda essa emoção — enervo-me com ele. — Talvez não se importe, afinal, matar alguém não significa nada para você!

Ele respira com dificuldade, rápido demais.

— Do que você está falando?

— Estou falando de Kenji! — explodo. — Eu fiz aquilo! A culpa é minha! Por minha culpa você e Adam estavam brigando e por minha culpa Kenji apareceu para contê-los e por minha culpa... — Minha voz falha uma vez, duas vezes. — Por minha culpa ele está morto.

Os olhos de Warner ficam arregalados.

— Não seja ridícula — retruca. — Ele não morreu.

Sou a própria agonia.

Estou chorando pelo que fiz e porque é claro que ele está morto, será que você não viu, ele nem se mexia e eu o matei e Warner permanece em total silêncio. Não diz uma única palavra quando lanço insultos horríveis e o acuso de ter um coração gelado demais para entender o que é sofrer. Nem percebo que ele já me puxou em seus braços e que estou aninhada em seu peito e sem tentar me livrar dele. Não tento me livrar, de maneira nenhuma. Agarro-me a ele porque preciso desse calor, sinto falta de ter braços fortes me envolvendo e só agora começo a perceber o quanto passei a depender das propriedades terapêuticas de um excelente abraço tão depressa.

O quanto senti falta disso, desesperadamente.

E ele só me abraça. Acaricia meus cabelos, empurrando-os para trás, passa a mão suavemente em minhas costas e ouço seu coração batendo de forma estranha e ensandecedora, com uma velocidade que parece acelerada demais para ser humana.

Seus braços me envolvem por completo quando ele diz:

— Você não o matou, meu amor.

E respondo:

— Talvez você não tenha visto o que eu vi.

— Você está entendendo a situação toda de maneira errada. Você não fez nada para feri-lo.

Nego com a cabeça ainda encostada em seu peito.

— Do que está falando?

— Não foi você. Sei que não foi você.

Afasto-me. Fito seus olhos.

— Como sabe disso?

— Porque — justifica. — Não foi você quem feriu Kenji. Fui eu.

Cinquenta e oito

— *O quê?*

— Ele não morreu — Warner repete. — Está muito ferido, é verdade, mas suspeito que serão capazes de reanimá-lo.

— O quê — Estou entrando em pânico, pânico em meus ossos. — Do que você está falando?

— Por favor — Warner pede. — Sente-se, eu explico.

Dobra o corpo no chão e dá tapinhas ao seu lado. Não sei o que mais fazer e minhas pernas estão agora trêmulas demais para se sustentarem sozinhas.

Meus membros se soltam no chão, ficamos de costas para a parede, seu lado direito e meu lado esquerdo separados apenas por um centímetro de ar.

1

2

3 segundos se passam.

— Eu não quis acreditar em Castle quando ele me falou que eu posso ter um... um *dom* — Warner relata. Sua voz é tão baixa que tenho de me esforçar para ouvir, mesmo estando tão próximo. — Parte de mim esperava que ele estivesse tentando me enlouquecer para tirar proveito disso. — Um leve suspiro. — Mas, se eu pensasse bem, fazia um pouco de sentido. Castle também me contou sobre Kent.

Sobre ele poder tocar em você e que descobriram o motivo disso. Por um instante, me perguntei se talvez eu não tivesse uma habilidade parecida. Uma habilidade tão patética quanto a dele. Igualmente inútil. – Ele ri. – Fiquei muito relutante em acreditar.

– Não é uma habilidade inútil – ouço-me dizendo.

– Sério? – Ele se vira para me encarar. Nossos ombros quase se tocam. – Conte para mim, meu amor. O que Adam é capaz de fazer?

– Ele consegue desabilitar as coisas. As habilidades.

– Entendi – diz. – Mas como isso pode ajudá-lo? Como desabilitar os poderes de seu próprio povo pode ajudá-lo? É absurdo. Um desperdício. Não vai ajudar em nada nessa guerra.

Eu arrepio. Mas decido ignorar.

– O que isso tem a ver com Kenji?

Ele desvia o olhar outra vez. Sua voz se suaviza quando diz:

– Acreditaria em mim se eu contasse que consigo sentir sua energia neste exato momento? Sentir o tom e o peso dela?

Encaro-o, estudo seus traços e a sinceridade em sua voz.

– Sim – respondo. – Acho que eu acreditaria em você.

Warner sorri de um jeito que parece entristecê-lo.

– Eu consigo sentir – diz, respirando fundo –, as emoções que você sente com mais intensidade. E, como eu a conheço, sou capaz de encaixar esses sentimentos dentro de um contexto. Sei que o medo que está sentindo agora, por exemplo, não é direcionado a mim, mas a si mesma e ao que você pensa ter feito com Kenji. Sinto sua hesitação, essa relutância em acreditar que não foi culpa sua. Sinto sua tristeza, seu sofrimento.

– Você realmente sente tudo isso? – pergunto.

Ele faz um gesto positivo, mas sem me olhar.

– Eu nunca soube que algo assim era possível – admito.

— Nem eu... sabia. Por muito tempo, não soube. Na verdade, pensei que era normal as pessoas serem tão cientes das emoções humanas. Pensei que eu fosse um pouco mais perceptivo do que os outros, talvez. É um grande fator que levou meu pai a me deixar assumir o Setor 45. Afinal, tenho essa habilidade peculiar de saber se alguém está escondendo alguma coisa ou sentindo culpa ou, mais importante, mentindo. — Fica um instante em silêncio. — Isso e o fato de eu não ter medo de ir até as últimas consequências se a situação assim exigir. Foi só depois que Castle sugeriu que talvez eu tivesse algo diferente que realmente comecei a analisar. Quase enlouqueci. — Meneia a cabeça. — Fiquei pensando nisso sem parar, pensando em maneiras de provar e reprovar as teorias dele. Mesmo com minha deliberação cuidadosa, repudiei a ideia. E, embora eu lamente um pouco, por você, e não por mim, o fato de Kenji ter sido idiota o bastante para se meter esta noite, acho que o que aconteceu foi um mal que veio para o bem. Porque agora enfim tenho uma prova de que eu estava errado e Castle, certo.

— O que quer dizer com isso?

— Eu absorvi a sua Energia — ele me conta. — E não sabia que era capaz. Senti tudo vividamente quando nós quatro entramos em contato. Adam estava inacessível, o que, a propósito, explica porque nunca suspeitei que ele fosse desleal. Suas emoções sempre se mantiveram escondidas, sempre bloqueadas. Fui ingênuo e imaginei que Adam só fosse robótico, alheio a qualquer personalidade ou interesse verdadeiro. Ele me enganou e a culpa foi apenas minha. Confiei demais em mim mesmo e, por isso, não previ nenhuma falha no meu sistema.

E sinto vontade de dizer: a habilidade de Adam não é tão inútil assim, afinal, é?

Mas não falo nada.

– E Kenji – Warner continua depois de um instante. Esfrega a mão na testa. Ri um pouquinho. – Kenji foi muito inteligente. Muito mais inteligente do que imaginei, o que, no fim das contas, era a tática dele. Kenji... – pronuncia expirando. – Kenji tomou o cuidado de ser uma ameaça óbvia, em vez de uma ameaça discreta. Ele sempre se metia em problema, exigia porções extras nas refeições, brigava com os outros soldados, não respeitava o toque de recolher. Desrespeitava regras simples para atrair atenção para si. Para me enganar e me fazer enxergá-lo como irritante e nada mais. Sempre senti que havia alguma coisa errada com ele, mas atribuí isso a seu comportamento escandaloso e sua incapacidade de seguir regras. Dei pouca atenção, pensei que só fosse um soldado ruim, um desses que jamais seria promovido. Alguém que sempre seria visto como uma perda de tempo. – Balança a cabeça em negação, arqueia a sobrancelha, olhos focados no chão. Quase impressionado, prossegue: – Brilhante. Foi brilhante. Seu único erro foi ser abertamente amigável com Kent. E esse erro quase lhe custou a vida.

– Então... o quê? Você estava tentando acabar com ele esta noite? – Ainda me sinto muito confusa, tentando manter o foco da conversa. – Você o feriu de propósito?

– Não foi de propósito. – Warner nega com a cabeça. – Mas eu não sabia bem o que estava fazendo. Não num primeiro momento. Eu só sentia energias, nunca soube que podia absorvê-las. Quando toquei em sua mão, havia tanta adrenalina entre nós que sua energia praticamente se lançou na minha direção. E, quando Kenji segurou meu braço, você e eu ainda estávamos em contato. E... de algum jeito, consegui redirecionar sua força para ele. Foi muito acidental, mas senti acontecer. Senti o seu poder avançando por dentro de mim, saindo de mim. – Warner ergue o rosto, me encara. – Foi a coisa mais extraordinária que já vivi.

Acho que, se já não estivéssemos sentados, eu cairia no chão.

– Então você consegue absorver... Você consegue absorver os poderes de outras pessoas? – pergunto.

– Aparentemente sim.

– E tem certeza de que não feriu Kenji de propósito?

Warner dá risada, me observa como se eu tivesse acabado de falar alguma coisa muito engraçada.

– Se eu quisesse matá-lo, teria matado. Se quero ferir alguém, não preciso de muita coisa além das minhas duas mãos.

Impressionada, permaneço em silêncio.

– Para dizer a verdade, estou espantado – Warner prossegue. – Espantado com o tanto de energia que você consegue represar. Eu mal conseguia controlar. A transferência do meu corpo para o de Kenji não foi apenas imediata, foi necessária. Eu não conseguiria tolerar a intensidade por muito tempo.

– E eu não consigo ferir você? – Abismada, pisco para ele. – De maneira nenhuma? Meu poder simplesmente *entra* em você? Você só o absorve?

Ele assente e diz:

– Quer ver?

E estou fazendo que sim com a cabeça, com os olhos e com os lábios e nunca na vida me senti mais aterrorizada por estar animada.

– O que eu tenho que fazer? – indago.

– Nada – ele responde baixinho. – Basta tocar em mim.

Meu coração bate forte e agitado e o sangue corre acelerado pelo corpo e tento me concentrar. Tentando permanecer calma. Vai dar tudo certo, digo a mim mesma. Vai dar certo. É só um experimento. Não precisa ficar tão animada só porque pode tocar outra vez em alguém, fico repetindo a mim mesma.

~~Mas ah, estou tão, tão animada.~~

Ele estende a mão desprotegida.

Eu a seguro.

Espero sentir alguma coisa, alguma fraqueza, algum esgotamento da minha energia, algum sinal de que uma transferência do meu corpo para o dele está acontecendo, mas simplesmente não sinto nada. Sinto-me igualzinha a antes. Contudo, observo o rosto de Warner quando seus olhos se fecham e ele se esforça para se concentrar. Depois, sinto sua mão apertar a minha e ele arfa.

Seus olhos se abrem violentamente e a mão encosta no chão.

Em pânico, dou um salto para trás, andando de lado, na ponta dos pés, minhas mãos me segurando por trás. Devo estar tendo alguma alucinação. Devo estar tendo uma alucinação envolvendo o buraco no chão, dez centímetros de onde Warner continua sentado. Devo estar alucinando quando vejo sua mão pressionar com força demais e atravessar a superfície. Tudo isso não deve passar de uma alucinação. Tudo isso. Estou sonhando e certa de que vou acordar logo. Deve ser isso.

— Não fique com medo.

— Como… como… – gaguejo. – Como vo-você fez isso…

— Não sinta medo, meu amor, está tudo bem, eu garanto. Também é novidade para mim…

— Meu… meu poder? Não… Você não sente dor nenhuma?

Ele nega com a cabeça.

— Pelo contrário. É o mais incrível golpe de adrenalina, diferente de tudo o que já vivi. Na verdade, sinto um pouco de vertigem, mas é a melhor vertigem do mundo. – Ele dá risada, sorri para si mesmo. Apoia a cabeça nas mãos. Ergue o olhar. – Podemos fazer outra vez?

— Não – respondo de súbito.

Warner está sorrindo.

— Tem certeza?

— Eu não posso... Eu só... ainda não acredito que você pode tocar em mim. Que você realmente... Quer dizer... – Estou negando com a cabeça. – Não tem nenhuma pegadinha? Não tem nenhuma condição? Você toca em mim e ninguém se machuca? E não é só isso, mas você realmente gosta? Você realmente gosta do que sente quando toca em mim?

Ele agora pisca para mim, olha como se não soubesse direito a resposta para a minha pergunta.

— Então?

— Sim – enfim admite, mas a palavra sai sussurrada.

— Sim o quê?

Consigo ouvir seu coração batendo com vigor. Consigo ouvir o silêncio entre nós.

— Sim – repete. – Eu gosto.

Impossível.

— Você nunca precisa sentir medo de tocar em mim – Warner prossegue. – Não vai me ferir. Só me dá forças.

Quero deixar escapar uma daquelas risadas estranhas, agudas, histéricas que anunciam o fim da sanidade de uma pessoa. Porque esse mundo, penso eu, tem um senso de humor horrível, horrível. Sempre parece rir de mim. Rir às minhas custas. Tornar minha vida infinitamente mais complicada o tempo todo. Arruinar todos os planos que criei com tanta minúcia ao dificultar as minhas escolhas. Tornar tudo tão confuso.

Não posso tocar no garoto que amo.

Mas posso usar meu toque para fortalecer o garoto que tentou matar o garoto que eu amo.

Ninguém está achando a menor graça, sinto vontade de dizer ao mundo.

— Warner... — Ergo o olhar, de repente me dando conta de algo. — Você precisa contar para Castle.

— Por que eu faria algo assim?

— Porque ele precisa saber. Isso explicaria a situação de Kenji e pode nos ajudar amanhã também. Você vai lutar com a gente e essa sua qualidade pode ser útil...

Warner dá risada.

Ele ri e ri e ri, seus olhos brilham, iluminados mesmo sob essa luz fraca. Ele ri até só restar uma respiração dificultosa, até só restar um leve suspiro, até a risada se dissolver em um sorriso bem-humorado. E então sorri para mim até estar sorrindo para si mesmo, até baixar o olhar e se concentrar em minha mão, a mão solta em meu colo. Hesita só por um instante antes de seus dedos roçarem a pele suave e fina que cobre os nós dos meus dedos.

Eu não respiro.

Eu não falo.

Eu sequer me mexo.

Ele se mantém hesitante como se esperasse para ver se vou me afastar e eu devia, sei que devia me afastar, mas não me afasto. Por fim, segura a minha mão. Estuda-a. Desliza os dedos pelas linhas da minha palma, pelos vincos das articulações, no ponto sensível entre polegar e indicador e seu toque é tão leve, tão delicado e doce e tão bom que chega a doer, chega realmente a doer. E é demais para o meu coração enfrentar agora.

Afasto a mão com um movimento trêmulo e desajeitado, rosto enrubescendo, pulso acelerado.

Warner nem se mexe. Não ergue o olhar. Sequer parece surpreso. Só observa suas mãos agora vazias ao dizer, com uma voz ao mesmo tempo estranha e leve:

— Sabe... Acho que Castle é, no fundo, um tolo otimista. Ele se esforça muito para acolher as pessoas, e isso gera efeitos ruins simplesmente porque é impossível agradar a todos. – Reflete por um instante. – Ele é o exemplo perfeito do tipo de pessoa que não conhece as regras desse jogo. Alguém que pensa demais com o coração e se apega a alguma noção fantástica de esperança e paz. Isso nunca vai ajudá-lo. – Ele suspira. – Aliás, esse será o fim dele, tenho certeza disso. Mas tem alguma coisa em você, alguma coisa no jeito que você alimenta uma esperança pelas coisas... – Nega com a cabeça. – É tão ingênua e estranhamente amável. Você gosta de acreditar nas pessoas quando elas falam. Prefere a bondade. – Sorri só um pouquinho. Ergue o olhar. – Isso me faz bem.

E logo me sinto uma idiota.

– Você não vai lutar com a gente amanhã.

Warner agora sorri com intensidade, olhos tão calorosos.

– Vou embora.

– Você vai embora...

Estou entorpecida.

– Não pertenço a este lugar.

Estou balançando a cabeça quando digo:

– Eu não entendo... Como pode ir embora? Você disse a Castle que vai lutar com a gente amanhã... Ele sabe que você vai fugir? Alguém sabe? – indago, analisando seu rosto. – O que você planejou? O que vai fazer?

Ele não responde.

– O que você vai fazer, Warner...

– Juliette – sussurra com olhos repentinamente urgentes, torturados. – Preciso perguntar uma coisa para vo...

Alguém está correndo pelos túneis.

Chamando meu nome.

Adam.

Cinquenta e nove

Frenética, dou um salto e digo a Warner que já volto.

Estou pedindo que não vá embora ainda, que não vá a lugar algum por enquanto, que eu já volto, mas não espero sua resposta porque já estou em pé e correndo em direção ao corredor iluminado e quase colido outra vez com Adam. Ele me segura e segura próximo de si, tão perto, sempre esquecendo de não me tocar assim e está ansioso e diz *tudo bem com você?* e *eu sinto muito* e *estive procurando-a em todos os cantos* e *pensei que você iria à ala médica* e *não foi culpa sua, espero que saiba disso*.

As palavras bombardeiam meu rosto, minha cabeça, minha espinha, essa percepção de quanto me importo com ele. Quanto sei que ele se importa comigo. Estar perto assim dele é um lembrete doloroso de tudo o que tive de me forçar a me distanciar. Respiro fundo.

– Adam, Kenji está bem? – pergunto.

– Ele continua inconsciente – relata. – Mas Sara e Sonya acham que ele vai ficar bem. Elas vão passar a noite acordadas ao lado dele, só para ter certeza de que vai sair inteiro. – Faz uma pausa. – Ninguém sabe o que aconteceu, mas não foi você. – Seus olhos se concentram nos meus. – Você sabe disso, não sabe? Você sequer tocou nele. Sei que não tocou.

E, mesmo que eu abra a boca um milhão de vezes para dizer *foi Warner. Foi Warner quem fez isso. Foi ele que fez isso com Kenji, você precisa pegá-lo e fazê-lo parar e ele está mentindo para todos vocês! Ele vai escapar amanhã*, não denuncio nada, e não sei por quê.

Não sei por que o estou protegendo.

Acho que parte de mim tem medo de pronunciar as palavras em voz alta, medo de torná-las verdadeiras. Ainda não sei se Warner vai ou não fugir, se vai ou não escapar; nem sei se isso é possível e não sei se posso contar a alguém sobre a habilidade dele; não acho que eu queira explicar a Adam que, enquanto ele e o restante do Ponto Ômega estavam cuidando de Kenji, fiquei escondida no túnel com Warner – nosso inimigo e refém –, segurando sua mão e testando seu novo poder.

Queria não me sentir tão confusa.

Queria que minhas interações com Warner parassem de me fazer sentir tanta culpa. Cada instante que passo com ele, cada conversa que temos me faz sentir como se, de alguma maneira, eu traísse Adam, embora, tecnicamente, não estejamos mais juntos. Meu coração ainda se sente tão ligado a Adam; sinto-me unida a ele, como se precisasse recompensá-lo por já tê-lo ferido tanto. Não quero ser o motivo da dor em seus olhos, não outra vez e, de alguma maneira, cheguei à conclusão de que manter segredos é o único jeito de evitar que ele se machuque. Mas, no fundo, sei que isso não pode estar certo. No fundo, sei que pode terminar mal.

Contudo, não sei o que mais fazer.

– Juliette? – Adam continua me abraçando apertado, ainda tão próximo e caloroso e maravilhoso. – Você está bem?

E não sei direito o que me faz perguntar, mas de repente preciso saber.

— Você vai contar para ele?

Adam me puxa para trás, só um centímetro.

— O quê?

— Warner, vai contar a verdade para ele? Sobre vocês dois?

Adam está piscando, espantado, surpreendido pela minha pergunta.

— Não — enfim se pronuncia. — Nunca.

— Por que não?

— Porque é necessário muito mais do que sangue para ser família — ele responde. — E não quero nada com ele. Queria poder vê-lo morrer e não sentir misericórdia nem remorso. Ele é a definição de monstro. Exatamente como meu pai. E prefiro cair morto a reconhecê-lo como meu irmão.

De repente, sinto-me prestes a desabar.

Adam segura minha cintura, tenta se concentrar em meus olhos.

— Você continua em choque — diz. — Precisamos arrumar alguma coisa para você comer... ou talvez um pouco de água...

— Está tudo bem — digo. — Eu estou bem.

Permito-me aproveitar um último segundo em seus braços antes de me afastar, precisando respirar. Continuo tentando me convencer de que Adam está certo, de que Warner fez coisas terríveis, horríveis, e que eu não devia perdoá-lo. Não devia sorrir para ele. Nem conversar com ele. E então sinto vontade de gritar porque acho que meu cérebro não suporta a dupla personalidade que venho desenvolvendo ultimamente.

Digo a Adam que preciso de um minuto. Digo a ele que preciso ir ao banheiro antes de voltarmos à ala médica e ele responde que tudo bem, que vai me esperar.

Afirma que vai me esperar até eu estar pronta.

LIBERTA-ME

Vou na ponta dos pés de volta ao túnel para avisar a Warner que preciso ir, que não voltarei mais, mas, quando forço a visão na escuridão, não encontro nada.

Analiso os arredores.

Ele já se foi.

Sessenta

Não precisamos fazer nada, nada mesmo, para morrer.

Podemos nos esconder em um armário debaixo das escadas a vida toda e ela ainda vai nos encontrar. A Morte aparece usando um manto invisível e mexe uma varinha mágica e nos leva quando menos esperamos. Ela apaga os traços da nossa existência nesta Terra e realiza todo o trabalho sem cobrar. Não pede nada em troca. Faz uma reverência em nosso velório e aceita os elogios por seu trabalho bem concluído e depois desaparece.

Viver é um pouco mais complexo. Tem uma coisa que sempre precisamos fazer.

Respirar.

Inspirar e expirar, todo dia, todas as horas minutos e momentos precisamos inspirar, gostemos disso ou não. Mesmo quando planejamos asfixiar nossas esperanças e sonhos, ainda respiramos. Mesmo enquanto definhamos ou vendemos nossa dignidade a um homem na esquina, respiramos. Respiramos quando estamos errados, respiramos quando estamos certos, respiramos mesmo enquanto caímos em um precipício em direção a uma morte prematura. Não pode ser desfeito.

Então respiro.

Conto os passos que subi na direção da armadilha dependurada no teto da minha existência e conto o número de vezes que fui idiota e me faltam números.

Kenji quase morreu hoje.

Por minha causa.

Ainda é minha culpa Adam e Warner terem brigado. Ainda é minha culpa eu ter entrado entre eles. Ainda é minha culpa Kenji ter sentido a necessidade de separá-los e, se eu não estivesse bem ali no meio, Kenji jamais sairia ferido.

E agora estou aqui. Olhando para ele.

Kenji mal consegue respirar e eu imploro. Imploro para ele fazer a única coisa que importa. A única coisa que realmente importa. Preciso que ele aguente firme, mas não está me ouvindo. Não consegue me ouvir e preciso que ele fique bem. Preciso que passe por essa. Preciso que respire.

Preciso dele.

Castle não tinha muito mais a dizer.

Todos estavam parados à sua volta, alguns dentro da ala médica, outros do outro lado do vidro, acompanhando em silêncio. Castle deu um breve sermão dizendo que precisamos permanecer unidos, que somos uma família e que, se não pudermos contar uns com os outros, com quem contaremos? Disse que estamos todos com medo, é claro, mas agora é hora de nos apoiarmos. É hora de nos unirmos e combater. Agora é hora de tomarmos o mundo de volta, ele disse.

— Agora é a nossa hora de viver — falou. — Vamos postergar nossa saída amanhã para que todos tomem um último café da manhã unidos. Não podemos sair divididos para a batalha. Temos fé em nós mesmos e nos outros. Aproveitem esse tempo a mais de manhã para fazerem as pazes entre si. Depois do café da manhã, sairemos. Como se fôssemos um.

— E Kenji? — alguém perguntou, e fiquei espantada ao ouvir a voz conhecida.

James. Parado ali com os punhos fechados, marcas de lágrimas no rosto, o lábio inferior tremendo enquanto luta para esconder a dor em seu rosto.

Meu coração se parte em dois.

— O que quer dizer? — Castle pergunta a ele.

— Ele vai lutar amanhã? — James indaga, fungando as últimas lágrimas, punhos começando a tremer. — Ele quer lutar amanhã. Ele me falou que queria lutar amanhã.

O rosto de Castle fica tenso. Ele demora a responder:

— Eu... Eu acho que Kenji não será capaz de se unir a nós amanhã. Mas talvez... talvez você pudesse ficar e fazer companhia para ele?

James não respondeu. Só ficou olhando para Castle. Depois, observou Kenji. Piscou várias vezes antes de passar pela multidão e subir na cama de seu amigo. Ajeitou-se ao lado dele e adormeceu.

Entendemos isso como um sinal de que era hora de sair dali.

Bem, todos menos eu, Adam, Castle e as meninas. Acho interessante todos se referirem a Sonya e Sara como "as meninas" como se elas fossem apenas meninas comuns por aqui. Não são. Nem sei como receberam esse apelido e, embora parte de mim queira saber, a outra parte sente-se exausta demais para perguntar.

Curvo-me em meu assento e olho para Kenji, que luta para inspirar e expirar. Solto a cabeça nos punhos, enfrentando a onda de sono que invade meu consciente. Não mereço dormir. Minha obrigação é passar a noite inteira aqui, cuidando dele. Eu ajudaria se pudesse tocá-lo sem destruir sua vida.

– Vocês dois precisam mesmo dormir.

Levo um susto ao acordar, estremeço, não tinha me dado conta de que cochilei por um segundo. Castle me observa com olhos estranhos, mas, ainda assim, gentis.

– Não estou cansada – minto.

– Vá para a cama – ele diz. – Teremos um longo dia amanhã. Vocês precisam dormir.

– Posso acompanhá-la – Adam oferece. E já se mexe para se levantar. – E depois volto imediata...

– Por favor – Castle o interrompe. – Pode ir. Eu vou ficar bem com as meninas.

– Mas você, mais do que a gente, precisa dormir – digo a ele.

Castle abre um sorriso entristecido.

– Receio que eu não vá dormir nada esta noite.

Ele se vira para observar Kenji com olhos brilhando de felicidade ou dor ou alguma coisa no meio disso.

– Vocês sabiam que conheço Kenji desde que ele era criança? – Castle nos conta. – Eu o encontrei logo depois que construí o Ponto Ômega. Ele cresceu aqui. Quando o conheci, ele morava em um carrinho de supermercado surrado que havia encontrado do outro lado da rodovia. – Castle hesita. – Ele nunca contou essa história para vocês?

Adam se senta outra vez. De repente, estou completamente desperta.

– Não – respondemos em uníssono.

– Ah, perdoem-me. – Castle balança a cabeça. – Eu não devia desperdiçar o tempo de vocês com essas coisas. Acho que há coisas demais na minha mente agora. Sempre esqueço quais histórias devo manter só para mim.

– Não, por favor... eu quero saber – digo. – De verdade.

Castle olha para as próprias mãos. Abre um sorriso discreto.

– Não tem nada muito especial – admite. – Kenji nunca me contou o que aconteceu com seus pais e tento evitar perguntas. Tudo o que ele tinha era um nome e uma idade. Encontrei-o acidentalmente. Era só um menino sentado em um carrinho de supermercado. Longe da civilização. Era alto inverno e ele não usava nada além de uma camiseta velha e calças de moletom alguns tamanhos maiores do que o dele. Parecia estar congelando, precisando de umas boas refeições e de um lugar para dormir. Não consegui apenas ignorá-lo e ir embora. Simplesmente não consegui o deixar ali. Então, perguntei se estava com fome.

Ele para, lembra. Prossegue:

– Kenji não falou uma única palavra por pelo menos trinta segundos. Só ficou me olhando. Quase fui embora pensando tê-lo assustado. Mas aí, enfim estendeu o braço e me deu um aperto de mãos. Falou: "Olá, senhor, meu nome é Kenji Kishimoto e tenho nove anos. É um prazer conhecê-lo." – Castle deixa escapar uma risada alta, seus olhos brilhando com uma emoção que entrega o que há por trás de seu sorriso. – O coitado devia estar morrendo de fome. – Pisca para o teto antes de prosseguir: – Sempre teve uma personalidade forte, decidida. Tanto orgulho. Invencível, aquele garoto.

Ficamos em silêncio por um instante, todos nós.

– Eu não sabia de nada disso – Adam admite. – Não sabia que vocês dois eram tão próximos.

Castle se levanta. Olha à nossa volta e abre um sorriso iluminado demais, apertado demais. E responde:

– Sim. Estou certo de que ele vai ficar bem. Ele vai estar bem ao amanhecer, então vocês dois devem ir dormir.

– Tem certe…

– Sim, por favor. Vão dormir. Vou ficar aqui com as meninas, prometo.

Então nos levantamos. A gente se levanta e Adam consegue erguer James da cama de Kenji e levá-lo nos braços sem acordá-lo. E saímos.

Olho para trás

Vejo Castle soltar o corpo na cadeira e a cabeça nas mãos e a coluna na direção dos joelhos. Vejo-o estender a mão trêmula para descansá-la na perna de Kenji e me pergunto o quanto ainda desconheço sobre essas pessoas com quem vivo. Quão pouco me permiti ser parte do mundo delas.

E sei que quero mudar isso.

Sessenta e um

Adam me acompanha até meu quarto.

As lâmpadas já se apagaram há mais ou menos uma hora agora e, com a exceção das discretas luzes de emergência acesas a cada poucos metros, tudo está apagado. É a penumbra absoluta e, mesmo assim, os guardas em patrulha conseguem nos avistar só para nos avisar que cada um deve ir para o seu quarto.

Adam e eu não conversamos até chegarmos à ala feminina. Há tanta tensão, tantas preocupações não verbalizadas entre nós. Tantos pensamentos sobre hoje e amanhã e as muitas semanas que já passamos juntos. Tantas coisas que não sabemos sobre o que já está acontecendo conosco e o que virá a acontecer conosco. Só olhar para ele, estar tão perto e tão longe dele... é doloroso.

Quero muito desesperadamente construir uma ponte entre nossos corpos. Quero encostar meus lábios em cada parte dele e saborear sua pele, a força de seus membros, de seu coração. Quero ser envolvida em seu calor, na segurança em que aprendi a acreditar.

Porém.

De outras maneiras, passei a perceber que estar longe dele me forçou a confiar em mim mesma. A permitir que eu sinta medo e encontre minha própria saída. Tive que treinar sem ele, lutar sem ele, enfrentar Warner e Anderson e o caos da minha mente, tudo isso sem ele ao meu lado. E me sinto diferente agora. Sinto-me mais forte desde que coloquei esse espaço entre nós.

Porém, ainda não sei o que isso significa.

Só sei que, para mim, nunca mais será seguro me apoiar em outra pessoa, *precisar* da reafirmação constante de quem sou e de quem posso vir a ser um dia. Posso amá-lo, mas não posso depender dele. Não posso ser eu mesma se isso requer alguém para me sustentar.

Minha mente está uma bagunça. Todos os dias me vejo confusa, incerta, preocupada com a possibilidade de cometer um novo erro, preocupada com a possibilidade de perder o controle, tensa com a possibilidade me perder. Mas é uma coisa que tenho de enfrentar. Porque, pelo resto da vida, sempre, sempre serei mais forte do que todos à minha volta.

Mas pelo menos não terei mais que sentir medo, nunca mais.

– Você vai ficar bem? – Adam pergunta, enfim dissipando o silêncio entre nós.

Ergo o rosto e encontro seus olhos preocupados, tentando me decifrar.

– Sim – respondo. – Sim, vou ficar bem.

Ofereço um sorrisinho apertado, mas parece errado estar tão perto assim dele sem poder tocá-lo.

Adam assente. Hesita. Diz:

– Foi uma noite e tanto.

– E amanhã será um dia e tanto também – sussurro.

– Verdade – ele concorda baixinho, ainda me olhando como se tentasse encontrar alguma coisa, como se buscasse uma resposta a uma pergunta não revelada e eu queria saber se está enxergando alguma coisa diferente em meus olhos. Adam abre um leve sorriso e continua: – Preciso ir. – E assente para o corpinho de James em seus braços.

Concordo com a cabeça, sem saber direito o que fazer. O que dizer.

São tantas as incertezas.

— A gente vai superar isso — fala, respondendo aos meus pensamentos silenciosos. — Tudo isso. Vamos ficar bem. E Kenji vai ficar bem.

Toca em meu ombro, deixa seus dedos deslizarem por meu braço e para pouco antes de chegar à minha mão exposta.

Fecho os olhos, tento aproveitar o momento.

E então seus dedos roçam em minha pele e meus olhos se abrem de súbito, o coração socando o peito.

Ele está me olhando como se pudesse fazer muito mais do que apenas tocar minha pele se não estivesse segurando James.

— Adam…

— Vou encontrar um jeito — ele me diz. — Vou encontrar um jeito de fazer dar certo. Prometo. Só preciso de um pouco de tempo.

Tenho medo de falar. Medo do que posso vir a dizer, do que posso vir a fazer; medo da esperança inchando dentro de mim.

— Boa noite — ele sussurra.

— Boa noite — respondo.

Já começo a pensar que a esperança é uma coisa perigosa, aterrorizante.

Sessenta e dois

Entro em meu quarto e sinto-me tão cansada que só estou parcialmente consciente enquanto visto a regata e as calças de pijama que costumo usar para dormir. Foram um presente de Sara, que me aconselhou a tirar a minha roupa especial na hora dormir. Sara e Sonya acreditam ser importante que eu dê à minha pele um tempo para respirar.

Estou prestes a me cobrir quando ouço um leve bater à porta.

Adam

é meu primeiro pensamento.

Mas então abro a porta. E a fecho.

Só posso estar sonhando.

– Juliette?

Ah. Deus.

– O que você está fazendo aqui? – sussurro quase em um grito do meu lado da porta fechada.

– Preciso conversar com você.

– Agora. Você precisa conversar comigo agora.

– Sim, é importante – afirma Warner. – Ouvi Kent dizendo para você que as gêmeas vão ficar na ala médica esta noite e imaginei que fosse um bom momento para falarmos a sós.

– Você ouviu a minha conversa com Adam?

Começo a entrar em pânico, preocupada com a possibilidade de ele ter ouvido demais.

— Não tenho nenhum interesse na sua conversa com Kent — garante com um tom repentinamente calmo, neutro. — Parei de ouvir assim que soube que você estaria sozinha esta noite.

— Ah. — Exalo. — Como foi que conseguiu chegar aqui sem alarmar os guardas?

— Talvez você devesse abrir a porta para ouvir a minha explicação. Não me mexo.

— Por favor, meu amor. Não vou fazer nada para feri-la. A essa altura, você já deve saber disso.

— Dou cinco minutos para você. Depois tenho que dormir, pode ser? Estou exausta.

— Combinado — ele concorda. — Cinco minutos.

Respiro fundo. Entreabro a porta. Espreito-o.

Está sorrindo, parece não sentir nenhum remorso.

Balanço a cabeça.

Ele passa por mim e se senta na minha cama.

Fecho a porta, vou ao outro lado do quarto, de frente para ele, e me sento na cama de Sonya, de repente consciente demais do que estou vestindo e de quão exposta me sinto. Cruzo os braços sobre a fina camada de algodão protegendo meu peito — embora eu tenha certeza de que ele não consegue me enxergar — e esforço-me para ignorar o frio que se espalha pelo ar. Sempre esqueço que minha roupa especial regula a temperatura do corpo neste lugar tão abaixo do nível do solo.

Winston foi um gênio quando criou a peça para mim.

Winston.

Winston e Brendan.

Ah, como quero que estejam bem.

— Então... o que foi? – pergunto a Warner. Não consigo enxergar nada nessa escuridão, mal sou capaz de distinguir o formato de sua silhueta. – Você foi embora rápido, lá no túnel. Apesar de eu ter pedido para esperar.

Alguns instantes de silêncio.

— A sua cama é muito mais confortável do que a minha – comenta baixinho. – Você tem travesseiro. E um cobertor de verdade? – Dá risada. – Está vivendo como uma rainha aqui. Eles a tratam bem.

— Warner. – Já começo a me sentir nervosa. Ansiosa. Preocupada. Tremendo um pouquinho, e não é por causa do frio. – O que está acontecendo? Por que veio aqui?

Nada.

Ainda nada.

De repente.

Uma respiração tensa.

— Quero que venha comigo.

O mundo para de girar.

— Quando eu for embora amanhã – esclarece. – Quero que venha comigo. Não tive a chance de terminar essa conversa com você mais cedo e pensei que chamá-la ao amanhecer seria uma má ideia.

— Você quer que eu vá com você.

Nem sei se ainda estou respirando.

— Quero.

— Quer que eu fuja com você.

Isso não pode estar acontecendo.

Uma pausa.

— Quero.

— Não consigo acreditar. – Estou negando com a cabeça várias e várias e várias vezes. – Você realmente ficou louco.

Quase consigo ouvi-lo sorrir na escuridão.

– Onde está o seu rosto? Sinto como se estivesse conversando com um fantasma.

– Estou bem aqui.

– Onde?

Eu me levanto.

– Aqui.

– Ainda não consigo vê-la – ele afirma, mas sua voz agora parece muito mais próxima do que antes. – Consegue me ver?

– Não – minto, tentando ignorar a tensão imediata, a eletricidade pulsando no ar entre nós.

Dou um passo para trás.

Sinto suas mãos em meus braços, sinto sua pele na minha e estou segurando a respiração. Não me mexo nem um centímetro. Não digo uma palavra sequer quando suas mãos tocam a minha cintura, o pobre tecido que tenta desesperadamente cobrir meu corpo. Seus dedos roçam a pele suave na minha lombar, logo abaixo da bainha da camiseta e estou perdendo as contas do número de vezes que meu coração deixa de bater.

Estou lutando para levar oxigênio aos meus pulmões.

~~Estou lutando para manter minhas mãos sob controle.~~

– Será possível que você não sente essa excitação entre nós? – ele sussurra.

Suas mãos deslizam outra vez por meus braços, seu toque é tão leve, os dedos passam por debaixo da alça da blusa e isso está acabando comigo, faz meu interior arder, é um pulso batendo em cada centímetro do meu corpo e estou tentando me convencer a não perder a cabeça quando sinto as alças da blusa caírem e tudo para.

O ar está paralisado.

Minha pele sente medo.

Até meus pensamentos estão sussurrando.

2
4
6 segundos nos quais esqueço de respirar.

E então sinto seus lábios em meu ombro, suaves e ardentes e leves, tão macios que quase conseguiria acreditar que é o beijo de uma brisa, e não de um garoto.

Outra vez.

Agora em minha clavícula e é como se eu estivesse sonhando, revivendo as carícias de uma memória esquecida e é como uma dor querendo ser abrandada, é uma frigideira quente jogada na água fria, é a bochecha ruborizada encostando-se a um travesseiro frio em uma noite quente quente quente e estou pensando *sim*, estou pensando *é isso mesmo*, estou pensando *obrigada obrigada obrigada*

antes de lembrar que sua boca está em meu corpo e não estou fazendo nada para impedi-lo.

Ele se afasta.

Meus olhos se recusam a abrir.

Seu dedo to-toca meu lábio inferior.

Ele contorna o formato da minha boca, as curvas dos lábios que se afastam, embora eu tenha lhes pedido para não se afastarem. E se aproxima. Sinto-o muito mais perto, preenchendo o ar à minha volta até não restar nada além dele e do calor de seu corpo, do frescor de seu sabonete e alguma coisa não identificável, adocicada só que não, alguma coisa verdadeira e quente, alguma coisa que tem o cheiro *dele*, como se pertencesse a ele, como se tivesse sido despejada na garrafa em que estou me afogando e nem percebo que estou encostada nele, sentindo o cheiro de seu pescoço, até notar que seus dedos não estão mais em meus lábios porque suas mãos estão em minha cintura e ele diz:

— Você — sussurrando, letra a letra, fazendo a palavra pressionar a minha pele antes de Warner hesitar.

Depois.

Mais leve.

Seu peito sobe e desce com mais força agora. Suas palavras, quase ofegantes dessa vez:

— Você me *destrói*.

Estou me desfazendo em seus braços.

Minhas mãos estão cheias de moedas da má sorte e meu coração é uma jukebox exigindo algumas fichas e minha cabeça joga cara ou coroa ou cara ou coroa ou cara ou coroa

— Juliette — pronuncia, e sussurra o nome, mal falando, e está derramando lava derretida em meus membros e eu nunca soube que poderia derreter até a morte chegar. — Eu a desejo. Eu a desejo por inteiro. Quero você do avesso e recuperando o fôlego e ardendo por mim como eu ardo por você. — Ele articula as palavras como se tivesse um cigarro aceso preso na garganta, como se quisesse me mergulhar em mel quente, e diz: — Isso nunca foi segredo. Nunca tentei esconder de você. Nunca fingi querer nada menos.

— Você... você falou que queria a-amizade.

— Sim — confirma, engolindo em seco. — Eu queria. E quero. Quero ser seu amigo. — Ele assente e percebo o leve movimento no ar entre nós. — Quero ser o amigo por quem você se apaixona perdidamente. Aquele que você abraça e leva para a cama e para o mundo íntimo que mantém preso dentro da sua cabeça. Quero ser esse tipo de amigo. Aquele que memoriza as coisas que você diz e também a forma dos seus lábios quando você as diz. Quero conhecer cada curva, cada sarda, cada tremor do seu corpo, Juliette...

— Não! — arquejo. — Não... não diga isso.

Não sei o que vou fazer se ele continuar falando não sei o que vou fazer e não confio em mim mesma.

– Quero saber onde tocá-la – continua. – Quero saber como tocá-la. Quero saber como convencê-la a criar um sorriso só para mim. – Sinto seu peito subindo, descendo, para cima e para baixo e para cima e para baixo e – Sim – ele diz. – Eu realmente quero ser seu amigo. Quero ser seu melhor amigo em todo o mundo.

Não consigo pensar.

Não consigo *respirar*

– Quero tantas coisas – sussurra. – Quero a sua mente. A sua força. Quero valer o seu tempo. – Seus dedos roçam a bainha da minha blusa e ele diz: – Quero tirar isso. – Puxa a cintura das minhas calças e fala: – Quero baixar isso. – Toca as pontas dos dedos nas laterais do meu corpo e expressa: – Quero sentir sua pele pegando fogo. Quero sentir seu coração acelerar junto ao meu e quero saber que está acelerado por minha causa, porque você me deseja. – Arfa e prossegue: – Porque você nunca, nunca vai querer que eu pare. Quero cada segundo. Cada centímetro seu. Quero tudo isso.

E caio morta bem aqui, no chão.

– Juliette.

Não consigo entender por que ainda o ouço falar, pois estou morta, já estou morta, morri várias e várias e várias vezes.

Ele engole em seco, o peito se movimentando, as palavras arfadas, sussurros trêmulos quando diz:

– Estou tão, tão desesperadamente apaixonado por você...

Crio raízes no chão, giro em pé, vertigem no sangue e nos ossos e respiro como se eu fosse o primeiro humano que aprendeu a voar, como se eu estivesse inalando o tipo de oxigênio encontrado apenas nas nuvens, e estou tentando, mas não sei como evitar que meu corpo reaja a ele, a suas palavras, à dor em sua voz.

Ele toca em minha pele.

Suave, tão suave, como se não tivesse certeza de que sou de verdade, como se tivesse medo de chegar muito perto e aí ah, ela sumiu, ela simplesmente desapareceu. 4 de seus dedos acariciam a lateral do meu corpo, lentamente, tão lentamente antes de deslizarem atrás da minha cabeça, tocando o ponto logo acima do pescoço. Seu polegar esfrega a maçã do meu rosto.

Ele continua olhando para mim, buscando ajuda em meus olhos, buscando direcionamento, algum sinal de protesto, como se tivesse certeza de que vou começar a gritar ou chorar ou fugir, mas não farei isso. Acho que não faria nem se eu quisesse, porque não quero. Quero ficar aqui. Bem aqui. Quero ficar paralisada por esse momento.

Ele se aproxima, só mais um centímetro. Estende a mão livre para alisar o outro lado do meu rosto.

E me toca como se eu fosse feita de plumas.

Está segurando meu rosto e olhando para as próprias mãos como se não conseguisse acreditar que pegou o passarinho que sempre se mostrou tão desesperado por voar para longe. Suas mãos tremem, só um pouquinho, só o bastante para eu sentir o leve vacilo em minha pele. O garoto com armas e esqueletos no armário ficou no passado. Essas mãos me segurando nunca empunharam uma arma. Essas mãos nunca tocaram a morte. Essas mãos são perfeitas e doces e gentis.

E ele se aproxima, tão cuidadosamente. Respirando e sem respirar e corações batendo entre nós e está tão perto, tão perto e não consigo mais sentir minhas pernas. Não consigo sentir meus dedos ou o frio ou o vazio deste quarto porque tudo o que sinto é ele, em todos os lugares, preenchendo tudo, e ele sussurra:

— Por favor.

Ele diz:

– Por favor, não atire em mim por isso.

E me beija.

Seus lábios são mais macios do que qualquer coisa que já conheci, suaves como a primeira neve a cair, como morder algodão doce, como derreter e flutuar e não ter peso na água. É doce, é tão naturalmente doce.

E então tudo muda.

– Ah, *caramba*...

Ele me beija outra vez, agora com mais intensidade, mais desesperadamente, como se precisasse me possuir, como se estivesse morrendo por memorizar a sensação de meus lábios tocando os seus. Seu sabor está me deixando louca; ele é todo calor e desejo e menta e eu quero mais. Acabo de puxá-lo, puxá-lo na minha direção, quando ele se afasta.

Respira como se tivesse perdido a cabeça e olha para mim como se alguma coisa tivesse se rompido em seu interior, como se tivesse acordado e descoberto que seus pesadelos eram só pesadelos, que nunca existiram, que tudo não passou de um sonho ruim que parecia real demais, mas agora ele está acordado e está seguro e tudo vai ficar bem e

eu estou caindo

eu estou caindo e caindo em seu coração e sou um desastre.

Ele me analisa, busca alguma coisa em meus olhos, os sins ou nãos ou talvez um sinal para continuar e só quero me afogar nele. Quero que me beije até eu ter um colapso em seus braços, até eu deixar meus ossos para trás e flutuar a caminho de um novo espaço, um espaço que seja só nosso.

Nenhuma palavra.

Só os lábios dele.

Outra vez.

Profundo e urgente como se não pudesse mais perder tempo, como se tivesse tantas coisas que ele quer sentir e não houvesse anos suficientes para senti-las todas. Suas mãos deslizam pela extensão das minhas costas, descobrindo cada curva do meu corpo, e ele beija meu pescoço, a curva do meu ombro e sua respiração sai mais pesada, mais rápida, suas mãos de repente se enroscam em meus cabelos e estou girando, estou atordoada, estou me movimentando e levando a mão atrás de seu pescoço e me agarrando a ele e é um calor gelado, uma dor que ataca cada célula do meu corpo. É um desejo tão desesperado, uma necessidade tão avassaladora que destrói tudo, cada momento que eu acreditava conhecer.

Estou contra a parede.

Ele me beija como se o mundo caísse de um precipício, como se tentasse se equilibrar e decidisse se equilibrar em mim, como se estivesse faminto por vida e amor e jamais tivesse imaginado que seria tão bom estar tão perto de alguém. Como se fosse a primeira vez que sentiu qualquer coisa que não fosse fome e não sabe se controlar, não sabe comer em pequenas porções, não sabe fazer nada nada nada com moderação.

Minhas calças caem no chão e suas mãos são as responsáveis.

Estou em seus braços, de calcinha e regata e isso não me ajuda a parecer decente. Ele se afasta só para olhar para mim, para saborear a minha imagem, e está dizendo *você é tão linda* ele está dizendo *você é inacreditavelmente linda* e me puxa em seus braços outra vez e me levanta, leva-me à cama e de repente estou apoiada em meus travesseiros e ele se apoia em meu quadril e sua camisa não está mais no corpo e não tenho ideia de onde ela foi parar. Só sei que estou olhando para cima e nos olhos dele e pensando que não tem nada que eu mudaria neste momento.

Ele tem um milhão de milhares de milhões de beijos e está dando todos para mim.

Beija meu lábio superior.

Beija meu lábio inferior.

Beija logo abaixo do meu queixo, a ponta do meu nariz, a extensão da minha testa, as duas têmporas, as bochechas, o maxilar. Depois meu pescoço, atrás das orelhas, desce pela garganta e

suas mãos

deslizam

para baixo

pelo meu corpo. Todo o seu físico desce pelo meu, desaparecendo enquanto ele se ajeita e de repente seu peito está pairando sobre o meu quadril, de repente não consigo mais vê-lo. Só consigo vislumbrar o topo de sua cabeça, a curva de seus ombros, o levantar e baixar instável de suas costas quando inspira, expira. Ele vai esfregando a mão, subindo e descendo, em minhas coxas nuas e sobe outra vez, passa por minhas costelas, vai à lombar e desce outra vez até abaixo do osso do quadril. Seus dedos fisgam o elástico da minha calcinha e eu arquejo.

Seus lábios tocam meu abdome nu.

É só o sussurro de um beijo, mas alguma coisa entra em colapso em minha cabeça. É um toque levíssimo de sua boca em minha pele, em um lugar que não consigo ver. É a minha mente falando em mil línguas distintas que sou incapaz de entender.

E percebo que ele está subindo pelo meu corpo.

Está deixando um rastro de fogo em meu torso, um beijo depois do outro, e realmente acho que não posso aguentar muito mais; realmente acho que não vou sobreviver a isso. Tem um gemido ganhando força em minha garganta, implorando-me para me libertar e vou agarrando seus cabelos e o puxando para cima, para perto de mim, para cima de mim.

Preciso beijá-lo.

Estou estendendo o braço só para deslizar a mão por seu pescoço, peito, pela extensão de seu corpo e então percebo que nunca senti isso, não nesse nível, não como se cada momento estivesse prestes a explodir, como se cada respiração pudesse ser a última, se cada toque fosse o bastante para incendiar o mundo. Estou esquecendo tudo, esquecendo o perigo e o horror e o terror de amanhã e sequer consigo lembrar *por que* estou esquecendo, *o que* estou esquecendo, que tem uma coisa que já pareço ter esquecido. É difícil demais prestar atenção em qualquer coisa além de seus olhos ardentes, sua pele nua, seu corpo perfeito.

Está completamente desarmado pelo meu toque.

É cuidadoso para não me ferir; seus cotovelos se apoiam dos dois lados da minha cabeça e acho que devo estar sorrindo para ele porque ele está sorrindo para mim, mas está sorrindo como se estivesse petrificado; respira como se tivesse esquecido que deve respirar, olha para mim como se não soubesse fazer isso, hesitando como se não soubesse me deixar vê-lo assim. Parece não ter ideia de como ser tão vulnerável.

Mas aqui está ele.

E aqui estou eu.

A testa de Warner encosta na minha, sua pele tomada por calor, o nariz tocando o meu. Ele apoia o peso do corpo em um braço, usa a mão livre para acariciar cuidadosamente minha bochecha, para envolver meu rosto como se ele fosse feito de vidro e percebo que estou segurando a respiração e nem consigo lembrar quando foi a última vez que exalei.

Seus olhos concentram-se em meus lábios e sobem outra vez. Seu olhar é pesado, faminto, carregado de uma emoção que jamais imaginei que ele fosse capaz de sentir. Nunca pensei que esse garoto pudesse ser tão pleno, tão humano, tão real. Mas é. Está assim, bem aqui.

E está me entregando seu coração.

E diz uma palavra. Sussurra uma coisa. Com tanta urgência.

Ele diz:

— Juliette.

Fecho os olhos.

Ele diz:

— Não quero mais que me chame de Warner.

Abro os olhos.

— Quero que me conheça — prossegue, sem fôlego, os dedos afastando uma mecha de cabelos que caiu sobre o rosto. — Com você, não quero ser Warner. Quero que seja diferente agora. Quero que me chame de Aaron.

E estou prestes a dizer sim, é claro, entendo completamente, mas tem alguma coisa em seu silêncio que me deixa confusa; alguma coisa nesse momento e na sensação que seu nome provoca em minha língua liberta outras partes do meu cérebro e tem algo ali, alguma coisa puxando e empurrando minha pele e tentando me lembrar, tentando me revelar e essa coisa

me dá um tapa na cara

me dá um soco no queixo

me joga bem no meio do oceano.

— Adam.

Meus ossos estão cheios de gelo. Todo o meu ser sente vontade de vomitar. Estou saindo de debaixo dele e me afastando e quase caio bem ali no chão e essa sensação, essa sensação, essa sensação avassaladora de ódio por mim mesma se gruda em meu estômago como a ponta de uma faca afiada demais, espessa demais, letal demais para que eu consiga me manter em pé e tento me sustentar, estou tentando não chorar e estou dizendo não não não, isso não pode estar acontecendo, não pode estar *acontecendo,* eu amo Adam, meu coração é de Adam e eu não posso fazer isso com ele

e a aparência de Warner é como se eu tivesse outra vez atirado nele, como se eu tivesse enfiado uma bala em seu coração com as minhas próprias mãos e ele se levanta, mas quase nem consegue ficar em pé. Seu corpo treme e ele olha para mim como se quisesse falar alguma coisa, mas toda vez que tenta falar, não consegue.

— De-desculpa — gaguejo. — Desculpa, mesmo... eu não queria que isso acontecesse... não estava *pensando...*

Mas ele não me ouve.

Está acenando repetidas e repetidas reprovações com a cabeça e olhando para as mãos como se esperasse o momento em que alguém lhe conta que isso não é real e ele sussurra: *O que está acontecendo comigo? Estou sonhando?*

E me pego tão enjoada, tão confusa porque o desejo, eu o desejo, e eu desejo Adam também, e quero demais e nunca me senti tão parecida com um monstro quanto me sinto esta noite.

A dor no rosto dele é tão clara e está me matando.

Eu sinto. Eu a sinto me matar.

Tento desesperadamente desviar o olhar, esquecer, encontrar um jeito de apagar o que acabou de acontecer, mas só consigo pensar que a vida é um balanço quebrado, uma criança que não nasceu, um punhado de ossos da sorte. Tudo é possibilidade e potencial, passos errados e certos em direção a um futuro que sequer nos é garantido e eu, eu estou tão errada. Todos os meus passos são errados, sempre errados. Sou a encarnação do erro.

Porque isso jamais deveria ter acontecido.

Foi um erro.

— Você vai escolher ele? — Warner pergunta, quase sem ar, ainda parecendo prestes a cair no chão. — Foi isso que aconteceu? Você vai escolher Kent, e não a mim? Porque acho que não entendi o que acabou de acontecer e preciso que você me diga alguma coisa, preciso que me diga que diabos está acontecendo comigo agora...

— Não — arfo. — Não, eu não estou escolhendo ninguém. Eu não estou... eu não...

Mas estou. E nem sei como vim parar aqui.

— Por quê? — questiona. — Porque ele é uma escolha mais segura para você? Porque você acha que *deve* algo a ele? Está cometendo um erro — adverte, agora com a voz um pouco mais alta. — Você está com medo. Não quer fazer a escolha difícil e está fugindo de mim.

— Talvez eu, eu só não queria estar com você.

— Eu sei que você quer estar comigo! — explode.

— Você está errado.

Ai meu Deus, o que estou dizendo? Nem sei onde encontrei essas palavras ou de onde elas estão vindo ou de qual árvore eu as colhi. Elas brotam continuamente em minha boca e às vezes mordo rápido demais um advérbio ou pronome e às vezes as palavras são amargas, outras vezes são doces, mas agora têm gosto de romance e arrependimento e quem mente o nariz cresce e sinto isso na garganta.

Warner continua me encarando.

— Sério? — Esforça-se para domar seu temperamento e se aproxima, está perto demais, e consigo ver seu rosto claramente demais, vejo seus lábios com clareza excessiva, vejo sua raiva e dor e a descrença gravada em seus traços e não sei direito se devo ficar em pé. Acho que minhas pernas não vão me sustentar por muito tempo.

— Si-sim — colho outra palavra da árvore em minha boca, mentira mentira mentira em meus lábios.

— Então estou errado — ele fala rapidamente demais, tão, tão baixinho. — Estou errado quando digo que você me quer. Que quer ficar comigo.

Seus dedos roçam em meus ombros, em meus braços; suas mãos deslizam pelas laterais do meu corpo, deslizam por cada centímetro meu e estou pressionando a boca para mantê-la fechada para evitar que as verdades saiam, mas vou fracassando fracassando fracassando porque a única verdade que conheço agora é que estou a instantes de perder a sanidade.

— Me diga uma coisa, meu amor. — Seus lábios sussurram contra meu maxilar. — Eu também sou cego?

Eu vou mesmo morrer.

— Não serei seu palhaço! — Ele se afasta de mim. — Não vou deixar você zombar dos meus sentimentos! Eu poderia respeitar sua decisão de *atirar em mim,* Juliette, mas fazer isso... fazer... fazer o que você fez... — Warner quase nem consegue falar. Passa a mão no rosto, as duas mãos nos cabelos, parece prestes a gritar, a quebrar alguma coisa, como se estivesse mesmo, mesmo prestes a perder a cabeça. Sua voz é um sussurro intenso quando ele diz: — Isso é o jogo de uma covarde. Pensei que você fosse melhor do que isso.

— Não sou nenhuma covarde...

— Então seja sincera consigo mesma — enerva-se. — Seja sincera comigo! E me diga a verdade!

Minha cabeça rola no chão, gira como um pião, dando voltas e voltas e mais voltas e não consigo fazê-la parar. Não consigo fazer o mundo parar de girar e minha confusão se transforma em culpa que logo vira raiva e de repente estou borbulhando de raiva e essa raiva vai chegando à superfície e o observo. Fecho meus punhos trêmulos.

— A verdade – articulo. – A verdade é que eu nunca sei o que pensar de você! Suas ações, seu comportamento... Você nunca é consistente! É horrível comigo e depois é legal comigo e diz que me ama e então machuca as pessoas com as quais mais me importo! E você mente – esbravejo, afastando-me dele. – Diz que não liga para o que faz, diz que não se importa com as outras pessoas e com o que lhes causou, mas eu não acredito. Acho que você se esconde. Acho que seu verdadeiro eu está escondido debaixo de toda a destruição e acho que você é melhor do que essa vida que escolheu levar. Acredito que seja capaz de mudar. Acho que pode ser diferente. E sinto pena de você!

Essas palavras, essas palavras idiotas, idiotas, que não param de escorrer pela minha boca.

— Sinto pena por sua infância horrível. Sinto pena por você ter um pai terrível e desprezível e por ninguém ter acreditado em você. Sinto pena pelas decisões terríveis que tomou. Sinto pena por você se sentir preso a elas, por se enxergar como um monstro incapaz de mudar. Mas, acima de tudo, acima de tudo sinto por você não ter pena de si mesmo!

Warner estremece como se eu tivesse lhe dado um tapa na cara.

O silêncio entre nós assassinou mil segundos e, quando ele enfim volta a falar, sua voz é quase inaudível, respinga descrença.

— Você sente pena de mim.

Fico sem ar. Minha coragem vacila. Ele prossegue:

— Acha que sou alguma coisinha quebrada que você é capaz de arrumar.

— Não... Eu não...

— Você não tem a menor *ideia* do que eu fiz! – Suas palavras são furiosas e ele dá um passo adiante. – Não tem ideia do que já vi, do que tive que participar. Não tem ideia do que sou capaz ou de quanta misericórdia eu mereço. Conheço meu próprio coração – enerva-se. – Sei quem sou. Não se atreva a sentir pena de mim!

Ah, minhas pernas definitivamente não estão funcionando.

– Pensei que você pudesse me *amar* pelo que eu sou – ele prossegue. – Pensei que seria a pessoa nesse mundo horrível que me aceitaria como eu sou! Pensei que você, justamente você, entenderia. – Seu rosto está bem diante do meu quando ele admite: – Mas eu estava errado. Estava horrivelmente, terrivelmente errado.

E se afasta. Pega sua camisa e dá meia-volta para sair e eu devia deixá-lo ir, devia deixá-lo sair pela porta e sair da minha vida, mas não consigo. Seguro seu braço, puxo-o de volta e digo:

– Por favor... não foi isso que eu quis dizer...

Ele se vira para mim e responde:

– Eu não quero a sua *compaixão*!

– Eu não tinha nenhuma intenção de feri-lo...

– A verdade – ele fala –, é um lembrete doloroso de por que prefiro viver em meio a mentiras.

Não consigo suportar a expressão em seus olhos, a dor lamentável e horrível que ele não faz o menor esforço para esconder. Não sei o que dizer para corrigir essa situação. Não sei como retirar o que eu disse.

Sei que não quero que ele se vá.

Não assim.

Warner parece prestes a falar alguma coisa, mas muda de ideia. Respira com pesar, une os lábios como se buscasse conter as palavras que querem escapar e estou prestes a dizer alguma coisa, estou prestes a tentar outra vez, quando ele inspira tremulamente, quando ele diz:

– Adeus, Juliette.

E não sei por que isso está me matando, não consigo entender minha ansiedade repentina e preciso saber, preciso dizer, tenho que fazer a pergunta que não é uma pergunta e falo:

– Não vou voltar a vê-lo.

Vejo-o lutando para encontrar as palavras, ele se vira para mim, dá meia-volta e por uma fração de segundo vejo o que aconteceu, percebo a diferença em seus olhos, o brilho da emoção que jamais imaginei que ele fosse capaz de sentir e sei, eu entendo por que ele não olha para mim, e não consigo acreditar. Quero cair no chão enquanto ele luta consigo mesmo, luta para falar, luta para engolir o tremor em sua voz ao dizer:

– Certamente espero que não.

E é isso.

Warner vai embora.

Eu fico rachada no meio e ele vai embora.

Ele foi embora para sempre.

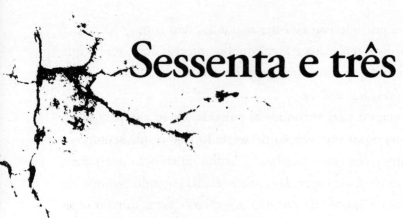

Sessenta e três

O café da manhã é um martírio.

Warner sumiu e deixou para trás um rastro de caos.

Ninguém sabe como ele escapou, como conseguiu deixar seu quarto e encontrar um jeito de ir embora, mas todos culpam Castle. Todos dizem que Castle foi idiota por ter confiado em Warner, por ter lhe dado uma chance, ter acreditado que ele havia mudado.

O termo ódio é um insulto ao nível de agressão existente aqui, agora.

Contudo, não serei eu quem vai contar a todos que Warner já estava fora de seu quarto ontem à noite. Não serei eu quem vai contar que ele provavelmente não teve de se esforçar muito para encontrar a saída. Não vou explicar que ele não é nenhum idiota.

Tenho certeza de que escapou com facilidade. Tenho certeza de que encontrou um jeito de passar pelos guardas.

Agora todos estão prontos para lutar, mas, pelos motivos errados. Querem matar Warner: primeiro, por tudo o que ele fez; segundo, por ele ter traído a confiança do grupo. Ainda mais assustador é o fato de estarem preocupados com a possibilidade de ele entregar nossas informações mais cruciais. Não tenho ideia do que Warner conseguiu descobrir sobre este lugar antes de ir embora, mas nada que aconteça a partir de agora pode ser bom.

Ninguém sequer tocou em seu café da manhã.

Estamos vestidos, armados, prontos para enfrentar o que pode ser uma morte instantânea, e já começo a me sentir entorpecida. Não preguei os olhos na última noite, coração e mente atormentados e em conflito. Não consigo sentir meus membros, não sinto o sabor da comida que não estou comendo e não consigo enxergar direito, não consigo me concentrar nas coisas que deveria estar ouvindo. Só consigo pensar nas vítimas ~~e nos lábios de Warner em meu pescoço, suas mãos em meu corpo, dor e paixão em seus olhos~~ e nas muitas maneiras possíveis de eu morrer hoje. Só consigo pensar em ~~Warner me tocando, me beijando, me torturando com seu coração e~~ Adam sentado ao meu lado, sem saber o que fiz.

Mas isso nem importância terá depois de hoje.

Talvez eu morra e talvez toda a agonia desses últimos 17 anos terá sido em vão. Talvez eu apenas caia da face da Terra, desapareça para sempre, e toda a minha revolta adolescente terá sido um pensamento tardio, uma memória risível.

Mas pode ser que eu sobreviva.

Pode ser que eu sobreviva e então terei de enfrentar as consequências das minhas ações. Terei que parar de mentir a mim mesma. Terei que tomar uma decisão.

Tenho que encarar a situação: nutro sentimentos por alguém que não teria escrúpulos em enfiar uma bala na cabeça de outro homem. Tenho que considerar a possibilidade de eu realmente estar me transformando em um monstro. Uma criatura horrível e egoísta que só se importa consigo mesma.

Talvez Warner sempre tenha estado certo.

Talvez ele e eu sejamos perfeitos um para o outro.

Quase todos já estão no refeitório lotado. As pessoas dão seus adeus de última hora aos velhos e ao novos que deixam para trás. James e Adam passaram um bom tempo se despedindo hoje de manhã. Adam e eu temos de sair em 10 minutos.

— Porra, quem morreu?

Viro-me ao ouvir sua voz. Kenji está em pé. Está no refeitório. Está parado ao lado de nossa mesa e parece prestes a cair outra vez, mas está *acordado*. Está vivo.

Está respirando.

— Cacete! — Adam fica boquiaberto. — *Puta merda*!

— Também é muito bom vê-lo, Kent. — Kenji abre um sorrisinho torto. Assente para mim. — Está pronto para arrebentar hoje?

Eu o cutuco.

— NOSSA... oi... obrigado, sim... isso... é...

Kenji raspa a garganta. Tenta se afastar de mim, fazendo-me tremer, me afastar. Estou totalmente coberta, exceto o rosto; uso minhas luvas e a ferramenta reforçada nos dedos e minha roupa especial está fechada até o pescoço. Kenji nunca me ignora.

— Ei, é... Talvez você devesse passar um tempo sem tocar em mim, que tal? — ele tenta sorrir, tenta parecer que está brincando, mas sinto o peso de suas palavras, a tensão e o toque de medo que ele se esforça tanto para esconder. — Ainda não estou totalmente recuperado.

Sinto meu sangue escorrendo para fora do corpo, deixando meus joelhos fracos, sinto a necessidade de me sentar.

— Não foi ela — Adam esclarece. — Você sabe que ela nem tocou em você.

— Para dizer a verdade, não tenho como saber — Kenji retruca. — E não a estou culpando. Só estou dizendo que talvez Juliette esteja projetando e não tenha percebido, entendeu? Porque, no meu entendimento, não existe outra explicação para o que aconteceu ontem à noite. Certamente não foi você – diz a Adam. – E, puta merda, pelo que sabemos, essa coisa de Warner ser capaz de tocar em Juliette pode ser só uma casualidade. Ainda não sabemos nada sobre ele. – Uma pausa. Kenji olha em volta. – Certo? A não ser que Warner tenha tirado algum coelho mágico do próprio rabo enquanto eu estava ocupado sendo um morto ontem à noite...

Adam fecha a cara. Eu não falo nada.

– Entendi – Kenji continua. – Foi o que imaginei. Então, acho que é melhor, exceto se absolutamente necessário, eu ficar longe. – Vira-se para mim. – Não é? Sem ofensa, certo? Quero dizer, eu quase acabei de morrer. Acho que você devia me dar um desconto.

Mal consigo ouvir minha própria voz quando digo:

– Sim, é claro.

Tento rir. Tento descobrir por que não estou lhes contando sobre Warner. Por que ainda o estou protegendo. T̶a̶l̶v̶e̶z̶ ̶p̶o̶r̶q̶u̶e̶ ̶s̶o̶u̶ ̶t̶ã̶o̶ ̶c̶u̶l̶p̶a̶d̶a̶ ̶q̶u̶a̶n̶t̶o̶ ̶e̶l̶e̶.

– Mas enfim... – Kenji fala. – Quando partimos?

– Você é louco – Adam responde. – Você não vai a lugar nenhum.

– O seu rabo que não vou.

– Você mal consegue parar em pé – Adam retruca.

E ele tem razão. Kenji está claramente se segurando na mesa para se equilibrar.

– Eu preferiria morrer a ficar sentado aqui como um idiota.

– Kenji...

– Ei – ele me interrompe. – Então, chegou aos meus ouvidos, por um telefone sem fio infinito, que Warner deu o fora daqui ontem à noite. Que história é essa?

Adam emite um som esquisito. Não é bem uma risada.

— Sim — responde. — Ninguém entendeu. Nunca achei boa ideia mantê-lo como refém aqui. Confiar nele foi uma ideia ainda mais idiota.

— Então primeiro você insulta a minha ideia, depois insulta a de Castle, é isso? — Kenji questiona com as sobrancelhas arqueadas.

— Foram apostas ruins — Adam insiste. — Ideias ruins. Agora temos que pagar por isso.

— Bem, como eu poderia imaginar que Anderson estaria tão disposto a deixar o próprio filho apodrecer no inferno?

Adam treme e Kenji recua.

— Ah, ei, foi mal, cara... Eu não quis dizer isso...

— Esqueça — Adam o interrompe. De repente, sua voz fica fria, gelada, reservada. — Talvez você devesse voltar para a ala médica. Não demoraremos a partir.

— Não vou a lugar nenhum que não seja *lá fora*.

— Kenji, por favor...

— Nada disso.

— Você não está sendo racional. Isso não é uma brincadeira — alerto. — Pessoas vão morrer hoje.

Mas ele ri de mim. Olha na minha direção como se eu tivesse falado alguma coisa engraçada.

— Desculpa, mas você está tentando *me* ensinar sobre as realidades da guerra? — Acena uma reprovação com a cabeça. — Está esquecendo que fui um soldado no exército de Warner? Tem ideia de quantas coisas insanas eu já vi? — Aponta para si mesmo e para Adam. — Sei exatamente o que esperar hoje. Warner era *louco*. Se Anderson tiver o dobro da insanidade do filho, então estamos entrando em uma batalha *muito* sangrenta. Não posso deixá-los sozinhos lá fora.

Mas fico presa em uma frase. Em uma palavra. Só sinto vontade de perguntar:

— Ele era tão ruim assim...?
— Quem? — Kenji me encara.
— Warner. Ele era tão implacável assim?

Kenji ri alto. Ri mais alto ainda. Inclina o corpo sobre a mesa. Quase sussurra ao dizer:

— Implacável? Juliette, aquele cara é doente. É um animal. Acho que ele nem sabe o que é ser humano. Se existir um inferno, acho que foi criado especialmente para ele.

É tão difícil arrancar essa espada do meu estômago.

Passos apressados.

Viro-me.

Todos devem deixar os túneis em fila em uma tentativa de manter a ordem, na medida do possível, quando deixarmos o mundo subterrâneo. Kenji e Adam e eu somos os únicos que ainda não nos unimos ao grupo.

Todos nos levantamos.

— Ei... então... Castle sabe o que você está fazendo? — Adam mantém o olhar concentrado em Kenji. — Acho que ele não vai gostar de vê-lo lá fora hoje.

— Castle quer que eu seja feliz — Kenji declara. — E não vou ser feliz ficando aqui. Tenho trabalho a fazer. Pessoas a salvar. Mulheres para impressionar. Ele respeitaria isso.

— E todos os outros? — pergunto. — Todo mundo ficou muito preocupado com você... Já viu o pessoal? Para pelo menos avisar que está bem?

— Nem — Kenji responde. — Eles provavelmente vão ficar se cagando se souberem que vou com vocês. Achei mais seguro manter a discrição. Não quero fazer o pessoal surtar. E Sonya e Sara, coitadas, elas enfrentaram um verdadeiro inferno. Por minha culpa estão tão exaustas e continuam falando sobre ir para a guerra hoje. Querem lutar, mesmo que tenham muito trabalho a fazer quando acabarmos com o exército de Anderson. Tentei convencê-las a ficar, mas elas sabem ser muito teimosas. Precisam poupar suas forças e já desperdiçaram demais comigo.

— Não foi nenhum *desperdício*... — tento falar.

— Enfiiiim... — Kenji me interrompe. — Será que podemos ir? Sei que você está super a fim de caçar Anderson — diz a Adam. — Mas pessoalmente? Eu adoraria pegar Warner. Enfiar uma bala naquele merdinha que não vale nada e acabar logo com ele.

Alguma coisa soca meu estômago e receio que vou vomitar. Estou vendo estrelinhas no ar, esforçando-me para ficar em pé, lutando para ignorar a imagem de Warner morto, seu corpo manchado de vermelho.

— Ei... tudo bem com você? — Adam me puxa para o lado.

Dá uma boa analisada em meu rosto.

— Estou bem — minto para ele. Confirmo vezes demais com a cabeça. Nego com a cabeça uma ou duas vezes. — Só não dormi muito bem ontem à noite, mas vou ficar bem.

Ele hesita.

— Tem certeza?

— Positivo — minto outra vez. Paro. Seguro sua camisa. — Ei... tome cuidado lá fora, está bem?

Adam expira pesadamente. Assente uma vez.

— Pode deixar. Você também.

— Vamos, vamos, vamos! — Kenji nos interrompe. — Hoje é nosso dia de morrer, damas.

Adam o empurra. De leve.

— Ah, agora você deu para abusar dos convalescentes, é? — Kenji reserva um instante para recuperar o equilíbrio e dar um soco no braço de Adam. – Guarde a sua raiva para o campo de batalha, irmão. Você vai precisar.

Um assobio estridente ao longe.

Chegou a hora.

Sessenta e quatro

Está chovendo.

O mundo chora aos nossos pés, prevendo o que estamos prestes a fazer.

Precisamos nos dividir em grupos, lutar em grupos para não conseguirem matar todos nós de uma vez. Não temos soldados o suficiente para atacar de forma ofensiva, então temos de ser furtivos. E, embora eu sinta uma pontada de culpa por admitir, fico muito feliz por Kenji ter vindo conosco. Seríamos muito mais fracos sem ele.

Mas temos que sair da chuva.

Já estamos ensopados e, embora Kenji e eu usemos roupas que oferecem pelo menos um pouco de proteção contra o clima, Adam não tem nada além de peças de algodão, e receio que não suportaremos muito tempo assim. Todos os membros do Ponto Ômega já se espalharam. A área acima do Ponto continua sendo apenas uma extensão de terra que nos deixa vulnerável.

Para nossa sorte, contamos com a ajuda de Kenji. Nós três já estamos invisíveis.

Os homens de Anderson não estão longe daqui.

Tudo o que sabemos é que, desde que chegou, Anderson está fazendo de tudo para mostrar sua força e os punhos de aço com os quais comanda o Restabelecimento. Qualquer ínfimo levante de oposição deve ser silenciado. Está furioso por termos inspirado o sentimento de rebelião e agora tenta deixar sua posição clara. O que ele quer mesmo é destruir todos *nós*.

Os pobres civis estão presos em meio ao fogo amigo dele.

Tiros.

Automaticamente andamos na direção do som ecoando ao longe. Não falamos uma palavra sequer. Entendemos o que precisa ser feito e como devemos operar. Nossa única missão é chegar o mais perto possível do epicentro e derrubar o máximo de soldados que conseguirmos. Nós protegemos os inocentes. Nós ajudamos nossos colegas do Ponto.

Tentamos, de todas as maneiras, não morrer.

Conforme andamos, avisto os complexos se aproximando, mas a chuva dificulta a visão. Todas as cores se misturam, sangram, derretem no horizonte, e tenho de me empenhar para discernir o que há à nossa frente. Instintivamente levo a mão ao revólver no coldre em minhas costas e, por um instante, lembro-me de meu último encontro com Anderson – meu único encontro com esse homem horrível e desprezível – e me pergunto o que aconteceu com ele. Também me pergunto se Adam estava certo quando disse que Anderson pode estar ferido com gravidade, que talvez esteja lutando para se recuperar. E se Anderson vai aparecer no campo de batalha. Penso que talvez ele seja covarde demais para lutar em sua própria guerra.

Os gritos nos avisam que estamos nos aproximando.

O mundo à nossa volta é uma mancha de azuis e cinzas e tons sarapintados. As poucas árvores que ainda se sustentam têm galhos trêmulos junto aos troncos, elevando-se ao céu como se em oração, implorando pelo fim da tragédia na qual se viram enraizadas. É o suficiente para me fazer sentir muito pelas plantas e animais forçados a testemunhar o que fizemos.

Eles nunca pediram isso.

Kenji nos guia pelos arredores dos complexos e seguimos adiante para nos encostarmos nas paredes das casinhas quadradas, cobertas por um tantinho extra de telhado que, pelo menos por um instante, oferece-nos um alívio dos punhos fechados caindo do céu.

O vento espanca as janelas, as paredes. A chuva estoura ao tocar o telhado como pipoca batendo em um enorme painel de vidro.

A mensagem dos céus é clara: estamos irritados.

Estamos irritados e vamos puni-los e fazê-los pagar pelo sangue que derramam tão livremente. Não vamos ficar parados, não mais, nunca mais. Vamos *arruiná-los*, é isso que os céus nos dizem.

Como puderam fazer isso conosco?, sussurram ao vento.

Nós demos tudo para vocês, os céus dizem para nós.

As coisas nunca mais serão como antes.

Já começo a me perguntar por que ainda não vejo nem sinal do exército. Não avisto mais ninguém do Ponto Ômega. Não vejo mais ninguém. Aliás, já começo a achar esse complexo um pouco tranquilo demais.

Estou prestes a sugerir que sigamos nosso caminho quando ouço uma porta se abrir com violência.

– É a última – alguém grita. – Ela estava escondida bem aqui.

Um soldado arrasta uma mulher aos prantos para fora do complexo no qual nos escondemos e ela vai gritando, implorando por misericórdia e perguntando do marido e o soldado berra para ela calar a boca.

Tenho que evitar que as emoções se derramem de meus olhos, da minha boca.

Não falo.

Não respiro.

Outro soldado vem correndo de algum lugar que não consigo ver. Grita uma mensagem de aprovação e acena algo que não entendo. Sinto Kenji ficar tenso ao meu lado.

Tem alguma coisa errada no ar.

– Jogue ela com todos os outros – o segundo soldado grita. – Depois avisaremos que essa área está limpa.

A mulher está histérica. Grita, tenta arranhar o soldado, diz-lhe que não fez nada errado, que não entende, pergunta onde está seu marido, diz que está procurando a filha em todos os cantos e não entende o que está acontecendo. Chora, grita, lança os punhos na direção do homem que a agarra como se ela fosse um animal.

Ele encosta o cano do revólver no pescoço dela.

– Se não calar a boca, atiro em você agora mesmo!

A mulher choraminga uma vez, duas vezes, depois seu corpo perde as forças. Desmaia nos braços do soldado, que parece sentir nojo enquanto a puxa para algum lugar que não consigo ver, onde estão mantendo todos os outros. Não tenho ideia do que está acontecendo. Não entendo o que está acontecendo.

Nós os seguimos.

O vento e a chuva se tornam mais intensos, há barulho no ar e estamos distantes o suficiente dos soldados, o que me faz sentir segura para falar. Aperto a mão de Kenji. Ele continua sendo a união entre mim e Adam, projetando seus poderes para manter-nos vivos.

– O que você acha que está acontecendo? – pergunto.

Ele demora um pouco a responder.

– Estão os prendendo – enfim esboça. – Estão agrupando as pessoas para matá-las de uma vez.

– A mulher...

– Sim. – Ouço-o raspar a garganta. – Sim, ela e quem mais eles acreditam estar envolvidos nos protestos. Não matam só os incitadores. Eles matam também amigos e membros das famílias. É a melhor maneira de fazer as pessoas andarem na linha. Assim sempre assustam os poucos que continuam vivos.

Tenho de engolir o vômito que ameaça me dominar.

— Tem que existir um jeito de tirá-los de lá — Adam fala. — Talvez possamos matar os soldados que estão cuidando da operação.

— Sim, mas, ouçam, vocês dois: vou ter que soltá-los, está bem? Meio que já comecei a perder as forças, minha energia está se esgotando mais rápido do que o normal. Então vocês vão ficar visíveis — Kenji explica. — Estarão expostos.

— Mas que outra escolha temos?

— Talvez matá-los no estilo atiradores de elite — Kenji sugere. — Assim não teremos de entrar em um combate direto. Temos essa opção. — Hesita por um instante. — Juliette, você nunca esteve em uma situação assim. Quero que saiba que respeitarei sua decisão caso decida não ficar na linha de fogo. Nem todo mundo tem estômago para ver o que esses soldados fazem. Não precisa sentir vergonha nem culpa se decidir não participar.

Sinto um gosto metálico na boca ao mentir:

— Vou ficar bem.

Kenji permanece um instante em silêncio.

— Só... tudo bem... mas não tenha medo de usar suas habilidades para se defender — aconselha. — Sei que você tem toda essa coisa de não querer ferir as pessoas e tudo o mais, mas aqueles caras não estão brincando. Eles vão tentar *matá-la*.

Confirmo com a cabeça, embora ele não consiga me enxergar.

— Certo — concordo. — Tudo bem.

Mas o pânico já se espalha em minha mente.

— Vamos — eu sussurro.

Sessenta e cinco

Não sinto meus joelhos.

Tem 27 pessoas enfileiradas, em pé, lado a lado, no meio de um campo grande e estéril. Mulheres e homens e crianças de todas as idades. Todos os tamanhos. Todos parados diante do que poderia ser chamado de um pelotão de fuzilamento composto por 6 soldados. A chuva cai forte e raivosa à nossa volta, acertando tudo ao redor com lágrimas tão duras quanto meus ossos. O vento é frenético.

Os soldados debatem o que fazer. Como matá-los. Maneiras de se livrarem de 27 pares de olhos que apenas olham para a frente. Alguns choram, alguns tremem de medo e dor e horror, outros continuam perfeitamente parados, estoicos diante da morte.

Um dos soldados dá um tiro.

O primeiro homem cai no chão e sinto que fui chicoteada na espinha. Tantas emoções entram e saem de mim em um espaço de poucos segundos que chego a sentir medo de desmaiar. Estou apegando-me ao meu consciente com um desespero animalesco e tentando evitar as lágrimas, tentando ignorar a dor que me perfura.

Não consigo entender por que ninguém se mexe, por que não estamos agindo, por que nenhum dos civis reage, nem que seja só para pular para fora do caminho. Mas então percebo, enfim me dou conta de que correr, tentar escapar ou tentar reagir não é uma opção válida. Estão completamente subjugados. Não têm armas, não têm nenhum tipo de munição.

Mas eu tenho.

Eu tenho um revólver.

Tenho 2, aliás.

Chegou a hora, chegou a hora de agir, chegou a hora de lutarmos sozinhos, só nós 3, 3 garotos agindo para salvar 26 faces ou morrer tentando. Meu olhar se fixa em uma menininha que não deve ser muito mais velha do que James. Ela está de olhos arregalados, totalmente aterrorizados, a parte frontal da calça já molhada de medo e aquilo me arrasa, a imagem *me mata*, e minha mão livre já está indo em direção à arma quando aviso a Kenji que estou pronta.

Vejo o mesmo soldado apontar sua arma para a próxima vítima no momento em que Kenji nos solta.

3 armas erguidas, apontadas para atirar, e ouço as balas antes de serem liberadas no ar; percebo que uma delas alcança um alvo, o pescoço do soldado, e não tenho ideia se fui eu quem disparou.

Agora isso não tem importância.

Ainda restam 5 soldados a enfrentar, e eles podem nos ver.

Estamos correndo.

Estamos nos esquivando de balas atiradas em nossa direção e vejo Adam se jogando no chão, vejo-o atirar com precisão perfeita e ainda assim errar o alvo. Analiso o redor, procurando Kenji, mas percebo que ele desapareceu e fico muito feliz com isso; 3 soldados caem quase no mesmo instante. Adam aproveita a distração dos inimigos restantes e apaga mais um. Eu atiro pelas costas e derrubo o quinto.

Não sei se o matei ou não.

Gritamos para as pessoas nos acompanharem, vamos as guiando de volta aos complexos, pedindo que permaneçam abaixadas, fora da vista. Explicamos que há ajuda a caminho e que faremos o possível para protegê-las e elas tentam se aproximar, tentam nos tocar, nos agradecer e segurar nossas mãos, mas não temos tempo. Precisamos levá-las rapidamente a qualquer coisa que se assemelhe a um lugar seguro e seguir caminho rumo aonde quer que o resto do massacre esteja acontecendo.

Ainda não esqueci o homem que não conseguimos salvar. Ainda não esqueci o número 27.

Não quero que isso aconteça de novo, nunca mais.

Corremos pelos muitos quilômetros de terra deste complexo sem nos preocupar se estamos escondidos ou se temos um plano. Ainda não conversamos entre nós. Ainda não falamos sobre o que fizemos ou o que podemos fazer e só sabemos que precisamos continuar em movimento.

Seguimos Kenji.

Ele traça caminhos em meio a conjuntos de complexos demolidos e sabemos que alguma coisa deu muito errado. Não há sinal de vida em lugar algum. As caixas de metal que antes eram casas de civis encontram-se completamente demolidas e não sabemos se havia pessoas dentro delas quando a destruição aconteceu.

Kenji alerta que precisamos continuar atentos.

Adentramos nas profundezas do território regulamentado, essas extensões de terra dedicadas a moradias, até ouvirmos alguma coisa, um barulho metálico.

Tanques.

Eles funcionam à base de eletricidade e são mais discretos em seus movimentos pelas ruas, mas estou familiarizada o bastante com esses tanques para conseguir reconhecer o ruído elétrico. Adam e Kenji também.

Acompanhamos o barulho.

Lutamos contra o vento e tentamos avançar e é quase como se ele soubesse, como se o vento tentasse nos proteger do que nos espera do outro lado do complexo. Ele não quer que vejamos isso. Não quer nos ver morrer hoje.

Alguma coisa explode.

Um incêndio violento se espalha pela atmosfera a menos de 15 metros de onde estamos. As chamas sobrepujam a terra, arrancam-lhe o oxigênio, e nem mesmo a chuva é capaz de extinguir a devastação. O fogo chicoteia e oscila com o vento, diminuindo só um pouquinho, tornando-se submisso ao céu.

Precisamos chegar perto desse incêndio.

Nossos pés lutam para não escorregar no chão enlameado, e não sinto frio enquanto corro, não sinto a umidade, só sinto a adrenalina avançando por meus membros, forçando-me a seguir em frente, revólver empunhado com muita força, pronto para mirar, pronto demais para atirar.

Mas, quando chegamos às chamas, quase solto a arma.

Quase caio no chão.

Quase não consigo acreditar no que meus olhos veem.

Sessenta e seis

Morte morte morte em todos os lugares.

São tantos os corpos misturados e empilhados que não tenho ideia se são nosso pessoal ou os soldados, e já começo a pensar no que significa isso, começo a duvidar de mim mesma e dessa arma em minha mão. Não consigo parar de pensar nesses soldados, que poderiam ser como Adam, como um milhão de outras almas torturadas e órfãs que precisavam apenas sobreviver e aceitaram o único trabalho que encontraram.

Minha consciência declarou guerra contra mim.

Estou afastando as lágrimas e a chuva e o horror e sei que preciso movimentar minhas pernas, sei que preciso seguir em frente e ser corajosa, que tenho de lutar, goste disso ou não, porque não posso deixar uma coisa assim acontecer.

Sou atacada por trás.

Alguém me derruba e bato o rosto no chão e estou dando chutes, tentando gritar, mas sinto o revólver escapar da minha mão, sinto um cotovelo em minhas costas e sei que Adam e Kenji não estão aqui, estão envolvidos com a batalha, e sei que estou prestes a morrer. Sei que acabou e, de algum jeito, não parece ser verdade, parece ser uma história que outra pessoa conta, como se a morte fosse uma coisa estranha e distante que você só viu acontecer com outras pessoas, mas nunca conheceu, e sem dúvidas não acontece comigo, com você, com o restante de nós.

Mas aqui está ela.

É uma arma atrás da minha cabeça e uma bota pressionando minhas costas e é minha boca cheia de lama e um milhão de momentos sem valor que nunca vivi de verdade e tudo está bem à minha frente. Vejo muito claramente.

Alguém me faz virar.

O mesmo alguém que segurava uma arma encostada à minha cabeça agora a aponta para o meu rosto, inspecionando-me como se tentasse ler meus pensamentos e estou confusa, não entendo seus olhos cinzas e furiosos nem seu maxilar enrijecido, afinal, ele não puxa o gatilho. Não está me matando e isso, mais do que qualquer outra coisa, é o que me aterroriza.

Preciso tirar as luvas.

Meu captor grita alguma coisa que não consigo entender porque não está falando comigo, não está olhando na minha direção porque está gritando com alguém e uso esse momento de distração para libertar minha mão esquerda. Tenho que tirar a luva. Preciso tirar a luva porque é minha única chance de sobreviver, mas a chuva deixou o couro molhado demais e está grudando em minha pele, recusando-se a sair com facilidade e o soldado se vira rápido demais de volta para mim. Percebe o que estou tentando fazer e me puxa para que eu fique em pé, me dá uma gravata e pressiona o revólver contra o meu crânio.

– Sei o que está tentando, sua aberração – ele diz. – Já ouvi falar a seu respeito. Se você se mexer um centímetro, eu te mato.

Por algum motivo, não acredito em suas palavras.

Acho que ele não vai atirar em mim porque, se quisesse atirar, já teria feito. Mas ele está à espera de algo. Espera alguma coisa que não entendo e preciso agir rápido. Preciso de um plano; contudo, não tenho ideia do que fazer e só estou agarrando seu braço coberto, o músculo envolvendo meu pescoço, e ele me sacode, grita para eu parar de me mexer e me puxa com mais força para me deixar sem ar e meus dedos estão envolvendo seu antebraço e tentando lutar e tentando me soltar e estou sem fôlego e estou em pânico, de repente sem saber se ele vai me matar ou não e nem percebo o que fiz até ouvi-lo gritar.

Eu amassei todos os ossos de seu braço.

Ele cai no chão, solta a arma para agarrar o próprio braço e grita com uma dor tão excruciante que quase sinto remorso pelo que fiz.

Mas, em vez disso, corro.

Só atravessei alguns poucos metros quando 3 outros soldados colidem comigo, espantados com o que fiz a seu camarada, e veem meu rosto e ficam surpresos ao me reconhecerem. Um deles parece vagamente familiar, quase como se eu já tivesse visto seus cabelos castanhos desgrenhados antes, e então percebo: eles me conhecem. Esses soldados me conhecem de quando Warner me manteve como refém. Warner me transformou em um verdadeiro espetáculo. É claro que eles reconheceriam o meu rosto.

E não estão dispostos a me deixar escapar.

Os 3 me empurram de cara no chão, prendem meus braços e pernas até eu deduzir que vão arrancar os meus membros. Tento me defender. Tento controlar a mente para focar a Energia e estou prestes a derrubá-los, mas aí

recebo um forte golpe na minha cabeça e fico quase inconsciente.

Os barulhos se misturam, as vozes se tornam um enorme emaranhado de ruídos e não consigo enxergar cores, não sei o que está acontecendo comigo porque não consigo mais sentir minhas pernas. Nem sei se estou andando ou sendo levada, mas sinto a chuva.

Sinto a chuva cair pesada em meu rosto até ouvir o barulho de metal raspando em metal, até ouvir o barulho elétrico familiar e então a chuva para, ela desaparece do céu e só sei de 2 coisas e só sei que 1 dessas coisas é certa.

Eu estou em um tanque.

Eu vou morrer.

Sessenta e sete

Ouço sinos do ventos.

Em meio à histeria, ouço sinos dos ventos sendo tocados por rajadas tão violentas que poderiam ser uma ameaça por si só e esses barulhinhos me parecem tão familiares. Minha cabeça continua girando, mas tenho que ficar o mais consciente possível. Preciso saber aonde estão me levando. Preciso ter alguma ideia de onde estou. Preciso encontrar um ponto de referência e estou me esforçando para organizar os pensamentos enquanto evito que percebam que estou consciente.

Os soldados não conversam.

Eu esperava pelo menos colher algumas informações em meio às suas conversas, mas não dizem uma palavra sequer. São como máquinas, robôs programados para realizar uma tarefa específica, e fico pensando, tão curiosa, não consigo imaginar por que tive de ser arrastada para fora do campo de batalha para ser morta. E me pergunto por que a minha morte tem de ser tão especial, por que estão me levando para fora do tanque, em direção ao caos de sinos dos ventos furiosos, e me atrevo a abrir só um pouquinho os olhos e quase fico sem fôlego.

É a casa.

É a casa, a casa na relva não regulamentada, aquela pintada de azul, a única casinha tradicional em funcionamento em um raio de 1 quilômetro. É a mesma que Kenji me disse que devia ser uma armadilha, aquela onde tive certeza de que encontraria o pai de Warner, e me dou conta. Uma marreta. Um trem-bala. Um golpe de percepção esmagando meu cérebro.

Anderson deve estar aqui. Deve querer me matar com suas próprias mãos.

Sou uma entrega especial.

Eles até tocam a campainha.

Ouço pés em movimento. Ouço rangidos e gemidos. Ouço o vento espancando o mundo e então vejo meu futuro, vejo Anderson me torturando até a morte de todas as maneiras imagináveis e me pergunto como conseguirei escapar disso. Anderson é perspicaz demais. É provável que me amarre no chão e corte minhas mãos e pés, um de cada vez. Provavelmente vai querer aproveitar cada momento do processo.

Ele atende a porta.

– Ah! Cavalheiros. Muito obrigado – agradece. – Por favor, me acompanhem.

E sinto o soldado que está me carregando ajeitar o peso do meu corpo úmido, hesitante, repentinamente pesado. Começo a sentir um calafrio invadindo meus ossos e percebo que passei tempo demais na chuva.

Estou tremendo, e não é de medo.

Estou queimando, e não é de raiva.

Estou tão delirante que, mesmo se eu tivesse forças para me defender, não sei se conseguiria. É incrível pensar em quantas maneiras diferentes o meu fim pode chegar hoje.

Anderson tem um cheiro forte e terroso; consigo sentir, embora eu esteja sendo levada nos braços de outra pessoa, e esse cheiro é perturbadoramente agradável. Ele fecha a porta ao passar, logo depois de ordenar aos soldados que retomem seus trabalhos, o que é, na verdade, uma ordem para eles voltarem a matar pessoas.

Acho que estou começando a alucinar.

Vejo uma lareira calorosa, do tipo que até hoje só vi em livros. Vejo uma sala de estar aconchegante, com sofás macios e um tapete oriental grosso agraciando o chão. Vejo uma cornija com fotografias que não reconheço e Anderson está me dizendo para acordar, dizendo *você precisa tomar um banho, você se sujou muito, não é mesmo, e assim não dá. Precisará estar acordada e totalmente coerente ou não vai ser divertido,* ele me avisa, e tenho certeza de que estou ficando louca.

Sinto o bater bater bater de passos pesados em uma escada e percebo que meu corpo se movimenta com esses passos. Ouço uma porta ranger ao abrir, ouço passos de outras pessoas e palavras sendo pronunciadas. Não consigo mais distinguir nada. Alguém fala alguma coisa para alguém e sou jogada no chão duro e frio.

Ouço minha própria voz choramingando.

– Tomem o cuidado de não encostar na pele dela – é a única coisa que consigo distinguir.

Fora isso, só *banho* e *dormir* e *pela manhã* e *não, acho que não* e *muito bem* e ouço outra porta fechar com força. É a porta bem perto da minha cabeça.

Alguém está tentando tirar a minha roupa.

Desperto tão rapidamente que chega a ser doloroso; sinto alguma coisa me queimar, queimar a minha cabeça até me atingir em cheio e sei que sou uma mistura de tantas coisas agora. Não consigo lembrar a última vez que me alimentei e não durmo há mais de 24 horas. Meu corpo está ensopado, minha cabeça pulsa de dor, meu corpo foi torcido e pisoteado; sinto um milhão de tipos diferentes de dor. Contudo, não vou permitir que um homem desconhecido tire as minhas roupas. Prefiro morrer.

Porém, a voz que escuto não é masculina. É suave e gentil, maternal. Conversa comigo em uma língua que não entendo, mas talvez seja só porque minha cabeça é incapaz de entender qualquer coisa. Ela faz barulhinhos tranquilizantes, esfrega a mão em círculos leves nas minhas costas. Ouço água corrente e sinto o calor me envolver, tão quentinho, parece vapor e penso que devo estar em um banheiro ou em uma banheira e não consigo não pensar que não tomo um banho quente desde que estive no quartel com Warner.

Tento abrir os olhos, mas não consigo.

É como se duas bigornas descansassem em minhas pálpebras, como se tudo fosse preto e bagunçado e confuso e exaustivo e só consigo distinguir as circunstâncias gerais da minha situação. Enxergo apenas por olhos entreabertos, só vejo o brilho da porcelana que suponho ser uma banheira e me arrasto, apesar dos protestos em meu ouvido, e subo.

Solto o corpo totalmente vestido na água quente, com luvas e botas e minha roupa especial – sinto um prazer incrível e inesperado.

Meus ossos começam a descongelar e meus dentes vão parando de bater e meus músculos aprendem a relaxar. Meu cabelo flutua em volta do rosto e sinto os fios fazerem cócegas no nariz.

Afundo-me na água.

E durmo.

Sessenta e oito

Acordo em uma cama feita de paraíso e com roupas que pertencem a um garoto.

Estou quentinha e confortável, mas ainda sinto o protesto dos meus ossos, a dor de cabeça, a confusão enevoando minha mente. Sento-me. Olho em volta.

Estou no quarto de alguém.

Em um emaranhado de lençóis azuis e laranjas, decorados com luvas de beisebol. Há uma escrivaninha e uma cadeira na lateral e uma cômoda, uma coleção de troféus de plástico perfeitamente enfileirados. Vejo a porta de madeira simples, com fechadura de latão tradicional, que deve levar ao lado de fora. Vejo um par de portas de correr espelhadas, que devem esconder um closet. Olho para a direita e encontro um criado-mudo com um despertador e um copo de água e pego-o.

É quase constrangedora a velocidade com a qual bebo.

Saio da cama e descubro que estou usando shorts de ginástica azul-marinho, tão baixos em minha cintura que chego a ter medo que caiam. Estou com uma camiseta cinza com um logo de alguma coisa estampado e estou quase nadando em tanto tecido. Não tenho meias. Nem luvas. Nem roupa íntima.

Não tenho nada.

Então indago se posso sair e chego à conclusão de que vale a pena tentar. Não tenho ideia do que estou fazendo aqui. Não sei por que ainda não morri.

Fico paralisada diante das portas espelhadas.

Meus cabelos foram bem lavados e agora caem em ondas espessas e suaves em volta do rosto. Minha pele está limpa e, exceto por alguns arranhões, relativamente ilesa. Meus olhos estão enormes; uma mistura vibrante e peculiar de verde e azul piscando de volta para mim, surpresa e surpreendentemente sem medo.

Meu pescoço, porém...

Meu pescoço é um emaranhado de manchas roxas, um enorme ferimento capaz de desbotar toda a minha aparência. Eu não tinha percebido o quanto me sufocaram ontem – acho que foi ontem – e só agora percebo o quanto dói engolir. Respiro fundo e passo pelos espelhos. Preciso encontrar um jeito de sair daqui.

A porta se abre assim que toco nela.

Analiso os dois lados do corredor em busca de algum sinal de vida. Não tenho noção de que horas são ou de onde me meti. Não sei se existe alguém além de Anderson nesta casa – Anderson e quem quer que seja a mulher que me ajudou no banheiro –, mas tenho de avaliar minha situação. Tenho de descobrir qual é exatamente o nível de perigo antes de bolar um plano para encontrar a saída.

Tento descer em silêncio, na ponta dos pés, as escadas.

Não funciona.

Elas rangem e gemem com meu peso e mal tenho chance de recuar antes de ouvi-lo chamar meu nome. Está no andar de baixo.

Anderson está no andar de baixo.

— Não fique acanhada — diz. Ouço o farfalhar de alguma coisa que soa como papel. — Tenho comida para se alimentar e sei que deve estar faminta.

De repente, sinto o coração batendo na garganta. Reflito sobre quais escolhas tenho, quais opções preciso considerar, e concluo que não posso me esconder dele em seu próprio esconderijo.

Encontro-o lá embaixo.

É o mesmo homem bonito de antes. Cabelos perfeitos e brilhantes, roupas limpas, asseadas, perfeitamente passadas. Está na sala de estar, em uma das poltronas macias, com um cobertor no colo. Percebo a bengala bonita, rústica, muito bem esculpida apoiada no braço do móvel. Ele tem uma pilha de papéis na mão.

Sinto cheiro de café.

— Por favor — diz para mim, de forma alguma surpreso com minha aparência estranha e bárbara. — Sente-se.

Obedeço.

— Como está se sentindo? — quer saber.

Ergo o olhar. Não respondo.

Ele assente.

— Sim, bem... tenho certeza de que ficou muito surpresa ao me encontrar aqui. É uma casinha linda, não é? — Olha em volta. — Eu a preservei depois que fiz minha família se mudar para o que agora é o Setor 45. Era para esse setor pertencer a mim, afinal. No fim das contas, acabou se transformando no lugar perfeito para guardar a minha esposa. — Mexe a mão. — Parece que ela não se deu bem nos complexos — prossegue, como se eu devesse ter ideia do que está falando.

Guardar a esposa?

Não sei por que deixo qualquer coisa que saia de sua boca me surpreender.

Anderson parece notar a minha confusão. Olha em volta, aparentemente se divertindo.

— Devo entender que meu filho, o apaixonadinho, não contou para você sobre a mãe que ele tanto ama? Ele não falou sem parar sobre o amor patético pela criatura que o deu à luz?

— O quê? — são as primeiras palavras que digo.

— Estou mesmo em choque — Anderson caçoa, sorrindo como se não se surpreendesse com nada. — Ele não comentou que tem uma mãe doente que mora nesta casa? Não contou para você que foi por isso que quis tanto um posto aqui, neste setor? Não? Não contou nada disso? — Inclina a cabeça. — Estou mesmo em choque — mente outra vez.

Tento manter meus batimentos cardíacos sob controle, tentando descobrir por que ele está me contando isso, tentando ficar um passo à sua frente, mas ele é muito eficiente em me deixar totalmente confusa.

— Quando fui escolhido para o posto de comandante supremo — prossegue —, planejei deixar a mãe de Aaron aqui e levá-lo comigo ao capitólio. Mas o menino não quis deixar a mãe para trás. Quis cuidar dela. Precisava estar com ela, como uma *criança idiota* — conta, a voz subindo com as últimas palavras, esquecendo-se de se controlar por um momento.

Anderson engole em seco. Recobra a compostura.

E eu espero.

Espero a bigorna que ele está preparando para soltar em minha cabeça.

— Ele contou para você quantos outros soldados queriam assumir o controle do Setor 45? Quantos excelentes candidatos tínhamos para escolher? Ele só tinha dezoito anos! — Anderson dá risada. — Todos pensaram que Aaron tinha ficado louco. Mas dei uma chance.

Pensei que talvez assumir esse tipo de responsabilidade fosse bom para ele.

Continuo esperando.

Um suspiro profundo, contente.

– Ele não contou para você o que teve de fazer para provar seu valor?

Lá vem.

– Ele não contou o que eu o fiz fazer para mostrar que merecia?

Sinto-me tão morta por dentro.

– Não – Anderson continua, olhos brilhante, acesos demais. – Suspeito que Aaron não quis citar essa parte, certo? Aposto que não contou esse episódio de seu passado, contou?

Não quero ouvir. Não quero saber. Não quero mais ouvir...

– Não se preocupe – ele fala. – Não vou estragar a sua experiência. É melhor deixar ele mesmo dividir esses detalhes com você.

Minha calma ficou para trás. Não estou calma e, é oficial, comecei a entrar em pânico.

– Vou voltar à base daqui a pouco – Anderson prossegue, agora mexendo em seus papéis, aparentemente sem se importar com o fato de que só ele fala em nossa conversa. – Não suporto passar muito tempo sob o mesmo teto que a mãe dele... Não lido bem com doentes, é uma pena, mas, dadas as circunstâncias, este lugar me pareceu conveniente. Venho usando-o como uma base para fiscalizar o que está acontecendo nos complexos.

A batalha.

A luta.

O sangue derramado e Adam e Kenji e Castle e todo mundo que deixei para trás.

Como pude esquecer?

Possibilidades horríveis, aterrorizantes, piscam em minha mente. Não tenho ideia do que aconteceu. Se estão bem. Se sabem que continuo viva. Se Castle conseguiu recuperar Brendan e Winston.

Se alguém que conheço morreu.

Meus olhos ficam enlouquecidos, deslizando de um lado a outro. Levanto-me, convencida de que tudo isso não passa de uma armadilha bem planejada, de que talvez alguém vá me acertar por trás ou esteja esperando com um machado na cozinha e não consigo controlar a respiração, estou arquejando e tentando descobrir o que fazer o que fazer o que fazer e digo:

— O que eu estou fazendo aqui? Por que você me trouxe a este lugar? Por que ainda não me matou?

Anderson olha para mim. Inclina a cabeça. Fala:

— Estou muito chateado com você, Juliette. Muito, muito entristecido. Você fez uma coisa muito ruim.

— O quê? — parece ser a única pergunta que sei fazer. — Do que está falando?

Por um momento de insanidade, me pergunto se ele sabe o que aconteceu com Warner. Quase me sinto enrubescer.

Mas Anderson respira fundo. Segura a bengala apoiada na poltrona. Tem de usar toda a força da parte superior do corpo para se levantar. Está tremendo, mesmo com a bengala para se apoiar.

Ele está mancando.

E diz:

— Você fez isso comigo. Conseguiu me derrotar. Atirou nas minhas pernas. Quase atingiu meu coração. E sequestrou o meu filho.

— Não — arfo. — Não foi...

— Você fez isso comigo — Anderson me interrompe. — E agora quero a minha compensação.

Sessenta e nove

Respirar. Tenho que lembrar de respirar.

– É muito extraordinário, o que você conseguiu fazer sozinha – Anderson diz. – Só havia três pessoas naquela sala. Você, eu e meu filho. Meus soldados observavam toda a área para terem certeza de que ninguém a acompanhava e disseram que você estava completamente sozinha. – Uma pausa. – Eu mesmo pensei que tivesse vindo com uma equipe, imagine só. Não atinei que fosse corajosa o bastante para me encontrar sozinha. Mas me desarmou sem a ajuda de ninguém e levou seus reféns de volta. Teve que levar dois homens, sem incluir meu filho, a um lugar seguro. Como conseguiu fazer isso? É algo que está além da minha compreensão.

E percebo: essa escolha é simples.

Posso ou contar a verdade sobre Kenji e Adam e correr o risco de Anderson ir atrás deles, ou aceitar a minha queda.

Encaro o meu oponente.

Confirmo, dizendo:

– Você falou que eu era uma menininha idiota. Disse que era covarde demais para me defender.

Ele parece desconfortável pela primeira vez. Parece perceber que eu poderia fazer a mesma coisa de novo, e agora mesmo, se assim quisesse.

E penso que sim, que eu provavelmente poderia. Que excelente ideia.

Mas, por ora, continuo estranhamente curiosa por saber o que Anderson quer de mim. Por que está falando comigo. Não me preocupo com atacá-lo logo; sei que agora tenho vantagem sobre ele. Devo ser capaz de subjugá-lo com facilidade.

Anderson raspa a garganta.

– Eu tinha planos de retornar ao capitólio – conta. Respira fundo. – Mas parece claro que não terminei meu trabalho por aqui. O seu pessoal está dificultando muito as coisas e cada vez se torna mais e mais complicado simplesmente assassinar todos os civis. – Uma pausa. – Bem, não, não é verdade. Não é difícil matá-los, só está ficando impraticável. – Olha para mim. – Se eu fosse matar todo mundo, não teria mais ninguém para governar, teria?

Ele dá risada. Dá risada como se tivesse falado alguma coisa engraçada.

– O que você quer comigo?

Anderson respira fundo. Está sorrindo.

– Devo admitir, Juliette, estou muito impressionado. Você, sozinha, foi capaz de me dominar. Foi visionária a ponto de levar meu filho como refém. Salvou dois de seus homens. Provocou um *terremoto* para salvar o restante do seu grupo!

Ele ri. Ele ri e ri e ri.

Não me importo em esclarecer que só 2 dessas afirmações são verdadeiras.

– Agora entendo que meu filho estava certo. Você realmente teria sido de um valor inestimável para nós, ainda mais agora. Conhece o interior do quartel deles melhor do que Aaron é capaz de lembrar.

Então Warner foi conversar com seu pai.

Contou nossos segredos. É claro que fez isso. Nem sei por que estou tão surpresa.

– Você... – Anderson me diz. – Você poderia me ajudar a destruir todos os seus amiguinhos. Poderia me contar tudo o que preciso saber. Poderia me contar tudo sobre as outras aberrações, do que são capazes, quais são seus pontos fortes e fracos. Poderia me levar ao esconderijo dessa gente. Poderia fazer o que eu lhe pedisse.

Sinto vontade de cuspir na sua cara.

– Eu preferiria *morrer* – retruco. – Preferiria ser queimada viva.

– Ora, duvido muito. – Anderson apoia o peso do corpo na bengala para conseguir se equilibrar melhor. – Acho que mudaria de ideia se realmente tivesse a oportunidade de sentir a pele do seu rosto derreter. Mas não sou maldoso. Contudo, não vou deixar essa opção de lado, caso esteja interessada.

Que homem terrível, terrível.

Satisfeito com o meu silêncio, ele abre um sorriso enorme.

– Sim, como eu imaginei.

A porta principal se abre com violência.

Não me mexo. Não me viro. Não sei se quero ver os acontecimentos iminentes, mas logo ouço Anderson cumprimentando seu visitante. Convidando-o para entrar. Pedindo para que cumprimente a mim, sua nova convidada.

Warner aparece no meu ângulo de visão.

De repente, sinto-me fraca até os ossos, enojada, um pouco envergonhada. Warner não pronuncia uma palavra sequer. Está usando seu terno perfeito com os cabelos perfeitos, é a aparência exata do primeiro Warner que conheci; a única diferença agora está em seus olhos. Ele me observa em estado de choque, tão debilitado que parece realmente adoecido.

— Vocês dois lembram um do outro, não lembram? — Anderson é o único que ri.

Warner respira como se tivesse escalado mil montanhas, como se não entendesse o que está vendo ou por que está vendo e olha para o meu pescoço, para o que deve ser a ferida inchada e horrível maculando minha pele, e seu rosto se transforma em algo que parece raiva e terror e mágoa. Seus olhos se concentram em minha blusa, em meus shorts. Sua boca abre só o suficiente para eu perceber que está tentando se controlar, apagar as emoções do rosto. Está se esforçando para permanecer sereno, mas consigo ver os movimentos rápidos de seu peito subindo e descendo. Sua voz não tem, nem de longe, toda a força que poderia ter quando ele diz:

— O que ela está fazendo aqui?

— Ordenei que a buscassem para nós — Anderson declara.

— Para quê? — Warner indaga. — Você falou que não queria ela...

— Bem... — Anderson reflete por um instante. — Não é totalmente verdade. Eu, sem dúvidas, me beneficiaria ao tê-la por perto, mas, no último instante, cheguei à conclusão de que não tinha mais interesse na companhia de Juliette. — Meneia a cabeça. Olha para as próprias pernas. Suspira. — É muito *frustrante* estar inválido assim — insiste, rindo outra vez. — É inacreditavelmente frustrante. Mas pelo menos encontrei um jeito rápido e fácil de corrigir esse problema. De retomar a normalidade, como dizem por aí. Será como mágica.

Alguma coisa em seus olhos, o sorriso doentio em sua voz, a maneira de pronunciar as últimas palavras me fazem sentir nojo.

— O que quer dizer com isso? — indago, quase com medo da resposta.

— Fico surpreso por você precisar perguntar, minha querida. Quero dizer, francamente... achou mesmo que eu não notaria o ombro novinho em folha do meu filho? — Dá risada. — Pensou que eu não acharia estranho vê-lo voltar para casa sem ferimentos, completamente curado? Sem cicatrizes, sem abatimento... Como se nem tivesse tomado um tiro! É um milagre! Um milagre, meu filho me contou, realizado por duas das suas aberraçõezinhas.

– Não.

O horror cresce dentro de mim, cegando-me.

– Ah, sim. – Olha para Warner. – Não é verdade, filho?

– Não! – arfo. – Ah, Deus... o que você fez... ONDE ESTÃO...

– Acalme-se – Anderson ordena. – Elas estão a salvo. Só tive que mandar buscá-las, como mandei buscar você. Precisava que estivessem vivas e saudáveis para me curar, não acha?

– Você sabia disso? – Viro-me frenética para Warner. – Você fez isso? Sabia que...

– Não, Juliette – ele responde. – Eu juro... não foi ideia minha...

– Vocês dois estão ficando agitados sem motivo – Anderson fala, acenando preguiçosamente na nossa direção. – Temos coisas mais importantes em que nos concentrar agora. Assuntos mais urgentes para enfrentar.

– Do que está falando? – Warner questiona, aparentemente sem conseguir respirar.

– Justiça, filho. – Anderson me encara. – Estou falando de justiça. Gosto da ideia de acertar as coisas. De restaurar a ordem do mundo. E estava esperando a sua chegada para poder mostrar exatamente o que quero dizer com isso. É o que eu devia ter feito na primeira vez. – Olha para Warner. – Está ouvindo? Preste muita atenção agora. Está assistindo?

Ele empunha uma arma.

E dá um tiro em meu peito.

Setenta

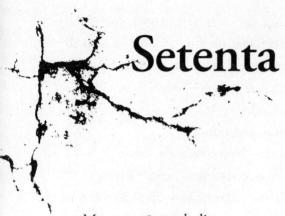

Meu coração explodiu.

Sou lançada para trás, tropeço em meus próprios pés e caio no chão, a cabeça golpeando o tapete, os braços sem poderem ajudar muito na queda. É uma dor que nunca senti, uma dor que nunca pensei ser possível, que jamais teria imaginado. É sentir dinamite explodir no peito, como se eu tivesse pegado fogo de dentro para fora e de repente o mundo perde velocidade.

Então é assim, penso eu, que se sente quando se está morrendo.

Estou piscando e parece demorar toda uma eternidade. Vejo uma série desfocada de imagens à minha frente, cores e corpos e luzes mexendo – movimentos empolados, todos se misturando. Os sons são deformados, deturpados, altos demais e baixos demais para eu conseguir ouvir com nitidez. Há explosões elétricas geladas se espalhando por minhas veias, como se cada parte do meu corpo tivesse dormido e tentasse me acordar outra vez.

Tem um rosto à minha frente.

Tento me concentrar na forma, nas cores. Tento recuperar o foco, mas é difícil demais e de repente não consigo respirar, de repente sinto que tenho facas na garganta, que buracos são cavados em meus pulmões e, quanto mais pisco, menos claramente consigo enxergar. Depois, só consigo respirar muito rasamente, lufadas minúsculas que me lembram quando eu era criança, quando os médicos disseram que eu sofria de ataques de asma. Contudo, estavam errados. Minha falta de ar não tinha nada a ver com asma. Tinha a ver com pânico e ansiedade e hiperventilação. Essa sensação que tenho agora é muito similar ao que eu sentia naquela época. É como tentar absorver oxigênio respirando pelo mais fino dos canudos. Como se seus pulmões estivessem simplesmente se fechando, tirando férias. Sinto a vertigem assumindo o controle, a tontura ganhando espaço. E a dor, a dor, a *dor*. A dor é terrível. A dor é a pior. A dor parece não acabar nunca.

De repente, fico cega.

Mais sinto do que vejo o sangue, sinto-o escapando de mim conforme pisco e pisco e pisco em uma tentativa desesperada de recuperar a visão. Porém, não consigo enxergar nada além de uma nuvem branca. Não ouço nada além das pancadas em meu tímpano e as arfadas, arfadas, arfadas curtas e frenéticas da minha própria respiração. Sinto calor, tanto calor, o sangue do meu corpo ainda tão fresco e quente e formando uma poça debaixo de mim, em toda a minha volta.

A vida está me escapando e me faz pensar na morte, me faz pensar na vida curta que tive e em quão pouco aproveitei. Que passei a maior parte dos meus dias com medo, sem jamais lutar pelo que queria, sempre tentando ser outra pessoa. Por dezessete anos, esforcei-me para tentar me encaixar em um molde que, eu esperava, pudesse fazer as outras pessoas se sentirem à vontade, seguras, não ameaçadas.

E nunca aconteceu.

Vou morrer sem ter realizado nada. Continuo não sendo ninguém. Não sou nada além de uma menininha idiota sangrando até a morte no chão da casa de um homem psicótico.

E acho que, se eu pudesse fazer tudo outra vez, faria tudo tão diferente.

Eu seria melhor. Eu seria alguma coisa. Faria uma diferença nesse mundo infeliz, tão infeliz.

E meu primeiro passo seria matar Anderson.

É uma pena eu já estar tão perto da morte.

Setenta e um

Meus olhos se abrem.

Observo o redor maravilhada com essa estranha versão da vida após a morte. É curioso Warner ainda estar aqui e eu continuar sem conseguir me mexer, ainda sentindo uma dor tão extraordinária. Ainda mais curioso é ver Sonya e Sara bem diante de mim. Não consigo nem fingir que entendo a presença delas neste momento.

Estou ouvindo coisas.

Sons começam a surgir mais claramente e, como não consigo erguer a cabeça para olhar em volta, tento me concentrar no que estão falando.

Estão discutindo.

– Vocês têm que dar um jeito! – Warner grita.

– Mas não podemos... não podemos to-tocar nela – Sonya responde, engolindo suas lágrimas. – Não temos como ajudá-la.

– Não acredito que ela está mesmo morrendo – Sonya lamenta. – Pensei que você não estivesse dizendo a verdade...

– Ela não está morrendo! – Warner retruca. – Ela não vai morrer! Por favor, ouçam o que eu digo – prossegue, agora desesperado. – Vocês podem ajudá-la... Estou tentando explicar que só precisam tocar em mim e eu posso absorver o seu poder... Posso ser o responsável por transferir, controlar e redirecionar sua Energia...

– Isso não é possível – Sonya responde. – Isso não é... Castle nunca disse que você é capaz de fazer isso... Ele teria nos contado se fosse verdade...

– Caramba, por favor, ouça o que estou falando! – ele insiste com a voz trêmula. – Não estou tentando enganá-las...

– Você nos sequestrou! – as duas gritam em uníssono.

– Não fui eu! Não fui eu quem as sequestrou...

– Como espera que acreditemos? – Sara retruca. – Como vamos saber se você mesmo não fez isso com ela?

– Por que vocês não tentam? – Ele agora respira com dificuldade. – Por que não se importam? Por que não se importam com o fato de ela estar sangrando e prestes a morrer... Pensei que fossem amigas...

– É claro que nos importamos! – Sara responde, sua voz subindo na última palavra. – Mas como podemos ajudá-la agora? Aonde poderíamos levá-la? A quem poderíamos levá-la? Ninguém pode tocar em Juliette e ela já perdeu muito sangue... Veja só o...

Uma respiração dura.

– Juliette?

Passos ecoam ecoam ecoam no chão. Apressam-se em volta da minha cabeça. Todos os barulhos se chocam uns com os outros, colidem outra vez, giram à minha volta. Não consigo acreditar que ainda não estou morta.

Não tenho ideia de quanto tempo já passei deitada aqui.

– Juliette? JULIETTE...

A voz de Warner é uma corda que quero agarrar. Quero segurá-la e amarrá-la na cintura e quero que ele me arraste para fora deste mundo paralisado no qual estou presa. Quero pedir que não se preocupe, explicar que tudo bem, que vou ficar bem porque aceitei, agora estou pronta para morrer, mas não consigo. Não consigo falar nada. Ainda sou incapaz de respirar, mal dou conta de movimentar os lábios para formar palavras. Só consigo dar essas arfadas torturantes e me pergunto por que diabos meu corpo ainda não se entregou.

De repente, Warner está montado sobre meu corpo ensanguentado, tomando o cuidado de não deixar seu peso me sufocar, puxando as mangas da minha camiseta. Segura meu braço exposto e diz:

– Você vai ficar bem. Vamos dar um jeito nisso... Elas vão me ajudar a dar um jeito e você... você vai ficar bem. – Respirações profundas. – Vai ficar perfeita. Está me ouvindo? Juliette, consegue me ouvir?

Pisco para ele. Pisco e pisco e pisco para ele e percebo que continuo fascinada por seus olhos. Têm um tom verde impressionante.

– Vocês duas, segurem os meus braços! – grita para as meninas, as mãos ainda agarrando meus ombros com firmeza. – Agora! Por favor! Estou *implorando*...

E, por algum motivo, elas ouvem.

Talvez tenham percebido alguma coisa nele, alguma coisa em seu rosto, em seu semblante. Talvez tenham percebido o que vejo com essa minha perspectiva embaçada e desconexa. O desespero em sua expressão, a angústia gravada em seus traços, o jeito de Warner olhar para mim, como se pudesse morrer se eu morresse.

E eu, eu só consigo pensar que esse é um interessante presente de despedida que ganhei do mundo.

Que pelo menos, no fim das contas, eu não morri sozinha.

Setenta e dois

Estou cega outra vez.

Noto um calor se despejando em meu ser com tamanha intensidade que quase rouba minha visão. Não sinto nada além de calor, calor, um calor inundando meus ossos, meus nervos, minha pele, minhas células.

Tudo está pegando fogo.

Num primeiro momento, acho que é o mesmo calor em meu peito, a mesma dor do buraco onde meu coração ficava, mas logo percebo que esse calor não provoca dor. É um calor tranquilizante. Tão potente, tão intenso, mas, de alguma maneira, bem-vindo. Meu corpo não quer rejeitá-lo. Não quer se afastar dele, não está procurando um jeito de se proteger dele.

Quando alcança meus pulmões, chego a sentir minhas costas se levantando do chão. De repente, tomo lufadas enormes, violentas de ar, lufadas que eu poderia chorar se não aceitasse. Estou bebendo oxigênio, devorando oxigênio, me afogando em oxigênio, absorvendo oxigênio o mais rapidamente possível, todo o meu corpo se reerguendo e se esforçando para voltar ao normal.

Meu peito parece se costurar outra vez, como se a pele se regenerasse, curando-se em velocidade inumana e estou piscando e respirando e mexendo a cabeça e tentando enxergar, contudo, tudo continua tão embaçado – nada ainda é muito claro, mas está ficando mais fácil. Posso sentir meus dedos das mãos e dos pés e a vida em meus membros. E realmente ouvir meu coração bater outra vez e de repente os rostos pairando sobre mim tornam-se reconhecíveis.

Então o calor desaparece.

As mãos desaparecem.

Caio outra vez no chão.

E tudo fica escuro.

Setenta e três

Warner está dormindo.

Sei que está dormindo porque está dormindo bem ao meu lado. Está tão escuro que preciso piscar várias vezes antes de abri-los e concluo que, dessa vez, não fiquei cega. Vislumbro a janela e encontro a lua cheia até a borda, derramando luz dentro deste quartinho.

Continuo aqui. Na casa de Anderson. No que talvez fosse o quarto de Warner.

E ele está dormindo no travesseiro bem ao meu lado.

Seu rosto parece tão tranquilo, tão etéreo à luz da lua. Seu semblante, enganosamente calmo, tão singelo e inocente. E penso em como é impossível ele estar aqui, deitado bem ao meu lado. Eu estar aqui, deitada bem ao lado dele.

Estarmos deitados juntos na cama em que ele dormia na infância.

Ele ter salvado a minha vida.

Impossível é uma palavra tão ridícula.

Quase não me mexo, entretanto, Warner imediatamente reage, sentando-se, peito subindo e descendo, pálpebras piscando. Olha para mim, vê que estou acordada, que estou de olhos abertos, e fica congelado.

Há tantas coisas que quero lhe dizer. Tantas coisas que preciso lhe dizer. Tantas coisas que preciso fazer agora, que preciso descobrir, que preciso decidir.

Mas, por ora, só tenho uma pergunta.

– Onde está o seu pai? – sussurro.

Warner demora um instante para encontrar sua voz. Então conta:

– Ele voltou para a base. Saiu logo depois... – Hesita, faz um enorme esforço por um segundo. – Logo depois que atirou em você.

Incrível.

Ele me deixou sangrando por toda a sua sala de estar. Que presentinho mais agradável para o filho ter de limpar. Que bela lição para ensinar a seu filho. Apaixonar-se e depois ver seu amor levar um tiro.

– Então ele não sabe que eu estou aqui? – pergunto. – Não sabe que estou viva?

Warner nega com a cabeça.

– Não.

E eu penso: que bom. Isso é muito bom. Vai ser muito melhor ele pensar que estou morta.

Warner continua me olhando. Olhando e olhando e olhando para mim como se quisesse me tocar, mas sentisse medo de se aproximar demais. Por fim, sussurra:

– Você está bem, meu amor? Como se sente?

Sorrio para mim mesma, pensando nas muitas maneiras como eu poderia responder a essa pergunta.

Penso que meu corpo está mais exausto, mais derrotado, mais desgastado do que já esteve na vida. Penso que não ingeri nada além de um copo de água em 2 dias. Que nunca me senti mais confusa com relação às pessoas, quem elas parecem ser e quem realmente são, e penso que estou deitada aqui, dividindo uma cama em uma casa que nos disseram sequer existir mais, com uma das pessoas mais odiadas e temidas do Setor 45. E penso que essa criatura aterrorizante guarda em si uma capacidade enorme por sentir carinho, que salvou minha vida. Que seu próprio pai atirou em meu peito. Que horas antes eu estava deitada em uma poça do meu próprio sangue.

Penso que meus amigos provavelmente ainda estão presos na batalha, que Adam deve estar sofrendo sem saber onde estou ou o que aconteceu comigo. Que Kenji continua carregando o peso de tantas pessoas. Que Brendan e Winston ainda podem estar perdidos. Que o povo do Ponto Ômega pode estar todo morto. E isso me deixa reflexiva.

Sinto-me melhor do que já me senti em toda a vida.

Fico maravilhada com o quanto me sinto diferente. O quanto sei que as coisas serão diferentes a partir de agora. Tenho tanto a fazer. Tantas coisas a resolver. Tantos amigos que precisam da minha ajuda.

Tudo mudou.

Porque antes eu era uma criança.

Hoje, ainda sou uma criança, mas agora com uma vontade de ferro e 2 punhos de aço e envelheci 50 anos. Talvez eu enfim tenha alguma noção do que é viver. Enfim tenha entendido que sou forte o bastante, que talvez seja um pouquinho corajosa o bastante, que dessa vez posso fazer o que vim ao mundo para fazer.

Dessa vez, sou uma força.

Um desvio da natureza humana.

Sou a prova viva de que a natureza está oficialmente arrebentada, com medo do que fez, do que se tornou.

E estou mais forte. Mais furiosa.

LIBERTA-ME

Estou pronta para fazer alguma coisa da qual sem dúvida me arrependerei e, dessa vez, não estou nem aí. Cansei de ser boazinha. Cansei de viver apreensiva. Não sinto mais medo de nada.

O caos está em meu futuro.

E estou deixando minhas luvas para trás.

Agradecimentos

Minha mãe. Meu pai. Meus irmãos. Minha família. Amo vocês rindo. Amo vocês chorando. Amo vocês rindo e chorando dentro de cada bule de chá que já tomamos juntos. Vocês são as pessoas mais incríveis que já conheci e, mesmo sendo forçados a me conhecer durante toda a minha vida, em momento algum reclamaram. Obrigada, sempre, por cada xícara. Por nunca terem soltado a minha mão.

Jodi Reamer. Eu falei "oi" e você sorriu, então perguntei sobre o tempo. Você sorriu e perguntou: "sobre o tempo?" O tempo é imprevisível. Eu falei: "e a estrada?" Você disse que sabemos que a estrada é sinuosa. Eu perguntei: "você sabe o que vai acontecer?" Você disse que não, absolutamente não. E então me apresentou a alguns dos melhores anos da minha vida. Eu digo que esquecer você é impossível.

Tara Weikum. Você lê as palavras que escrevo com o coração e as mãos e as entende com uma precisão que é ao mesmo tempo dolorosa e assombrosa. Seu brilho, sua paciência, sua bondade inabalável. Seu sorriso generoso. Trabalhar com você é uma honra enorme.

Tana. Randa. Derramamos muitas lágrimas juntas – na tristeza, na alegria. Mas a maioria das lágrimas que já derramei foi nos momentos em que ri com vocês. Sua amizade é o maior dos presentes; é uma bênção que todos os dias me vejo decidida a merecer.

Sarah. Nathan. Por seu apoio inabalável. Vocês são mais incríveis do que palavras poderiam expressar.

Um enorme, enorme agradecimento a todos os queridos amigos da HarperCollins e Writers House, que nunca recebem gratidão suficiente por tudo o que fazem: Melissa Miller, pelo amor e entusiasmo; Christina Colangelo, Diane Naughton e Lauren Flower, pela energia, paixão e proezas inestimáveis de marketing; Marisa Russell, minha excepcionalmente talentosa agente, que é ao mesmo tempo sagaz e infalivelmente bondosa. Mais agradecimentos a Ray Shappell e Alison Donalty, por saberem exatamente o que fazer para essas capas maravilhosas ganharem vida; Brenna Franzitta, porque sou grata todos os dias por ter uma preparadora tão brilhante quanto você (e espero que eu tenha usado aqueles dois pontos do jeito certo); Alec Shane, por tudo, mas também por saber responder com elegância quando brinquedos de criança com formatos peculiares aparecem no escritório; Cecilia de la Campa, por sempre trabalhar para que meus livros sejam lidos no mundo todo; Beth Miller, por seu apoio contínuo; e Kassie Evashevski da UTA, por sua elegância silenciosa e instinto afiado.

Obrigada a todos os meus leitores! Sem vocês, eu teria apenas personagens em minha cabeça e ninguém com quem conversar. Obrigada por embarcarem comigo na jornada de Juliette.

E a todos os amigos do Twitter, Tumblr, Facebook e meu blog: gratidão. De verdade. Eu me pergunto se algum dia vocês saberão o quanto valorizo sua amizade, seu apoio, sua generosidade.

Obrigada para sempre.

TIPOGRAFIA: ADOBE GARAMOND PRO